# 古典文學研究輯刊

二一編

曾永義 主編

第 4 冊

跨文化視野下的隴右地方文學

霍志軍 著

國家圖書館出版品預行編目資料

跨文化視野下的隴右地方文學／霍志軍 著 ── 初版 ── 新北市：
花木蘭文化事業有限公司，2020〔民 109〕
目 4+214 面；19×26 公分
（古典文學研究輯刊 二一編；第 4 冊）
ISBN 978-986-518-051-5（精裝）
1. 中國文學 2. 地方文學 3. 文學評論
820.8                                         109000507

ISBN-978-986-518-051-5

9 789865 180515

古典文學研究輯刊
二一編 第 四 冊                 ISBN：978-986-518-051-5

## 跨文化視野下的隴右地方文學

作　　者 霍志軍
主　　編 曾永義
總 編 輯 杜潔祥
副總編輯 楊嘉樂
編　　輯 許郁翎、張雅淋　美術編輯 陳逸婷
出　　版 花木蘭文化事業有限公司
發 行 人 高小娟
聯絡地址 235 新北市中和區中安街七二號十三樓
　　　　 電話：02-2923-1455／傳眞：02-2923-1452
網　　址 http://www.huamulan.tw 信箱 hml810518@gmail.com
印　　刷 普羅文化出版廣告事業
初　　版 2020 年 3 月
全書字數 190362 字
定　　價 二一編 16 冊（精裝）新台幣 35,000 元

# 跨文化視野下的隴右地方文學

霍志軍 著

## 作者簡介

霍志軍（1969～），甘肅天水人，天水師範學院教授，文學博士，碩士生導師，中國語言文學一級學科碩士點中國古典文獻學學科帶頭人，甘肅省高校重點人文社科基地隴右文化研究中心副主任，甘肅省「飛天學者」特聘教授。2001 年考入江蘇師範大學，師從著名學者孫映逵先生攻讀碩士學位，2004 年獲文學碩士學位。2007 年考入陝西師範大學師從傅紹良先生攻讀博士學位，2010 年獲得博士學位，主要研究方向爲唐代文學、隴右地方文獻。迄今主持 2005 年度甘肅省社科規劃專案「伏羲文化與民族認同」1 項，2007 年度國家社科基金項目「隴右地方文獻與中國文學地圖的重繪」（編號：07CZW019）、2017 年度國家社科基金項目「絲綢之路甘肅段考古發現與古代文學研究的新拓展」（編號：17XZW040）2 項，主持國家社科重大專案「唐至北宋時期絲綢之路驛站、古蹟、關隘、寺廟與文人活動、文學創作、文化傳播」子項目「唐至北宋時期絲綢之路關隘與文人活動、文學創作、文化傳播」1 項，國家「211 工程」子項目「盛唐士人求仕活動與文學研究」1 項，參加國家古籍整理規劃項目「《全唐文》點校」工程，點校《全唐文》50 萬字。在《文藝研究》、《光明日報》、《甘肅社會科學》、《唐史論叢》、《明清小說研究》等刊物發表論文 70 餘篇，被《新華文摘》、《高等學校文科學術文摘》轉載多篇。出版專著《官吏良鑒》、《法曹圭臬》、《隴右文學概論》（合著）、《盛唐士人求仕活動與文學》、《唐代御史制度與文人》、《隴東南民間文藝與社會生活》等 6 部，在臺灣地區出版《唐代御史與文學》（上、下卷），《唐御史臺職官編年匯考》（初盛唐、中唐、晚唐卷）等 5 部。《盛唐士人求仕活動與文學》獲甘肅省高校社科優秀成果一等獎，《隴右文學概論》獲天水市社科成果三等獎，《唐代御史制度與文人》獲甘肅省高高校社科成果三等獎。社會兼職有中國人文社會科學核心期刊評審專家、甘肅省古代文學學會常務理事、甘肅省唐代文學學會理事及中國唐代文學學會、遼金文學學會、遼金史研究會等多個學會會員。

## 提　　要

　　隴右地區位於青藏高原、內蒙古高原和黃土高原的結合部，獨特的地理、歷史原因，使其成爲中西文化交流、融合、傳播的橋樑和多民族的棲息地。自遠古迄今，氐、羌、鮮卑、党項、藏、吐谷渾、回、漢、裕固、保安、東鄉族等眾多民族棲息於此。東西文化、游牧文明、農業文明乃至伊斯蘭、基督教文明都在這裡交匯撞擊，原生態的地方文獻異常豐富。

　　本書將隴右地方文學置於中國文學發展的大文化背景下加以考察觀照，縱橫交叉，進行學術研究和理論闡釋，首次考察了隴右地區異常豐富的雅文學與俗文學、書面文學與口傳文學、中原文學與各少數民族文學相激相蕩所產生的獨一的文學基因、文學生態、文學內容。中華民族在長期融合的過程中，中原文學的巨大凝聚力和輻射力影響深遠；各邊地民族文學以質樸性孕育開放性、以獨特性展示原創性、以民族性呈現無比絢麗的多樣性，不但彌補了中原文學的結構缺陷，而且提供了中原文學所未見的審美形式。本書不以精貶雜、以雅貶俗、以漢貶胡，重新發現隴右地區豐富多彩的文學、文化遺存對形成多元一體的中國文學的重大作用。

# 目次

# 緒　論

　　隴右地區是中華文明的發源地之一，自然條件獨特、歷史文化內涵豐富。無論是政區劃分、民族分布、人口構成，還是經濟形態、民風民俗，均是一個相對完整的自然、人文地域單元。這一區域既是歷史上中西文化與商貿交流的通道——絲綢之路的必經之地，又是中原王朝經營西域、控弦西戎、統御西北邊防的前沿地帶。在這塊神奇的土地上孕育並由當地各族人民創造、傳承的隴右文化，不但源遠流長、傳承時間悠久，而且內涵異常豐富，文化特色鮮明，它完全是和國內其他地域文化齊名的又一典型地域文化。欲探討隴右地方文獻與中國文學的關係，首先應對隴右文化的興起、內涵、特徵有一個基本瞭解，對本課題的研究現狀、研究方法與思路有一個總體認識。

## 第一節　隴右地區嚴酷的自然環境

　　文化是「人和社會的各種改造活動的總和，也是這種活動結果的總和。」〔註1〕文化之起源，有著很悠久的歷史並與人的起源緊密聯繫著。文化的發展說明人對自然控制的程度、人自身發展的水準、他的知識和才能發達成熟的程度等。人類在改造自然的過程中，也不斷地改造著人本身的自然；在改造客觀物質世界的同時，人類自身的主觀世界也得到改造，逐漸形成與「天道」既相聯繫又相區別的「人道」，這便是人類文化的創造過程。因此，文化可以定義為人類主體通過社會實踐活動，適應、利用、改造自然界客體而逐步實現自身價值、觀念的過程。這一能動地改造客觀物質世界的成果，既反映在

---

〔註 1〕〔蘇〕布勞別爾格：《新編簡明哲學辭典》，高光三等譯，吉林人民出版社 1983 年版，第 246 頁。

自然面貌、形態、功能的不斷改觀，更反映在人類個體與群體素質（諸如生理與心理、工藝與道德、自律與他律）的不斷提高和完善。

「勞動作爲社會和自然界之間相互作用的物質過程，以自然界的存在和人的自然力的存在爲其自然前提。地理環境、人口和生產方式都是構成社會運動的基本的物質要素，這些要素的總和就是人類社會的物質生活條件。」〔註2〕人類的文化創造活動總是在一定空間範圍內、一定場合中進行的，它與自然資源、地域環境、社群之間存在著複雜的互動關係。一定區域內的地理位置、地形地貌、氣候水土、自然環境、人文環境等，既是人類賴以生存的物質條件，也是人類文化創造活動的基礎，對特定地域文化的形成有著重要影響。中國是一個地大物博，地貌、水文、氣候、物產等千差萬別的國度。每一地域的自然條件、民族構成、風俗習慣、文化積澱等人文地理環境豐富多彩，自然形成了具有地域特色的文化特質，並深刻影響一定地域的文學建構，形成內涵豐富、風格不同的地域文學風氣。

## 一、「隴右」地域範圍之界定

「隴右」作爲地域概念，最早約出現於漢末魏初，在《三國志》中「隴右」一詞已頻繁出現。溯其淵源，「隴右」一詞由陝甘界山的隴山而來。古人地理概念中，以西爲右，以東爲左，如「江東」亦稱「江左」，故稱隴山以西的廣大地區爲「隴西」、「隴右」。唐太宗貞觀元年（687年），以東起隴山，西達沙洲的廣袤地域始設隴右道。《舊唐書・地理志》曰：「自隋季喪亂，群盜初附，權置州郡，倍於開皇、大業之間，貞觀元年，悉令並省。始於山河形便，分爲十道：一曰關內道，二曰河南道，三曰河東道，四曰河北道，五曰山南道，六曰隴右道，七曰淮南道，八曰江南道，九曰劍南道，十曰嶺南道。至十三年定簿，凡州府三百五十八，縣一千五百五十一。」〔註3〕「隴右」即由原來中國地理中的地域概念變爲唐王朝之行政區域劃分。《新唐書・地理志四》云：「隴右道，蓋古雍、梁二州之境，漢天水、武都、隴西、金城、武威、張掖、酒泉、燉煌等郡，總爲鶉首分。爲州十九，都護府二，縣六十。」〔註4〕

〔註2〕李秀林、王於、李淮春主編：《辯證唯物主義和歷史唯物主義原理》，中國人民大學出版社1984年版，第261頁。

〔註3〕後晉・劉煦等：《舊唐書》卷三八《地理志一》，中華書局1975年版，第1384～1385頁。（以下版本號略）

〔註4〕宋・歐陽修、宋祁等：《新唐書》卷四四《地理志四》，中華書局1975年版，第1039頁。（以下版本號略）

可見唐代「隴右道」地域包括今甘肅、新疆大部分地區和青海湖以東地區。唐睿宗景雲二年（711年）前後，因爲隴右地域廣大，不便於唐王朝之管理，遂以黃河爲界東設隴右道，黃河以西設河西道。歷史上，人們習慣將唐代「十道」時期的隴右道轄域成爲廣義的隴右道，而將大致包括今甘肅省全境的地域稱爲狹義的「隴右道」。本書中所指的「隴右」概念，大致包括今甘肅省全境的地域範圍，即狹義的「隴右道」。

## 二、以高原爲主的地形、地貌

隴右地區地處黃土高原、青藏高原和內蒙古高原結合部，境內崇山峻嶺，峰巒相疊，地形狹長，地貌複雜多樣，山地、高原、平川、河谷、沙漠、戈壁交錯分布。隴右地區，「其名山：秦嶺、隴坻、鳥鼠同穴、朱圉、西傾、積石、合黎、崆峒、三危。其大川：河、洮、弱、羌、休屠之澤。」〔註5〕地勢自西南向東北傾斜，大致可分爲各具特色的六大區域：

（一）隴南山地：隴南山地是隴右地區唯一橫跨黃河、長江兩流域的地區，地處西秦嶺東西向褶皺帶，位於我國階梯地形的過渡帶。其西部向甘南高原過渡，北部向隴中黃土高原過渡，南部向四川盆地過渡，東部與陝西秦嶺和漢中盆地連接。隴南山地的北部西、禮山地呈現低山寬谷的黃土地貌，海拔約1800米左右；東部徽、成盆地介於北秦嶺和南秦嶺之間，長百餘公里，寬數十公里，呈現丘陵寬谷地形，海拔約1000米左右；高峻山嶺與低陷河谷錯落相接，對比顯著，相對高差達1000米以上。故境內重巒疊嶂，崖壁陡絕，河谷幽深狹長、多急流險灘和瀑布，峽谷中高岸陡崖，峭立如壁。

（二）隴中黃土高原：隴中黃土高原是我國黃土高原的核心地帶，東起甘陝省界，西至鳥鞘嶺畔。黃土原、梁、峁地形是今日黃土高原基本的地貌類型。山、原、川三大地貌類型是黃土高原的主體。山是屹立在高原上的山地，如同海洋中的孤島，例如隴東的子午嶺、白于山、黃龍山等；原是指平展的黃土高原地面，著名的有隴右東部的董志原。原面寬廣，長達數百公里，適於機械化耕作，本來可以成爲重要的農業區，可是隴右地區降水稀少，嚴重制約著農業生產，成爲全國貧困地區之一；川是深入在原面下的河谷，在梁峁地域泉水出露，匯成小河、河水帶來的泥沙在這裡淤積，在沿岸形成小片整平土地，稱它爲「川」。黃土高原土層深厚，土質鬆散，地形破碎，暴雨

〔註5〕《新唐書》卷四四《地理志四》，第1039～1040頁。

集中且雨量大，是黃河泥沙的首要來歷地，黃土高原河段涉入黃河的泥沙占全河沙量的 90%以上。歷史上，隴右中部乾旱地區的乾旱頻率達 40%以上，受災面積和成災面積經常占農作物播種面積的 30%～40%，民間一直有「十年九旱」之說。

（三）甘南高原：甘南高原是「世界屋脊」——青藏高原東部邊緣一隅，地勢高聳，平均海拔超過 3000 米，草灘寬廣，水草豐美，自古以來就是隴右主要的良馬產地，迄今仍然是隴右地區主要的畜牧業基地。這裡生活著藏、回、保安東鄉等眾多民族。

（四）祁連山地：祁連山地在河西走廊以南，長達 1000 多公里，大部分海拔在 3500 米以上，終年積雪，冰川逶迤，是河西走廊的天然固體水庫，植被垂直分布明顯，荒漠、草場、森林、冰雪，組成了一幅幅色彩斑斕的立體畫面。

（五）河西走廊：位於祁連山以北，北山以南，東起烏鞘嶺，西至甘新交界，是塊自東向西、由南而北傾斜的狹長地帶。海拔在 1000～1500 米之間，長約 1000 餘公里，寬由幾公里到百餘公里不等。河西走廊地勢平坦，光熱充足，水資源豐富，是著名的戈壁綠洲。

（六）河西走廊以西、以北沙漠地帶：河西走廊以西是騰格里沙漠和巴丹吉林沙漠。以北是東西長 1000 多公里、海拔在 1000～3600 米的地帶，人們習慣稱之為北山山地。地近騰格里沙漠和巴丹吉林沙漠，風急沙大，山岩裸露，荒漠連片，人煙稀少。是我國西北典型的乾旱地區和連片貧困區。

## 三、氣候嚴寒乾旱、沙漠廣布

氣候是長時間內氣象要素和天氣現象的平均或統計狀態。氣候的形成主要是由於熱量的變化而引起的。隴右地區地形複雜，山脈縱橫交錯，海拔相差懸殊，高山、盆地、平川、沙漠和戈壁等兼而有之，是山地型高原地貌。同時，隴右地區深居祖國內陸，遠離海洋，暖濕氣流不易到達，故降水稀少，從東南到西北形成了大陸性較強的溫帶季風性氣候及乾旱、半乾旱氣候，包括了北亞熱帶濕潤區到高寒區、乾旱區的各種氣候類型。

隴右東南部，即今隴南的武都、文縣東南大部、康縣東南河谷地帶，是隴右地區唯一的亞熱帶氣候區。這裡年平均氣溫大於 14℃，年降水量在 800～1000mm，無霜期在 280 天以上。該地氣候溫暖濕潤，森林分布茂密，一年二熟，除適宜種植多小麥、水稻外，還可種植多種亞熱帶經濟作物，如柑橘、

柚子、橄欖、茶、漆等。

　　儘管隴右局部地區是亞熱帶氣候，但就總體而言，隴右絕大部分地區氣候嚴寒、乾旱、沙漠廣布。隴中地區，即隴南溫帶半濕潤區以北，烏鞘嶺——毛毛山——老虎山——條山一線以南的地區，歷史上稱之爲「隴中半乾旱區」。年降水量只有 200～300mm，降雨稀少、氣候乾旱，冬季漫長而寒冷，夏季炎熱短促。烏鞘嶺——毛毛山——老虎山——條山一線以北的廣大地區，即今河西地區，氣候乾燥、冷熱變化劇烈，風大沙多。自東而西年降水量漸少，乾燥度漸大，沙漠廣布，生態環境脆弱。以敦煌地區爲例，敦煌位於甘肅省河西走廊最西端的大漠腹地，是絲綢之路上的歷史文化名城，世界文化遺產莫高窟，漢唐名關陽關、玉門關，大漠奇觀鳴沙山、月牙泉等一大批獨具特色的人文和自然景觀都位於敦煌。這裡年平均降雨量只有 39.9 毫米，蒸發量卻高達 2486 毫米，蒸發量是降雨量的 62 倍，屬極端乾旱區。脆弱的敦煌生態難以抵禦沙漠化的威脅，據了解，敦煌綠洲面積從建國初期的 430 萬畝減少到現在的 210 萬畝，綠洲邊緣天然草場面積由建國前的 276 萬畝減少至目前的 135 萬畝，土地沙化面積每年增加 2 萬畝，沙漠每年吞噬綠洲邊緣 2 米至 3 米。近幾年來，實施了退耕還林（草）、退牧還草、天然林保護和天然草原植被恢復等重大生態工程，的確收到了良好的成效。但是，由於生態恢復週期長，生態建設的投資相對不足，加之目前一些地方仍然存在掠奪式開發資源的問題，生態治理速度跟不上生態惡化的速度，致使雪線上升，濕地萎縮，水位下降，貧困局面加劇，成爲地瘠民貧的經濟欠發達地區之一。

## 四、隴右地區自然環境的破壞與生產、生活條件的惡化

　　據歷史地理學的研究成果，秦漢時期，隴右地區森林茂密、山青水秀，並無太大的水土流失問題。《漢書·地理志》載：「天水、隴西、山多林木，民以板爲室屋。及安定、北地、止郡、西河皆迫近戎狄，修習戰備，高上氣力，以射獵爲先。」〔註6〕以木板蓋房是林區居民的習俗，說明漢代隴右地區森林廣布，自然生態良好。北魏酈道元《水經注》載：「天水郡，其鄉居悉以板蓋屋。」〔註7〕可見板屋很普遍。魏晉時期，包括隴右地區在內的黃土高原的植被情況仍然總體良好，如現在地處黃土高原北部邊緣毛烏素沙漠中的陝

〔註6〕漢·班固：《漢書·地理志》，中華書局 1962 年版，第 1644 頁。（以下版本號略）
〔註7〕北魏·酈道元：《水經注》卷十七「渭水」條。

北靖邊縣的白城子，已被茫茫沙海所覆蓋。這裡曾經是大夏國（407～431）都城統萬城的所在地。大夏國王赫連勃勃在建這座都城時曾讚美道：「美哉斯阜，臨廣澤而帶清流，吾行地多矣，未有若斯之美。」〔註8〕

　　隴右地區的生態環境惡化是近兩千年來不斷濫伐濫墾造成的。秦漢以來，黃土高原經歷了三次濫伐濫墾高潮，第一次是秦漢時期的大規模「屯墾」和「移民實邊」。這次大「屯墾」使晉北、陝北的森林遭到大規模破壞。如果說第一次屯墾之破壞在漫長歷史時期尚可恢復，那麼，第二、三次之破壞則相當嚴重的。第二次是明王朝推行的大規模「屯墾」，使黃土高原北部的生態環境遭到空前浩劫。據考證，明初在黃土高原北部陝北（延安、綏德、榆林地區）大力推行「屯田」制，強行規定每位邊防戰士毀林開荒任務。《天下郡國利病書》有「天下兵衛鄰近間曠之地，皆分畝爲屯」的記載。由於軍民爭相鋤山爲田，使林草被覆的山地丘陵都被開爲農田，使屯田「錯列在萬山之中，崗阜相連。」我們不難看出，明代推行「屯田」制對環境破壞之嚴重。第三次大墾荒是清代，使隴右地區成爲「隴中苦甲天下」的落後地區。清代曾推行獎勵墾荒制度，墾荒範疇自陝北、晉北而北移至內蒙古南部，黃土高原北部和鄂爾多斯高原數以百萬畝計的草原被開墾爲農田，隴右地區大面積的土地沙化，水土流失加劇。

　　水土流失嚴重，土壤肥力下降，使得隴上居民不是選擇適宜耕種的土地來開墾，靠精耕細作來增產糧食，而是掠奪性擴大耕地，廣種薄收，種地不施肥，靠自然肥力來產糧食，種幾年以後表土流失了，土壤肥力流光了便丟荒，另擇稍好的荒草地開墾。如此反覆，使原本有林草覆蓋的土地都被剃了「光頭」，長期以來無休止的輪番開墾，致使原來的林草植被種源被破壞殆盡，無法恢復。

　　森林是環境的衛士，黃土高原大面積森林遭到破壞後，失去了生態屏障，生態環境嚴重惡化，導致河川水源枯竭、水土流失、風沙日益加劇、旱澇災害日益頻繁等一系列災難性後果。森林草灌的破壞必然帶來薪柴的缺乏，在黃土高原上，不但糧食問題始終困擾著人們，燃料問題也極爲突出。爲了解決燒柴問題，人們不得不刨樹根、燒秸稈、燒牛馬糞，以致發展到鏟草皮、刨草根，這樣就必然造成飼料、肥料的日益短缺，引起惡性循環。在「三料」

〔註 8〕宋・李昉等撰：《太平御覽》卷五五五引崔鴻《三十國春秋》，中華書局影印本 1963 年版，第 3 頁。

（飼料、燃料、肥料）問題最嚴重的甘肅定西地區，那裡的植被破壞最嚴重，燃料極端困難，有些地方草根都挖掘殆盡，結果形成畜無草、地無肥、人無糧的極端困難的局面。

　　總之，隴右文化的形成，正是在隴右獨特的自然環境、特有的社會結構和隴人的社會實踐活動中長期孕育、衍變的結果。典型的高原地貌、風寒乾燥的氣候條件、短缺的地表徑流和相對貧乏的生產生活資料等特殊的生態環境，使隴右居民強烈的生存需求與難以滿足的外部世界之間產生了明顯的反差。隴人在此惡劣環境中生存、發展、壯大，他們認識到只有艱苦努力才能有所收穫，從而形成隴右先民固有的「人一之、我十之；人十之、我百之」的自強奮鬥精神。另一方面，受嚴酷自然環境影響，隴人保守戀舊、得過且過、容易滿足。在隴原大地上形成的隴右文化，可謂開放與封閉、進取與保守的雙重變奏。

# 第二節　隴右文化發展的人文環境

　　文化，歸根究底是人的創造活動的體現，人是社會性的存在，這個命題不僅意味著人為文化所塑造，而且也意味著文化為人所創造，人與文化互生互育。因此，欲全面、正確地把握隴右文化的基本特質，除了自然環境、地理因素之外，我們還必須深入瞭解諸如政治、經濟、民族構成、中外交流等人文因素對隴右文化形成的制約機制。

## 一、影響隴右文化發展的政治因素

　　隴右地區是中華民族的發祥地之一，遠在六萬年前，隴右地區就有人類活動的足跡。〔註9〕隴右地區自古迄今一直是多民族聚居之地，也是中原王朝經營西北的戰略支撐點，著名的「絲綢之路」貫穿全境，這給隴右文化特色的形成有重大而深遠的影響。

### （一）先秦至漢代隴右政區的形成

　　隴右地區是中國古代最早得到開發的地區之一。《史記‧秦本紀》云：「非子居犬丘，善養息之。犬丘人言之周孝王，孝王召使主馬於汧渭之間，馬大蕃息。孝王欲以為大駱適嗣。申侯之女為大駱妻，生子成為適。……孝王曰：

─────────────────

〔註9〕2009年，中日學者在甘肅省秦安縣大地灣考古發掘中，發現了六萬年前大地灣先民用火的痕跡及木炭灰爐。

『昔伯翳爲舜主畜，畜多息，故有土，賜姓嬴。今其後世亦爲朕息馬，朕其分土爲附庸。』邑之秦，使復續嬴氏祀，號曰秦嬴。亦不廢申侯之女子爲駱適者，以和西戎。」〔註10〕早在商周之際，秦人就在今天水、隴南一帶開拓經營。自秦漢迄明清，隴右地區一直是中原王朝經略西域的戰略支撐點，這是由該地區特殊的自然地理狀況決定的。隴右地區河西走廊的東部是連綿的騰格里沙漠，飛鳥難逾；西面是祁連山脈，人跡罕至；北面是浩瀚的戈壁灘，氣候乾旱；唯有中間一道狹長的河西走廊水草豐茂、沃野千里，連接中原王朝與西域諸國，戰略位置十分重要。秦漢以前，隴右大地始終是各游牧民族馳騁競逐的舞臺。氐、羌、月氏、烏孫、匈奴先後活動於此。特別是秦末逐漸強盛起來的匈奴，其鐵騎如狂風暴雨一般強悍勇猛、戰略機動十分靈活，雄踞河西、西控西域，臣服諸多民族，儼然是北方草原的霸主，長期以來對秦漢王朝構成嚴重威脅。

秦漢中原王朝與崛起的匈奴圍繞隴右地區進行了長期的爭奪，軍事衝突不斷，最終漢王朝終於取得了對隴右地區的控制。這一過程對中國古代歷史進程都有深遠影響。雄才大略的秦始皇「振長策而御宇內，吞二周而亡諸侯，履至尊而制六合，執敲撲而鞭笞天下，威振四海」，然卻未能遏制住匈奴向內地擴張的野心和實力，只得修長城被動防禦。面對彪悍勇武的匈奴鐵騎，強大的漢王朝一時竟無有效的應對之策，只得實行「和親政策」。至「文景之治」，國內休養生息，卓然有成，然對匈奴邊患卻一籌莫展，除了繼續執行和親政策外別無選擇。匈奴作爲北方游牧民族，爲何能屢屢犯境，對中原王朝造成持久而嚴重的威脅，主要是憑藉其能夠迅速出擊、戰術機動較爲靈活的騎兵優勢。而漢王朝調動軍隊動輒數萬，勞師遠征、機動性差。除此之外，漢代與匈奴中間隔數千公里沙漠戈壁，軍隊補給線過長，常常是一人在前方作戰，需要多人進行後勤補給。遼闊的草原、大漠使得後方保障的包袱格外沉重，難以與匈奴進行戰略決戰。西北邊患長期以來不能解決，匈奴人經常南犯，掠走大量中原王朝的人口，生產、生活資料，這也成爲漢王朝的心腹之患。漢末文士蔡文姬的《悲憤詩》寫道：「平土人脆弱，來兵皆胡羌。獵野圍城邑，所向悉破亡。斬截無孑遺，屍骸相撐拒。馬邊懸男頭，馬後載婦女。長驅西入關，迥路險且阻。還顧邈冥冥，肝脾爲爛腐。所略有萬計，不得令屯聚。

〔註10〕 漢‧司馬遷：《史記‧秦本紀》，浙江古籍出版社，2000 年版，第 27 頁。（以下版本號略）

或有骨肉俱，欲言不敢語。失意機微間，輒言斃降虜。」〔註11〕詩中關於俘虜生活的具體描寫，眞實感極強，這也從一個側面映證了中原王朝的邊患問題之嚴重。

在對歷史上北方邊患問題反思的基礎上，漢武帝即位之初，雖然仍與匈奴和親，但其開發隴右、經營河西，以河西爲鞏固的戰略基地與匈奴決戰的思路日益成熟並付諸實踐了。武帝建元元年（前 140 年），武帝欲聯合大月氏共擊匈奴，張騫應募任使者，於建元二年出隴西，開始了長達十三年的探險之旅，帶回來大量的西域信息。〔註12〕元光二年（前 133 年）六月，雄才大略的漢武帝下令讓韓安國、王恢等五將軍共同率兵率兵抗擊匈奴，開始了西漢王朝與匈奴長達四十年的戰略決戰。元狩二年（前 121 年），霍去病出北地二千餘里，擊潰了居於河西走廊的匈奴渾邪王、休屠王，追至祁連山下，這是中原王朝與匈奴多年戰爭一次寶貴的勝利。「河西之役」後，漢武帝「始築令居以西，處置酒泉郡，後稍發徙民充實之。」建置酒泉郡、武威郡以打開西域門戶。至後元元年（前 88 年）最後正式建置敦煌郡，前後長達三十四年之久，先後設立酒泉、敦煌、張掖、武威四郡，奠定了後來中原王朝經營隴右的基礎，也奠定了古代中國版圖的基本形態，具有深遠而重大的意義。

## （二）魏晉北朝隋唐時期隴右地區的政治地位

東漢以來，由於頻繁的社會動亂，胡人南遷，內地居民遷入隴右者不在少數。民族混雜居住日益加深，民族之間的藩籬隨之鬆弛，各個民族之間的融合日益加深，民族交融特色初步顯示出來，從而成爲魏晉南北朝時期民族大融合的重要一環。〔註13〕晉代北朝時期，河西走廊地區的漢族張寔建立了前涼（317 年～376 年），共 76 年；氐族呂光建立後涼（386～403 年）政權，歷 17 年。《晉書》本傳稱呂光「沉毅凝重，寬簡有大量，喜怒不形於色，時人莫之識也。」〔註14〕呂光雖爲氐族，然雅好辭章、有很深的漢文化修養；李暠建立西涼（400 年～421 年），共歷 21 年；匈奴支系盧水胡族的沮渠蒙遜建立北涼（397 年～429 年），共 32 年。史載沮渠蒙遜「博涉群史，頗曉天文，

〔註11〕逯欽立：《先秦漢魏晉南北朝詩》，中華書局，1983 年版，第 199 頁。

〔註12〕漢・班固：《漢書・張騫李廣利列傳》，中華書局，1962 年版，第 2687 頁。

〔註13〕唐長孺：《魏晉雜胡考》，見《魏晉南北朝史論叢》，生活・讀書・新知三聯書店 1955 年版，第 446 頁。

〔註14〕唐・房玄齡：《晉書・呂光載記》，中華書局，1974 年版，第 3053 頁。（以下版本號略）

雄傑有英略，滑稽善權變。」〔註15〕；河西鮮卑族禿髮烏孤建立南涼（397 年
～414 年），盛時控有今甘肅西部和寧夏一部。歷三主，共十八年。禿髮即「拓
跋」的異譯。陳寅恪《隋唐制度淵源略論稿》云：「呂氏、禿髮、沮渠之徒俱
非漢族，不好讀書，然仍能欣賞漢化，擢用士人，故河西區域受制於胡戎，
而文化學術亦不因以淪替。」〔註16〕世居隴右地區的氐族首領苻堅還建立前
秦（351 年～394 年），一度統一了中國北方。當時，隴南地區還出現了五個
先後相繼的仇池政權：前仇池國（296 年～371 年），後仇池國（385 年～442
年），武都國（443 年～477 年），武興國（477 年～545 年），陰平國（477 年
～581 年）。轄今甘肅省秦州西南部、武都、文縣、康縣、成縣、徽縣、兩當、
西和、禮縣，四川西北部平武、廣元地區，陝西略陽等廣大地區，勢力極盛
時曾及陝西漢中一帶。

　　進入八世紀，唐王朝經濟迅速發展，國力強大，迎來了鼎盛期，對外交
流更加頻繁，與西域七十餘國保持著政治、經濟、文化的交流關係。向達《唐
代長安與西域文明》從「流寓長安之西域人」、「西市的胡店與胡姬」、「開元
前後長安之胡化」、「西域傳來的畫派與樂舞」、「西亞新宗教之傳入長安」、「長
安西域人之華化」等諸方面對唐王朝之開放兼容進行了全景式掃描。僅流寓
長安之西域人即有「蔥嶺以東于闐、龜茲、疏勒諸國，然後推及中亞、西亞。
如昭武九姓以及波斯諸國。觀於此輩，而後西域文明流行長安，其性質之複
雜，亦可概見矣。」〔註17〕如果說大唐王朝是中國古代最為開放的時期之一，
那麼，狹長的隴右地區則無可辯駁地成為唐王朝開放的前沿地帶，多個民族
在隴右地區和諧相處。隴右文學是在東西文化、游牧文明與農業文明的撞擊
中發展壯大起來的。講經文、變文、詩話、曲子詞、話本、傳奇、小說、寶
卷等俗文學形式亦熾盛繁烈，構成異常多樣、繁榮多元的文學生態。多元的
文學景觀反映的正是隴右地區開放包融的特徵、順時應變的革新精神與兼容
並蓄的開放勢態。在與外來文化交流時具有一定的滲透性、包融性和適應性，
形成隴右文學多元共生的文學接受群體，這樣多元的文化生態使得各種文學
形式在這裡都能找到其合適的土壤。

　　隴人自古以來在高原上從事半農半牧生活，既從事農業生產，又馬上征

〔註15〕唐‧房玄齡：《晉書‧沮渠蒙遜載記》，第 3189 頁。
〔註16〕陳寅恪：《隋唐制度淵源略論稿》，生活‧讀書‧新知三聯書店 2000 年版，第
　　　31 頁。
〔註17〕向達：《唐代長安與西域文明》，河北教育出版社，2001 年版，第 10 頁。

戰狩獵。隴右地區山大溝深、野曠人稀，經濟文化相對落後，交通十分不便，賊人野獸經常出沒。為了生產、生活的方便，人們習慣在出門遠行、行商作賈、生產勞動，吆騾趕馬，夜晚行走時手裏拿上一根棍。短棍（鞭杆）或者長棍，以防不測和以壯膽力，逐漸地把鞭、棍這種生產工具變成了格鬥的器械，民間尚武之風頗濃。這一文化特徵成為隴右地域文化中長期習傳和內在積澱的一種文化基因。處在此種文化區的隴人一旦國家危難或受到侵犯，自然會撥劍而起，挺劍而鬥，高尚武力。尚武的文化性格不但在秦漢、魏晉北朝時期的隴右文學中一再體現出來，在唐代，隴右文化的尚武精神得到極大拓展與發揚。《隋書·地理志》云「安定、北地、上郡、隴西、天水、金城，於古為六郡之地，其人性猶質木，然尚儉約、習仁義、勤於稼穡，多畜牧，無復寇盜矣。雕陰、延安、弘化，連接山胡，性多木強，皆女淫而婦貞，蓋俗然也。平涼、朔方、鹽川、靈武、榆林、五原，地接邊荒，多尚武節，亦習俗然焉。河西諸郡，其風頗同，並有金方之氣矣。」〔註18〕尚武性格成為隴人固有的特質基因而積澱於民族性格的深層，這種尚武氣質注入到唐代文學中，形成唐代文學特有的剛健氣質。

隋唐時期，隴右地區一直是全國政治、經濟、文化的中心。這裡山川雄奇，民風淳樸，文化積澱深厚。唐王朝實行「關中本位」政策，欲保關中、必守隴右；欲守隴右，必固河西；欲固河西，必斥西域。全國政治、軍事中心在隴右地區。據史料記載，唐王朝開元、天寶時期，全國軍隊約 50 餘萬人，隴右地區駐軍約 15 萬餘人，如果加上安西四鎮駐軍約有 20 萬人，占全國的40%。〔註19〕全國有戰馬約 8 萬匹，隴右地區約有戰馬 3 萬匹，占全國的三分之一強。《資治通鑑》載，盛唐時期，「是時中國盛強，自安遠門西盡唐境凡萬二千里，閭閻相望，桑麻翳野，天下稱富庶者無如隴右。」〔註20〕可見唐代隴右地區是經濟繁榮之地。作為唐王朝政治、經濟、文化的中心，隴右地區吸引著大批唐代士人前往。唐代眾多詩人來到隴右之後，或登臨遊覽，慨然揮灑；或遠赴邊塞，建功立業；或切磋詩藝，相互酬唱；此種種因緣際會產生了大量膾炙人口的詩作。一批具有全國影響的隴右著名作家與旅隴的外籍優秀作家一起，共同造就了隴右文學最為鼎盛的時代。

〔註18〕唐·魏徵：《隋書·地理志》，第 817 頁。
〔註19〕胡大濬主編：《隴右文化叢談》，甘肅教育出版社，1998 年版，第 233 頁。
〔註20〕宋·司馬光：《資治通鑑》卷二一六，中華書局，2007 年版，第 2668 頁。（以下版本號略）

　　唐代以後，長江以南地區社會經濟取得長足進步和發展，南方經濟總量逐漸超過北方。宋王朝建立後，隨著全國政治、經濟、文化重心南移，隴右地區不復有漢唐時期重要的政治地位。加上生態環境的惡化、大量人口外流、氣候乾旱等因素，逐漸成為「土高、水寒、生物寡、其財缺」〔註21〕的偏僻、貧困、落後地區。

### （三）明清政府對隴右地區的經略

　　明清時期，中國西北部的韃靼、「欲守關中，必保秦隴；欲保秦隴，必固河西；欲固河西，必斥西域。」〔註22〕秦隴、河西、西域，層層遞進、環環相扣，共同構建起中國古代西部疆域的攻守防線，也奠定了古代隴右地區的基本格局。隴右雖然地域偏僻，人煙稀少，但該地區的治亂安危在很大程度上決定著中原王朝的穩定，古代封建統治者經營西北的戰略目的正在於此。清人王樹楠等《新疆圖志》對此總結道：「武帝結烏孫、伐大宛，出輪臺、渠犁，置使者、校尉，領護山南諸國。及鄭吉為都護，治烏壘城，兼領北道，而匈奴益弱，罷僮僕都尉，幕南無王庭焉。後漢中興，於是復置都護長史，戊己校尉更治其地，而班超之功最著，安帝即位，詔罷都護，遂棄西域。唐興，太宗奮其武烈，征鐵勒，平高昌，滅薛延陀，逐西突厥於伊犁河外，悉定西域之地。置北庭都護以監北道，安西都護以監南道。其下曰都督府，曰州，曰縣。戍邊之兵，大曰軍，小曰守捉，曰城，曰鎮，皆有使。自都督以下，悉領於大都護。元起朔漠，盡取塞地，山北為阿力麻裏及回鶻王城池，諸王海都行營，統軍之所；山南為別失八里諸國地，置宣慰司、元帥府以統之。」〔註23〕明王朝建立後，北部地區的防務始終是頭等大事，韃靼、瓦剌政權一直擁有較強的軍事力量，對明朝的國防安全造成了持久的威脅。明朝初年，「封建統治者訴諸武力，欲一舉殲滅北元政權，先後北征數次，雖削弱了蒙古軍事實力，但始終沒能使蒙古臣服。在通過戰爭征服不了蒙古的情況下，明朝改變了策略，從洪武年間就開始進行全面的防禦布置，到永樂年間，修築了東起鴨綠江，西到嘉峪關，綿延萬里的防線。」〔註24〕與此同時，明

---

〔註21〕宋・佚名：《紺珠集》，影印文淵閣四庫全書本。

〔註22〕清・顧祖禹著，賀次君、施和金點校：《讀史方輿紀要》，中華書局，2005年版，第2973頁。

〔註23〕清・王樹楠等：《宣統新疆圖志》，宣統三年鉛印本。

〔註24〕劉仲華：《明代嘉隆兩朝九邊消極的防守策略》，載《青海民族學院學報》1999年第1期。

王朝還在西北地區開設茶馬互市，興辦屯田、移民墾荒。茶馬互市是西部游牧民族與中原內地經濟文化交流的重要方式，移民墾荒則緩解糧食供需矛盾，促進了當地農業的發展。當然，大量的軍屯、民屯等屯田也有負面影響，「明代九邊地區推行的屯田墾荒，對黃河流域自然環境產生了非常深遠的惡劣影響，直至現代難以消除其後患。」〔註25〕

清代初期，西北廣大地域包括今內外蒙古、新疆、青海各地爲蒙古游牧範圍，這些游牧部落主要有準噶爾、土爾扈特、杜爾伯特、和碩特部落等四部，其中有以噶爾丹爲首的民族分裂勢力。清代康熙二十九年（1690年）至三十五年（1696年），康熙皇帝經過艱苦的八年征戰，終於攻滅噶爾丹爲首的民族分裂勢力，平定了天山南北的大好河山。雍正二年（1724年），雍正皇帝派撫遠大將軍年羹堯征戰青海，剿滅了和碩特部落的割據分裂勢力，保障了祖國的領土完整。至乾隆二十二年（1757年），清朝完全統一了天山北路。新疆收復後，清政府便開始了大規模的開發，將內地平民遷徙到新疆，編爲民戶，開墾荒地。初期由政府供給籽種及耕牛、農具等生產工具，從事農業耕作。清王朝還在西北各地派兵駐防、設置行政單位，與各民族進行互市交易，有效地鞏固了統一的多民族國家。

早在嘉慶、道光時期，嘉道間學者如徐松、張穆、何秋濤等即關注西北史地，徐松著有《西域水道記》、《漢書西域傳補注》、《新疆識略》等；張穆著有《蒙古游牧記》等；何秋濤著有《朔方備乘》等。道咸以降，清政府內憂外患，喪權辱國，西北邊疆地區成爲中華民族興亡安危的焦點之一。從1864到1870年，沙俄先後逼迫清政府簽了《中俄勘分西北界約記》等多個不平等條約，共侵佔了我國44萬餘平方公里的領土。嚴重的西北邊疆危機，不少士人在「經世致用」思想指導下，紛紛將眼光投向了遙遠的西北邊陲，祁韻士、徐松、張穆、何秋濤、龔自珍、魏源、林則徐等，或親自遠赴西北、或留心西北地方典籍，以研究邊陲史地、尋求解決西北邊疆危機的西北邊疆史地學興起。

《漢書‧地理志》云：「凡民函五常之性，而其剛柔緩急，音聲不同，係水土之風氣，故謂之風；好惡取捨，動靜亡常，隨君上之情慾，故謂之俗。」〔註26〕說民眾之「好惡取捨」是「隨君上之情慾」，正說明政治因素對地域

〔註25〕梁四寶：《明代「九邊」屯田引起的水土流失問題》，載《山西大學學報》1992年第3期。
〔註26〕漢‧班固：《漢書‧地理志》，第306頁。

文化形成之重要影響。中原王朝對隴右地區的經營，軍隊駐防於此，大量官員、使節的到任，會推動當地社會經濟的發展。許多外地文士來到隴上，隴籍文人的成長、軍屯文學的興起等，使中國文學版圖向西北地區拓展，向來被認為是文化荒漠的河隴地區初步形成了地域文學中心。國家有效地在隴右地區行使管轄權，保證了當地的穩定和絲綢之路的暢通，伴之而來的，是大量商旅、絲路貿易的興盛。中學西漸、佛法東來，首先在河西地區相互融合調適，再以新的文化形態輸出或輸入，源源不斷地向中華文明輸入了新鮮血液。

綜上所述，在中國歷史的演進中，隴右地區一直佔有相當重要的地位。歲月悠悠，滄海桑田，在隴右這塊大地上，王朝的興廢更替，蘊含著異常深厚的歷史文化信息，也是形成隴右獨特文化內涵的重要因素之一。

## 二、影響隴右文化發展的經濟因素

絲綢之路是古代中國經中亞、西亞連接歐洲及北非的東西方交通路線的總稱。甘肅位居東西方交流之咽喉孔道，絲綢之路貫穿甘肅全境，其主幹線在甘肅綿延長達 1600 多公里，約占其長度的 1/5。隴右地區作為中華文明的多元中心區域之一，經濟開發活動也開始甚早。由於歷史上不同時期的民族結構、政權分割、自然條件等因素，隴右地區在經濟發展水準和形態特徵上呈現不同的特點，這些對隴右文化的發展產生了重要影響。

### （一）隴右地區遠古農牧經濟的起源

早在新石器時代早期，原始農業就在隴右地區的一些河谷臺地出現。考古資料證明，距今 8000～5500 年前後，渭河上游和西漢水上游已出現了以種植黍（糜子）、粟和油菜等旱作農作物，養殖豬、狗、羊和雞等家禽家畜為標誌的定居、半定居的農耕經濟。但這時採集和狩獵經濟似乎仍佔據主導地位，農業經濟處於從屬和補充地位；農業生產技術也處於「刀耕火種」初期，離發達的鋤耕農業還有很長一段距離。西周初年，秦人祖先西遷到天水一帶，長期與西戎雜處，以至被中原諸侯以夷狄相待，排斥於華夏族之外。自周初至戰國間，秦人世居「西陲」，與西戎長期交戰，不惜失地亡君，誓死保衛西周的西部門戶，以求躋身諸侯國行列並回歸華夏文化。為此，他們一方面「入鄉隨俗」，接受西戎游牧文化，並以善養馬而享譽中原諸國；另一方面，他們又主動從華夏農耕文化中吸收養料，故而慘澹經營，幾度榮衰，在群戎包圍

的環境中由弱到強，脫穎而出。秦穆公「用由余謀伐戎王，益國十二，開地千里，遂霸西戎。」〔註27〕至秦獻公時，「欲復穆公之跡，兵臨渭首，滅狄獂戎。」〔註28〕活動於隴中一帶見於記載的邽戎、冀戎、獂戎、綿諸戎、襄戎、義渠戎等漸次爲秦人所征服。秦人崛起的關鍵因素在於兼取西戎游牧文化與中原農耕文化之長，秦人佔據隴右也促使當地經濟由畜牧爲主發展爲農牧兼營，從此，隴右地區半農半牧經濟區便確立起來。

## （二）隴右各地的農業發展

隴右地區古代的農業開發，在秦漢、唐宋和明清三個歷史時期經歷了三次發展高潮。該地區最早得到開發的是渭河、洮河下游及涇河流域。隴東涇河流域曾經是周人先祖的居地，周人以農耕著稱，周人之先祖公劉等首領率周人在今慶陽一帶「復修后稷之業，務耕種、行地宜」，〔註29〕推動了當地的農業發展。自商周以來，在秦人與西戎的對峙和交往過程中，隴右渭水流域、洮河下游的農牧經濟得到進一步發展。

漢代在隴右實行屯田制度，發展農業生產。漢武帝爲了徹底消除邊患，在河西一帶屯田，元鼎六年（前 111 年），大漢王朝「初置張掖、酒泉郡，而上郡、朔方、西河、河西開田官、斥塞卒六十萬戍田之。」〔註30〕漢代河西屯田的士卒一直在十五萬人左右。漢宣帝神爵二年（前 60 年），趙充國在湟水谷地屯田，漢元帝永光二年（前 42 年），馮奉世在隴西屯田，都是漢代開發隴右的典型事件。漢代屯田，不但鞏固了邊防，有效地解決了邊防軍所需的糧草，而且將漢王朝的後勤供給中心向前推移了千餘公里，大大減輕了長途運輸對國家的巨大壓力，這是漢王朝能擊敗匈奴的重要因素之一。長期的軍隊駐紮屯田，也使隴右廣大地區得到進一步開發，隴右地區經濟迅速發展、壯大起來。魏晉南北朝時期，由於關外少數民族內遷和戰爭頻仍，政權林立，隴右地區農業開發基本處於停頓狀態。

魏晉北朝隋唐至北宋，隴右地區的農業開發掀起了第二次高潮。唐王朝立國後，爲了加強西北國防，在臨近吐蕃的隴右西部蘭、臨、洮、岷諸州廣

---

〔註27〕漢・司馬遷：《史記》卷五《秦本紀》，第 32 頁。
〔註28〕南朝・范曄：《後漢書》卷八七《西羌傳》，中華書局 1965 年版，第 2875 頁。（以下版本號略）
〔註29〕漢・司馬遷：《史記》卷四《周本紀》，第 15 頁。
〔註30〕漢・司馬遷：《史記・平准書第八》，第 1439 頁。

設軍屯。據《唐六典》記載，隴右秦、渭、成、武、岷、河、蘭諸州均有軍屯設置。〔註 31〕大規模軍屯的設置，推動了隴右各地農業的發展。唐王朝開發隴右，實行屯田，始於武則天時期，開元天寶年間達到極盛。武周垂拱二年（686 年），當時涼州倉貯「惟有六萬餘石，以支兵防，才周今歲。雖云屯田，收者猶在，此外略問其數，得亦不多，今國家欲制河西定戎虜，此州不足，未可速圖，又至甘州，責其糧數。稱見在所貯積者四十餘萬石。」〔註 32〕陳子昂在《上西蕃邊州安危事三條》中就屯田問題論述道：

> 比者國家所以制其不得東侵，實由甘、涼素有蓄積，士馬彊盛，以扼其喉，故其力屈，勢不能動。今則不然，甘、州倉糧，積以萬計，兵防鎮守，不足威邊，若使此虜探知，潛懷逆意，縱兵大入，以寇甘、涼。雖未能劫掠士人，圍守城邑，但燒甘州蓄積，蹂踐諸屯，臣必知河西諸州，國家難可復守也。此機不可一失。一失之後，雖賢聖之智，亦無奈何。臣愚不習邊事，竊謂甘州宜便加兵，内得營農，外得防盜，甘州委積，必當更倍。保以言之？甘州諸屯，皆因水利，濁河灌溉，良沃不待天時。四十餘屯，並為奧壤，故每收穫，常不減二十萬但以人功不備，猶有荒蕪。今若加兵，務窮地利，歲三十萬不為難得。國家若以此計為便，遂即行之，臣以河西不出數年之間，百萬之兵食無不足而致，倉廩既實，邊境又彊，則天兵所臨，何求不得？〔註33〕

此後，唐王朝開始重視河西地區的屯田，僅隴右道屯田，據《唐六典》記載，即有渭州 4 屯、秦州 4 屯、成州 3 屯、武州 1 屯、岷州 2 屯、軍器 4 屯、莫門軍 6 屯、臨洮 30 屯、河源軍 28 屯、安人軍 11 屯、白水軍 10 屯、積石軍 10 屯、富平 9 屯、平夷守捉 8 屯、平戎 1 屯、河州 6 屯、鄯州 6 屯、廓州 4 屯、蘭州 4 屯、，共計 170 餘屯。據統計，唐代河隴地區屯田總計達 17400頃，糧食產量約 150 萬石。〔註 34〕經過長期的開發，隴右地區成為唐代最富庶的地區之一，《資治通鑒》記載：「是時中國盛強，自安遠門西盡唐境萬二

---

〔註31〕 唐·李林甫等撰、陳仲夫點校《唐六典》卷七《屯田郎中員外郎》，中華書局1992 年版，第 238 頁。

〔註32〕 陳子昂《上西蕃邊州安危事三條》，見清·董誥等編、孫映逵點校：《全唐文》卷二一一，山西教育出版社 2003 年版，第 1278 頁。（以下版本號略）

〔註33〕 清·董誥等編、孫映逵點校：《全唐文》卷二一一，第 1278 頁。

〔註34〕 胡大濬主編：《隴右文化叢談》，甘肅教育出版社 1998 年版，第 85 頁。

千里，閭閻相望，桑麻翳野，天下稱富庶者無如隴右。」〔註35〕唐代涼州繁華，屢見於唐人歌詠，岑參在《涼州館中與諸判官夜集》詩中寫道：「彎彎月出掛城頭，城頭月出照涼州，涼州七里十萬家，胡人半解彈琵琶。」〔註36〕中唐詩人元稹《西涼伎》亦云：「吾聞昔日西涼州，人煙撲地桑柘稠。蒲萄酒熟恣行樂，紅豔青旗朱粉樓。」〔註37〕可見唐代涼州城市規模宏偉、人口繁複的生活畫面，可謂隴右地區農業開發、經濟繁榮的一個縮影。

明代仍然在隴右實行屯田制度。明代河隴三鎮計33衛，駐軍約18萬人，先後在寧夏、甘肅等地屯田。屯田是一種有組織的生產行為，其主要產品就是糧食。屯田是隴右開發史上的重要篇章，對隴右地區社會經濟發展水準的提高，作出了不可磨滅的貢獻。眾所周知，隴右許多地區曾經是人煙稀少的洪荒之地，這些新闢的墾區，很多都成了後世各族居民的聚居區。不僅如此，屯田還傳播了漢地先進的生產技術，提高了隴右地區農業生產的技術水準。歷代朝廷為了使屯田獲得成功，都會有組織地將內地最先進的農業生產技術運用到屯田區中，這就為先進技術傳入新疆提供了便利。如代田法、耦耕法等眾多農業生產技術都是通過屯田傳播到西域的。當然，明清時期的屯田，加之明清兩朝隴右移民的迅速增加，日益增長的人口又以廣開荒地、廣種薄收維持生計，導致黃土高原的過度開墾、植被破壞和水土流失日益嚴重的境況，漸次走上「越墾越窮，越窮越墾」，生態環境日益惡化的惡性循環之路。

### （三）隴右各地的畜牧業及商貿經濟發展

隴右地區雖然曾長期是半農半牧經濟區，但歷史上卻以畜牧業發達而受到人們的關注和稱讚。西周春秋時期，秦人在隴右一帶以善養馬著稱，並受到周孝王的重用和封賞。秦人東遷至關中後，直至秦始皇建立秦國，隴右一帶一直是秦人最為重要的戰馬基地。西漢在隴右天水、隴西、安定、北地、上郡、西河六郡設有牧苑36所，由官奴婢3萬人養馬30萬匹。〔註38〕可見秦漢時期隴右是國家重要的養馬基地，故「涼州之畜為天下饒。」及至魏晉北朝時期，氐、羌等族及其政權相繼控制隴右，畜牧業上升為當地經濟的主

---

〔註35〕宋‧司馬光：《資治通鑑》卷二一六，第2668頁。

〔註36〕清‧彭定求等編：《全唐詩》卷一九九，中華書局1960年版，第2054頁。（以下版本號略）

〔註37〕清‧彭定求等編：《全唐詩》卷四一九，第4616頁。

〔註38〕雍際春：《西漢牧苑考》，《中國歷史地理論叢》1996年第2期。

體。北魏「世祖之平統萬，定秦隴，以河西水草善，畜產滋息，馬至二百萬匹，橐駝將半之，牛羊則無數。」〔註39〕隴右畜牧業空前繁盛，達到了歷史上的一個高峰時期。

唐王朝立國後，隴右仍然是國家重要的畜牧基地，「肇自貞觀，成於麟德四十年間，馬至七十萬六千匹，置八使以董之，設四十八監以掌之。跨隴西、金城、平涼、天水四郡之地，幅員千里，猶爲隘狹，更析八監，布於河曲豐曠之野，乃能容之。於斯之時，天下以一縑易一馬，秦漢之盛，未始聞也。」（張說《大唐開元十三年隴右監牧頌德碑》）〔註40〕至開元年間，畜牧業有長足發展，馬、羊、牛等數量大增，「（開元）元年牧馬二十四萬匹，十三年乸四十三萬匹；初有牛三萬五千頭，是年亦五萬頭；初有羊十一萬二千口，是年乃亦二十八萬六千口。」〔註41〕玄宗皇帝東封泰山之時，「輦輅既陳，羽衛咸備，大駕百里，煙塵一色。其外又有閑人萬夫，散馬千隊，骨必殊貌，毛不離群。行如動地，止若屯雲。」〔註42〕宛若天際燦爛的雲霞湧動。

畜牧業發展的同時，隴右商業也得到長足發展如著名的絲路貿易等都在該地區進行。隴右地區不僅農牧資源較爲豐富，而且林業資源豐富、盛產藥材，多種礦產資源分布其中。由於隴右地處「絲綢之路」的咽喉要道，又是多民族雜處、交錯地帶，無論從隴右地區自身，還是從內地與隴右、漢族與各少數民族而言，經濟的互補性都很強，民族商貿活動頻繁。漢代張騫通西域，「絲綢之路」開通後，極大地推動了隴右地區民間貿易的發展，民族貿易日益活躍，並出現了涼州、敦煌、天水、隴西等商業都會。絲綢之路融合、薈萃東西方文化，商業經濟的發展，伴之而來的文化交流的頻繁，民族交流、民族往來的活躍，這勢必對隴右文化的形成起到了積極推動作用。

## 三、影響隴右文化發展的地理、民族因素

在漫長的歷史演進中，隴右地區作爲地理位置頗爲獨特的區域，在東西文化的交流、多元文化的融合互動方面扮演著積極作用。而隴右多民族交錯的人文格局，無疑對隴右地域文化的形成、演變，產生了重要影響。可以說，隴右文化的基本特徵就是在中西交流、多元文化匯聚、民族融合的過程中形成的。

---

〔註39〕北齊・魏收：《魏書》卷一一〇《食貨志》，中華書局1974年版。
〔註40〕清・董誥等編、孫映逵點校：《全唐文》卷二二六，第1360頁。
〔註41〕清・董誥等編、孫映逵點校：《全唐文》卷二二六，第1360頁。
〔註42〕清・董誥等編、孫映逵點校：《全唐文》卷二二六，第1360頁。

### （一）中西交流的橋樑

　　進入歷史時期，隴右地區基本上是一個多民族聚居區。伴隨著歷史的腳步，隴右地區也加緊了民族融合的步伐，而「絲綢之路」的開通更使隴右成為華夏文化與西域文化擴散、交流與融合的交接點。可見，隴右文化的發展一方面是民族融合的必然結果，另一方面又在地域和民族的構成中，在中西文化交流中不斷吸取營養。明清時期，中國漢文化圈在長期擴疆拓土和域內空間分異縮小的過程中趨於定型，作為中國地域文化的一個類型的隴右文化在保持自己特色的同時，則更多地表現出文化的趨同性。民族融合與文化交流首先促成了隴右文化的滲透性與包容性特徵。在這裡，每個民族都以其寬大的胸懷和開放的姿態進行情感與文化上的交流與認同。「民族雜居，多民族人民在同一個地區長期生活在一起，就會形成地域共同體，例如對自然環境、歷史掌故、文化英雄等的認同。」〔註 43〕各民族在這塊土地上的交往起初是在淺層互動系統，進而由組織聯繫進入社會系統，擴展為一種深層的文化心理聯繫，這既表達了不同民族的不同需要，又體現了他們之間的共同需要和共同利益。民族間的交往與滲透，有時是和平的，有時卻異常艱辛，有時甚至是民族大遷徙，伴隨著異常艱辛的命運，然秦人終在困難中崛起、東進關中，進而統一中國，建立起中國歷史上第一個統一的封建王朝。隴右地區的民族交往史證明：不同地區的文化模式、價值觀念、宗教信仰等的相互交流與影響，形成了相互的認同和理解，與此同時，通過民族間的交往凝結成的不同民族共同的國家意識和對祖國的情感，又維繫著歷史上國家與外域的關係，維繫著逐漸發展起來的內地與邊疆的聯繫，維繫著國家的統一。不難理解，所謂滲透是指隴右地區文化、精神間的滲透；所謂包容則是指隴右文化在民族融合過程中所表現出的海納百川般的氣度，以及它對各種文化的吸收與接納。

　　隴右文化的形成還在於隴右文化生生不息的創造性與延續性。隴原兒女富於創造的活力，在盛傳於隴右大地的伏羲與西王母的神話傳說中，已透發著勃勃的創造生機；近代以來隴原大地不斷發掘出的大量石器時代遺址中的勞動工具、房屋、墓葬等文化遺存，均是隴右先民創造精神的體現。那些絢麗奪目的彩陶藝術、石窟藝術，更是隴右先民充滿創造活力的象徵。正是這

---

〔註43〕班班多杰：《和而不同：青海多民族文化和睦相處經驗考察》，《中國社會科學》
　　　2007 年第 6 期。

種創造精神，才使隴右文化代代相傳、綿延不絕、特色獨具。隴右文化的延續性，也正是在這種創造精神的基礎上體現出來的。隴右各民族中，羌、氐、西戎，甚至党項族均在歷史的進程中發生了巨變，但其文化性格與品質卻至今仍記錄在我國的典籍中，其風俗習慣至今還滲透、保存在隴右民風中，隴右文化的延續性特徵於此可見一斑。

## （二）多元文化的交流融合薈萃之地

從史前遠古文化來講，隴右地區大地灣文化歷史年代為距今 8000 年～5000 年之間，大體與女媧、伏羲生活的時代相符。大地灣遺址發現的編號為 901 的房屋基址，距今 5500 年，總面積 420 平方米，為多間複合式建築，開創了後世宮殿建築的先河，是華夏文明起源的重要證據。大地灣一期彩陶與西亞兩河流域最早的彩陶年代大致相當，大地灣一期發現的彩陶彩繪符號和馬家窯文化發現的幾十種不同種類的刻畫符號，對探索中國文字起源具有重要意義。在大地灣及其附近的文化遺址中，還出土了大量的骨鏃、骨針、刀、斧等生產、生活工具。上述考古發掘成果使伏羲造書契、演八卦、發明生產工具、結網罟，興漁獵、創嫁娶之禮等眾多文化貢獻得到了考古學上的印證，受到考古學界的廣泛關注。

從民族文化來講，隴右地區自古以來就是漢、氐、羌、鮮卑、匈奴、回鶻、藏、回等眾多民族雜居交融之地。漢代張騫鑿通絲綢之路之後，隴右又處中外文化交流的咽喉孔道，無論是東學西漸，還是佛法西來，都要經過隴右地區。魏晉六朝至隋唐時期，一批高僧「發憤忘食，履險若夷。輕萬死以涉蔥河，重一言而之奈苑」，〔註44〕櫛風沐雨、西行求法，其中尤顯者無過乎東晉高僧法顯。法顯所歷者三十二國，唐玄奘「親踐者一百一十一國，傳聞者二十八國。」〔註45〕從唐初開始，唐蕃古道逐漸繁榮起來。今甘肅省永靖縣炳靈寺第 54 龕題記：「大唐永隆二年閏七月八日，隴右道巡察使行殿中侍御史王玄策，敬造阿彌陀佛一軀並二菩薩。」王玄策為唐代傑出的外交家，從貞觀十七年（643）至麟德二年（665）曾四次往返於五天竺諸國，今西藏日喀則市吉隆縣至今仍存「大唐天竺使之銘」，記載王玄策出使天竺國途中經

---

〔註44〕向達：《漢唐間西域及海南諸國古地理書敘錄》，《國立北平圖書館館刊》，1930 年第 6 號。

〔註45〕唐・玄奘、辯機著，季羨林等校注《大唐西域記校注》，中華書局，2000 年版，第 9 頁。

過吉隆的過程。〔註46〕王玄策撰有文 10 卷、圖 3 卷、共計 13 卷的《中天竺國行記》。駝鈴陣陣、民族往來，造就了隴右地區璀璨絢麗的多民族文化景觀。

從石窟文化來講，甘肅境內絲綢之路沿線佛教石窟有 70 多處，著名石窟有：敦煌莫高窟、麥積山石窟、永靖炳林寺石窟、瓜州榆林窟。、肅南馬蹄寺石窟、武威天梯山石窟、武山水簾洞石窟、甘谷大象山石窟、莊浪雲崖寺石窟、瓜州縣東千佛洞、武山縣木梯寺石窟、涇川回山王母宮石窟、涇川南石窟寺、慶陽北石窟寺等。特別是世界文化遺產敦煌莫高窟，位於敦煌市城東南 25 公里的鳴沙山下，保存著 4～14 世紀的 700 多個洞窟，至今有壁畫達 45000 平方米，彩塑雕像 2415 尊，珍貴文物 5.6 萬件。在我國四大石窟中，莫高窟是開鑿最早、延續時間最長、規模最大、內容最豐富的石窟群，可謂人類共同的文化遺產。這些石窟自河西向隴東，猶如一顆顆璀璨的明珠，鑲嵌於隴右大地，見證著絲綢之路的輝煌。

從民間曲藝文化來講，隴原大地是民間曲藝的沃土，僅列入省級「非遺」的民間曲藝即有 40 餘種、列入國家級「非遺」的曲藝達 10 餘種：河西、岷縣寶卷；蓮花山、松鳴岩、二郎山花兒；清水道教音樂；天祝藏族華銳民歌；隴東道情皮影戲；敦煌、華亭曲子戲；秦安、通渭、民勤、徽縣小曲；靈臺燈盞頭戲；隴南高山戲；文縣玉壘花燈戲；涼州賢孝；隴南春官歌演唱；康縣木籠歌、鑼鼓草、毛山歌；河州平弦；白馬人民歌；崆峒笑談；三倉燈戲等；其表現形式、音樂結構、唱腔表述無不蘊藏遠古遺風，富含形式意味，讓現代人體會到古老而質樸的隴上風情，感受到濃濃的隴右文化特質。

「絲綢之路三千里，華夏文明八千年。」這些璀璨奪目的文化是中華傳統文化多遠融合過程中的一個標本，堪稱民族和世界文化的瑰寶。是隴右地區歷史悠久、文化厚重的生動寫照，也是對隴右歷史文化地位和特色的最好詮釋。

### （三）多民族文化交流融合的橋樑地區

隴右地區是一個多民族的聚居地，以甘肅省為例，至今仍有 54 個少數民族生活棲息在這塊土地，少數民族總人口 219.9 萬，占該地區總人口的 8.7％。世居隴右的少數民族有回、藏、東鄉、土、裕固、保安、蒙古、撒拉、哈薩克、滿族等 16 個少數民族。其中東鄉族、裕固族、保安族為甘肅省的

---

〔註46〕《穿越千年的蕃尼古道》，《光明日報》2018 1 月 31 日。

獨有民族。從各個少數民族的分布情況來看，回族主要聚居在臨夏回族自治州和張家川回族自治縣，散居在蘭州、平涼、定西等地市；藏族主要聚居在甘南藏族自治州和河西走廊祁連山的東、中段地區如武威天祝藏族自治縣等；東鄉、保安、撒拉族主要分布在臨夏回族自治州境內；裕固、蒙古、哈薩克族主要分布在河西走廊祁連山的中、西段地區。全省 86 個縣、市、區中，除少數民族聚居的 21 個縣、市外，其餘 65 個縣、市、區中均有散居的少數民族。

傳說中的人文始祖伏羲氏、女媧氏、軒轅氏，在甘肅省都有相關的傳說及祭祀地。秦人先祖的都邑西犬丘，就在今天的甘肅省禮縣、西和縣一帶。古老的氐、羌等民族，曾在此建立地方政權，隴原大地成為其活動中心之一。漢、藏、回等民族和古氐、羌等多民族長期聚居，形成了多姿多彩的風俗民情。秦隴文化與巴蜀文化、漢族文化與藏、回等民族文化相互影響融合，使隴右地域文化呈現相互交融、兼容並色、融合薈萃的顯著特色。

在這片古老的土地上，產生過趙壹、仇靖、王仁裕、邢澍、張綬、何宗韓、吳鵬翱等傑出的文學家、書法家、金石家和史學家，著述頗豐，名存千古。還有馳名中外的敦煌莫高窟、張掖鐘樓、天梯寺石窟、麥積山石窟、女媧洞、伏羲廟、水簾洞石窟、成縣《西狹頌》、祁山堡武侯祠，飛龍峽杜甫草堂、仇池故國遺址、八峰崖石窟等等名勝古蹟，星羅棋佈，聞名遐邇，形成了眾多的人文景點。這種地理、民族因素，造就了隴右地區深厚的歷史文化積澱，是形成隴右文化特質的重要因素之一。

## 第三節　隴右地域文化的文化品格

隴右文化萌芽於新石器時代早期以農耕文明為主的大地灣文化，中經大地灣中晚期和馬家窯文化，至齊家文化時期，由於氣候變冷，以西戎、氐、羌為主的畜牧文化代之而起。接著，周人興起隴東，秦人崛起天水，以農牧並舉、華戎交匯為特徵的秦文化興盛起來，奠定了自先秦至隋唐隴右地域文化的基本形態和格局。宋代以來，伴隨單一農業經濟形態的形成，隴右文化由農牧並舉轉向農耕文化形態。隴右文化歷經千百年來的流變整合和融通積澱，浸潤了深深的地域性烙印。「隴右大地作為黃河流域華夏文明的發源地之一，在人類開始邁入文明門檻的時候，地域文化就以其鮮明

的風格和較高的水準而興起，並在中國早期文化史上佔有一席之地。在華夏文化發展爲漢文化並形成漢文化圈的漫長歷史進程中，隴右文化始終伴隨著漢文化的擴散吸引而趨同；又因人口流動，民族遷移，統一與分裂的波動而趨異。隴右文化依賴地域之便，東與屬於中原文化的三秦文化唇齒相依，使漢文化得以流傳發展，加快了隴右文明的進程；隴右地處中西交通的要道，西與屬於沙漠、草原類型的西域文化毗鄰，少數民族文化、外來文化正是在這裡得以與漢文化碰撞、交流、融合。可見，隴右作爲黃河上游一個相對獨立的區域，是中原與周邊政治、經濟、文化力量伸縮進退、相互消長的中間地帶。因而成爲中原文化與周邊文化，域內文明與域外文明雙向交流擴散，薈萃傳播的橋樑。隴右文化作爲一種獨具特色的地域文化，與西域文化相比較，它具有更多的漢文化特徵；與三秦文化進行比較，它又更多地含有少數民族文化的成分。隴右文化是從三秦文化到西域文化整個西北文化帶的中間環節，它聯繫著兩方又自成體系。一旦具備適宜文化發展的條件，各種形式的文化都有可能在這裡發芽。這種文化優勢，既促進了隴右文化的發展，又爲三秦文化和西域文化源源不斷地注入新鮮血液。」〔註47〕所以，隴右文化又帶著複雜的民族色彩和過渡性特徵。多元融合的隴右文化是中華傳統文化的一個典型縮影。

## 一、開放相容、開拓創新

　　隴右地區位於青藏高原、內蒙古高原和黃土高原的結合部，在地理上屬於典型的有農耕區向畜牧區過渡的區域，宜農宜牧，既可以發展農業生產，又可以經營畜牧或半農半牧的經濟。從該地區遠古考古發掘中既出現中國最早的糧食作物——粟的種子，又出土大量的牛、羊等家畜骨頭，就可以看出這一特色。這種自然地理因素賦予隴右地區處於農耕文明與草原文明相互融合之特徵。因爲特殊的地理因素，中西方文化交流，在古代沒有第二條路可走，必須經過狹長的河西走廊地區，故該地區成爲中西方文化交流的薈萃之地。東西方文化的雙向交流融合，一方面爲隴右地區文化源源不斷地注入來自異域的、新鮮的血液，另一方面又使得隴右文化得到重塑，具有一種不同於中原文化的過渡性特徵。

---

〔註47〕張兵、張應華：《隴右文化圈的形成與隴右文化特徵》，見《光明日報》2000
　　　　年6月9日。

　　隴右地區東接中原、西通西域，是內地與邊疆的天然走廊。自遠古迄今，氐、羌、碣、匈奴、鮮卑、契丹、党項、吐蕃、吐谷渾、回、裕固、保安、東鄉族等眾多民族棲息於此，東西文化、游牧文明與農業文明乃至伊斯蘭、基督教文明都在這裡交匯。眾多文明的相互交流融合，必然形成隴右文化中鮮明的開放相容、開拓創新精神。如今，行走在隴原大地，那一座座璀璨奪目的石窟見證著昔日眾多民族文化交流的輝煌。「絲綢之路的開通給甘肅文化帶來了無限活力，使其在民族融合進程中所形成的過渡性特點愈加突出。石窟藝術與宗教文化是甘肅文化最高成就的體現。甘肅境內，石窟寺遍布絲綢之路沿線，莫高窟、炳靈寺、麥積山等石窟中的雕塑與壁畫所蘊含的藝術韻味，是華夏文明藝術精神最集中的體現，也是佛教文化氛圍涵茹之下甘肅人想像力與審美體驗的完美展示。」〔註48〕從一個新的維度闡釋著隴右文化的開放相容特質。

## 二、果敢勇猛、剛健尚武

　　從農業生產形態來看，隴右地區亦農亦牧；從人文地理學視角而言，隴右地區是多民族雜居之地；「甘肅是多民族聚居區，其中世居民族有漢、回、藏、蒙古、東鄉、土、裕固、保安、滿、撒拉、哈薩克等。在漫長的歷史長河中，甘肅逐漸形成了豐富多彩的民族民俗文化。」〔註49〕甘肅又是周秦文化的發祥地，秦人遷居隴右地區以後，一方面隨鄉入俗，吸收了當地西戎、羌、氐等民族彪悍尚武、勇敢進取的文化特質，逐漸形成秦人果敢勇猛、剛健尚武的民族氣質，對隴右文化有深刻影響。

　　隴上自然條件嚴酷，要生存下去，而且要在生存中獲得進一步發展，必須具備執著堅韌、自強不息的精神。千百年來，在貧瘠土地上艱辛的開拓，與無數天災人禍鬥爭的歷史進程中，形成了隴人在異常艱苦的條件下果敢勇猛、剛健尚武的人文精神。隴原兒女在異常艱苦的條件下生息繁衍、不懈奮鬥、默默奉獻。在長期的歲月磨礪中，甘肅人民吃苦耐勞、埋頭苦幹，不務浮華、不圖虛榮，隴右文化中有異常鮮明的「甘於寂寞、埋頭苦幹」的精神特質。如明代隴上名士李夢陽表現出執拗個性、剛正不阿；崇尚氣節、敢於擔當的人格節操。受隴右文化影響，趙時春具有嚴毅介特、

---

〔註48〕張兵：《華夏文明與甘肅地域特徵》，《光明日報》2013 年 7 月 25 日。
〔註49〕田澍：《甘肅歷史文化資源的豐富內涵》，《光明日報》2013 年 7 月 25 日。

嫉惡如仇，以武功自奮的人格特質。其伉浪自恣的「雍音」表現為縱橫灑脫、崇尚勇武、汪洋恣肆的風格美感，詩文中流注的剛健質樸之氣都和隴右地文化的陶冶密不可分。

## 三、質樸平實、封閉保守

　　千千萬萬甘肅人和象徵隴人品格的黃河、黃土，特別是馬鈴薯，給人最深刻的印象就是質樸無華，實而不華，但它們的文化內涵卻十分豐富，開發前景特別廣闊。這頗為形象地折射出隴人的文化性格。早在魏晉時期，雍涼士民浸染羌胡之風，多好勇尚武，嫻於弓馬，又有深厚的漢學淵源。受隴右地域文化薰染和家族世代的文學傳承，漢晉之際的皇甫氏文學家族具有剛正持身、長於騎射、累世奉儒之特點。再如唐代隴右著名的權氏文學家族，該家族的文學活動、文學思想與關隴文化有一定的關聯。隴右文化質樸厚重的文化內涵、濃鬱的憂患意識、積澱深厚的文化淵源、崇尚剛正的文化氣息根深蒂固地作用於權氏家族；從傳授淵源來看，權德輿所承學的中唐新《春秋》學派的創始人及主要成員多為關中人或居關隴文化圈中。權德輿一生清正守身、以儒立身、關注現實、經世致用的人格風範；醇厚雅正的文學風貌及標舉雅正、氣理兼通、文質兼備的文學思想，適與秦隴學術資源一脈相承。

　　宋代以後，隨著中國經濟、文化重心的東移，陸上絲綢之路的衰落，海上絲綢之路的興起，隴右文化既走向趨同，又被邊緣化。「這既加大了它與中原文化發展的差距，又強化了其封閉性。」〔註 50〕表現在文學領域，宋元以降，隴右文學生態景觀單一，雖有鄧千江、張炎、李夢陽、胡纘宗等出現，標誌著隴右文學仍有相當成就，但與周秦漢唐隴右文學不時領風氣之先的生動景象不可同日而語。從整體高度和地域特色而言，和全國文壇已有較大差距，此恰恰與隴人性格由外放趨於內斂的歷史走向暗合。可見，隴右文化具有開放包融與內斂自守的雙重性文化性格。

　　正是隴人特有的文化性格成就了隴原大地的昨天和今天。今天我們正面臨跨越式發展的難得機遇。經濟學研究表明，經濟的發展其實是一個文化進程，短期行為可用經濟規律來解釋，長期的發展則必須文化力的支撐。因此，如何實現隴人性格的重組和優化是一個關鍵問題。

---

〔註 50〕雍際春：《隴右文化的基本特徵》，《光明日報》2005 年 12 月 14 日。

# 第四節　本課題研究現狀概述

　　隴右扼關隴巴蜀之咽喉，為「絲綢之路」之要衝。獨特的地域、地理、歷史原因，形成了有別於齊魯、巴蜀、吳越、河洛的隴右文化。相對其他地方文獻、地域文學研究的「熱門」，隴右地方文獻少人問津，隴右文學無多關注。事實上，隴右地方文獻異常豐富，僅《關右經籍考》、《隴右著作錄》、《隴右方志錄》、《隴右金石錄》收文獻即達 3000 餘種、詩 10000 餘首、文 8600 篇、作家 2000 餘人，洮岷「花兒」等口傳文獻數量在 10 萬首以上。要重繪中國文學地圖，就不能不對跨地域民族文化的多元重組中形成的隴右文獻及其蘊涵的文學現象予以關注。在此方面，先賢時彥的成功探索有：

## 一、隴右文學的宏觀研究

　　清乾嘉時，邢澍撰《關右經籍考》11 卷，收隴右文獻 800 餘種，開隴右地方文獻整理之先河。民國時，張維編《隴右著作錄》6 卷，著錄隴右 772 位學人著作 1575 種。收隴右方志 293 部，《三隴方志知見錄》又收方志 80 餘部。張維《隴右金石錄》12 卷及《補》共收隴右金石 1500 多件，顧頡剛先生謂此書「博大精深，確後學之所必須。」郭漢儒編《隴右文獻錄》24 卷，收隴右 840 餘位學人的著作。馮國瑞《天水出土秦器匯考》，《中國西北文獻叢書》（蘭州古籍書店 1990）收文獻 560 種。此外，尚有彭鐸《潛夫論箋校正》（中華書局 1985 年版），趙逵夫點校《張康侯詩草》（蘭州大學出版社 1989 年版）等整理的隴右文獻約 30 餘種。

　　不少中國文學史著作對《詩經・秦風》、北朝民歌、唐代變文、寶卷，及隴右作家趙壹、秦嘉、權德輿、王仁裕、李夢陽等均有論述，但未將隴右文學作為相對完整的文學現象給予論述。較多論述隴右文學的是鄭振鐸《中國俗文學史》〔註51〕，該書部分章節如「漢代俗文學」、「唐代的民間歌賦」、「變文」、「寶卷」較多地論述了隴右文學的一些文學現象。曹道衡、沈玉成《南北朝文學史》〔註52〕對學界相關研究成果進行了系統總結和分析，代表了北朝文學的研究高度。曹道衡、劉躍進《南北朝文學編年史》〔註53〕既廣泛吸收南北朝文學的研究成果，又注意對這些成果的清理和辨析，填補了南北朝

---

〔註51〕鄭振鐸：《中國俗文學史》，東方出版社 1996 年版。
〔註52〕曹道衡、沈玉成：《南北朝文學史》，人民文學出版社 1991 年版。
〔註53〕曹道衡、劉躍進：《南北朝文學編年史》，人民文學出版社 2000 年版。

文學研究的空白。甘肅省社會科學院文學研究所編《甘肅歷代文學概覽》〔註54〕對上古至甘肅解放區文學均有論述，但仍然是以漢族書面文學爲主，較少涉及隴右各民族文學。周建江博士《北朝文學史》〔註55〕是我國第一部關於北朝文學的斷代史，其中「十六國文學」等部分較爲深入地論述到隴右文學。「長期以來，魏晉南北朝文學中存在著嚴重的厚南薄北的傾向，這一方面是北朝文學實況所致，一方面是漢文化傳統觀念使然。」〔註56〕該書盡可能勾勒北朝 273 年文學發展的面貌，客觀地認識北朝文學，達到了較高的學術水準。高人雄《北朝民族文學敘論》〔註57〕是其國家社科基金的成果，較多論述了北朝隴右地區的特殊文學現象。西北大學李浩《唐代三大地域文學士族研究》〔註58〕一書亦述及秦地風土方習對唐代文學的影響。胡阿祥《魏晉本土文學地理研究》〔註59〕從文學地理學的視角對魏晉文學作了考察，其中涉及隴右地方文學的論述，結論合理，令人信服。

　　多年對中國文學的貫通性研究，使學界發現，中國文學地圖，原本比任何文學史所描述的都要生動、豐富、壯闊得多。僅靠單純的文學內部封閉式的研究難以深入把握中國文學在幾千年的歷史變動和文化融合中波瀾壯闊的發展歷程。在新世紀到來之初，楊義先生提出「重繪中國文學地圖」的宏大學術構想，「借用『地圖』這個詞語來概括和形容新的研究角度，多維地考察文學在我們的民族共同體的形成發展中發揮了什麼樣的作用。」〔註60〕引起學界極大關注，其成果集中體現在《重繪中國文學地圖通釋》、《中國古典文學圖志：宋、遼、西夏、金、回鶻、吐蕃、大理國、元代卷》及《重繪中國文學地圖》〔註61〕、《重繪中國文學地圖與中國文學的民族學、地理學問題》〔註62〕等論述中。遺憾的是，楊義先生在「重繪」中對隴右地域文學仍關注不夠。

〔註54〕甘肅省社會科學院文學研究所編：《甘肅歷代文學概覽》，敦煌文藝出版社 1994年版。

〔註55〕周建江：《北朝文學史》，中國社會科學出版社 1997 年版。

〔註56〕周建江：《北朝文學史・內容提要》，中國社會科學出版社 1997 年版。

〔註57〕高人雄：《北朝民族文學敘論》，中華書局 2011 年版。

〔註58〕李浩：《唐代三大地域文學士族研究》，中華書局 2002 年版。

〔註59〕胡阿祥：《魏晉本土文學地理研究》，南京大學出版社 2001 年版。

〔註60〕楊義：《重繪中國文學地圖通釋》，當代中國出版社 2007 年版，第 1 頁。

〔註61〕楊義：《重繪中國文學地圖》，《文學遺產》2003 年第 5 期。

〔註62〕楊義：《重繪中國文學地圖與中國文學的民族學、地理學問題》，《文學評論》2005 年第 3 期。

在有關隴右文學宏觀研究的論文中，劉躍進《河西四郡的建置與西北文學的繁榮》〔註 63〕深入探討了漢代開發河西的文學史意義，指出河西地區與中原文化的交流，既促進了當地文化的發展，也使得因為長期戰亂在中原地區散佚的文化典籍得以保存下來。更重要的意義還在於，隨著絲綢之路的開通，東西方文化的交流日益頻繁。就文學發展而言，在兩漢之際以及漢魏轉折這兩個歷史時期，以河西走廊為中心的西部地區聚集了大批內地文人學者，彙集了數量繁多的文化典籍，居住著相當數量的西域僧人，活躍著商旅駝隊，他們作為東西方文化交流的作用不可忽視。這些結論富有啓發性。其《「秦世不文」的歷史背景及秦代文學的發展》〔註 64〕一文重新認識了秦代文學的整體狀況。高人雄《試論北朝文學研究的框架與視角》〔註 65〕一文認為新世紀的北朝文學研究引入民族史學、社會學、民族文學研究等理論方法，研究北朝各民族文學生動的現象、微妙的嬗變特徵，以促進深刻瞭解把握中國文學多元一體的人文特性，及其博大精深的文化內涵。梅新林《中國文學地理學導論》〔註 66〕就中國文學地理學的學科建構、特點等作了論述。劉達科《中國古代北方民族文學的歷史意義》〔註 67〕認為「北方民族文化、文學往往為主體民族文學輸入新鮮血液，啓動其內在運行機制，使其得以充實和重振，呈現出新的風貌。北方民族文學與漢族文學的互動，不但使中華古代文學保持了活力，也是北方民族文學的基本特徵之一。」均是具有創新性的結論，標誌著學界在此方面研究的長足進步。

## 二、隴右地區作家、作品研究

對隴右地區作家、作品的研究是隴右文學研究的另一重要內容，曹道衡先生《十六國文學家考略》〔註 68〕收錄了這段時期史料殘缺的文學家 69 人，考證精審，頗見功力。趙逵夫《趙壹著述考》〔註 69〕、《蘇蕙《迴文璇璣圖》

〔註 63〕 劉躍進：《河西四郡的建置與西北文學的繁榮》，《文學評論》2008 年第 5 期。
〔註 64〕 劉躍進：《「秦世不文」的歷史背景及秦代文學的發展》，《文學與文化》2010 年第 2 期。
〔註 65〕 高人雄：《試論北朝文學研究的框架與視角》，《文學評論》2010 年第 6 期。
〔註 66〕 梅新林：《中國文學地理學導論》，《文匯報》2006 年 6 月 1 日。
〔註 67〕 劉達科：《中國古代北方民族文學的歷史意義》，《社會科學戰線》2003 年第 3 期。
〔註 68〕 曹道衡：《中古文學史論文集》，中華書局 1986 年版。
〔註 69〕 趙逵夫：《趙壹著述考》，《文學遺產》2003 年第 4 期。

的文化蘊含和社會學認識價值》〔註70〕就隴右文學家趙壹、蘇蕙作了深入研究。蒲嚮明《〈西狹頌〉摩崖文學價值考察》〔註71〕考察了隴右地區漢代摩崖碑刻《西狹頌》的文學價值。戴建業、李曉敏《論王符對漢代經學散文風格的突破》〔註72〕對漢代隴右名士王符的文章風格作了探討。高人雄《十六國時期的慕容鮮卑歌》〔註73〕主要論述了北朝隴右民歌的審美價值。

　　霍旭東《權德輿和他的詩歌創作》〔註74〕研究了唐代隴籍文學家權德輿的生平及詩歌藝術特徵。楊曉靄、胡大濬《唐代隴右作家賦作述論》〔註75〕對唐代隴右作家的賦作了較爲全面的搜集整理。鄭筱筠《唐傳奇〈柳毅〉扣樹情節源流考》〔註76〕，王志鵬《試析敦煌講唱文學作品的小說特徵及其與唐傳奇之比較》〔註77〕，王晶波《隴土生活與唐小說的繁榮》、《晉唐隴右小說》〔註78〕等論文從地域文化視角對唐代隴右地區的傳奇創作作了論述，是從隴右地域文化探討唐傳奇的新思路、新收穫。地處隴上的學者還專門研究杜甫隴右詩，出版了《杜甫隴右詩研究論文集》〔註79〕。蒲嚮明長期從事隴右作家王仁裕《玉堂閒話》的整理研究，其《論〈玉堂閒話〉的思想內容和藝術特色》〔註80〕等論文論述了王仁裕《玉堂閒話》的思想內容及藝術風格。北宋名臣范仲淹曾鎮守慶陽，其著名的《漁家傲》詞即作於隴右。劉文戈、馬嘯主編《范仲淹與慶陽》〔註81〕一書就範仲淹在隴右地區的詩詞創作作了深入探討。隴籍文學家李夢陽在明代文學史上具有重要地位與影響，20 世紀

〔註70〕 趙逵夫：《蘇蕙〈迴文璇璣圖〉的文化蘊含和社會學認識價值》，《陝西師範大學報》1999 年第 6 期。

〔註71〕 蒲嚮明：《論〈西狹頌〉摩崖的文學價值》，《上海大學學報》2006 年第 6 期。

〔註72〕 戴建業、李曉敏：《論王符對漢代經學散文風格的突破》，《甘肅社會科學》2013年第 2 期。

〔註73〕 高人雄：《十六國時期的慕容鮮卑歌》，《西域研究》2006 年第 2 期。

〔註74〕 霍旭東：《權德輿和他的詩歌創作》，《社科縱橫》1994 年第 2 期。

〔註75〕 楊曉靄、胡大濬：《唐代隴右作家賦作述論》，見胡大濬主編：《隴右文化叢談》，甘肅教育出版社 1998 年版，第 261～276 頁。

〔註76〕 鄭筱筠：《唐傳奇〈柳毅〉扣樹情節源流考》，《雲南社會科學》2000 年第 1 期。

〔註77〕 王志鵬：《試析敦煌講唱文學作品的小說特徵及其與唐傳奇之比較》，《敦煌研究》2000 年第 4 期。

〔註78〕 胡大濬主編：《隴右文化叢談》，甘肅教育出版社 1998 年版，第 212～222 頁。

〔註79〕 天水師專中文系編：《杜甫隴右詩研究論文集》，甘肅人民出版社 1995 年版。

〔註80〕 蒲嚮明：《論〈玉堂閒話〉的思想內容和藝術特色》，《社會科學論壇》2008年第 1 期。

〔註81〕 劉文戈、馬嘯主編：《范仲淹與慶陽》，天津古籍出版社 2012 年版。

以來產生了大量的李夢陽研究成果，郝潤華、師海軍主編《20 世紀以來李夢陽研究》〔註82〕收入國內 20 世紀以來發表的論文約 30 篇，基本囊括了李夢陽研究的代表性成果。楊海波《李夢陽及其詩歌創作研究》〔註83〕比較系統地論述了李夢陽的家世與生平、文學思想、文學創作等。趙逵夫《清代詩人張晉生平考辨》〔註84〕、《張晉交遊考》〔註85〕則深入探討了張晉的生平、交遊及創作情況。

1984 年，中國唐代文學學會第二屆年會暨學術討論會在蘭州召開，此次年會推動了唐代邊塞詩研究。甘肅省古代文學學會、甘肅省唐代文學學會分別舉行了多次學術研討會，就河西文化與唐代文學、隴右文化與唐代文學、隴右文化與古代文學、西北民族文化與唐代文學等專題進行了研討，出版了《唐代文學與西北民族文化研究》〔註86〕、《唐代文學與隴右文化》〔註87〕等研究論文集。此外，隴右地區的部分學者對隴右作家、作品進行了整理，如王秉鈞《歷代詠隴詩選注》〔註88〕，朱瑜章《歷代詠河西詩歌選注》〔註89〕，何國棟、陳學芬編著《歷代詠敦煌詩評析》〔註 90〕，寧文忠《歷代詠洮詩選注》〔註91〕等。

以上研究基本上都是圍繞隴右地方文獻、地方文學展開的，其中一些論著、論文視角新穎，分析透徹，有著獨到的見解。這些成果成爲本項目研究的學術基礎。

## 三、目前研究中存在的問題和不足

現代意義上的文學史寫作，從二十世紀初開始，百年間達一千六百部。多年對中國文學的貫通性研究，使學界發現，中國文學地圖，原本比任何文學史所描述的都要生動、豐富、壯闊得多。僅靠單純的文學內部封閉式的研

〔註82〕 郝潤華、師海軍主編：《20 世紀以來李夢陽研究》，人民出版社 2011 年版。
〔註83〕 楊海波：《李夢陽及其詩歌創作研究》，甘肅人民出版社 2010 年版。
〔註84〕 趙逵夫：《清代詩人張晉生平考辨》，《甘肅社會科學》1983 年第 6 期。
〔註85〕 趙逵夫：《張晉交遊考》，《西北師範大學學報》2003 年第 3 期。
〔註86〕 高人雄主編：《唐代文學與西北民族文化研究》，民族出版社 2008 年版。
〔註87〕 汪聚應主編：《唐代文學與隴右文化》，中國文史出版社 2009 年版。
〔註88〕 王秉鈞：《歷代詠隴詩選注》，甘肅人民出版社 1984 年版。
〔註89〕 朱瑜章：《歷代詠河西詩歌選注》，中國文史出版社 2007 年版。
〔註90〕 何國棟、陳學芬編著：《歷代詠敦煌詩評析》，甘肅人民出版社 2002 年版。
〔註91〕 寧文忠：《歷代詠洮詩選注》，天津古籍出版社 2012 年版。

究難以深入把握中國文學在幾千年的歷史變動和文化融合中波瀾壯闊的發展歷程。因而，以著名學者楊義爲代表的一批學者開始重繪中國文學地圖的工作，代表性成果有楊義的《重繪中國文學地圖》（《文學遺產》2003 年第 3 期）及《中國古典文學圖志：宋、遼、西夏、金、回鶻、吐蕃、大理國、元代卷》（三聯書店 2006 年版）等。遺憾的是，重繪工作中對隴右地域文學仍關注不夠。近年來，地域文學研究方興未艾，「重繪中國文學地圖工程」成果迭出，但仍存在一些問題和不足，概括起來有以下幾點：

　　一是長期由於地域的偏僻和「隴右無文」觀念的束縛，學界對隴右文獻、文學缺乏應有的關注，「隴右地方文獻與中國文學地圖的重繪」尚是目前古代文學研究的一個盲點。

　　二是隴右文學研究明顯薄弱。隴右文學是在東西文化、游牧文明與農業文明乃至伊斯蘭、基督教文明的撞擊中發展起來的，這種隴右各民族特有的未被繁密文化典故遮蔽的天然、樸野的文學景觀是重繪中國文學地圖所不可缺少的。

　　三是對隴右地方文獻、文學的研究，由於學界相互間研究方法與認知標準的差異，研究中各自爲陣和借鑒、整合、融通不足的問題依然存在，系統綜合研究仍顯不足。

　　本課題將重點考察隴右地區異常豐富的雅文學與俗文學、書面文學與口傳文學、中原文學與各少數民族文學相激相蕩所產生的獨一的文學基因、文學生態、文學內容，不以精貶雜、以雅貶俗、以漢貶胡，重新發現隴右地區豐富多彩的文學、文化遺存對形成多元一體的中國文學的重大作用。因而，開展本書研究，可望彌補現有學術研究的不足，產生重要的理論意義和學術價值。在我國目前建設和諧社會，實施西部大開發之際，本書研究及其成果，可以深化對歷史上西部地區文化形態原生態的認識，從而爲區域社會經濟與文化建設提供有益借鑒，又具有重要的現實意義。

　　本課題研究將隴右文學置於中國文學發展的大文化背景下加以考察觀照，縱橫交叉，進行學術研究和理論闡釋，揭示隴右文學的歷史演進、審美特質和精神內涵，對該地區古代、近代學人的著作進行一次全面清理，每書詳列書名、卷數、作者及生平、內容、版本流傳、存佚情況，對隴右金石文獻尤其是清代的隴右石刻進行整理，爲進一步整理隴右文獻打下堅實基礎。對隴右留存的異常鮮活的民族文學如羌、氐、党項、藏、回、裕固、保安、東鄉族文學、仇池

國文學、俗文學和口傳文學進行田野考察。同時，著力揭示中原文學與隴右各民族文學相激相融、相互碰撞、交流、重組而激發出的生命動力和生命形態。重繪，意味著文學研究觀念的突破。中華民族在長期融合的過程中，之所以能形成舉世矚目的文化認同感和文化親和力，各民族文學的交融無疑是一重要因素。一方面，中原文學的巨大凝聚力和輻射力影響深遠；另一方面，各邊地民族文學以質樸性孕育開放性、以獨特性展示原創性、以民族性呈現無比絢麗的多樣性，不但彌補了中原文學的結構缺陷，而且提供了中原文學所未見的審美形式，在文化融合日益密切的今天，隴右文學的標本作用突顯。

## 第五節　研究方法和基本思路

　　本課題研究涉及歷史、文學、民族學等多個學科，選題的多學科性質決定了研究方法的多樣性。擬採取的研究方法主要有：

　　一是文學地理學的研究方法。即在文學研究中強化隴右空間地域維度，「文學地理學涉及地域文化、家族文化、作家人生軌跡的變化、文化中心的轉移等空間方面的內容，這些空間因素影響了文學的書寫和敘事方式。」〔註92〕加強隴右文學的空間地域研究，首先要重視文學的地域性問題。隴右地區是中華文明曙光升起的地方之一，歷史文化底蘊深厚，地域文化特色鮮明，在此文化區域中形成的隴右地方文學既是中華文學的重要組成部分，又具有鮮明的地域特徵。其次，還要重視隴右地區的文學家族研究。如漢晉之際的皇甫氏文學家族具有剛正持身、長於騎射、累世奉儒之特點，這一家族風氣對皇甫謐的文學活動有深刻影響。傅氏家族由武力強宗逐漸發展為文學士族，傅玄的諫諍文、箴銘小品，傅咸的彈劾文均以剛正激切而著稱，顯然與其家族背景相關。再次，要重視不同區域文化對作家人生軌跡的影響。如對隴右邊塞詩的研究，大多數成果忽略了隴人與內地文士不同的生命體驗，未能揭示出二者的不同。滄桑荒涼的黃土高坡、大漠邊塞，環境的惡劣也許內地文士難以想像，卻是隴人熟悉的生活場景。隴人筆下的詠隴詩有自豪感、有溫馨親切之情調，有一份奔放、從容之風度，這與內地文士是不同的。文學地理學的研究方法，在胡阿祥《魏晉本土文學地理研究》等著作中已有充分、成功的運用，但此種研究方法未能引起隴右文學研究者的足夠重視。

---

〔註92〕楊義：《重繪中國文學地圖的方法論問題》，《學術研究》2007年第9期。

　　二是文學民族學的研究方法。中華文化之所以能發展成爲今天多民族多元一體的文化結構，一個關鍵問題是游牧民族與農耕民族之間的碰撞融合、漢胡互化問題。隴右地區是多民族的棲息地，吐蕃、回鶻、突厥、漢、羌、氐、党項、回、裕固、保安、東鄉等民族長期以來和睦共處。文學民族學的研究方法，就是要著力揭示中原文學與隴右各民族文學相激相融、相互碰撞、交流、重組而激發出的生命動力和生命形態。重繪中國文學地圖，意味著文學研究觀念的突破。中國文學的波瀾壯闊的發展歷程告訴我們，一方面，中原漢語言文學對各少數民族文學有著有著巨大的吸引力、凝聚力和輻射力；另一方面，各邊地民族文學以獨特性展示原創性、以民族性呈現無比絢麗的多樣性，不但豐富了中原漢語言文學的內容，有時甚至彌補了其結構性缺陷，而且提供了中原文學所未見的審美形式，在文化融合日益密切的今天，隴右文學的標本作用突顯。

　　三是文學文化學的研究方法。文學作爲審美的精神文化，其本身便是文化的一個組成部分。文學文化學的方法，即在大文化視野下，綜合考察中西文化交流、雅文學與俗文學、書面文學與口傳文學、不同文化區的交流融合對隴右文學發生發展所產生的巨大影響。破除雅文學崇拜情結，在雅俗互動、民間智慧與文人探索的互補互動中，重新認識多姿多彩的隴右地方文學對形成博大精深的中國文學的重大作用。民間智慧生動活潑，帶著泥土的芳香，往往成爲文人書面創作的源泉；文人創作又會提升民間文學的審美內涵，如此雅俗互動，促進了文學的發展。

　　目前學界關於多元文化交匯下隴右文學的研究尚處於起步階段，許多問題需要學界的共同努力才能解決。筆者誠願本書研究能彌補現有學術研究的不足，有助深化對中國文學發生、發展的認識，對學界「重繪中國文學地圖」的宏大工程增磚添瓦。同時，筆者還希望本書研究能深化對歷史上西部地區原生態文化形態的認識，爲區域社會經濟與文化建設提供有益借鑒。

# 第一章　先秦至兩漢隴右文學：拓展了中國文學的地理空間

　　中國文學的歷史進程是異常鮮活的、波瀾壯闊的演進過程。正如涓涓細流，終能匯流成河，包括隴右地區在內的各個地域文學，共同成就了中國文學的百花園。因爲特殊的地理、人文環境，隴右地區成爲中西交流的橋樑，東西文化、游牧文明與農業文明乃至伊斯蘭、基督教文明都在這裡交匯撞擊。隴右文學既是中華文學的重要組成部分，又具有鮮明的地域特徵。隴右文學是中國文學的淵源之一，《詩經・秦風》中《駟驖》、《車鄰》、《無衣》、《蒹葭》等，均描寫秦人東遷前在天水一帶的活動。秦石鼓文，學界一般認爲產生於西元前 500 年左右秦穆公時代的天水地區，已刻有四言詩達十首、465 字之多，天水放馬灘出土的「志怪故事」秦簡，說明早在戰國末，隴右即出現了志怪小說，而在 300 年之後的魏晉，中原才有同類作品。綜上所述，隴右不但是中國神話、詩歌的多源發祥地之一，也是碑誌文學和志怪小說之濫觴，無疑是中國文學的淵源之一。

　　一方水土養一方人，不同的山川地理形成不同特色的地域文學。目前的中國文學史「相當程度地忽視了地域的問題」，[註 1] 加之隴右地域偏僻，交通不便、經濟落後，使得學界對隴右文學的研究重視不夠，隴右文學尚是目前學界研究的一個盲點。事實上，貧困中有豐饒，經濟落後的隴右地區卻是文學的一片沃土。早在先秦時期，隴右地區伏羲（女媧、軒轅）等始祖神話傳說可謂隴右地域文學之濫觴，先秦至兩漢時期的隴右文學不僅特色獨具，

---

〔註 1〕楊義：《重繪中國文學地圖，創造大國文化氣象》，見《中國社會科學院院報》
　　　2007 年 7 月 26 日。

在重繪中國文學地圖的宏大工程中更有著不可替代的價值。

# 第一節　伏羲文化與華夏文明

　　「神話作爲一種語言藝術和文學體裁，興盛於各個民族的遠古時代，並在漫長的歷史時期長期流傳、演變，至今仍然在一些民族、一些地區中作爲口頭文學而存活著。」〔註2〕隴右地區是伏羲文化的發祥地，伏羲文化不僅豐富了華夏文明的內涵，而且以其特有的生命力，爲中華文化源源不斷地注入新鮮血液。在新的歷史條件下，它不斷地生發出新的枝葉，成爲華夏文明不斷創新、發展的「動力源」之一。

## 一、隴右地區有關伏羲的神話傳說、文獻記載、考古發掘及文化遺跡的互證爲探索華夏文明起源提供了重要線索

　　唐代司馬貞撰《三皇本紀》全面梳理相關史料，不但使伏羲的事蹟更加清晰和系統，而且完成了伏羲氏由神話傳說向歷史人物的過渡。司馬貞交代爲何要補《三皇本紀》時說：「三皇已還，載籍罕備。然君臣之始，教化之先，既論古史，不合全闕。近代皇甫謐作《帝王代紀》，徐整作《三五曆》，皆論三皇以來事。斯亦近古之一證，今並採而集之作《三皇本紀》，雖復淺近，聊補闕云。」司馬貞首先肯定了伏羲所處的時代是比黃帝更要早的文明時代，同時，也指出《史記》以《五帝本紀》開篇，並未觸及中華文明之源，所以有補《史記》的必要。

　　司馬貞的歷史貢獻在於其彌補了《史記》記載之不足，而將伏羲樹立爲中國歷史第一人，賦予伏羲以歷史人物之形象：

> 太皞庖犧氏，風姓。代燧人氏，繼天而王。母曰華胥。履大人跡於雷澤，而生庖犧於成紀。蛇身人首。有聖德。仰則觀象於天，俯則觀法於地，旁觀鳥獸之文，與地之宜，近取諸身，遠取諸物。始畫八卦，以通神明之德，以類萬物之情。造書契以代結繩之政。於是始制嫁娶，以儷皮爲禮。養犧牲以庖廚。故曰庖犧。……作三十五弦之瑟。木德王。注春令。故《易》稱帝出乎震，月令孟春其帝太皞。是也。其後裔，當春秋時，有任、宿、須、句、顓臾，皆

---

〔註2〕段寶林主編：《民間文學教程》，高等教育出版社2006年版，第100頁。

風姓之胤也。〔註3〕

伏羲形象原本出於傳說，司馬貞立意要將伏羲納入俗界，就必須賦予其人格。在上引文字中，運用了「母」、「生」、「觀象」、「觀法」、「畫八卦」、「造書契」、「始制嫁娶」、「養犧牲」、「作瑟」、「後裔」等詞，其中「母」、「生」、「其後裔」是現實個體必有的人生經歷；「畫八卦」、「造書契」、「始制嫁娶」、「養犧牲」則是具體敘述伏羲氏的發明創造。結合起來，恰恰具有使伏羲氏人格化的意義。這就奠定了後世社會中伏羲氏「人文初祖」、「一畫開天」的歷史地位，其如此，伏羲才能從虛實相間的傳說中脫穎而出，才會作爲客觀的歷史人物而被後世所不斷塑造，才有被後世社會不斷弘揚的價值。

隴右地區大地灣文化歷史年代爲距今約8000年～5000年，大體與伏羲生活的時代相符。大地灣遺址發現的編號爲901的房屋基址，距今5500年，總面積420平方米，爲多間複合式建築，布局規整，中軸對稱，前後呼應，主次分明，開創了後世宮殿建築的先河，是華夏文明起源的重要證據。大地灣一期彩陶與西亞兩河流域最早的彩陶年代大致相當，大地灣一期發現的彩陶彩繪符號和馬家窯文化發現的幾十種不同種類的刻畫符號，對探索中國文字起源具有重要意義。大地灣遺址中發現的炭化黍標本，證明距今7000年前，大地灣先民已經種植糧食，雄辯地說明隴右地區是中國旱作農業的重要源頭。在大地灣及其附近的文化遺址中，還出土了大量的骨鏃、骨針、刀、斧等生產、生活工具。上述考古發掘成果使伏羲造書契、演八卦、發明生產工具、結網罟，興漁獵、創嫁娶之禮等眾多文化貢獻得到了考古學上的印證，受到了考古學界的廣泛關注。

日本學者柳田國男在論述遠古神話傳說時，曾精闢地指出：

　　　　傳說有其中心點。……傳說的核心，必有紀念物。無論是樓臺廟宇、寺社庵觀，也無論是陵丘墓冢，宅門戶院，總有個靈光的聖址，信仰的靶的，也可謂之傳說的花壇發源的故地，成爲一個中心。
　　　　距離傳說的中心地點愈遠，人們也就對它愈加冷淡。〔註4〕

這種對探尋神話起源方法的總結，爲我們探尋伏羲神話起源具有方法

〔註3〕唐・司馬貞：《補史記》。
〔註4〕〔日本〕柳田國男：《傳說論》，連湘翻譯，中國民間文藝出版社1987年版，第26頁。

論上的啟示意義。中華大地上，雖然全國不少地方均流傳伏羲神話傳說，但仔細考察，我們仍會發現，在黃河上游的清水河、渭水流域，伏羲神話傳說自古迄今一直綿延不絕。早在春秋戰國時期，清水河流域的隴城一帶就建有專門祭祀女媧的祠堂。〔註5〕1347 年，元朝政府在今天水市西關創建伏羲廟。1516 年，明王朝頒布詔令，將秦州（天水）伏羲廟正式確定為人文始祖祭祀地。目前，天水還保留國內規模最大的伏羲廟。隴右地區上述有關伏羲的文獻記載、考古發掘及文化遺跡的互證，為探索華夏文明起源提供了重要線索。

## 二、伏羲文化充實了華夏文明的內涵

在中國古史傳說系統中，伏羲氏是一位遠古時代由母系氏族向父系氏族社會，由漁獵畜牧向農耕文明進化，由野蠻向文明過渡的歷史階段的創世英雄。由於其獨特地位和非凡貢獻，遠古先民及歷代賢哲以伏羲及其文化創造活動為基礎，將眾多生產發明附會於伏羲氏身上，復經演繹加工和增益擴展，加之民間傳說、信仰的推衍流傳，逐漸形成內涵豐富的伏羲文化。因此，伏羲既是一個真實存在的人和部族首領，也是一個時代的象徵和文化符號，進而成為中華民族共同景仰的人文始祖。所以，伏羲及其時代反映了中華先民告別洪荒、肇啟文明的一個真實歷史階段。

1942 年出土於長沙東郊王家祖山的楚墓，約為戰國中晚期之交的墓葬，該墓出土的帛書載有伏羲、女媧事蹟，為迄今所見中國先秦惟一完整的創世神話。它記載了伏羲、女媧、禹、契、帝俊、炎帝、祝融、共工等傳說人物。其中，伏羲、女媧先天地而存在，結為夫婦，生四子而開天闢地、通九州、安山陵、協陰陽，制定日月（自然）運行規則和曆法。說明早在先秦時期，伏羲、女媧已被認為是華夏民族共同的創世英雄。後來婦孺皆知的「自羲農，至黃帝，號三皇，居上世」等觀念一直強化著此種認識。

相傳伏羲的文化創造幾乎包括了遠古時代人類生產生活的各個方面。畫八卦、造書契、結網罟、取火種、造曆書、制嫁娶、創禮樂、設九部、

---

〔註5〕1986 年天水市北道區放馬灘秦墓中，出土有 7 幅木板地圖。其中繪製葫蘆河的 2 號圖示有一亭形物，據張修桂《當前考古所見最早的地圖——天水〈放馬灘地圖〉研究》一文認為是女媧祠：「水經注所載女媧祠，其位置正在 2 號圖亭形物位置一致，由此亭形物無疑應為女媧祠。」見《歷史地理》第七輯。

制九針、立占筮等創造發明，涉及社會生活中的生產工具、政治領域的典章制度、精神領域的思維方式、風俗習慣中的婚喪嫁娶等，極大地促進了華夏文明的形成和發展，並成爲中華傳統文化的基本要素。因此，伏羲及其部族的文化創造活動揭開了華夏文明的第一頁，是中華文化的源頭活水和永恆動力。

相傳伏羲的文化貢獻之一是造書契、畫八卦。八卦是中華先民理性思維和高度智慧的結晶。由八卦而《周易》並由此形成的易學思想與體系，是中華民族解釋世界、認識自然、規範社會人倫的百科全書。八卦符號由陰、陽二爻變化組成，具有豐富的象徵意義和多重內涵，成爲遠古先民窮究天地、解釋萬物變化的萬能鑰匙。由八卦而《周易》，反映出中華先民思維能力的極大進步和對宇宙萬物認識的極大深化。《周易·系辭下》載：「古者疱犧氏之王天下也，仰則觀象於天，俯則觀法於地，觀鳥獸之文與地之宜，近取諸身，遠取諸物，以通神明之德，以類萬物之情。」〔註6〕《周易》被稱爲「群經之首」、「大道之源」，成爲中華傳統文化之基礎，儒、道、墨、法、兵、名、陰陽、縱橫等諸子百家無不受其影響。

伏羲傳說早在春秋戰國時代便出現於諸子之書，西漢緯書《遁甲開山圖》已有伏羲生成紀（今甘肅天水一帶）的記載，此後歷代著述均認同此說法。天水境內西山坪、師趙村和大地灣等文化遺址的早期文化層，其揭示的天水遠古居民社會組織形態與經濟生活方式，與伏羲傳說所反映的原始文化時代大體一致。甘谷縣出土廟底溝類型的鯢魚紋彩陶瓶，鯢魚的頭部似人面、魚紋爲鱗甲，學界多認爲是「龍身人頭」的伏羲氏之雛形。聞名於世的大地灣人頭形器口彩陶瓶，隱含著原始社會圖騰崇拜信息。天水一帶至今有卦台山等遺存，保留國內規模最大的伏羲廟。民間伏羲信仰、崇尚龍蛇的風俗、伏羲民間傳說等頗爲濃鬱。這些信息共同映證了天水地區是傳說中伏羲氏的誕生地。

源遠流長、內涵博大的伏羲文化是華夏文明的本源和民族文化的母體，它深深植根於中華民族的心靈深處，是凝聚中華各族、孕育民族精神、塑造國民性格、開發民族智慧、推進民族復興的「元素」和動力，具有永不枯竭的親和力、感召力和規範作用。

---

〔註 6〕《周易》，見清·阮元校刻：《十三經注疏》，中華書局 1980 年版。

## 三、伏羲文化是華夏文明不斷創新的強勁動力

伏羲氏所處的時代是中華文明的肇啓時代，在西部渭水流域的黃土高原上活動的伏羲氏族發展壯大以及與東方部落的鬥爭融合，爲社會的發展進步做出了重大貢獻，表現出自強不息的創新精神、不斷開拓的創業精神、道啓鴻蒙的創史精神，深刻影響了華夏兒女的民族性格。隴右地瘠民貧，自然環境惡劣，經濟文化落後，生存艱難。然而，這種嚴酷的自然條件，愈能鼓舞一個民族的鬥志，滔滔渭水，鑄隴人浩然、質樸之品格；厚厚黃土，孕秦人勃興、尚武之稟性。隴右文學將其遼闊蒼涼之氣注入到原本是小橋流水的中原文學中，爲中國文學北雄南秀、異軌同奔的歷史走向增加了驅動力，是形成中華文化清剛氣質的重要因素之一。

「一個擁有自身文明的共同體，在形成的過程中就在反覆講述著自己的各個重要部分的構成淵源，並形成公共認識。共同體形成的客觀社會過程與主觀的集體意識是一體之兩面，沒有自我認同的集體意識就沒有共同體的完成。」〔註 7〕早在殷商時期，伏羲、女媧的原始形象就已出現在裝飾圖案中。「商代殷王大墓出土木雕中有一個交蛇之圖案，是東周楚墓交蛇雕像與漢武梁祠伏羲女媧交尾像之前身。」西漢而下，伏羲、女媧人首蛇身交尾像的形式，頻頻出現在墓室雕刻、建築物彩繪等藝術形式中，直至明清仍連綿不絕共 78 處之多。它們與伏羲與女媧兄妹成婚，繁衍人類等神話傳說一起，反覆敘述並不斷強化著中華民族的心理認同。在華夏文明的演進過程中，伏羲氏成爲不少民族及上古英雄人物的始祖，上古不同部族間的統一與民族融合，又使伏羲的後裔不斷壯大，匯成中華民族的主體；於是伏羲傳說及其事蹟就不單是哪一個民族獨有的歷史與財富，而是中華各民族共有的文化源泉。因此，伏羲傳說既是各民族傳說歷史的源頭，又是各民族心理認同的歸宿，發揮了維繫民族團結的文化紐帶作用。伏羲也就成爲各民族崇拜的對象。這種獨自而又趨同的現象，使伏羲傳說具備了維繫中華民族大家庭的獨特功能，維護中華民族統一的功能，成爲民族融合的催化劑和民族團結的橋樑。

歷久彌新的伏羲文化不僅豐富了華夏文明的內涵，而且以其特有的生命力，爲中華文化源源不斷地注入新鮮血液，成爲華夏文明創新、發展的動力源之一。伏羲文化被代代承傳，使伏羲氏在中國文化史上文化符號的意義更

〔註 7〕鄒明華：《古史傳說與華夏共同體的文化構建》，《中國人民大學學報》2010 年第 3 期。

加鮮明。伏羲文化被不斷發展創新，說明這個文化符號被一代又一代華夏兒女所接受、所認同。在長達數千年的中華文明進程中，伏羲龍文化、八卦文化等豐富內涵，能贏得全體炎黃子孫的熱愛，甚至超越國界成爲全人類共同珍重的文化遺產，其中必然蘊含著經得起歷史檢驗的文化密碼。就此意義而言，研究伏羲文化，不但對當代人文精神的建構必不可少，還可爲研究中華文化的發展演進提供一個新的視角。

## 第二節　隴右出土文獻與秦代文學研究的新視野

中國古代文學研究在最近二十年，形成了前所未有的繁榮局面。新材料的發現與期待，新問題的提出與解決，新方法的創新與嘗試，新視角的尋找與探索，都受到學者們的極大關注。對於秦代文學來說，新材料的發現則是促進學術研究深入的最爲重要的方面。王國維治學的一大特點，是創立了「二重證據法」，即「取地下之世物與紙上之遺文互相釋證」，其結果是「轉移一時之風氣，而示來者以規則。」〔註 8〕的確，「古來新學問起，大都由於新發見。」〔註 9〕隴右地區是秦人的發祥地之一，上世紀八十年代以來，隴右地區陸續出土了一批秦早期王陵墓葬、秦代簡牘、木板地圖等文物。這些文物的發現，豐富了早期秦文化的內涵，開拓了秦代文學研究的新視野，對於我們重新認識秦代文學具有重要意義。

### 一、早期秦歷史文化研究綜述

傳統意義上的秦史研究自秦亡之後即已開始，如漢初陸賈《新語》和賈誼《過秦論》等總結秦代興亡原因的著述就是代表，至於《史記》等著作更是集大成之作。現代意義上的秦史研究起自上世紀初，至今約近百年時間。秦早期歷史及文化的研究，也是伴隨秦史研究的深入資料的發現而開始起步。現代意義上的秦早期歷史研究，肇自王國維關於秦都邑和「秦公簋銘文」的考釋，〔註 10〕由此開啓了史學界對於秦早期歷史與文化的研究與關注。其

---

〔註 8〕陳寅恪：《王靜安先生遺書序》，《金明館叢稿二編》，上海古籍出版社 1980 年版，第 219～22 頁。
〔註 9〕王國維：《最近二三十年中中國新發見之學問》，見《王國維遺書》上海古籍書店 1983 年版，第 5 冊第 65 頁。
〔註 10〕王國維：《秦都邑考》、《秦公敦跋》、《觀堂集林》卷十二，中華書局 1959 年版。

研究情況大致可分爲三個階段，即新中國成立以前的起步階段；上世紀九十年代以前的緩慢發展階段；此後全面展開研究階段。長期以來，由於考古學進展的不足，使得秦早期歷史的研究進展緩慢，許多問題懸而不決。近年來，隨著秦早期考古學的重大進展，秦早期歷史文化的研究也取得長足進展，成爲秦史研究中的「熱門」領域。

在 20 世紀前半期的秦早期歷史及其文化研究中，學界主要的貢獻是提出了秦文化這一命題並將其納入學術視野。其標誌一是王國維、蒙文通、〔註 11〕衛聚賢、〔註 12〕黃文弼、〔註 13〕陳秀雲〔註 14〕等學者在其撰述的專篇論文中，對秦都邑、秦人生活地域、秦人起源及其族源進行了探討，從而將秦早期歷史作爲問題納入學術視野。其中，陳秀雲 1946 年發表於《文理學報》的《秦族考》一文，首次提出了「秦文化」這一概念，認爲秦文化原是承襲中原的夏、殷、周文化而來的「中原本位」文化，並對秦文化的特色與戎化問題作了探討。同時，一些學者在最早撰著的通論性專著中也對秦早期歷史有所論述，如章嶔《秦史通徵》、〔註 15〕呂思勉《先秦史》、〔註 16〕馬元材《秦史綱要》、〔註 17〕翦伯贊《中國史綱》（第二卷）、〔註 18〕黃灼耀《秦史概論》〔註 19〕等作品中，均對秦早期歷史有所涉獵。三是以王國維、馬敘倫、商承祚、胡受謙、劉文炳、郭沫若、馮國瑞〔註 20〕等爲代表的學者對各地出土的秦早期青銅器秦公簋銘文的研究；以及蘇秉琦在上世紀三十年代主持對寶雞鬥雞臺屈肢葬墓的考古發掘工作，揭開了關注秦早期文化的序幕。這些工作雖然是初步的，而且研究內容僅涉及秦族源等個別問題，但其開創奠基之功非常重要。

在建國以來至 1990 年前的秦早期歷史及其文化研究中，一些學者推出一系列有關秦早期歷史與文化研究的學術論文，如以林劍鳴、〔註 21〕熊鐵

〔註 11〕 蒙文通：《秦爲戎族考》，《禹貢》第 6 卷第 7 期，1936 年。

〔註 12〕 衛聚賢：《趙秦楚民族的來源》，《古史研究》第三集，上海商務印書館 1934 年版。

〔註 13〕 黃文弼：《嬴秦爲東方民族考》，《史學雜誌》1945 年創刊號。

〔註 14〕 陳秀雲：《秦族考》，《文理學報》第一卷第 1 期，1946 年。

〔註 15〕 章嶔：《秦史通徵》，天行草堂主人遺稿叢刊本，1935 年。

〔註 16〕 呂思勉：《先秦史》，開明書店 1941 年版。

〔註 17〕 馬元材：《秦史綱要》，重慶大道出版社 1945 年版。

〔註 18〕 翦伯贊：《中國史綱》，上海大孚出版公司，1947 年版。

〔註 19〕 黃灼耀：《秦史概論》，廣東文理學院歷史系 1947 年刊印。

〔註 20〕 馮國瑞：《天水出土秦器匯考》，隴南叢書編印社 1944 年石印版。

〔註 21〕 林劍鳴：《秦人早期歷史探索》，《西北大學學報》1978 年第 1 期。

基、〔註22〕黃灼耀、〔註23〕伍仕謙、〔註24〕何漢文、〔註25〕段連勤、〔註26〕高福洪、〔註27〕劉慶柱、〔註28〕何光岳、〔註29〕韓偉、〔註30〕嚴賓、〔註31〕趙化成、〔註32〕李江浙、〔註33〕常青〔註34〕等學者爲代表，撰寫了一篇或多篇論文，就秦人族出東夷或是西戎、秦人活動範圍與疆域、秦人西遷路線與次數、秦早期都邑、原始宗教觀念與鳥崇拜、秦與嬴姓諸國關係、「嬴」與「秦」之本義探討、嬴秦姓氏分衍與秦人始祖、嬴秦起源地、秦人固有的文化傳統、文化繼承關係與文化特點、秦趙同源等問題，以文獻史料爲基礎，結合考古資料、古文字資料和民俗傳說研究資料，進行了廣泛而深入的探討。這些專門探討秦早期歷史與文化的成果，眞正開闢了這一研究領域的廣闊天地。同時，以林劍鳴《秦史稿》〔註35〕和馬非百《秦集史》〔註36〕的出版爲標誌，首次構建了秦史研究的完整體系。林劍鳴《秦史稿》出版於1981年，書中用兩章的篇幅論述了秦早期歷史，代表了當時對秦早期歷史最爲詳盡的研究，並推動了史學界對秦早期歷史的更加關注和深入探討。

　　上世紀九十年代以來，隴右地區秦早期文化遺址與文物的發現，主要有天水地區毛家坪和董家坪遺址、〔註37〕放馬灘秦墓、〔註38〕清水縣劉坪

〔註22〕熊鐵基：《秦人早期歷史的兩個問題》，《社會科學戰線》1980年第2期。

〔註23〕黃灼耀：《論秦文化的淵源及其發展途徑》，《華南師範大學學報》（社會科學版）1981年第3期。

〔註24〕伍仕謙：《讀〈史記〉箚記》，《四川大學學報》1981年第2期。

〔註25〕何漢文：《嬴秦人起源於東方和西邊情況初探》，《求索》1981年第4期。

〔註26〕段連勤：《關於夷族的西遷和秦嬴的起源地、族屬問題》，《人文雜誌》1982年增刊《先秦史論文集》。

〔註27〕高福洪：《秦人族源芻議》，《內蒙古師範學院學報》1982年第3期。

〔註28〕劉慶柱：《試論秦之淵源》，《人文雜誌》1982年增刊《先秦史論文集》。

〔註29〕何光岳：《秦趙源流史》，江西教育出版社1994年版。

〔註30〕韓偉：《關於秦人族屬及文化淵源管見》，《文物》1986年第4期。

〔註31〕嚴賓：《秦人發祥地芻論》，《河北學刊》1987年第6期。

〔註32〕趙化成：《尋找秦文化淵源的新線索》，《文博》1987年第1期。

〔註33〕李江浙：《秦人起源范縣說》，《民族研究》1988年第4期。

〔註34〕常青：《秦文化淵源初探》，《北京大學研究生學刊》1998年第1期。

〔註35〕林劍鳴：《秦史稿》，上海人民出版社1981年版。

〔註36〕馬非百：《秦集史》，中華書局1982年。

〔註37〕甘肅省文物工作隊、北京大學考古學系編：《甘肅甘谷毛家坪遺址發掘報告》，《考古學報》1987年第3期。

〔註38〕甘肅省文物考古研究所、天水市北道區文化館編：《甘肅天水放馬灘戰國秦漢墓群的發掘》，《文物》1989年第2期。

遺址、〔註39〕張家川馬家原遺址等的發現;〔註40〕西漢水上游禮縣大堡子山秦公陵園遺址、〔註41〕圓頂山貴族墓地〔註42〕以及西山、鸞頂山遺址的發現。〔註43〕這些重要的考古發現和大量文物的出土,不僅提供了前所未有的秦早期歷史與文化的實物資料,而且,秦早期文化遺址集中在秦人早期活動的核心地域天水一帶的發現,這本身就是一個重大突破。學界利用這些考古發掘成果,從多層面深入研究了秦早期歷史文化的問題,舉辦了多屆學術研討會,取得了較爲豐碩的研究成果。秦早期歷史及其文化研究也在秦史研究中擁有了自己應有的一席之地。所有這些,客觀上爲秦早期歷史與文化研究的深入和新突破提供了良好的條件。值得提出的是,地處隴上的天水師範學院的一批學者如雍際春教授等,立足於本土文化資源優勢,又勤於探索,在秦早期歷史文化研究方面成果迭出,結論合理,引起了國內乃至國際漢學界的重視。〔註44〕

## 二、隴右出土秦代文獻的文學、文化價值

除了木板地圖之外,天水放馬灘一號秦墓還出土秦簡共 461 枚。秦簡內容分甲種《日書》、乙種《日書》和《志怪故事》三種。其中,甲種《日書》73 枚,包含《月建》、《建除》、《亡盜》、《吉凶》、《禹須臾》、《人日》、《生日》、《禁忌》等。乙種《日書》381 枚,包含《月建》、《建除》、《置室門》、《門忌》、《方位吉時》、《地支時辰吉凶》、《吏聽》、《亡盜》、《晝夜長短》、《臽日長短》、《五行相生及三合局》、《行》、《衣良日》、《牝牡月日》、《人日》、《四廢日》、《行忌》、《五音日》、《死忌》、《作事》、《六甲孤虛》、《生子》、《衣忌》、《井忌》、《畜忌》、《卜忌》、《六十甲子》、《占候》、《五種忌》、《禹步》、《正月占

〔註39〕 李曉青、南寶生:《甘肅清水縣劉坪近年發現的北方系青銅器及金飾片》,《文物》2003 年第 7 期。

〔註40〕 甘肅省文物考古研究所、張家川回族自治縣博物館編:《2006 年甘肅張家川回族自治縣馬家原戰國墓地發掘簡報》,《文物》2008 年第 9 期。

〔註41〕 早期秦文化聯合考古隊編:《2006 年甘肅禮縣大堡子山祭祀遺址發掘簡報》,《文物》2008 年第 11 期。

〔註42〕 甘肅省文物考古研究所編:《甘肅禮縣圓頂山 98LDM2、2000LDM4 春秋秦墓》,《文物》2005 年第 21 期。

〔註43〕 甘肅省文物考古研究所、中國國家博物館、北京大學考古文博學院、陝西省考古研究所、西北大學文博學院編:《西漢水上游考古調查報告》,文物出版社 2007 年版。

〔註44〕 雍際春:《秦早期歷史研究》,中國社會科學出版社 2017 年版。

風》、《星度》、《納音五行》、《律書》、《五音占》、《音律貞卜》、《雜忌》、《問病》等。《志怪故事》七枚。〔註45〕

中國古代的「擇日」風俗，早在《詩經》中便已出現，《詩經·氓》曰：「爾卜爾筮，體無咎言。以爾車來，以我賄遷。」〔註46〕便是選擇良辰吉日之意。「擇日」之名，最早見於《禮記》：「擇日而祭於禰，成婦之義也。」〔註47〕宋洪邁《容齋隨筆》卷四也說：「唐呂才作《廣濟陰陽百忌曆》，世多用之。近又有《三曆會同集》，搜羅詳盡。姑以擇日一事論之，一年三百六十日，若泥而不通，殆無一日可用也。」〔註48〕當人類不能有效征服大自然時，便幻想出一種超自然的神力在主宰世界，人類將自然現象與人事加以牽合，企圖從中找到某些行為規則。漢代劉向、劉歆編撰的《七略》之中「數術」為古代學術的一大門類，與六藝、諸子、詩賦、兵書、方技並列。可以說古代「數術」中蘊涵某些合理因素，並不能一概抹殺。對「數術」的研究，可以讓今人更瞭解古代學術文化和思想的真實面貌。

秦簡《日書》是秦人平常用來占候時日宜忌、預測人事休咎、以教人趨吉避凶的曆忌之書，在當時應是一種家喻戶曉的選擇生活事物書，類似於後世的《擇日通書》、《老黃曆》之類。秦時占時擇日等活動，和後世的宗教史和民俗史，有一脈相傳的關係。秦簡《日書》的內容極其貼近生活，反映著當時秦人民間日常生活的各種需求，使我們藉以瞭解秦代社會生活的各種情況，其歷史文化價值是不言而喻的。由於「秦世不文」觀念的影響，現行各種版本的文學史，對秦代文學幾乎是略去不講的。天水放馬灘秦墓《日書》、禮縣大堡子山秦早期歷史文物的考古發現，至少可以從以下幾方面深化對秦代文學的再認識：

一是秦簡《日書》的內容，在中國不同地區均有發現，考古發現證明經秦始皇「焚書坑儒」之後，秦代文獻的留存情況與《史記》所載秦始皇「焚書坑儒」，「所不去者，醫藥、卜筮、種樹之書」〔註49〕是相吻合的。也證明秦代文獻在當時是較為豐富的，後世文論家「秦世不文」的觀點有必要重新檢討。

〔註45〕甘肅省文物考古研究所編：《天水放馬灘秦簡》，中華書局 2009 年版。
〔註46〕陳子展：《詩經直解》，復旦大學出版社 1983 年版，第 179 頁。
〔註47〕清·阮元校刻：《十三經注疏》，中華書局 1980 年版，第 1392 頁。
〔註48〕宋·洪邁：《容齋隨筆》，中華書局 2007 年版。
〔註49〕漢·司馬遷：《史記》卷六《秦始皇本紀》，第 46 頁。

　　二是這些考古發現的《日書》，所記內容均爲民間日常生活之事，詳而不煩、簡而有要。如天干部分「甲亡」云：「盜在西方，一於（宇）中，食者五疵在上，得，男子殹。」「乙亡」云：「盜青色。三人，其一人在室中，從東方入，行有遺殹，不得，女子也。」日書記事平易質樸，行文流暢，言簡意賅，內容廣泛，具有一定的文學水準，我們也可將其視作秦代的文學作品來解讀。

　　三是禮縣大堡子山出土的部分秦青銅器上我們發現了一些銘文，如出土的「竊曲紋秦公鼎」，銘文曰：「秦公作寶用鼎」。〔註50〕出土的「瓦棱紋秦公簋」，銘文曰「秦公作寶用簋」。〔註51〕此外還有「秦公作鑄用鼎」等文字。雖然文字不多，但記事完整，簡而有要，充分反映出秦人質樸簡約、注重實用的風尚。可以窺見秦代文學發生、發展的一些情況。

　　四是秦人歷史從商末中潏算起至秦朝滅亡，前後至少約 800 多年，這一時期，正是中華上古文明快速發展，思想文化領域由百花齊放的軸心時代向整合一統過渡的時代。在這一歷史進程中，秦人及秦文化無疑發揮了關鍵作用。因而，不論是就秦人自身文化的發展而言，還是從中華文化的整合再造而言，探討和揭示秦文化的來源、形成、內涵和特點，都是至關重要又饒有興味的課題。所以，伴隨秦人早期歷史資料的不斷發現和研究的深入，學術界對秦早期文化的研究和關注就成爲必然。近二十多年來，在秦早期文化的研究中，學者們通過考古材料和史料的結合，在文化來源、形成時間，文化成分、基本面貌和文化特徵等方面，進行了廣泛深入的研究和爭鳴。雖然對這些問題的認識目前還不一致，但是，涉及秦早期文化的基本材料和線索都已被整理和挖掘出來，秦早期文化在秦文化和中華文化發展中的重要性也普遍受到人們的高度重視。早期秦人生活在隴上一片貧瘠的土地上，不得不承受著較爲寒冷的氣候，這鍛造了秦人質樸平實、吃苦耐勞的性格。秦人最終能統一六國，建立起一個統一的強大帝國，與其部族的文化性格有著密切關係。

## 三、天水放馬灘秦墓《墓主記》的文學價值

　　據《史記》記載，西元前897年，非子住犬丘（今隴右天水一帶），受周孝王命養馬於汧、渭之間。在這裡有許多與秦有關的地名，放馬灘就是其中一個。1986 年，甘肅省天水市小隴山林業局黨川林場職工在放馬灘護林站修

〔註50〕該鼎現存上海博物館。
〔註51〕該簋現存上海博物館。

建房屋時發現古墓葬群，經甘肅省文物考古研究所隨的考古發掘，證實是秦代古墓群，共有墓葬一百餘座，總面積約 1100 平米左右，這是秦早期歷史文化研究中一個振奮人心的考古發掘。

天水放馬灘位於天水市麥積區東南部的黨川鄉，距離天水市區約五十公里。放馬灘 1 號秦墓出土了時代約為戰國末年至秦代的 460 餘枚竹簡，內容包括《日書》甲、乙、志怪故事（舊稱《墓主記》）、木板地圖等。這是繼一九七五年湖北雲夢睡虎地秦簡之後又一次重大秦簡發現。由於它是在秦人發祥地——天水首次出土的典籍文獻，直接為秦史、秦文化的研究提供了珍貴的第一手新資料。

天水放馬灘秦簡的部分釋文和圖版曾在何雙全《天水放馬灘秦簡綜述》（《文物》1989 年第 2 期）、秦簡整理小組《天水放馬灘秦簡甲種〈日書〉釋文》（《秦漢簡牘論文集》，甘肅人民出版社 1989 年版）、《天水秦簡（部分）》（《書法》1990 年第 4 期）、馬建華主編《河西簡牘》（重慶出版社 2003 年版）、胡平生、李天虹《長江流域出土簡牘與研究》（湖北教育出版社 2004 年版）和李學勤《放馬灘簡中的志怪故事》（《文物》1990 年第 4 期）等書文中發表過。完整的圖版和釋文在甘肅省文物考古研究所編《天水放馬灘秦簡》（中華書局 2009 年 8 月版）中公布。

現藏於甘肅省文物考古研究所的天水放馬灘秦墓中有七幅戰國時期秦代地圖，26×18 釐米，木版，共七幅。圖上重點表示了境內的河流、居民地及其名稱，部分地區還表示了樹木的分布情況、里程注記和其他地名。地圖對地形地物的表示內容豐富、形象。據同時出土的竹簡紀年和隨葬品的特徵，經甘肅省文物考古研究部門鑒定為秦王政八年（前 239 年）時的物品，是目前所知世界上最早的木板地圖，其保存之完好實屬罕見。

七幅木板地圖按其用途可分為《政區圖》、《地形圖》和《林木資源圖》。在這幾幅圖上，不僅有山川、河流、居民點、城邑，還特別注有各地之間的相距里程，與現今距離大都相符，可見，這些地圖是相當準確的實測圖。秦漢以前的地理學在繪製地圖方面是否有嚴格的標準，史無明確記載。晉代地圖學家裴秀總結前人製圖經驗，提出了「製圖六體說」，即分率（比例尺）、準望（方位）、道里（距離）、高下（地勢起伏）、方斜（傾斜角度）、迂直（河流道路的曲直），將此作為繪圖之六原則。而放馬灘木板地圖中六要素皆具備，說明秦人的繪製地圖水準是相當高的，也是很科學的。天水放馬灘木板

地圖堪稱中國「地圖之祖」，不但對研究當時稱爲「犬丘」、「西戎」、「犬戎」
等秦國早期行政範圍、政區建制、自然資源、歷史地理有重大價值，同時也
是研究我國古地圖繪製技術的珍貴資料。

　　天水放馬灘秦墓出土的《墓主記》，對於中國古代小說史演進的線索，可
以起到正本清源的作用。魯迅先生在《中國小說史略》中曾說：

　　　　中國本信巫，秦漢以來，神仙之說盛行，漢末又大暢巫風，而
　　鬼道愈熾；會小乘佛教亦入中土，漸見流傳，凡此，皆張惶鬼神，
　　稱道靈異，故自晉迄隋，特多鬼神志怪之書。〔註52〕

　　一般認爲，中國古代志怪小說形成在魏晉六朝，然而，天水放馬灘秦墓
出土的《墓主記》的出土卻雄辯地說明早在戰國末期、至遲在秦代我國已經
出現了完整的志怪小說，從而顛覆了傳統觀點，將我國古代志怪小說的形成
期大爲提前，這一考古發現引起了考古界、文學界的廣泛關注。《墓主記》記
述一位叫丹的人死而復活之事：

　　　　八年八月己巳，邦丞赤敢謁御史：大梁人王里樊野曰丹邦守：
　　七年，丹矢傷人垣雍里，中面，自刺矣。棄之於市，三日，葬之垣
　　雍南門外。三年，丹而復生。丹所以得復生者，吾犀首舍人，犀吉，
　　論其舍人尚命者，以丹未當死，因告司命史公孫強。因令白狗穴屈
　　出丹，立墓上三日，因與司命史公孫強北出趙氏，之北地柏丘之上。
　　盈四年，乃聞犬吠雞鳴而入食，其狀類益、少麋、墨，四支不用。
　　丹言曰：死者不欲多衣，市人以白茅爲富，其鬼受，於它而富。丹
　　言：祠墓者毋敢設。設，鬼去敬走。已收肢而磬之，如此□□□□
　　食□。丹言：祠者必謹騷除，毋以□灑□祠所。毋以羹沃肢上，鬼
　　弗食殹。〔註53〕

　　簡牘關於丹死而復活的記述，情節甚爲離奇，「與後世眾多志怪小說一
樣，……可能出於虛構。」〔註54〕而這虛構，正說明秦人已「作意好奇」、有

---

〔註52〕魯迅：《中國小說史略》，東方出版社1996年版，第25頁。
〔註53〕何雙全、李學勤對《墓主記》簡文作出了整理和解釋，在一些關鍵問題上存
　　　在較大差異，何文《天水放馬灘秦簡綜述》（《文物》1989年第2期），李文《放
　　　馬灘秦簡中的志怪故事》（《文物》1990年第4期）。雍際春在二人基礎上，重
　　　新對簡文作了疏正，較爲準確合理，見《天水放馬灘木板地圖研究》，甘肅人
　　　民出版社2002年版。
〔註54〕李文：《放馬灘秦簡中的志怪故事》，《文物》1990年第4期。

意爲小說。《墓主記》的出土，雄辯地說明早在戰國末期，隴右即出現了完整形態的志怪小說，這將我國志怪小說的形成期從魏晉提前了近四百年！

## 第三節　輝煌的漢代隴右文人詩賦

兩漢時期，隴右是漢王朝全力開發、經營的重點地區。這一時期也是隴右文學的繁榮期，產生了相當數量的詩文作品，隴右文人詩賦、隴右散文都取得了不俗的成績。隴右石刻文學、簡牘也都有一定的文學成就，在中國文學中有著一定的地位。據現存材料，漢代隴右作家有李陵、梁竦、侯瑾、仇靖、秦嘉、徐淑、趙壹諸人。其中秦嘉、徐淑、趙壹三人的詩賦作品價值尤高，影響較大。不可否認，兩漢時期隴右作家的創作絕大多數未能流傳下來，無疑連詩名與作者皆不見的亦不會是少數，據此，我們推測兩漢數百年時間的隴右文壇並不寂寞，也不乏輝煌之處。

### 一、漢代隴右文人的創作

李陵是隴右古代文學史上第一位有確切記載和作品傳世的作家。李陵，字少卿、隴西成紀（今甘肅秦安縣北）人。他是西漢武帝時的著名將領、作家。其現存作品有《別歌》一首。這是他兵敗而降，居於匈奴時爲送別被匈奴扣押十九年後又遣還漢朝的好友蘇武而作的一首騷體詩。其詩云：

> 徑萬里兮度沙幕，爲君將兮奮匈奴。
> 路窮絕兮矢刃摧，士眾滅兮名已隤。
> 老母已死，雖欲報恩安將歸！〔註55〕

此詩表達了李陵對於自己身敗名裂的傷感和未能報恩報國之感憤牢騷，甚爲淒涼。另外，《文選》載「蘇李詩」三首，係五言詩。五言詩至東漢末年才達到成熟，西漢時尚不可能有成熟的文人五言詩，「蘇李詩」三首和其他一些託名西漢文人所作五詩均屬後人僞託之作，其創作年代大約與《古詩十九首》同時，爲東漢末年無名氏的作品，此已爲學界之共識。

漢代隴右籍辭賦家，著名於當時者還有梁竦。梁竦字叔敬，安定烏氏（今甘肅平涼縣西北）人，是東漢初著名學者、作家。他好經書，「性剛毅而好法律」，曾著書數篇，名曰《七序》，已佚。班固見而稱曰：「孔子著《春秋》而

---

〔註55〕遼欽立：《先秦漢魏晉南北朝詩》，第 109 頁。

亂臣賊子懼，梁竦作《七序》而竊位素餐者慚。」〔註 56〕梁竦的作品，現僅存《悼騷賦》一篇。據《後漢書·梁統列傳》記載，在東漢初年梁氏、竇氏兩大外戚家族互相傾軋中，梁竦受其兄之罪株連，被流放九眞郡（故址在今越南境內），「既徂南土，歷江、湖；濟沅、湘，感悼於子胥、屈原以非辜沉身，乃作《悼騷賦》。」〔註 57〕梁竦途經湘江時，遭貶處窮的凄涼之境，勾起他對歷史上孔子、伊尹、句踐、伍子胥、屈原等的無限懷念，並由他們的遭遇聯想到自己的處境，因而產生了情感上的共鳴，揮筆寫下了《悼騷賦》。此賦乃感悼屈原而作，故在形式上亦採用騷體形式。賦中先鋪陳眾多的聖賢之士不被國君重用，以致國家敗亡的歷史悲憤。全賦結合對眾多歷史人物的評價表明自己的人生觀：

> 彼仲尼之佐魯兮，先嚴斷而後弘衍。雖離讒以鳴邑兮，卒暴誅
> 於兩觀。殷伊周之協德兮，暨太甲而俱寧。豈齊量其幾微兮，徒信
> 己以榮名。雖吞刀以奉命兮，抉目眥於門閭。吳荒萌其已殖兮，可
> 信顏於王廬？圖往鏡來兮，關北在篇。君名既泯沒兮，後辟亦然。
> 屈平濯德兮，潔顯芬香。句踐罪種兮，越嗣不長。重耳忽推兮，六
> 卿卒強。趙殞鳴犢兮，秦人入疆。樂毅奔趙兮，燕亦是喪。武安賜
> 命兮，昭以不王。蒙宗不幸兮，長平顚荒。范父乞身兮，楚項不昌。
> 何爾生不先後兮，推洪勳以遐邁。服荔裳如朱絨兮，騁鷺路於奔瀨。
> 歷蒼梧之崇丘兮，宗虞氏之俊乂。臨眾瀆之神林兮，東賴職於蓬碣。
> 祖聖道而垂典兮，褒忠孝以爲珍。既匡救而不得兮，必殞命而後仁。
> 惟賈傅其違指兮，何楊生之欺眞。彼皇麟之高舉兮，熙太清之悠悠。
> 臨岷川以愴恨兮，指丹海以爲期。〔註 58〕

在這篇著名的賦中，他用悲憤的感情、優美的語言、精練的文字，回顧了歷史上具有代表性的憂國憂民先哲賢士的傑出表現，藉以抒發自己懷才不遇、報國無門的思想和苦悶心境。文中表示，他將以死來抗爭，絕不苟且偷生的堅貞之節。千百年後讀之，其憤激凄楚之音，猶能感人心魄。

漢樂府民歌《隴西行》，載於宋代郭茂倩《樂府詩集》，歷來膾炙人口。據《漢書·藝文志》記載，漢代「有代、趙之謳，秦、楚之風，皆感於哀樂，

〔註 56〕南朝·范曄：《後漢書》卷三四《梁竦列傳》，第 1171 頁。
〔註 57〕南朝·范曄：《後漢書》卷三四《梁竦列傳》，第 1171 頁。
〔註 58〕清·嚴可均：《全上古三代秦漢三國六朝文》，商務印書館 1999 年版。（以下
　　　版本號略）

緣事而發，亦可以觀風俗，知薄厚云。」〔註59〕宋人郭茂倩所編《樂府詩集》
100 卷，分 12 類（郊廟歌辭，燕射歌辭，鼓吹歌辭，橫吹歌辭，相和歌辭，
清商曲辭，舞曲歌辭，琴曲歌辭，雜曲歌辭，近氏曲辭，雜歌謠辭，新樂府
辭）著錄，是收羅漢迄五代樂府最爲完備的一部詩集。〔註60〕《隴西行》作
爲漢樂府民歌，具有濃厚的生活氣息，情感眞切自然，句式以五言爲主，語
言清新活潑，長於敘事鋪陳：

>　　天上何所有，歷歷種白榆。桂樹夾道生，青龍對道隅。
>　　鳳凰鳴啾啾，一母將九雛。顧視世間人，爲樂甚獨殊。
>　　好婦出迎客，顏色正敷愉。伸腰再拜跪，問客平安不。
>　　請客北堂上，坐客氈氍毹。清白各異樽，酒上正華疏。
>　　酌酒持與客，客言主人持。卻略再拜跪，然後持一杯。
>　　談笑未及竟，左顧敕中廚。促令辦粗飯，愼莫使稽留。
>　　廢禮送客出，盈盈府中趨。送客亦不遠，足不過門樞。
>　　娶婦得如此，齊姜亦不如。健婦持門戶，亦勝一丈夫。〔註61〕

　　隴右地區本是荒蕪之地，漢代開發隴右，設置河西四郡，大量外地文士
的到來，使該地文化水平有了很大提高，此詩便是明證。詩中描寫隴西好婦
不僅容貌美麗，而且待客熱情、禮儀周全、辦事幹練。全詩描寫人物言行生
動活潑，語言明快暢達，用筆至簡，印象至深，充分體現了樂府詩敘事清晰
簡練的特點。《隴西行》對後世影響甚大，後世詩人常用此古題作詩，比較著
名者有王維的五古《隴西行》與陳陶的七絕《隴西行》等。

　　東漢初期，隴右一帶還盛傳民間歌謠，《涼州民爲樊曄歌》（亦作《樊曄
歌》）即是其中典型代表。《後漢書·酷吏列傳》記載，隴右割據勢力隗囂被
滅後，漢光武帝劉秀「乃拜曄爲天水太守。政嚴猛，好申、韓法、善惡立斷。
人有犯其禁者，率不生出獄，吏人及羌胡畏之。道不拾遺。行旅至夜，聚衣
裝道傍，曰『以付樊公』。」〔註62〕隴上民眾歌曰：

>　　遊子常苦貧。力子天所富。寧見乳虎穴。不入冀府寺。
>　　大笑期必死。忿怒或見置。嗟我樊府君。安可再遭值？〔註63〕

---

〔註59〕漢·班固：《漢書》卷三〇《藝文志》，第 1691 頁。
〔註60〕宋·郭茂倩：《樂府詩集》，中華書局 1979 年版。（以下版本號略）
〔註61〕逯欽立：《先秦漢魏晉南北朝詩·漢詩卷九》，第 267～268 頁。
〔註62〕南朝·范曄：《後漢書》卷七七《酷吏列傳》，第 2491 頁。
〔註63〕逯欽立：《先秦漢魏晉南北朝詩·漢詩卷八》，第 208 頁。

　　中國五言詩體的成熟經歷了一個漫長的歷史時期。在先秦的文學典籍之中，我們已發現了它的存在。此時的它應該是無意識地創作出來的。漢代是五言詩體發生、發展、成熟的重要階段。且五言詩體的最終定型是由多種、因素相互作用的結果，西漢是五言詩體的醞釀階段，東漢則是五言詩體的成熟定型階段。作爲民歌的漢代雜歌謠辭，以其活潑、清新的氣息和生命力給予舊文體注入新鮮的血液，直接推動了中國五言詩體的形成。

　　東漢末年的隴右作家秦嘉、徐淑夫妻是中國古代文學史上爲數不多的夫妻作家。秦、徐結婚後，二人優游於濃鬱的藝術生活中，堪稱「文章夫妻，朋友知己」，寫作詩文，意境悠遠，很有生活情趣，堪稱中國文學史上的典範。均係東漢時漢陽郡平襄縣（今甘肅通渭縣）人。存世的詩有：秦嘉《贈婦詩》（五言）3首、《贈婦詩》（四言）1首，徐淑《答夫詩》1首，《述婚詩》2首，《與妻書》、《重報妻書》2篇，徐淑《答夫書》、《又報嘉書》、《爲誓與兄弟書》3篇。從這些不多的現存作品裏，我們就可以領略到秦嘉、徐淑夫妻二人深厚的感情和非凡的藝術才華。這也是隴右地方作家對中國文學的卓越貢獻。

　　秦嘉的《述婚詩》有2首，均是描寫其與徐淑新婚的情景，字裏行間洋溢著喜悅和幸福之情。從詩中也可看出，秦嘉與徐淑的結合的確是德才兼備的美好婚姻。秦嘉的代表作是一首四言的《贈婦詩》，此是作者爲懷念回鄉養病的妻子而寫。詩云：

> 曖曖白日，引曜西傾。啾啾雞雀，群飛赴楹。
> 皎皎明月，煌煌列星。嚴霜悽愴，飛雪覆庭。
> 寂寂獨居，寥寥空室。飄飄帷帳，熒熒華燭。
> 爾不是居，帷帳何施？爾不是照，華燭何爲？〔註64〕

　　此詩描述了作者與妻子別後淒涼的處境，抒發了對妻子的深切思念之情，全詩以景託情，情景交融。疊詞的使用，使此詩別具一種音韻和諧的淒婉之美。

　　秦嘉詩歌中最有價值的當推3首五言《贈婦詩》。這3首詩就內容來看反復抒寫自己遠行前不能與妻子面別，以致憂思不解、惆悵難遣、顧戀難捨之情，詩中感情深摯、迴環婉轉、一唱三歎，充滿淒涼哀惋的感傷情調，讀之令人盪氣迴腸。這組詩在藝術表現上也很高明，雖然作者在詩中直抒胸臆、

---

〔註64〕逯欽立：《先秦漢魏晉南北朝詩・漢詩卷六》，第186頁。

語言平易、不尚雕飾，但又能將抽象的感情具體化爲生動可感的物象，加以細緻描摹，使詩歌形象鮮明逼眞、躍然眼前，形成和諧流暢、自然清麗的藝術風格。如第一首詩云：

> 人生譬朝露，居世多屯蹇。憂艱常早至，歡會常苦晚。
> 念當奉時役，去爾日遙遠。遣車迎子還，空往復空返。
> 省書情悽愴，臨食不能飯。獨坐空房中，誰與相勸勉？
> 長夜不能眠，伏枕獨輾轉。憂來如循環，匪席不可卷。〔註65〕

　　全詩藝術表現富有才力，詩人先慨歎人生多艱，次敘即將遠行，派車迎妻面別，結果徒勞而返。然後通過描摹妻臨食不飲、獨坐空房、長夜不眠、輾轉反側的具體形象，將他孤獨悽愴、憂思難解之情表現得淋漓盡致，生動感人。再如第二首詩云：

> 皇靈無私情，爲善荷天祿。傷我與爾身，少小罹煢獨。
> 既得結大義，歡樂苦不足。念當遠離別，思念敘款曲。
> 河廣無舟梁，道近隔丘陸。臨路懷惆悵，中駕正躑躅。
> 浮雲起高山，悲風激深谷。良馬不回鞍，輕車不轉轂。
> 針藥可屢進，愁思難爲數。貞士篤終始，恩義可不屬。〔註66〕

　　詩人哀歎自己與妻子少小孤苦，婚後又離多聚少、歡樂不足之情。「河廣無舟梁，道近隔丘陸」一聯形象的描繪，生動地表現出詩人萬般無奈的傷感。緊接著「浮雲起高山，悲風激深谷」一聯象徵性的景物描寫和「良馬不回鞍，輕車不轉轂」一聯實際描寫，更有力地烘托和表現出他悲涼的心境。徐淑之詩僅有《答夫詩》一篇，此爲她贈別秦嘉時所寫，詩云：

> 妾身兮不令，嬰疾兮來歸。沉滯兮家門，歷時兮不差。
> 曠廢兮侍覲，情敬兮有違。君今兮奉命，遠適兮京師。
> 悠悠兮離別，無因兮敘懷。瞻望兮踊躍，佇立兮徘徊。
> 思君兮感結，夢想兮容暉。君發兮引邁，去我兮日乖。
> 恨無兮羽翼。高飛兮相追。長吟兮永歎，淚下兮沾衣。〔註67〕

　　此詩抒發了自己因病不能與遠行的丈夫面別敘情的惆悵、遺憾和傷感，感情眞摯。表面上看似五言詩，實是繼承楚騷傳統的騷體詩，淒涼哀婉、深長詠歎，具有感人的藝術魅力，徐淑不愧是兩漢時期女性詩人的傑出代表，也是中

---

〔註65〕　逯欽立：《先秦漢魏晉南北朝詩·漢詩卷六》，第 186 頁。
〔註66〕　逯欽立：《先秦漢魏晉南北朝詩·漢詩卷六》，第 187 頁。
〔註67〕　逯欽立：《先秦漢魏晉南北朝詩·漢詩卷六》，第 188 頁。

國文學史上較早有作品流傳的女性詩人，在文學發展中具有不可替代的地位。

趙壹（本名懿，因《後漢書》作於晉朝，避司馬懿名諱，故作「壹」），約生於漢順帝永建年間，卒於漢靈帝中平年間。字元叔，漢陽西縣（今甘肅省禮縣紅河鄉附近）人，東漢著名辭賦家。趙逵夫《趙壹生平著作考》首先在陸侃如先生《中古文學繫年》的基礎上對趙壹的生卒年進行了考證，認爲趙壹第一次入京在建寧元年。〔註68〕清代葉恩沛、呂震南修纂《階州直隸州續志》卷三十《流寓》云：

> 趙壹，字元叔，漢時人。恃才倨傲，不爲鄉里所容，作《窮鳥
> 賦》。客遊成州，舉郡計吏。入京，司徒袁逢召與語，大悅，延之上
> 坐，謂客曰：「此漢陽趙元叔也，朝士莫有過之者。」既出造河南尹
> 羊陟，不得見，因舉聲哭，門下驚。陟知其非常人也。明旦造訪時，
> 諸計吏皆盛飾騎從，而壹獨柴車露宿，款陟坐車下。陟曰：「良璞不
> 剖，必有泣血以明者。」遂與袁逢共薦之。名大震。長安世室宗連
> 長，妻以季女，裝資鉅萬，竟爲富人。〔註69〕

據《後漢書》記載，趙壹的著作較爲豐富，原有賦、頌、箴、書論及雜文共一十六篇，總爲《趙壹集》二卷，宋以後已經失傳。據清人嚴可均輯《全後漢文》載，趙壹現存作品有《窮鳥賦》、《刺世疾邪賦》、《報皇甫規書》、《非草書》、《迅風賦》、《解擯賦》及《報羊陟書》的殘句，今人趙逵夫有《趙壹生平著作考述》。〔註70〕

趙壹是我國東漢時期著名作家，在中國文學史上佔有重要的地位。他雖出身寒門，而恃才倨傲、耿介不群，郡州多次徵召，堅避不就，表現出對惡濁政治的厭倦與不同流合污的高貴品質。《窮鳥賦》賦前有序，作者懷著深厚的感情對於窮鳥的險惡處境和恐怖心情作了描繪：

> 有一窮鳥，戢翼原野。畢網加上，機阱在下。前見蒼隼，後見
> 驅者。繳彈張右，羿子彀左。飛丸激矢，交集於我。思飛不得，欲
> 鳴不可。舉頭畏觸，搖足恐墮。內獨怖急，乍冰乍火。〔註71〕

此賦象徵意義頗濃，「窮鳥」處於天羅地網、插翅難飛的險惡處境中的恐

---

〔註68〕趙逵夫：《趙壹生平著作考》，《文學遺產》2003年第1期。

〔註69〕清·葉恩沛、呂震南修纂：《階州直隸州續志》，甘肅省圖書館藏本。

〔註70〕趙逵夫：《趙壹生平著作考》，《文學遺產》2003年第1期。

〔註71〕清·嚴可均：《全上古三代秦漢三國六朝文》，商務印書館1999年版。（以下版本號略）

怖，不正象徵著作者在現實社會身陷四處碰壁、有志難申的不幸境遇的苦悶嗎？作者表面上描寫窮鳥，實際上是自抒情懷。

《刺世嫉邪賦》是趙壹最有代表性的政治抒情賦。如果說作者早期還儸於東漢末年的黑暗社會勢力，故趣旨淵放，「不敢班班顯言」。那麼到了作者的晚年，他對於東漢末年腐敗的社會現實已經到了忍無可忍、無所畏懼的地步。故《刺世嫉邪賦》的篇題就直接標示了它「抒其怨憤」的主旨，表明作者批判的筆觸已深入社會現實深處：

> 於茲迄今，情偽萬方。佞諂日熾，剛克消亡。舐痔結駟，正色徒行。嫗媮名勢，撫拍豪強。僵寒反俗，立致咎殃。捷懾逐物，日富月昌。渾然同惑，孰溫孰涼？邪夫顯進，直士幽藏。〔註72〕

由於趙壹積憤深廣，他在《刺世嫉邪賦》中憤世嫉俗之情如同怒濤排壑、一瀉無餘，在藝術表現上顯得痛快淋漓，筆下不時湧出足以輝耀全篇、留傳千古的警句。

趙壹也是漢代五言詩的重要作家。附在《刺世疾邪賦》後的兩首五言詩特色獨具。《刺世疾邪詩》諷刺了漢末不合理的世事，表達了作者決不願與邪惡勢力同流合污以謀取個人榮華富貴的可貴精神，其批判的尖銳性在文學史上始終放射出不滅的異彩：

> 有秦客者，乃爲詩曰：
>
> > 河清不可俟，人命不可延。順風激靡草，富貴者稱賢。
> >
> > 文籍雖滿腹，不如一囊錢。伊優北堂上，抗髒依門邊。
>
> 魯生聞此辭，係而作歌曰：
>
> > 勢家多所宜，咳唾自成珠。被褐懷金玉，蘭蕙化爲芻。
> >
> > 賢者雖獨悟，所因在群愚。且各守爾分，勿復空馳驅。
> >
> > 哀哉復哀哉，此是命矣夫！〔註73〕

趙壹的作品具有強烈的批判精神，在「古詩十九首」和「蘇李詩」的「遊子思婦之辭、傷時失意之歡」等主題之外，以其對現實的強烈揭露與批判而增加了漢代詩歌的亮色，豐富了漢末詩歌創作的風格。鍾嶸《詩品》云：「元叔散憤蘭蕙，指斥囊錢。苦言切句，良亦勤矣。」〔註74〕聯繫東漢末年黑暗

---

〔註72〕田兆民主編：《歷代名賦譯釋》，黑龍江人民出版社1995年版，第495頁。

〔註73〕逯欽立：《先秦漢魏晉南北朝詩‧漢詩卷六》，第189～190頁。

〔註74〕梁‧鍾嶸著、周振甫譯注：《詩品譯注》，中華書局1998年版，第77頁。

腐敗的政治來看，趙壹身處黑暗社會而決不同流合污以謀取榮華富貴。甘願為自己認定的眞理而獻身之品質，正是其孤傲個性的外化，更體現出隴人孤傲的個性和批判精神。據說，清代乾隆年間湖北一位私塾先生讀《刺世疾邪賦》深受感動，在「寧飢寒於堯舜之荒歲月兮，不飽暖於當今之豐年」上面批了「古今同慨」之文字，被人告發，他和他的家人都被處以極刑。可見趙壹賦的影響與統治階級對他痛恨的程度。趙壹還是我國書法史上最早的書法評論家。他的代表作《非草書》一文，是我國書法史上的重要文獻，歷來爲書家所重。

《刺世嫉邪賦》在中國文學史上具有重要地位，主要體現在以下幾方面：

第一，《刺世嫉邪賦》與張衡《歸田賦》、蔡邕《述行賦》等同爲漢代體物大賦漸趨式微，抒情小賦逐漸崛起這一轉變時期抒情小賦的優秀代表作品。他對東漢中期以後辭賦的演進具有推進之功，在漢代賦史上佔有一席之位。

第二，《刺世嫉邪賦》繼承並發展了屈騷「發憤抒情」的創作態度，具有強烈的憤世嫉俗的批判精神。劉熙載《藝概》說：「後漢趙元叔《窮鳥賦》及《刺世疾邪賦》，讀之知爲抗髒之士。惟徑直露骨，未能如屈賈之味餘文外耳。」〔註75〕聯繫東漢末年黑暗腐敗的政治來看，趙壹作品所表現的這種風格，是對傳統「哀而不傷」、「怨而不怒」的詩教的突破，在整個中國古代文學史上始終閃耀著熠熠光彩。

第三，從文學史的演進來看，《刺世疾邪賦》是漢賦由鋪采摛文的「散體大賦」向抒情小賦轉變的代表性作品之一，對後來阮籍《大人先生傳》、禰衡《鸚鵡賦》、曹植《野田黃雀行》、何遜《窮鳥賦》的寫作均有一定影響，可謂沾溉後世，其澤甚遠。

## 二、漢代旅隴文士的文學創作

兩漢時期，外地作家至隴右，也有不少詩文流傳，它們豐富了隴右文學的創作。現存兩漢時期內地寓隴作家的詩賦有下述 3 首作品：班彪的《北征賦》，杜篤的《首陽山賦》及無名氏的《隴西引》等。

班彪，扶風安陵（今陝西咸陽東北）人，東漢初著名史學家、文學家。其《北征賦》是兩漢抒情小賦中的代表性作品。《北征賦》作於玄漢更始三年，

---

〔註75〕劉熙載：《藝概》，上海古籍出版社 1978 年版。

是年九月，赤眉軍入長安，更始帝劉玄出奔。「彪性沉重好古，年二十餘，更始敗，三輔大亂，時隗囂擁眾天水，彪乃避難從之。」〔註76〕《北征賦》描寫了漢代絲綢之路甘肅段沿線的風土人情，賦中云：

> 登赤須之長阪，入義渠之舊城。忿戎王之淫狡，穢宣后之失貞。嘉秦昭之討賊，赫斯怒以北征。……過泥陽而太息兮，悲祖廟之不修。釋余馬於彭陽兮，且弭節而自思。日奄奄其將暮兮，睹牛羊之下來。寤曠怨之傷情兮，哀詩人之歎時。
>
> 越安定以容與兮，遵長城之漫漫。劇蒙公之疲民兮，為強秦乎築怨。……登障遂而遙望兮，聊須臾以婆娑。閔獯鬻之猾夏兮，弔尉邛於朝那。從聖文之克讓兮，不勞師而幣加。惠父兄於南越兮，黜帝號於尉他。〔註77〕

作者由北地、安定沿途的歷史遺跡聯想到古代國家一系列動亂的史實，情真意切，感有至深。最後以「亂日」作結，表明自己要效法聖人，「樂以忘憂」的忠貞之節溢於言表。而且較為準確地反映了漢代絲綢之路的交通關隘等情況，對研究漢代隴右地區交通有重要意義。

杜篤，京兆杜陵（今陝西西安東南）人，東漢初著名文學家。其《首陽詩賦》是一篇描寫隴右山川名勝的小賦，可惜現存並非完篇。「首陽山」的所在地，歷來有在甘肅隴西縣境內、山西永濟縣南、河北盧龍縣東南、河南偃師縣西北諸說。杜篤《首陽山賦》所寫當在甘肅定西境內，《後漢書·文苑列傳》載：「建初三年，車騎將軍馬防擊西羌，請篤為從事中郎，戰沒於射姑山。所著賦、誄、弔、書、贊、七言、女誡及雜文，凡十八篇。」〔註78〕可見其足跡至於隴上，完全有可能遊首陽山而作此賦。賦中云：

> 嗟首陽之孤嶺，形勢窟其盤曲。面河源而抗岩，隴埵隈而相屬。長松落落，卉木濛濛。青羅落窠而上覆，穴溜滴瀝而下通。高岫帶乎岩側，洞房隱於雲中。忽吾睹兮二老，時采薇以從容。於是乎乃訊其所求，問其所修。州域鄉黨，親戚匹儔。何務何樂，而並茲遊矣。其二老乃答余：「吾殷之遺民也，厥胤孤竹，作蕃北湄。少名叔齊，長曰伯夷。聞西伯昌之善教，育年艾於胡，遂相攜而隨之，冀

〔註76〕南朝·范曄：《後漢書》卷四〇《班彪傳》，第1323頁。
〔註77〕田兆民主編：《歷代名賦譯釋》，黑龍江人民出版社1995年版，第226頁。
〔註78〕南朝·范曄：《後漢書》卷八〇上《文苑列傳》，第2609頁。

寄命乎余壽，而天命不常，伊事變而無方。」〔註79〕

作者具體描寫首陽山林木繁茂、山泉淋瀝、山峰險峻、雲霧深鎖的景象，十分真切細膩、靈秀生動。同時，杜篤還以幻想的筆調寫自己與伯夷、叔齊之問答，顯然是作者有感於伯夷、叔齊隱於首陽山的典故而生發。此賦非完篇，但寫景生動、文筆精練，僅從現存部分即可看出杜篤卓越的文學才能。

## 第四節　漢代隴右散文

秦漢時期，隴右地區出現了一批軍國文書。其中不乏具有較高文學價值的文章。東漢中後期的王符及其《潛夫論》，則是兩漢時期隴右地區最有成就、最有代表性的散文作家和作品。現存秦漢時期河隴地區疏奏之作者為西漢趙充國，東漢皇甫規、段熲諸人，其中以趙充國的疏奏最有個性和文學價值。此外，割據隴右的隗囂、隴右大儒王充都是此期的飽學之士，對漢代隴右文學的歷史進程產生了深遠影響。

### 一、漢代開發河隴及隴右軍旅文學的興起

據歷史資料分析，漢武帝經營河西歷時多年，河西四郡也是漢武帝逐步建立起來的。元狩二年（前 121 年），「匈奴昆邪王殺休屠王，並將其眾合四萬餘人來降，置五屬國以處之。以其地為武威、酒泉郡。」〔註80〕元鼎六年（前 111 年），又「分武威、酒泉地置張掖、敦煌郡，徙民以實之。」〔註81〕至後元元年（前 88 年），漢王朝最後正式建置敦煌郡，前後共 34 年。河西走廊的開通、河西四郡的設置，是西漢王朝與匈奴戰爭中具有決定意義的戰略舉措，具有深遠的影響。《漢書·西域傳贊》曰：「孝武之世，圖治匈奴，患其兼從西國，結黨南羌，乃表河西列四郡，開玉門關，通西域，以斷匈奴之右臂，隔絕南羌、月氏。單于失援，由是遠遁漠北，而漠南無王庭。遭值文、景，玄默，養民五世，天下殷富，財力有餘，士馬強盛。故能睹犀布、瑇瑁則建珠崖七郡；感枸醬、竹杖則開牂柯、越巂；聞天馬、蒲陶則通大宛、安息。自是之後，明珠、文甲、通犀、翠羽之珍盈於後宮，蒲梢、龍文、魚目、汗血之馬充於黃門。巨象、獅子、猛獸、大雀之群食於外囿。殊方異物，四

〔註79〕清·嚴可均：《全上古三代秦漢三國六朝文》。
〔註80〕漢·班固：《漢書·武帝紀》，第 176 頁。
〔註81〕漢·班固：《漢書·武帝紀》，第 189 頁。

面而至。於是廣開上林，穿昆明池，營千門萬戶之宮，立神明通天之臺，興造甲乙之帳，落以隨珠和璧。天子負黼依，襲翠被，憑玉幾而處其中，設酒池肉林以饗四夷之賓，作《巴渝》都盧、海中《碭極》、漫衍魚龍、角抵之戲以觀視之。」〔註82〕可見，河西四郡的設置不但政治、軍事意義重大，也帶動了漢代文學、特別是隴右文學的發展，足以構成一次文學史事件。

　　漢代隴右散文的長足進步，首先是趙充國等一批隴右文士的崛起。趙充國（前137～前52年），字翁孫，隴西上邽（今甘肅清水縣）人，後徙居金城令居（今甘肅永登縣西北），趙充國是一位能騎善射驍勇多謀的軍事家，為人沉著勇敢，有遠見深謀，在當時屯田政策上做出了卓越貢獻。趙充國不但英勇善戰，且精於文學，尤長於奏疏之作。例如他就隴右屯田問題給朝廷上的奏疏寫道：

　　　　臣聞帝王之兵，以全取勝，是以貴謀而賤戰。戰而百勝，非善之善者也，故先為不可勝以待敵之可勝。蠻夷習俗雖殊於禮義之國，然其欲避害就利，愛親戚，畏死亡，一也。今虜亡其美地薦草，悉於寄託遠遁，骨肉離心，人有畔志，而明主般師罷兵，萬人留田，順天時，因地利，以待可勝之敵，雖未及伏辜，兵決可期月而望。〔註83〕

　　作者先依據兵家貴謀賤戰、以逸待勞的策略，從戰略的高度說明屯田是「順天時，因地利」之舉，必將取勝，得到宣帝的讚賞。他還提出留兵屯田「十二便」：

　　　　步兵九校，吏士萬人，留屯以為武備，因田致穀，威德並行，一也。又因排折羌虜，令不得歸肥饒之墬，貧破其眾，以成羌虜相叛之漸，二也。居民得並田作，不失農業，三也。軍馬一月之食，度支田士一歲，罷騎兵以省大費，四也。至春省甲士卒，循河湟漕穀至臨羌，以示羌虜，揚威武，傳世折衝之具，五也。以閒暇時下所伐材，繕治郵亭，充入金城，六也。兵出，乘危僥倖，不出，令反叛之虜竄於風寒之地，離霜露疾疫瘃墮之患，坐得必勝之道，七也。無經阻遠迫死傷之害，八也。內不損威武之重，外不令虜得乘間之勢，九也。又無驚動河南大開、小開使生它變之憂，十也。治湟陝中道橋，令可至鮮水，以制西域，信威千里，從枕席上過師，

〔註82〕漢・班固：《漢書・西域傳》，第3928頁。
〔註83〕清・嚴可均：《全上古三代秦漢三國六朝文・全漢文》，第294頁。

十一也。大費既省，徭役豫息，以戒不虞，十二也。〔註84〕

作者從十二個方面具體陳述屯田之利：使漢朝威德並行、減輕民徭、節省軍費、以逸待勞、減少傷亡、便於控制西域；使羌人處於寒瘵之地、沮喪士氣、內部離叛、分化瓦解、不戰自潰。作者據實而論，直追西漢賈誼，均是兩漢鴻文。

隗囂（？～33 年），字季孟，天水成紀（今甘肅省秦安縣）人。出身隴右大族，青年時以知書通經而聞名隴上。王莽的國師劉歆聞其名，舉為國士。劉歆叛逆後，隗囂歸故里。劉玄更始（23 年）政權建立後，隗囂叔父隗崔、兄隗義及上邽人（今甘肅天水市）楊廣、冀縣（今甘肅甘谷縣）人周宗等合謀起義，回應劉玄，興漢滅莽。隗囂趁機佔領平襄（今甘肅通渭縣），殺了王莽的鎮戎郡（今甘肅天水一帶，治平襄）大尹。因隗囂「素有名，好經書」，被推舉為上將軍，從此隗囂成了割據一方的勢力。據《後漢書》本傳載，當綠林軍更始政權始立時，隗囂與眾將歃血為盟，然後發布《移檄告郡國書》，抨擊王莽逆天、逆地、逆人之三大罪行：

> 尊任殘賊，信用姦佞，誅殺忠正，覆按口語，赤車奔馳，法冠晨夜，冤繫無辜，妄族眾庶。行炮烙之刑，除順時之法。灌以醇醯。裂以五毒。政令日變，官名月易。貨幣歲改，吏民昏亂，不知所以。商旅窮窘，號泣市道。設為六管，增重賦斂，刻剝百姓，厚自奉養。苞苴流行，財入公輔，上下貪賄，莫相檢考。民坐挾銅炭，沒入鍾官，徒隸殷積，數十萬人。工匠饑死，長安皆臭。既亂諸夏，狂心益悖，北攻強胡，南擾勁越，西侵羌戎，東摘濊貊。使四境之外，並入為害，緣邊之郡，江海之瀕，滌地無類。故攻戰之所敗，苛法之所陷，飢饉之所夭，疾疫之所及，以萬萬計。其死者則露屍不掩，生者則奔亡流散，幼孤婦女，流離繫虜。此其逆人之大罪也。
>
> 〔註85〕

此段文字深受兩漢辭賦鋪陳排比的藝術表現方法的影響，它全用排比、對偶句式，指斥王莽內政外交諸方面種種罪行，文筆酣暢，情感激越，充滿氣勢。

隗囂不但自己是能文之士，而且喜延攬人才。隗囂稱雄隴右期間，有不

---

〔註84〕 清·嚴可均：《全上古三代秦漢三國六朝文·全漢文》，第 294 頁。
〔註85〕 南朝·范曄：《後漢書》卷一三《隗囂傳》，第 517 頁。

少文士來依附他，在其周圍形成了一個文人集團。「及更始敗，三輔耆老士大夫皆奔歸囂。囂素謙恭愛士，傾身引接爲布衣交。以前王莽平河大尹長安谷恭爲掌野大夫，平陵范逡爲師友，趙秉、蘇衡、鄭興爲祭酒，申屠剛、杜林爲持書，楊廣、王遵、周宗及平襄人行巡、阿陽人王捷、長陵人王元爲大將軍，杜陵、金丹之屬爲賓客。」〔註86〕長安人谷恭、平陵人范逡、隴西上邽人楊廣、天水冀人周宗、平襄人行巡、阿陽人王捷、長陵人王元皆爲當時飽學之士。一個時代文學創作的繁榮，最直觀地表現爲該時代文學作品數量的眾多和品質的勝出，這就必然要求該時代湧現出數量可觀的文學創作群體，然後才能異彩紛呈。上述被隗囂拔擢的優秀人才中不乏文學之士，客觀上壯大了隴右文學的創作隊伍，促進了隴右文學的發展。

## 二、王符、皇甫規政論文的文學價值

王符（85 年？～162 年？），字節信，安定臨涇（今甘肅鎮原一帶）人，終身不仕，以「潛夫」自號。《後漢書》說其「志意蘊憤，乃隱居著書三十餘篇，以譏當時失德，不欲彰顯其名，故號曰《潛夫論》。其指訐時短，討適物情，足以觀當時風政。」〔註87〕《潛夫論》涉及東漢的政治、經濟、軍事、文化各個方面，「大多是討論治國安民之術的政論文章，少數涉及哲學問題。他對東漢後期社會政治的批判是廣泛的尖銳的。他歷數當時經濟、政治、社會風俗等方面本末倒置、名實相違的黑暗情形，指出『皆衰世之務』，並引用許多歷史教訓來警告統治者。他把社會動亂的根源歸之於統治者的昏暗不明，把治理亂世的希望寄託在明君和賢臣身上，他嚮往賢才治國，希望明君尊賢任能，信忠納諫，這樣就能天下太平。針對當時『富者乘其財力，貴者阻其勢要』，豪族權貴朋黨爲奸虛造空美的情況，他鮮明地提出『君子未必富貴，小人未必貧賤』的命題，並要求統治者『論士必定於志行，毀譽必參於效驗』，建議採取考功、明選等實際措施來改革吏治，強烈反映了庶族地主的參政要求。」〔註88〕指斥時政、氣盛言宜，和王充《論衡》可以媲美。

王符的思想，頗爲龐雜，概而言之，其主流是儒家思想，摻雜一些道家和法家思想，同時受到漢代時代潮流影響頗深。王符思想首先引人注意者，

---

〔註86〕南朝・范曄：《後漢書》卷一三《隗囂傳》，第 522 頁。
〔註87〕漢・王符著，清・汪繼培箋，彭鐸校正：《潛夫論箋》，中華書局 1979 年版，第 482 頁。（以下版本號略）
〔註88〕漢・王符著，清・汪繼培箋，彭鐸校正：《潛夫論箋》，第 1 頁。

當推民本、富民。王符在《潛夫論‧務本》首章即開宗明義：「凡爲治之本，莫善於抑末而務本，莫不善於離本而飾末。夫爲國者，以富民爲本，以正學爲基。」〔註89〕這顯然是繼承了先秦以來的富民思想，並在新的歷史條件下有新的發展與創新。至於如何富民，王符在《務本》篇指出：「凡爲治之大體，莫善於抑末而務本。……夫富民者，以農桑爲本，以遊業爲末；百工者，以致用爲本，以巧飾爲末；商賈者，以通貨爲本，以鬻奇爲末。三者守本離末則民富，離本守末則民貧。」〔註90〕強調以農桑、致用、通貨爲本，以遊業、巧飾、鬻奇爲末。

王符思想中還有一個重要方面，就是重視人才。針對漢代選士「名實不相副，求貢不相稱」〔註91〕的情況，王符特別批評外戚、宦官竊權欺侮賢能之士，「今世得位之徒，依女妹之寵以驕士，藉六龍之勢以陵賢。」提出應「重選舉」、「審名實」、「取賞罰」，不按出身貴賤、官位高低；而視品質材行，以「恕」、「平」、「恭」、「守」四者爲標準，提拔品行端方、敬賢尊長、守信仗義、表裏一致的人，使賢才濟濟，報效國家。同時，王符還特別重視教育的功用，在《務本》篇裏，王符把「正學」與「富民」作爲治理國家的兩大問題。他說：「夫爲國者，以富民爲本，以正學爲基。民富乃可教，學正乃得義，民貧則背善，學淫則詐僞，入學則不亂，得義則忠孝。故明君之法，務此二者，以成太平之基，致休徵之祥。」〔註92〕「凡欲顯勳績、揚光烈者，莫良於學矣。」〔註93〕顯然，他是把正學作爲一項基本的國策，認爲只有重視和辦好教育，民眾才能走正道，國家才能興旺發達。

東漢時期，讖諱迷信、鬼神之說盛行，同時，無神論思想也有很大發展。王符是「元氣一元論者」。他反對漢代盛行的讖諱迷信之說，認爲「陰陽有體，實生兩儀，天地壹鬱，萬物化淳，和氣生人，以統理之。」〔註94〕天地間萬物萬象，包括鬼神、人民、變異、吉凶等等，都是「氣」作用之緣故，而不取決於天地鬼神。關於人和自然的關係，王符云：「天道曰施，地道曰化，人道曰爲。爲者，蓋所謂感通陰陽而致珍異也。人行之動天地，譬猶車上馭馳

---

〔註89〕漢‧王符著，清‧汪繼培箋，彭鐸校正：《潛夫論箋‧務本》，第14頁。
〔註90〕漢‧王符著，清‧汪繼培箋，彭鐸校正：《潛夫論箋‧務本》，第14頁。
〔註91〕漢‧王符著，清‧汪繼培箋，彭鐸校正：《潛夫論箋‧考績》，第68頁。
〔註92〕漢‧王符著，清‧汪繼培箋，彭鐸校正：《潛夫論箋‧務本》，第14頁。
〔註93〕漢‧王符著，清‧汪繼培箋，彭鐸校正：《潛夫論箋‧贊學》，第14頁。
〔註94〕漢‧王符著，清‧汪繼培箋，彭鐸校正：《潛夫論箋‧本訓》，第365頁。

馬、蓬車擢舟船矣。雖爲所覆載，然亦在我何所之可。」〔註 95〕強調人的主觀能動性的積極發揮，強調人生的貴賤貧富，不取決於天地鬼神，而是個人努力程度之不同。從唯物論的觀點出發，王符對於當時盛行的讖緯之說，也不盲目輕信。他認爲宇宙間萬象變化「莫不氣之所爲」，並不是什麼祥瑞符志和災異譴告。這種樸素唯物主義的自然觀，在中國思想史、哲學史上有著進步意義，至今仍包含著許多合理的成分，值得今人吸收借鑒。

王符的《潛夫論》不僅是卓越的政論性著作，也是優美的文學作品。《潛夫論》的內容大都是討論有關國計民生的現實問題，故他對討論的問題絕無憑虛蹈空之言，而是據實而論，這就顯示出一定的文學價值。如批判當時世風：

> 今民奢衣服，侈飲食，事口舌，而習調欺，以相詐紿，比肩是也。或以謀奸合任爲業；或以遊敖博弈爲事；或丁夫世不傳犁鋤，懷丸挾彈，攜手遨遊；或取好土作丸賣之。於彈外不可以禦寇，內不足以禁鼠，昏靈好之以增其惡。〔註96〕

這段文字細緻地揭示了當時社會上種種浮華奢侈現象，說明其有害無益的實質。另外，由於廣泛運用比喻論證的方法，就使《潛夫論》在論證問題時化抽象深奧爲具體形象，顯得淺顯易懂，增強了說服力；同時也使文章化嚴肅說教爲生動論理，顯得情趣盎然，增強了文章的感染力。

《潛夫論》中爲了達到氣盛言宜的說理目的，大量運用排比、對偶的修辭手法，如：

> 群僚舉士者，或以頑魯應茂才，以柴逆應至孝，以貪饕應廉吏，以狡猾應方正，以諛諂應直言，以輕薄應敦厚，以空虛應有道，以囂暗應明經，以殘酷應寬博，以怯弱應武猛，以愚頑應治劇。名實不相副，求貢不相稱。〔註97〕

作者連用 11 個排比句，猛烈抨擊了東漢後期朝政腐敗，在察舉人才方面種種徇私舞弊的現象，有力地表達了作者強烈的憤滿不平。如上所述的排比、對偶句，在《潛夫論》中比比皆是。這極大豐富了其文學地位和審美價值。

《潛夫論》在論述中也常用鋪陳的方法，即在論述某些道理和事物時往往

---

〔註95〕漢·王符著，清·汪繼培箋，彭鐸校正：《潛夫論箋·本訓》，第 366 頁。
〔註96〕漢·王符著，清·汪繼培箋，彭鐸校正：《潛夫論箋·浮侈》，第 123 頁。
〔註97〕漢·王符著，清·汪繼培箋，彭鐸校正：《潛夫論箋·考績》，第 68 頁。

不吝筆墨，對其縱向的完整過程或橫向方面都展開細緻的描述，如《浮侈》篇
中對當時貴族喪葬的鋪張奢侈就有細緻的描述就頗有代表性。《潛夫論》中有個
別篇章不僅運用鋪陳的方法，而且還採用韻文的形式，如《交際》篇寫道：

> 寶貴未必可重，貧賤未必可輕。人心不同好，度量相萬億。許
> 由讓其帝位，俗人有爭縣職，孟軻辭祿萬鍾，小夫貪於升食。故曰：
> 鶉鶡群遊，終日不休，亂舉聚時，不離萬茆。鴻鵠高飛，雙別乖離，
> 通千達萬，志在陂池。鸞鳳翱翔黃曆之上，徘徊太清之中，隨景風
> 而飄搖，時抑揚以從容，意猶未得，喈喈然長鳴，歷號振翼。陵朱
> 雲，薄斗極，呼吸陽露，曠旬不食，其意尚猶嗛嗛如也。〔註98〕

此段文字猶如抒情小賦，它大量運用了對偶、對比、比喻的修辭手法，
鋪陳描述不同的人們種種不同的人生志向、情趣，表達了王符對於富貴者的
輕蔑和作爲貧賤者的自尊。它同時又押韻，還用了聯綿詞，其中有的是疊韻，
如「徘徊」、「飄搖」，有的是疊字，如「喈喈」、「嗛嗛」，這些都使文章音韻
和諧，增強了音調之美，讀起來琅琅上口。

總之，王符繼承了先秦諸子散文的優良傳統，吸收了兩漢文學的藝術營
養，使其《潛夫論》形成自己的藝術特色和風格，成爲東漢中後期一部優秀
的政論文集。它與同時期仲長統《昌言》等優秀政論散文一起，構成了兩漢
散文史上繼西漢初期賈誼、晁錯等優秀政論散文之後又一個高峰。

皇甫規（104年～174年），字威明，安定朝那（今甘肅平涼縣西北）人，
東漢末年著名將領、作家，著有賦、銘、碑、贊、禱文、弔、章表、教令、
書、檄、箋記，凡二十七篇。延熹四年（161年）秋，零吾羌等與沈氏羌襲擾
關中。時護羌校尉段熲正出征作戰，無人領兵與羌軍交戰。皇甫規熟悉羌事，
遂上疏朝廷，請求助諸軍擊羌，疏曰：

> 自臣受任，志竭愚鈍，實賴兗州刺史牽顥之清猛，中郎將宗資
> 之信義，得承節度，幸無咎譽。今猾賊就滅，太山略平，復聞駍羌
> 並皆反逆。臣生長邠岐，年五十有九，昔爲郡吏，再更叛羌，豫籌
> 其事，有誤中之言。臣素有固疾，恐犬馬齒窮，不報大恩，願乞冗
> 官，備單車一介之使，勞來三輔，宣國威澤，以所習地形兵埶，佐
> 助諸軍。臣窮居孤危之中，坐觀郡將，已數十年矣。自烏鼠至於東
> 岱，其病一也。力求猛敵，不如清平；勤明吳、孫，未若奉法。前

---

〔註98〕漢・王符著，清・汪繼培箋，彭鐸校正：《潛夫論箋・交際》，第343頁。

　　變未遠，臣誠戚之。是以越職，盡其區區。〔註99〕

　　作者請求朝廷允准自己帶兵討羌，一個忠勇無比、立志報國的義士的形象躍然紙上，使人看到了隴右賢明之士憂念國家的優秀品質。

　　東漢末年，政局動盪黑暗，特別是順、桓、靈、獻四朝，外戚專權，世風頹喪，有志之士壓抑難伸。漢順帝死後，梁太后臨朝，其兄大將軍梁冀專橫跋扈。質帝本初元年（146 年），朝廷舉賢良方正之士。皇甫規在應試對策中揭露了姦臣梁冀收受賄賂、賣官鬻爵之劣跡，議論朝政、愷切陳言，指名批評外戚梁冀、梁不疑等姦臣：

　　　　今大將軍梁冀、河南尹不疑，處周、邵之任，爲社稷之鎮，加
　　與王室世爲姻族，今日立號雖尊可也，實宜增修謙節，輔以儒術，
　　省去遊娛不急之務，割減盧第無益之飾。夫君者舟也，人者水也。
　　群臣乘舟者也，將軍兄弟操楫者也。若能平志畢力，以度元元，所
　　謂福也。如其怠□，將淪波濤。可不慎乎！……令冀等深思得賢之
　　福，失人之累。又在位素餐，尚書怠職，有司依違，莫肯糾察，故
　　使陛下專受諂諛之言，不聞戶牖之外。臣誠知阿諛有福，深言近禍，
　　豈敢隱心以避誅責乎！臣生長邊遠，希涉紫庭，怖懾失守，言不盡
　　心。〔註100〕

　　大將軍梁冀及其兄弟河南尹梁不疑是東漢末年氣焰薰天、炙手可熱的外戚權奸，他們在朝中黨同伐異，作威作福。皇甫規卻不避權勢，不畏禍患，指斥梁冀兄弟恣意遊樂、大興土木。並以君王是舟、人民是水、群臣是乘船者、梁冀兄弟是掌舵者的形象比喻，警告梁冀兄弟應該勤勞國事、爲民造福，否則將遭覆舟滅頂之災。充分表現出作者以民爲本、憂國憂民的赤誠之心，堪稱一篇戰鬥檄文。

　　皇甫規爲官清廉、剛正不阿，深得時人稱讚。皇甫規的妻子扶風馬氏之女，容貌姣好，善寫文章，字跡工巧，清德奕世。《後漢書·列女傳》載：「安定皇甫規妻者，不知何氏女也。規初喪室家，後更娶之。妻善屬文，能草書，時爲規荅書記，觸人怪其工。及規卒時，妻年猶盛，而容色美。……後董卓爲相國，承其名，娉以軒輅百乘，馬二十匹，奴婢錢帛充路。妻乃輕服詣卓門，跪自陳請，辭甚酸愴。卓使傅奴侍者悉拔刀圍之，而謂曰：『孤之威教，

〔註99〕南朝·范曄：《後漢書·皇甫張段列傳》，第 2132 頁。
〔註100〕南朝·范曄：《後漢書·皇甫張段列傳》，第 2131～2132 頁。

欲令四海風靡，何有不行於一婦人乎！』妻知不免，乃立罵卓曰：『君羌胡之種，毒害天下猶未足邪！妾之先人，清德奕世。皇甫氏文武上才，爲漢忠臣。君親非其驅使走吏乎？敢欲行非禮於爾君夫人邪！』卓乃引車庭中，以其頭縣軛，鞭撲交下。妻謂持杖者曰：『何不重乎？速盡爲惠。』遂死車下。」〔註101〕皇甫規一家可稱一門忠烈。

綜合上述，受隴右地域文化薰染，隴右地區文學家的創作一般具有忠君愛國之內涵和剛勁質樸之風格。中國文學「沾泥帶水」，富有地理因緣，隴右地區「迫近羌胡，民俗修習戰備，高上勇力，鞍馬騎射。」漢代王符《潛夫論》犀利峭刻、文筆遒勁之文風；趙壹文學創作的「徑直露骨」風格。皇甫規的激昂大義、蹈死不顧，無不是隴右文化粗獷悍厲、剛強勁健、果敢勇猛文化精神滌蕩之結果。

---

〔註101〕南朝·范曄《後漢書·列女傳》，第 2798 頁。

# 第二章　魏晉時期隴右文學的審美空間

　　魏晉時期，由於長期的封建割據和連綿不斷的戰爭，使這一時期中國文化的發展受到特別的影響。其突出表現則是玄學的興起、佛教的輸入、道教的勃興及西域胡文化的羼入。在從漢末至隋的三百六十餘年間，以及在三十餘個大小王朝交替興滅過程中，上述諸多新的文化因素互相影響，交相滲透，使這一時期隴右文化的發展演變等問題也呈現出複雜的情況。東學西漸、佛法西來，廣袤的隴右大地是東西方文化交流的橋樑，這種因緣際會，使得隴右文學在魏晉時期呈現異常多元的特點。魏晉時期，隴右文學上承《詩經》、兩漢文學優秀傳統，進入到「文學的自覺」時代。無論詩歌、小說及民歌均達到較高的藝術水準。魏晉時期是隴右文學發展史上的高峰之一。本章對魏晉時期隴右文學的基本情況進行考察。

## 第一節　皇甫謐的文學成就

　　皇甫謐（215 年～282 年），字士安，幼名靜，後來從事著述時自號玄晏先生，安定朝那（今甘肅省平涼市）人，魏晉時期著名的醫學家、歷史學家、文學家。《晉書・皇甫謐傳》載：「居貧，躬自稼穡，帶經而農，遂博綜典籍百家之言。沉靜寡欲，始有高尚之志，以著述爲務，自號玄晏先生。著《禮樂》、《聖眞》之論。後得風痹疾，猶手不輟卷。」〔註1〕知皇甫謐原先習儒，

---

〔註 1〕唐・房玄齡：《晉書・皇甫謐傳》，第 1409 頁。

中年患風痺，乃鑽研醫學，所著除醫著《甲乙經》外，尚有《帝王世紀》、《高士傳》、《烈女傳》等作品流傳。雍涼士民浸染羌胡之風，多好勇尚武，嫻於弓馬，又有深厚的漢學淵源。受隴右地域文化薰染和家族世代的文學傳承，漢晉之際的皇甫氏文學家族具有剛正持身、長於騎射、累世奉儒之特點，這深刻影響了皇甫謐的賦學觀念與文學創作。

## 一、《三都賦序》的賦學理論貢獻

　　皇甫謐著名的賦學理論著作《三都賦序》是應當時名流左思之邀而作，是中國賦學批評史上的重要作品，在中國文學批評史上有較高地位。《三都賦序》的基本觀點與左思賦論有許多相通之處，但視野更為開闊，論述更為全面和深刻。皇甫謐對賦的界說、主要特點、審美價值以及賦的產生、發展的歷史和作賦應遵循的原則等，作了較為全面、系統和扼要的評述：

　　　　不歌而頌謂之賦。然則賦也者，所以因物造端，敷弘體理，欲人不能加也。引而申之，故文必極美；觸類而長之，故辭必盡麗。然則美麗之文，賦之作也。昔之為文者，非苟尚辭而已，將以紐之王教，本乎勸誡也。自夏殷以前，其文隱沒，靡得而詳焉。周監二代，文質之體，百世可知。故孔子採萬國之風，正雅頌之名，集而謂之《詩》。詩人之作，雜有賦體。子夏序《詩》曰：「一曰風，二曰賦。」故知賦者，古詩之流也。〔註2〕

　　皇甫謐認為，賦是古詩之流，在表現方法上又不同於詩，是「不歌而頌」，「因物造端，敷弘體理，欲人不能加也。引而申之，故文必極美；觸類而長之，故辭必盡麗。然則美麗之文，賦之作也。」其界定賦義，首先認定辭賦是「美麗之文」，而且「極美」、「盡麗」，這即是說鋪陳華美，是辭賦這種文體最重要的外在特徵之一。至於「紐之王教，本乎勸誡」，則是辭賦立意之所在，兩者不可偏廢。這裡最引人注目的是對辭賦應具辭采美的強調。中古詩論家都提出過對詩賦的審美要求，早在建安時代，曹植即有「詩賦欲麗」之說。皇甫謐在此基礎上，依據辭賦的題材和表達上的特點，所謂「因物造端」，「引而申之」，「觸類而長之」等，說明辭賦的詞采鋪陳，是能夠而且必須做到「極美」和「盡麗」的。陸雲為了鼓勵陸機寫作賦，也提出過左思《三都賦》在這方面成功的經驗：「又思《三都》世人已作是語，觸類長之，能事可

〔註2〕清・嚴可均：《全上古三代秦漢三國六朝文・全晉文》，第756頁。

見。」(《與兄平原書》其十九)〔註 3〕所謂「世人已作是語」，應是指皇甫謐所概括的大賦的寫作特點如「觸類而長之」之類的話，已爲晉人所廣泛認同並在世人中流傳。

皇甫謐認爲，大賦的「極美」、「盡麗」與「紐之王教，本乎勸誡」，是可以互相依存而相得益彰的。並不強調了前者就必然淹沒了後者；也不是重視了後者就應當排斥前者。揚雄所批評的「辭人之賦麗以淫」之「淫」是過分和失中之意，也就是對「極美」、「盡麗」的一種貶詞。漢儒指導「麗以則」和「麗以淫」對立起來，實際上也就是抵制和排斥「麗以淫」。曹丕論詩賦，突出一個「麗」字，並與「經國之大業」承接和聯繫起來，開始修正漢儒以「政治功用論」排斥詩賦審美價值的做法；皇甫謐則進而言辭賦應「極美」、「盡麗」，並明確要求與「紐之王教」結合起來，這實際上是言辭賦應用最完美的藝術形式來表現社會功用論的內容。其與陸機將「詩緣情而綺靡，賦體物而瀏亮」與「亦禁邪而制放」(《文賦》)〔註 4〕並舉一樣，都是儒家詩學在西晉時期新發展的標誌。劉勰的《文心雕龍·詮賦》篇對賦體的界定爲「鋪采摛文，體物寫志」，〔註5〕也就是對皇甫謐所言的賦應「極美」、「盡麗」；「敷弘體理」和「本乎勸誡」諸端作了最簡要的和精確的概括。

就辭賦的起源和發展史說，皇甫謐依照傳統的見解，認爲賦是起源於《詩經》，是「六義」的一種，是古詩之流，形成和興起於戰國：「至於戰國，王道陵遲，《風》《雅》寢頓。於是賢人失志，辭賦作焉。」〔註6〕「王道缺而詩作」。這是儒家詩學的基本觀點之一，皇甫謐以之解釋賦體興起的時代的政治成因。「紐之王教」也就成爲賦中必備之義了。這失志的賢人，首推荀子、屈原，其「遺文炳然，辭義可觀」，是辭賦之首。繼之者「宋玉之徒，淫文放發，言過於實」，華文失實，意竭詞奢，則有乖於「《風》《雅》之則」。漢代的辭賦名家賈誼、司馬相如、揚雄、班固、張衡、馬融等則是承接了這個傳統，「初極宏侈之辭，終以約簡之制，煥乎有文，蔚爾麟集，皆近代辭賦之偉也。」〔註7〕雖然司馬相如等人多有虛誇失實之處，但終能將「初極宏侈之辭」與「終

---

〔註 3〕清·嚴可均：《全上古三代秦漢三國六朝文·全晉文》，第 1079 頁。
〔註 4〕清·嚴可均：《全上古三代秦漢三國六朝文·全晉文》，第 1024～1027 頁。
〔註 5〕梁·劉勰著、祖保泉解說：《文心雕龍解說·詮賦》，安徽教育出版社 1993 年版，第 141 頁。(以下版本號略)
〔註 6〕清·嚴可均：《全上古三代秦漢三國六朝文·全晉文》，第 757 頁。
〔註 7〕清·嚴可均：《全上古三代秦漢三國六朝文·全晉文》，第 757 頁。

以約簡之制」相聯結。這曲終奏雅，也就是「紐之王教，本乎勸誡」，因而不失為辭賦中的英傑。從上述的評論中可見，皇甫謐是以辭采美與教化的兩端以及兩者的珠聯璧合來評判歷代辭賦家的得失。雖然他也重視辭意徵實的一面，但只不過是用來對「極宏侈之辭」的一種制約，而不像左思那樣，以考實的一端，「攝其體統」，把寫賦的得失，都「歸諸詁訓」。這正是皇甫謐的賦論不同並高出於左論的地方。正是由於這種立論的角度的不同，所以皇甫謐論賦史，能高瞻遠矚，探源溯流，對西漢以來的著名的賦家及其代表作一一給予正確評價，從而使人們第一次對西晉以前的辭賦發展史有一個較為完整和全面的認識。

《三都賦序》理論貢獻，還表現在對左思《三都賦》的評價上。皇甫謐評左思的辭賦，既充分肯定其現實的政治意義，也讚美了他在文學上所取得的成就。尤其是前者：「作者又因客主之辭，正之以魏都，折之以王道。其物土所出，可得披圖而校。體國經制，可得按記而驗。豈誣也哉！」〔註8〕高度肯定了左賦的時代意義和鮮明的思想傾向性，「言吳、蜀以擒滅比亡國，而魏以交禪比唐、虞。既已著逆順，且以為鑒戒。」晉魏交禪，亦復如此。所以這實際上也就是歌頌了晉承魏統，華夏為一。《三都賦》是為西晉大統一唱讚歌的。太康元年，晉武帝一舉滅吳而統一全國。此賦成為具有歷史意義和現實價值的大題材，完成於此時的《三都賦》，產生了那樣大的轟動的社會效應，所謂「豪貴之家，競相傳寫，洛陽為之紙貴。」應是與西晉統一全國這個大背景分不開的。皇甫謐認同了左思關於賦作應重視寫實的見解，並加以標舉，但對其意義和價值的認識又高出一籌。他既指出左賦的「山川城邑」和「鳥獸草木」等「物土所出」均能「依其本」；還進而說明賦中對三國治政得失的「體國經制」，又都能咸「本其實」。而後一點對「正之以魏都，折之以王道」，是尤為重要的。左思以徵實自詡，但對其價值的認識卻未達到這樣的高度。皇甫謐的評述，應該說是把握了左賦的要義並能從更高的層次上認識左賦的價值的一種很深刻的見解。

左思和皇甫謐關於賦應寫實的意見，從賦學思想繼承關係來說，都是受到班固賦論的影響，班固的《兩都賦》言：「義正乎揚雄，事實乎相如。」〔註9〕

---

〔註8〕清·嚴可均：《全上古三代秦漢三國六朝文·全晉文》，第757頁。
〔註9〕漢·班固：《兩都賦·東都賦》，見昭明太子編、李善注《文選》，嶽麓書社2002年版，第22頁。

「義正」與「事實」並舉以及這兩者依存的關係，就是左氏和皇甫氏論賦的一個重要的立論點。與之同時但年歲稍輕、寫作上也略後的陸機，則是側重承繼了司馬相如的賦學思想，在理論上宣導想像、虛構和藝術誇張。眾所周知，實錄是史學的創作原則，而賦學是詩學的組成部分，是不能與史學劃一的。

綜上可見，皇甫謐從賦體的特點生發，突出強調賦的「極美」、「盡麗」的審美內涵，集中反映了魏晉時期士族文士對詩學的新的審美要求，也是魏晉文學自覺的標誌之一，從而與漢人論詩劃界。值得注意的是，皇甫謐在闡明這一新的審美原則時，又與傳統的儒家詩學功用論緊密地聯繫在一起。他界定賦義，探求賦體的起源，都一本於儒學，但他擯棄了漢儒排斥詩的審美價值的見解，化解了揚雄所言的「詩人」和「辭人」，「麗以則」和「麗以淫」之間的對立。「極美」「盡麗」的「麗以淫」和「紐之王教，本乎勸誡」的「麗以則」，不但可以並行不悖，而且還可以相得益彰。皇甫謐第一次力圖把這兩者結合在一起，並作了明確的表述，從而為儒家詩學的發展開闢了一條新的途徑。當然，建安時期的曹丕、曹植的批評論，在詩學上也開創了新風尚，但是他們都沒有象皇甫謐那樣，同時很明確地舉起儒家詩學的社會功用論的旗號。稍後的陸機與東晉的葛洪和南朝的劉勰、鍾嶸以及沈約、蕭統、蕭子顯和蕭繹等，大體上都是沿著這條道路向前推進，並在詩學理論上作了更深更廣的開拓，結出更豐碩的成果。皇甫謐的理論貢獻，正在於使中古詩論走出了兩漢時期片面強調功用論而排斥審美特性的死胡同，使儒家詩學開創出新的局面成為可能，也深刻地影響了劉勰「原始以表末，釋名以章義，選文以定篇」〔註10〕的選文標準。

## 二、皇甫謐的雜傳小說

皇甫謐還是魏晉時期著名的小說家，在中國文學史、醫學史上均負有盛名，如此全面發展之人物，為中國歷史所少見。據《晉書・皇甫謐傳》記載，皇甫謐的文章情真意切、流暢自如的特點，如《篤終論》，作於皇甫謐去世前十年。存世之時，皇甫謐即對自己死後之事作了交代，其文曰：

> 玄晏先生以為存亡天之定制，人理之必至也。故禮六十而制
> 壽，至於九十，各有等差，防終以素，豈流俗之多忌者哉！吾年雖
> 未制壽，然嬰疾彌紀，仍遭喪難，神氣損劣，困頓數矣。常懼天隕

〔註10〕梁・劉勰著、祖保泉解說：《文心雕龍解說・序志》，第999頁。

不期，慮終無素，是以略陳至懷。

　　……故吾欲朝死夕葬，夕死朝葬；不設棺槨，不加纏斂，不修沐浴，不造新服，殯晗之物，一皆絕之。吾本欲露形入坑，以身親土，或恐人情染俗來久，頓革理難，今故捆爲之制。奢不石槨，儉不露形。氣絕之後，便即時服，幅巾故衣，以籧篨裹屍，麻約二頭，置屍床上。擇不毛之地，穿坑深十尺，長一丈五尺，廣六尺。坑訖，舉床就坑，去床下屍。平物之物，皆無自隨，唯齎《孝經》一卷。示不忘孝道。籧篨之外，便以親土。土與地平，還其故草，使生其上。無種樹木，削除使生跡無處，自求不知。不見可欲，則奸不生心，終始無怵惕，千載不慮患。形骸與后土同體，魂爽與元氣合靈，真篤愛之至也。〔註11〕

　　此文堪稱一篇千古奇文，質樸平易，侃侃而談如道家常，表現出的正是魏晉士人的生命意識和委運任化之人生哲學。魏晉時期，流俗「貴生荼奢」，皇甫謐起而尊古抗時、守學好古與流俗異趣，千百年後讀之，仍撼人自省。

　　皇甫謐既是著名的賦學批評家，還是魏晉時期負有盛譽的雜傳小說作家，著有《列女傳》等。因爲《三國志》裴松之注完整引錄皇甫謐《列女傳》中的夏侯文寧之女、趙昂之妻、龐娥親、姜敘母四傳。《列女傳》雖早佚，而其中「四傳」賴之得以保存，彌足珍貴。在「四傳」中，以《龐娥親傳》最有文學價值。娥親是祿福（今甘肅酒泉一帶）趙安的女兒，龐子夏之妻。娥親之父趙安被當地豪紳李壽所殺，她的三個弟弟又在災疫中死去，娥親身爲女子決心爲父報仇。《龐娥親傳》最動人之處，在於突出弱女子反抗強暴，維護公理正義的犧牲精神，小說文筆簡練明晰，情節跌宕起伏。使人有如見其人，如聞其聲之感：

　　比鄰有徐氏婦，憂娥親不能制（李壽），恐逆見中害，每諫之曰：「李壽，男子也，兇惡有素，加今備衛在身。趙（娥親）雖有猛烈之志，而強弱不敵。邂逅不制，則爲重受禍於壽，絕滅門戶，痛辱不輕也。願詳舉動，爲門戶之計！」娥親曰：「父母之讎，不同天地共日月者也。李壽不死，娥親視息世間，活復何求！今雖三弟早死，門戶泯絕，而娥親猶在，豈可假手於人哉！若以卿心況我，則李壽不可得殺；論我之心，壽必爲我所殺明矣！」夜數磨礪所持刀

〔註11〕清‧嚴可均：《全上古三代秦漢三國六朝文‧全晉文》，第755頁。

訖，扼腕切齒，悲涕長歎，家人及鄰里咸共笑之。娥親謂左右曰：「卿
等笑我，直以我女弱不能殺壽故也。要當以壽頸血污此刀刃，令汝
悲見之！」遂棄家事，乘鹿車伺壽。

　　至光和二年（179 年）二月上旬，以白日清時，於都亭之前，
與壽相遇，便下車扣壽馬，叱之。壽驚愕，回馬欲走。娥親奮刀斫
之，並傷其馬。馬驚，壽擠道邊溝中。娥親尋復就地斫之，探中樹
蘭，折所持刀。壽被創未死，娥親因前欲取壽所佩刀殺壽，壽護刀
瞋目大呼，跳樑而起。娥親乃挺身奮手，左抵其額，右樁其喉，反
覆盤旋，應手而倒。遂拔其刀以截壽頭，持詣都亭，歸罪有司，徐
步詣獄，辭顏不變。……〔註12〕

《龐娥親傳》文筆簡練明晰，情節跌宕起伏。使人有如見其人，如聞其
聲。一位反抗強暴，以弱抗強的復仇女子形象躍然紙上。龐娥親爲父復仇的
事件發生在漢靈帝光和二年，較早的記述見於梁寬的傳記，皇甫謐據梁傳和
傳聞在《列女傳》中爲娥親立傳，同時代的傅玄創作了詩歌《秦女休行》，
反映作者在時代大背景下的思想觀念。後代的史書和文學作品的記載基本材
料完全一致，但個別細節不盡相同，娥親的形象也經歷了從一個普通的歷史
人物到文學復仇典型形象的遞變，開創武俠傳奇小說題材表現的一個新領
域。〔註13〕

# 第二節　隴右傅氏文學家族

　　不同的地域空間制約著生活在一定地域的人們的生產活動，也必然會導
致其文化創造的不同趨向，從而形成具有鮮明地域差異性的生活形態、民風
民俗、價值倫理、思維方式、藝術審美趣味等等。「重繪文學地圖自然要重視
文學地理學，其中地域文化的形成、作家的出生地、大家族遷移與文化中心
的轉移等，都與家族息息相關。」〔註14〕北地傅氏家族是漢晉時期的北方大

〔註12〕晉·陳壽：《三國志·魏書·龐淯傳》，中華書局 1971 年版，第 549 頁。（以
　　　　下版本號略）
〔註13〕漆子揚：《東漢酒泉列女龐娥親的形象遞變及史料辨析》，《西北成人教育學報》
　　　　2011 年第 5 期。
〔註14〕楊義：《方興未艾的家族和家族文學研究》，《華南師範大學學報（社會科學版）》
　　　　2011 年第 3 期。

族，該家族長期生活於隴右地區，其家族文學個性自然會呈現出濃厚的隴右地域文化特質。探討隴右地域文化與傅氏家族文學的關係，對深入瞭解和把握中國文學具有積極意義。

隴右傅氏家族於西漢中期開始興起，應歸功於漢昭帝時期的傅介子。《漢書・西域傳》云：「介子至樓蘭，責其王教匈奴遮殺漢使：『大兵方至，王苟不教匈奴，匈奴使過至諸國，何爲不言？』王謝服，言：『匈奴使屬過，當至烏孫，道過龜茲。』介子至龜茲，復責其王，王亦服罪。介子從大宛還到龜茲，龜茲言：『匈奴使從烏孫還，在此。』介子因率其吏士共誅斬匈奴使者。還奏事，詔拜介子爲中郎，遷平樂監。」〔註15〕傅介子是西漢著名勇士，孤膽深入，威震西域，以功封義陽侯，對後人影響甚巨。東漢中後期傅家顯著人物首推傅燮，傅燮的兒子傅幹在曹操幕下曾著《王命論》知名當時。至魏晉時期，傅氏家族則已經以文學著稱，爲當時富有盛名的文學家族了。傅幹之子傅玄（217年～278年），字休奕，北地泥陽人（今甘肅省寧縣東南一帶），西晉初年的文學家、思想家。《晉書》本傳謂其「少時避難於河內，專心誦學，後雖顯貴，而著述不廢。撰論經國九流及三史故事、評斷得失、各爲區例，名爲《傅子》，爲內、外、中篇，凡有四部、六錄、合百四十首，數十萬言，並文集百餘卷行於世。」〔註16〕傅玄博學善屬文，今存作品，《隋書・經籍志》錄爲一百二十卷。《文選》錄其五言詩《志士惜日短》一首，今人逯欽立《先秦漢魏晉南北朝詩》收其詩 97 首、殘句 37 題。清人嚴可均《全上古三代秦漢三國魏晉南北朝文》收《傅子》四卷並賦銘殘文 93 題。

## 一、傅玄的詩歌創作

傅玄既是魏晉時期隴右地方文學的翹楚人物，也是晉代著名文學家，鍾嶸《詩品》謂傅玄父子「繁富可嘉」。劉勰《文心雕龍・才略》稱「傅玄篇章，義多規鏡。長虞筆奏，世執剛中；並楨幹之實才，非群華之韡萼也。」〔註17〕傅玄的作品尤以表現婦女生活見長，表現了男女間眞摯、纏綿的愛情。如《車遙遙篇》：

> 車遙遙兮洋洋，追思君兮不可忘。
> 君安遊兮西入秦，願爲影兮隨君身。

〔註15〕漢・班固：《漢書・傅介子傳》，第 3001 頁。
〔註16〕唐・房玄齡：《晉書》卷四七《傅玄傳》，第 1323 頁。
〔註17〕梁・劉勰著、祖保泉解說：《文心雕龍解說・才略》，第 936 頁。

　　　　君在陰兮影不見，君依光兮要所願。〔註18〕

　　以光影巧喻思婦對丈夫綿綿不盡的情思，相思苦戀，一往情深。《雜言詩》
云：

　　　　雷隱隱，感妾心；傾耳聽，非車音。〔註19〕

　　短短十二字，但寫來卻清巧典雅，傳神地再現了沉浸於熱戀中的少女如
醉如癡的心理狀態。其細膩的心理刻畫，質樸清麗的語言風格，都標誌著此
期隴右文學之成就。再如傅玄的《豔歌行》也是膾炙人口的佳作：

　　　　日出東南隅。照我秦氏樓。秦氏有好女。自字為羅敷。
　　　　首戴金翠飾。耳綴明月珠。白素為下裾。丹霞為上襦。
　　　　一顧傾朝市。再顧國為虛。問女居安在。堂在城南居。
　　　　青樓臨大巷。幽門結重樞。使君自南來。駟馬立踟躕。
　　　　遣吏謝賢女。豈可同行車。斯女長跪對。使君言何殊。
　　　　使君自有婦。賤妾有鄙夫。天地正厥位。願君改其圖。〔註20〕

　　全詩對漢樂府民歌的借鑒之跡甚明，寫得婉轉流利，真切動人，具有很
高的藝術魅力。從中也可見出魏晉時期隴右文人的創作才力。

　　其次，傅玄的有些詩作對女性在當時較為低下的社會地位和所承擔的繁
重生活壓力深表悲憫之情，在作品中多有反映，如《豫章行·苦相》則陳說
了女性一生的痛苦。

　　　　苦相身為女，卑陋難再陳。男兒當門戶，墮地自生神。
　　　　雄心志四海，萬里望風塵。女育無欣愛，不為家所珍。
　　　　長大逃深室，藏頭羞見人。垂淚適他鄉，忽如雨絕雲。
　　　　低頭和顏色，素齒結朱唇。跪拜無複數，婢妾如嚴賓。
　　　　情合同雲漢，葵藿仰陽春。心乖甚水火，百惡集其身。
　　　　玉顏隨年變，丈夫多好新。昔為形與影，今為胡與秦。
　　　　胡秦時相見，一絕逾參辰。〔註21〕

　　女性地位的高低是衡量一個社會文明、進步的標誌之一。在男尊女卑的
封建社會，一出生因為身為女性而不為家所珍愛，幼而見棄，成人後又無選
擇婚姻之自由，出嫁後不但承擔繁重的家務勞動，「夙興夜寐，靡有朝矣」，

〔註18〕逯欽立：《先秦漢魏晉南北朝詩·晉詩》，第 565 頁。
〔註19〕逯欽立：《先秦漢魏晉南北朝詩·晉詩》，第 575 頁。
〔註20〕逯欽立：《先秦漢魏晉南北朝詩·晉詩》，第 555 頁。
〔註21〕逯欽立：《先秦漢魏晉南北朝詩·晉詩》，第 555～556 頁。

還要受婆婆的虐待，年老色衰又要被丈夫遺棄。全詩既寫女性一生沒完沒了的失望、煩惱、憂愁，實為以女性代言，反映出魏晉門閥制度下士人終生不能施展抱負的壓抑苦悶心情。他如《明月》、《朝時》、《歷九秋》等詩作均是如此。在隴右文學發展史上，傅玄上承「國風」傳統，似男女愛情、婦女題材入詩，「善言兒女之情」（《詩比興箋》）。這就拓展了隴右文學的內涵，豐富了隴右文學的內在特質，表現出可貴的創新精神。

## 二、傅玄的箴銘小品

　　沐浴著傅氏家族忠君愛國、注重務實的經學傳統，剛毅厚樸、重武修文的良好家風和剛正自持的倫理操守，傅玄形成了剛勁亮直、嫉惡如仇的性格，史載傅玄「性剛勁亮直，不能容人之短。」〔註22〕傅玄與散騎常侍皇甫陶共掌諫職，「每有奏劾，或值日暮，捧白簡，整簪帶，竦踴不寐，坐而待旦，於是貴遊懾伏，臺閣生風。尋卒於家，時年六十二，諡曰剛。」〔註23〕正是這一性格的體現。同時，傅玄又是「專心誦學，後雖顯貴，而著述不廢」的隴上博學之士。非凡的文學才華和剛勁亮直、嫉惡如仇的性格的有機結合，便鎔鑄成傅玄箴銘小品的獨特成就。

　　箴銘文是我國最為古老的兩類文體之一，劉勰將箴、銘分為兩類文體來論述，《文心雕龍·銘箴》曰：「銘者，名也，觀器必焉正名，審用貴乎審德。……箴者，所以攻疾防患，喻針石也。」〔註24〕吳訥《文章辨體序說》云：「按許氏《說文》：『箴，誡也。』《商書·盤庚》曰：『無或敢伏小人之攸箴。』蓋箴者，規誡之辭，若針之療疾，故以為名。」〔註25〕又云：「銘者，名也，名其器物以自警也。」〔註26〕箴文由中醫「針灸」治病引申而來，多有諷諫意味，語含諷刺，多刺時弊；銘文具有述功紀行之功用；規勸誡勉則是箴文、銘文共有的文體功能。正因如此，故一些學者將箴銘合起來論述：

　　　　箴銘類文體主要用於警誡、告誡，可用於自我警示，也可以訓
　　誡他人，以辭語質樸，意義深遠為文體本色。姚鼐《古文辭類纂》

---

〔註22〕唐·房玄齡：《晉書》卷四七《傅玄傳》，第1317頁。

〔註23〕唐·房玄齡：《晉書》卷四七《傅玄傳》，第1323頁。

〔註24〕梁·劉勰著，祖保泉解說：《文心雕龍·銘箴》，第199～204頁。

〔註25〕明·吳訥：《文章辨體序說》，人民文學出版社1998年版，第46頁。（以下版本號略）

〔註26〕明·吳訥：《文章辨體序說》，第46頁。

說：「箴銘類者，三代以來，有其體矣。聖賢所以自戒警之義，其辭尤質，而意尤深。」吳曾祺《文體芻言》也說：「箴銘者，古之聖賢相與爲儆戒之義。」來裕恂《漢文典》將箴銘文統稱之爲箴規類文體，他說：「箴規類者，聖賢所以自警、警人之義，其辭質而意深，蓋自古有此文體矣。」〔註27〕

箴文文體古今內涵變化不大，銘文在後世發生了較大變異。銘文有兩種：箴銘之「銘」與碑銘之「銘」，兩類文體的內容差別是明顯的，箴銘之「銘」重在勸勉規誡，碑銘之「銘」則包括墓誌銘、墓表文、塔銘文、磚銘文、窆銘、埋銘、述銘、厝銘等。魏晉以來各種文學作品選集在分類時，都是將二者區別開來的，只有《唐文粹》混淆二者。郭英德曾評論道：「在諸種《文選》類總集中，惟《唐文粹》兩出『銘』類，而且在前者的『銘』類中，摻入墓誌銘、墓表、版文、誄、述等，自亂其體，實不可取。」〔註28〕當代學者一般傾向將銘文分爲墓誌銘與箴銘分爲兩類以示區別。〔註29〕傅玄的箴銘小品，體制短小，藝術性強，思想深刻。就其內容及蘊含的精神風貌來看，主要有以下三方面：

一是高潔心性的詩化折射。早在先秦時期，古人便將銘文刻勒題寫在器物上，告誡自己加強道德修養。傅玄在箴銘小品創作中往往借物來表明自己清正的志趣和節操。如《劍銘》：「道德不修，雖有千金之劍，何所用之？先王觀變而服劍，所以立武象也。太上有象而已，其次則親用之，銘曰：光文耀武，以乃衛國。」〔註30〕《冠銘》：「居高無忘危，在上無忘敬。懼則安，敬則正。」〔註31〕《被銘》：「被雖溫，無忘人之寒！無厚於己，無薄於人。」〔註32〕劍、冠、被等，均是日常器用，生活中不可少之物，傅玄卻賦予其人格精神內涵。這類文字典雅雋永，思想深刻，既充分體現出傅玄精深的文學修養，又較好地表現了其人格心性之高潔。這種高潔心性正是傅氏家族剛毅厚樸、重武修文的良好家風和剛正自持的倫理操守長期薰染、潛移默化的結果。

---

〔註27〕吳承學、劉湘蘭：《箴銘類文體》，《古典文學知識》2009 年第 6 期。

〔註28〕郭英德：《中國古代文體學論稿》，北京大學出版社 2005 年版，第 154 頁。

〔註29〕曾棗莊：《宋文通論》將墓誌銘與箴銘分爲兩類，參看許外芳《兩宋銘文小品芻議》，《文學評論》2011 年第 4 期。

〔註30〕清・嚴可均：《全上古三代秦漢三國六朝文・全晉文》，第 476 頁。

〔註31〕清・嚴可均：《全上古三代秦漢三國六朝文・全晉文》，第 477 頁。

〔註32〕清・嚴可均：《全上古三代秦漢三國六朝文・全晉文》，第 478 頁。

　　二是反映出的廉政觀念，足以借鑒後世官吏。吏治清明則百廢俱興，百姓樂業；吏治腐敗終將導致人亡政息；官吏的為政觀念是關乎社稷存亡之大事。傅玄《太子少傅箴》：「夫金水無常，方圓應形。亦有隱括，習以性成，故近墨者黑。聲和則響清，形正則影直。正人在側，德義盈堂。鮑肆先入，蘭蕙不芳。傅臣司訓，敢告君王。」〔註33〕《吏部尚書箴》：「明明王範，制為九服。君執常道，臣有定職。各有攸司，乂用不愆。貴無常尊，賤不恒卑。不明厥德，國用顛危。昔舜舉禹、咎繇，而雋乂在官，夔龍出入朕命；湯舉阿衡，而不仁流屏；周仲山甫，亦允納言。且表正而象平，日夕而景側。處喉舌者，患銓衡之無常，不患於不明。故曰無謂隱微，廢公任私；無好自專，違眾取怨。是以古之君子，無親無疏，縱心大倫，修己以道，弘道以身；易貴好爵，書慎官人；官不可妄授，職不可闇受。能者養之致福，不能者弊之招咎。衡臣司書，敢告左右。」〔註34〕這類箴銘文突出了傳統的儒家道德觀念，強調了為臣之道，完全可以作為為臣者的座右銘，也是傳統士人的廉政讀本。傅氏家族素有忠君愛國、注重務實的經學傳統，受家族風氣的影響，傅玄身上具有傳統士人強烈的社會責任感、濃鬱的憂患意識、剛正不阿的骨鯁之氣，顯示出傅玄作為監察官對官吏隊伍政治素質的重視。

　　三是託物詠懷。如《杖銘》：「杖正杖貞，身正心安。不安則傾，不貞則危。傾危之變，厥身以隨。」〔註35〕《燭銘》：「煌煌丹燭，焰焰飛光。取則龍景，擬象扶桑。照彼玄夜，炳若朝陽。焚刑監世，無隱不彰。」〔註36〕《履銘》：「戒之哉！念履正，無履邪！正者吉之路，邪者凶之徵！」〔註37〕詠物之辭，妙在形神兼備，更貴在寄託遙深。明人張溥評云：「休奕天性峻急，正色白簡，臺閣生風。獨為詩篇，新溫婉麗，善言兒女，強直之士懷情正深，賦好色者何必宋玉哉。」〔註38〕傅玄的箴銘小品拓展了傳統箴文、銘文寫作範式，成為作者託物詠懷的重要題材之一，箴銘小品也在傅玄手中也獲得了新的生機。

---

〔註33〕清·嚴可均：《全上古三代秦漢三國六朝文·全晉文》，第 475 頁。
〔註34〕清·嚴可均：《全上古三代秦漢三國六朝文·全晉文》，第 475～476 頁。
〔註35〕清·嚴可均：《全上古三代秦漢三國六朝文·全晉文》，第 476 頁。
〔註36〕清·嚴可均：《全上古三代秦漢三國六朝文·全晉文》，第 476 頁。
〔註37〕清·嚴可均：《全上古三代秦漢三國六朝文·全晉文》，第 478 頁。
〔註38〕明·張溥著、殷孟倫注：《漢魏六朝百三家集題辭注》，中華書局 2007 年版，第 138 頁。

## 三、傅咸的文學創作

傅咸（239年～294年），字長虞，傅玄之子，《晉書》有傳。傅咸一生爲人正直，明識吏弊，諫省吏事。晉武帝泰始九年（273年）封太子洗馬，咸寧初年（275年）父逝後，襲父爵，累遷尚書右丞，時隔不久，出任冀州刺史。又因繼母不肯隨他赴任，傅咸上表請求解職，並得到晉武帝的恩准，於是改任司徒左長史，到宰相府任職。他上書晉武帝，直言揭露說，武帝即位已十五年，然「軍國未豐，百姓不瞻」，民不聊生，戶口比漢末還少十分之一，而置郡縣遠多於漢末。他建議當務之急應「先並官省事，靜事息役，上下用心，唯農是也。」他又從堯、舜、禹的美德講起，指出晉上層的奢侈腐化，忠諫武帝提倡節儉。並以身作則，帶頭節儉省用，受到晉武帝司馬炎的賞識，升任尚書左丞。

傅咸一生著述甚豐，《隋書·經籍志》著錄「《傅咸集》十七卷」，然多散佚。今人逯欽立《先秦漢魏晉南北朝》收其詩19首，清人嚴可均《全上古三代秦漢三國魏晉南北朝文》收其文75篇，賦36篇。明代張溥輯有《傅中丞集》一卷，收入《漢魏六朝百三家集》。今存傅咸詩多爲四言詩，風格莊重典雅，如《贈何劭王濟詩》云：「槁葉待風飄，逝將與君違。違君能無戀，尺素當言歸。歸身蓬蓽廬，樂道以忘饑。」〔註39〕情眞意切，感情纏綿。清代何焯《義門讀書記》曾說長虞「深婉，得陳思一體」，當是指此類詩而言。《愁霖詩》則寫得質樸生動，頗有意境：「舉足沒泥濘，市道無行車。蘭桂賤朽腐，柴粟貴明珠。」〔註40〕表現出傑出的藝術才力。

今存傅咸有賦30多篇，多爲抒情、詠物之作。其中《黏蟬賦》、《青蠅賦》、《螢火賦》等，詠物中寓含哲理，「物小而喻大」，具有獨特的文學價值。如《螢火賦》說：「不以姿質之鄙薄兮，欲增輝乎太清。……進不競於天光兮，退在晦而能明。」〔註41〕讚美了不競虛榮的處世態度，爲後人所稱賞。傅咸著名的詠物小賦是《紙賦》，「從東漢中後期至三國前期，文學的文本載體處於簡紙並用與轉換階段。紙本作爲一種新興傳播工具，起初只是一種非正式的文本形式，與一些世俗化的娛樂性文本關係更爲密切。東漢的崩潰，加速了簡紙替換。紙本廣闊的寫作空間與低廉的製作成本，改變了簡冊寫作的思維方式，縮短了簡冊寫作的構思過程，擴大了文本的容量，使得抒情達意更

---

〔註39〕 逯欽立：《先秦漢魏晉南北朝詩·晉詩卷三》，第607頁。

〔註40〕 逯欽立：《先秦漢魏晉南北朝詩·晉詩卷三》，第608頁。

〔註41〕 清·嚴可均《全上古三代秦漢三國漢魏六朝文·全晉文》，第537～538頁。

為直接與自由。紙寫文本的正宗地位的確立、文本傳播方式的革新，直接展示了文學超越時空的影響力，提升了文學的價值，促進了當時書信體文學的發達，增強了文學的抒情性。」〔註42〕對於這種物質技術條件的改善，傅咸有著敏感的感受與反映，其《紙賦》云：

> 蓋世有質文，則治有損益；故禮隨時變，而器與事易。既作契以代繩分，又造紙以當策。猶純儉之從宜，亦惟變而是適。夫其為物，厥美可珍。廉方有則，體潔性真。含章蘊藻，實好斯文。取彼之弊，以為己新。攬之則舒，捨之則卷。可屈可伸，能幽能顯。若乃六案乖方，離群索居，鱗鴻附便，援筆飛書，寫情於萬里，精思於一隅。〔註43〕

傅咸是晉代名臣，以奏議稱著於世。劉勰《文心雕龍》對傅咸多有讚譽，如《奏啟》說「傅咸勁直，而按詞堅深。」〔註44〕《議對》云「晉代能議，而傅咸為宗。」〔註45〕《才略》云「長虞筆奏，世執剛中。」〔註46〕《晉書‧傅咸傳》云：「剛簡有大節，風格峻整，識性明悟，疾惡如仇，推賢樂善。常慕季文子、仲山甫之志，好屬文論，雖綺麗不足，而言成規鑒」〔註47〕從傅咸現存作品來看，確實表現出剛果勁正、嫉惡如仇的人格特色。明人張溥亦曰：「若長虞所處，國艱甫殷，懲楊氏執政之萌，睹汝南輔相之失，勁按譬人。榮終司隸，直道而行，若是多福，鮑子都諸葛少季無其遇也。」〔註48〕可見，傅咸的奏議等應用文在當時政壇、文壇獨領風騷。傅咸為人，疾惡如仇，屢有奏陳，「勁直忠果，劾按譬人。」〔註49〕他先後彈劾過荀愷、王戎、夏侯駿、夏侯承等飛揚跋扈的權貴朝臣、名重一時，故死後諡曰「貞」。

## 四、傅氏文學家族的其他作家

隴右傅氏文學家族名家輩出、代不乏人，著名者有傅巽、傅嘏、傅祗、

---

〔註42〕查屏球：《紙簡替代與漢魏晉初文學新變》，《中國社會科學》2005年第5期。
〔註43〕清‧嚴可均《全上古三代秦漢三國漢魏六朝文‧全晉文》，第531頁。
〔註44〕梁‧劉勰著、祖保泉解說：《文心雕龍解說‧奏啟》，第457頁。
〔註45〕梁‧劉勰著、祖保泉解說：《文心雕龍解說‧議對》，第476頁。
〔註46〕梁‧劉勰著、祖保泉解說：《文心雕龍解說‧才略》，第936頁。
〔註47〕唐‧房玄齡：《晉書》卷四七《傅咸傳》，第1323頁。
〔註48〕明‧張溥著、殷孟倫注：《漢魏六朝百三家集題辭注》，中華書局2007年版，第165頁。
〔註49〕唐‧房玄齡：《晉書》卷四七《傅咸傳》，第1330頁。

傅宣、傅暢等。傅巽，字公悌，原爲劉表之臣，後爲被曹操任用，容貌端正，博學工文，《三國志・劉表傳》稱其「瓌偉博達，有知人鑒。」〔註50〕《隋書・經籍志》載有《傅巽集》二卷。

傅嘏（209年～255年），字蘭石，傅玄之弟，〔註51〕魏國北地泥陽（今甘肅省寧縣東南一帶）人。弱冠已知名於世，爲司空陳群所辟爲掾。傅嘏爲人才幹練達，有軍政識見，好論人物國計。正始初年，官除尚書郎，遷黃門侍郎。其時曹爽秉政，何晏爲吏部尚書，傅嘏因評何晏好玄學，「好利不務本」而被免官。後司馬懿誅曹爽，聘傅嘏爲河南尹，遷尚書。傅嘏任河南尹其間，集前人之政舉，保利百姓，民多獲其益。陳壽評「傅嘏用才達顯。」〔註52〕據《隋書・經籍志》所載，有《傅嘏集》二卷。

傅祗，傅嘏之子。《晉書・傅祗傳》云：「祗性至孝，早知名，以才識明練稱。……辭旨深切，覽者莫不感激慷慨。祗著文章駁論十餘萬言。」〔註53〕傅祗是北朝時期著名文學家，《隋書・經籍志》載有《傅暢集》五卷。今存文三篇，見清人嚴可均《全上古三代秦漢三國魏晉南北朝文》。

傅宣，字世弘，傅祗長子。《晉書・傅宣傳》謂其「年六歲喪繼母，哭泣如成人，中表異之。及長，好學，趙王倫以爲相國掾、尚書郎、太子中舍人，遷司徒西曹掾。去職，累遷爲秘書丞、驃騎從事中郎。惠帝至自長安，以宣爲左丞，不就，遷黃門郎。懷帝即位，轉吏部郎，又爲御史中丞。」〔註54〕亦是博學能文之士。

傅暢，傅祗次子。傅暢從小便以文學才華著稱，受到當時名流之讚賞。據《晉書・傅暢傳》載，傅暢「年未弱冠，甚有重名。以選入侍講東宮，爲秘書丞。尋沒於石勒，勒以爲大將軍右司馬。諳識朝儀，恆居機密，勒甚重之。作《晉諸公敘贊》二十二卷，又爲《公卿故事》九卷。」〔註55〕惜其作

〔註50〕晉・陳壽：《三國志・魏書・劉表傳》，第210頁。

〔註51〕史書稱傅嘏是傅玄的「從兄」，傅祗是傅咸的「從叔」，似乎血緣很近。但據後來顏之推反映北方人士的親族關係，「雖三二十世，猶呼爲「從伯」、「從叔」」（《顏氏家訓・風操篇》），與南方嚴格的稱謂有異。傅嘏、傅玄二人間是否屬真正意義上的從兄弟關係，很難認定。見魏明安、趙以武《傅玄評傳——中國思想家評傳叢書》，南京大學出版社1996年版。

〔註52〕晉・陳壽：《三國志・魏書・王衛二劉傳》，第629頁。

〔註53〕唐・房玄齡：《晉書》卷四七《傅玄傳附傅祗傳》，第1330～1332頁。

〔註54〕唐・房玄齡：《晉書》卷四七《傅玄傳附傅宣傳》，第1333頁。

〔註55〕唐・房玄齡：《晉書》卷四七《傅玄傳附傅暢傳》，第1333頁。

品散佚殆盡，《全上古三代秦漢三國魏晉南北朝文》只存其文 1 篇。

　　隴右傅氏家族於西漢中期傅介子開始興起，由早期武力強宗逐漸演變為文學士族，這一過程鑄就了傅氏文學家族剛毅厚樸、重武修文的良好家風；剛正自持的倫理操守。傅玄諫諍文的切中時弊、大呼猛進；箴銘文的折射出的高潔心性、廉政觀念；傅咸彈劾文的強悍勁直，按詞堅深；均是傅氏家族良好家風長期薰染的結果。長期以來，學界對於魏晉北朝隴右地區文學家族的研究相當冷清，言下之意即隴人文化落後，實力有限，文學無甚可觀之處，文學家族更是寥寥。筆者上述研究足以說明，這種看法大大低估了魏晉時期隴右地區文學家族實際的文化水準和文化實力。

# 第三章　北朝隴右文學與多民族文化交流

　　從西晉末年到北魏統一北方期間（304 年～439 年），匈奴、鮮卑、羯、氐、羌等五個民族在中國北部境內建立政權，先後有前涼、後涼、南涼、西涼、北涼、前趙、後趙、前秦、後秦、西秦、前燕、後燕、南燕、北燕、夏、成漢，這十六個國家在歷史上習慣稱爲「十六國」時期。北朝時期，隴右地區先後被拓跋鮮卑氏建立的北魏政權（386 年～557 年）、鮮卑化的匈奴人宇文泰建立的西魏（535 年～557 年）政權、北周政權（557 年～581 年）佔據。北朝時期，佛教盛行，藝術得到長足的進步與發展。這一時期的文學不是中國文學史上的高峰，但也有自己獨特的面貌，本章對北朝隴右文學進行論述。

## 第一節　五涼文學的成就

　　河西走廊屬於祁連山地槽邊緣拗陷帶，在河西走廊山地的周圍，由山區河流搬運下來的物質堆積於山前，形成相互毗連的山前傾斜平原。在較大的河流下游，還分布著沖積平原。這些綠洲地勢平坦、土質肥沃、引水灌溉條件好，自古以來就是眾多民族的棲息地。漢代張騫鑿通絲綢之路後，這裡更成爲絲綢之路的咽喉要道，是中西文化交流最爲頻繁、活躍的地區。中學西漸、佛法東來，首先在河西地區相互融合調適，再以新的文化形態輸出或輸入，源源不斷地向中華文明輸入了新鮮血液。同時，大量外地文士的到來、隴籍文人的成長等，使中國文學版圖向西北地方拓展，向來被認爲是文化荒漠的河隴地區初步形成了地域文學中心。

　　隨著絲綢之路的繁榮，敦煌、酒泉、張掖、武威逐漸形成絲綢之路上著名的城市和重要補給地。如敦煌，又名沙洲，早在漢代就成為西北的政治，軍事重鎮。由其西北出玉門關，西南出陽關，即進入西域。在河西諸鎮中，敦煌規模較大，人口眾多，物資豐富，交通便利，其城「東西可八十里，南北四十里」。為河西最西端的城鎮。武威，又稱涼州、姑臧。絲路河西段的第一大站，位於河西走廊的入口處，地勢險要，戰國秦代為月氏民族聚居區，漢時為匈奴佔領，十六國為五涼統治，逐步成為國際交往的大城市，中西商貿，文化交流頻繁。「五涼」指十六國時期（304 年～439 年）建立的前涼、後涼、西涼、北涼、南涼等民族政權，因其建都均在隴右涼州（今甘肅省武威市），後世遂以「五涼」代稱這五個地方政權。

## 一、五涼文學在十六國時期的領先地位

　　前涼，漢族張軌所建，都姑臧（今甘肅省武威市），盛時疆域有今甘肅、新疆及內蒙古、青海各一部分。歷八主，共六十年。另一說，歷九主，共七十六年。即從晉永寧元年（301 年）張軌出任涼州刺史始至前秦宣昭帝苻堅建元十二年（376 年）悼王張天錫被迫出降前秦止。十六國中享國最久的國家。張軌，字士彥，安定烏氏（今甘肅省平涼一帶）人，《晉書·張軌傳》云「軌少明敏好學，有器望，姿儀典則。」〔註1〕

　　後涼，略陽（今甘肅省秦安、靜寧、莊浪縣一帶）氏族人呂光建立的，呂光家族是西漢皇后呂雉的族人。

　　西涼，漢人李暠建立的。李暠是漢代「飛將軍」李廣之後裔，世為涼州大族。《晉書·涼武昭王傳》載：「暠字玄盛，隴西成紀人，姓李氏。漢前將軍廣之十六世孫也。……世為西州右姓。」〔註2〕北涼段業（十六國時涼王）時，曾任敦煌太守。庚子元年（400 年），自稱涼公，改元建初，成為西涼的開國皇帝。

　　北涼，由匈奴支系盧水胡族的沮渠蒙遜所建立；另有一種看法認為建立者為段業，此說是以蒙遜堂兄沮渠男成擁立段業稱涼州牧，並改元神璽為立國之始（397 年）。401 年蒙遜誣男成謀反，段業斬男成，蒙遜以此為藉口攻滅段業，亦有人以此為北涼立國之始。北涼都張掖，412 年遷都姑臧（今甘肅

〔註1〕唐·房玄齡：《晉書》卷八六《張軌傳》，第2221頁。
〔註2〕唐·房玄齡：《晉書》卷八七《涼武昭王李玄盛傳》，第2257頁。

武威），稱河西王。433 年沮渠牧犍繼位。439 年北魏攻姑臧，牧犍出降，北涼亡。後牧犍弟無諱西行至高昌，建立高昌北涼。

　　南涼，河西鮮卑族禿髮烏孤所建，歷三主，共十八年。禿髮即「拓跋」的異譯。漢魏之際，拓跋氏的一支由酋長統率，從塞北遷到河西，被稱爲河西鮮卑。約兩個世紀，部眾漸盛，務農桑，修鄰好，境內安定。至禿髮烏孤時期，勢力不斷發展，初附於後涼呂光，後建立南涼。

　　永嘉南渡之際，亦有很多中原士人向相對平靜、富庶的河西一帶遷移，地處河西走廊的「五涼」諸朝，一時間俊才雲蒸、人才濟濟，經學、文學呈現出異常繁榮的景象，一度處於北中國的領先地位。《北史·文苑傳》云：

> 漢自孝武之後，雅尚斯文，揚葩振藻者如林，而二馬、王、楊爲之傑。東京之朝，茲道逾扇，咀徵含商者成市，而班、傅、張、蔡爲之雄。當塗受命，尤好蟲篆；金行勃興，無替前烈。曹、王、陳、阮負宏衍之思，挺棟幹於鄧林；潘、陸、張、左擅侈麗之才，飾羽儀於鳳穴。斯並高視當世，連衡孔門。雖時運推移，質文屢變，譬猶六代並奏，易俗之用無爽；九源競逐，一致之理同歸。歷選前英，於斯爲盛。既而中州板蕩，戎狄交侵，僭僞相屬，生靈塗炭，故文章黜焉。其能潛思於戰爭之間，揮翰於鋒鏑之下，亦有時而間出矣。……然皆迫於倉卒，牽於戰陣，章奏符檄，則粲然可觀；體物緣情，則寂寥於世。非其才有優劣，時運然也。至於朔方之地，叢爾夷俗，胡義周之頌國都，足稱宏麗。區區河右，而學者埒於中原，劉延明之銘酒泉，可謂清典。〔註3〕

　　這已經深刻地指出了包括五涼文學在內的北朝文學在中國文學中的地位，也說明十六國時期五涼文學是有相當高的水準的。五涼時期，隴右一帶相對安定，較少受中原戰爭的影響，加之大批北方士人遷徙於此，使得隴右地方文學呈繁榮之勢，五涼諸朝的多位統治者也雅好辭章，這種種複雜的因素想糾結，共同鑄就了五涼文學獨特的審美特質。

## 二、前涼張駿詩歌的「漢胡互化」特色

　　十六國時期中原政局異常混亂，河西地區則相對穩定，漢胡互化深刻進

---

〔註 3〕唐·李延壽：《北史》卷八三《文苑傳》，中華書局 1974 年版，第 2778 頁。（以下版本號略）

入人們的精神領域。隴右少數民族作家禿髮傉檀、沮渠蒙遜、呂光等表現出明顯的漢化傾向。同時，隴右漢族作家呈現出明顯的胡化過程，主要表現爲人際交往的本土化；對胡人生活方式的融合接納和人格氣質；情感心態之變化。多民族文化影響下張駿的文學創作具有典型的胡化意象，異域風情，雜胡化的尚武氣質等特徵。

張駿（306 年～346 年），字公庭，安定烏氏人（今甘肅省平涼市西北），張寔之子，世稱前涼世宗，爲前涼政權的第四位統治者，324 年至 346 年在位，《晉書》記載「駿初好學，有謀略，十歲能屬文。」張駿在位期間，勤於政治，關心農業，任人唯賢，刑輕網富，境內安定，人稱「積賢君」。《隋書·經籍志》著錄：「晉《張駿集》八卷。」今存詩 2 首，文 2 篇並殘文 2 篇。張駿的樂府詩文采俱佳，在文學史上有一定地位。《遊春詩》（又名《東門行》）是其代表性作品：

> 勾芒御春正，衡紀運玉瓊。明庶起祥風，和氣翕來征。
> 慶雲蔭八極，甘雨潤四垌。昊天降靈澤，朝日耀華精。
> 嘉苗布原野，百卉敷時榮。鳩鵲與鶬黃，間關相和鳴。
> 芙蓉覆靈沼，香花揚芳馨。春遊誠可樂，感此白日傾。
> 休否有終極，落葉思本莖。臨川悲逝者，節變動中情。〔註 4〕

此詩寫武威姑臧城外的春天景色，毫無凄苦之象，有著田園詩一般的情調。「嘉苗布原野，百卉敷時榮」使人看到了在中原大地才常見的農業景觀。「芙蓉覆靈沼，香花揚芳馨」又使人感到河西走廊的古涼州不乏江南的秀美明快。這裡確是一塊風水寶地，可耕、可牧、可獵，鳥語花香、阡陌縱橫。張駿筆下的河西風光，已了無中原人同類作品的荒涼感、滄桑感，而多了一份田園風光之美，這種對河西風光的「改寫」正是其胡化氣質的反映，也使得中國文學在胡化中展現了新的內涵、新的審美境界。張駿還有《薤露行》一首，爲北朝詠史詩中的佳作：

> 在晉之二世，皇道昧不明。主暗無良慮，姦亂起朝廷。
> 七柄失其所，權綱喪典刑。愚猾窺神器，牝雞又晨鳴。
> 哲婦逞幽虐，宗祀一朝傾。儲君縊新昌，帝執金墉城。
> 禍釁萌宮掖，胡馬動北垌。三方風塵起，獫狁竊上京。

〔註 4〕逯欽立：《先秦漢魏晉南北朝詩·晉詩》，第 877 頁。

義士扼素腕，感慨懷憤盈。誓心蕩眾狄，積誠徹昊靈。〔註5〕

此詩回顧了兩晉易代之際重大的歷史事件，諸如武帝新喪，權臣弄柄，賈后專權，惠帝遭禁，八王之亂，五胡亂華等。作者絕非發思古之幽情，而是寓褒貶於其中。抒寫自己內心的愁苦、憤懣和匡復晉室之決心，筆調蒼勁激越，風格質樸勁健，富有感染力，從中可以看到漢胡互化在人們心中的投射。

## 三、西涼李暠的文化建樹

李暠（351 年～417 年），字玄盛，隴西成紀（今甘肅秦安）人，十六國時期西涼政權的創立者，400～417 年在位。初任效谷縣令，後進敦煌太守，暠於天璽二年（400 年）受漢族豪門宋繇等擁戴，建立西涼政權，定都敦煌，擁有今甘肅西部一帶，事見《晉書》本傳。

建國後，李暠認為「諸事草創，倉帑未盈，故息兵按甲，務農養士」，在政治上知人善任，積極納諫，執法寬簡，賞罰有信；經濟上，李暠重視農桑，號召因戰亂而背井離鄉的百姓返回家園，給他們以優惠待遇和資助，很快就有逃民兩萬多戶遷回敦煌；軍事方面，為了統一河西，李暠派遣重臣宋繇東征涼州，西擊玉門，都取得了成功。李暠還親自率領西涼將士出征，一度打敗了北涼的沮渠蒙遜。晉安帝義熙二年（406 年），北涼沮渠蒙遜侵略西涼國，發兵進攻建康郡（今甘肅省高臺縣），掠走了 3000 餘戶人家。李暠得知後立即率兵追至彌安（今灑泉縣東），截回了掠走的全部人家。這些政治、經濟、軍事方面的正確方針，使得西涼政權日以鞏固，因戰亂而遭到破壞的經濟，很快得以恢復和發展。河西一時「百姓樂業」、「國內安富」，出現了升平盛世景象。西涼文學、文化事業的繁盛，是與李暠密不可分的。據現存史料，李暠「邊涉經史，尤善文義」，他在位期間，在文化方面頗有建樹：

西涼庚子三年（401 年），李暠召集百僚於敦煌南門外靖恭堂，圖贊為文。

西涼建初元年（405 年），李暠於「上巳日宴於曲水，命群僚賦詩，李暠自己作有《上巳日曲水詩宴序》。已佚。

西涼建初七年（411 年）。「群僚以年穀頗登，百姓樂業，請勒銘酒泉，玄盛許之，於是使儒林祭酒劉延明為文，刻石頌德」。

可以說，十六國時期，由於當時北中國其他地區文化的普遍衰退，五涼

---

〔註 5〕逯欽立：《先秦漢魏晉南北朝詩・晉詩》，第 876 頁。

．

文學的穩步發展，人才濟濟，便格外突出，這一切，是和李暠的文化建樹分
不開的。

　　李暠現存的作品，以《述志賦》最有特色。《述志賦》亦是今存五涼文學
中唯一的賦體作品：

　　……衝風沐雨，載沉載浮。利害繽紛以交錯，歡感循環而相求。
乾扉奄寂以重閉，天池絕津而無舟。悼貞信之道薄，謝慚德於圜流。
遂乃去玄覽，應世賓，肇弱巾於東宮，並羽儀於英倫，踐宣德之秘
庭，翼明后於紫宸。赫赫謙光，崇明奕奕，炭炭王居，詵詵百辟，
君希虞夏，臣庶夔益。

　　張王頹岩，梁后墜壑。淳風杪莽以永喪，縉紳淪胥而覆溺。呂
發釁於閨牆，厥構摧以傾顛。疾風飄於高木，回湯沸於重泉。飛塵
翕以蔽日，大火炎其燎原。名都幽然影絕，千邑闃而無煙。斯乃百
六之恒數，起滅相因而迭然。於是人希逐鹿之圖，家有雄霸之想，
暗王命而不尋，邈非分於無象。故覆車接路而繼軌，膏生靈於土壤。
哀余類之忪懍，邈靡依而靡仰。欲求專而失逾遠，寄玄珠於罔象。

　　悠悠涼道，鞠焉荒凶，杪杪余躬，迢迢西邦，非相期之所會，
諒冥契而來同。跨弱水以建基，躡昆墟以爲墉，總奔駟之駭轡，接
摧轅於峻峰。崇崖崪嵂，重嶮萬尋，玄邃窈窕，磐紆嶔岑，榛棘交
橫，河廣水深，狐狸夾路，鵂鶹群吟。挺非我以爲用，任至當如影
響；執同心以御物，懷自彼於握掌。匪矯情而任荒，乃冥合而一往；
華德是用來庭，野逸所以就鞅。

　　休矣時英，茂哉儁哲，庶罩網以遠籠，豈徒射鉤與斬袂？或脫
梏而纓蕤，或後至而先列，採殊才於岩陸，拔翹彥於無際。思留侯
之神遇，振高浪以蕩穢；想孔明於草廬，運玄籌之罔滯。洪操槃而
慷慨，起三軍以激銳。詠群豪之高軌，嘉關張之飄傑；誓報曹而歸
劉，何義勇之超出！據斷橋而橫矛，亦雄姿之壯發。……〔註6〕

　　《晉書・李暠傳》云：「玄盛以緯世之量，當呂氏之末，爲群雄所奉，遂啓
霸圖，兵無血刃，坐定千里。謂張氏之業指期而成，河西十郡歲月而一。既而
禿髮傉檀入據姑臧，沮渠蒙遜基宇稍廣，於是慨然著《述志賦》焉。」〔註7〕

〔註6〕清・嚴可均：《全上古三代秦漢三國六朝文・全晉文》，第1697頁。
〔註7〕唐・房玄齡：《晉書》卷八七《涼武昭王李玄盛傳》，第2265頁。

《述志賦》是李暠的言志抒情之作，全賦洋洋灑灑上千字，壯懷激烈，情篤意切，文辭華美，格調雄渾悲涼，堪稱隴右文學中的清典之音。

## 四、北朝隴右文學家考

北朝及「五涼」時期，中土許多文人的到來，使五涼文學、史學呈現出異常繁榮的現象。茲將這一時期文士略考如下：

張軌，字士彥，安定烏氏（今甘肅省平涼市西北人）人，前涼政權的創立者，少時師從皇甫謐，有《易義》若干卷，《全晉文》收其文四篇。

張寔，字安遜，張軌之子，以秀才爲郎中，《全晉文》收《求直言令》、《遺南陽王保書》兩篇。

張茂，字成遜，張寔之弟，建興中拜平西將軍秦州刺史，大興三年代寔爲涼州牧，《全晉文》收其《遺令》一篇。

張駿，字公庭，張寔之子，文學成就見前述。

張天錫，字純嘏，張駿之子，前涼時期著名文士，《全晉文》收有《答索商》、《遺郭瑀書》等。

張重華（327年～353年），張駿次子，前涼政權的第五位統治者。張重華怠於政事，而文學水準頗高，現存奏疏《上疏請伐秦》一文，寫得頗有文采。

張祚，字太伯，張駿之庶長子，永和九年殺嗣主耀靈，自稱大都督、大將軍、涼州牧、諒公。明年又僭皇帝位，改建興四十二年爲和平元年。又明年，爲張瓘等所殺。《全晉文》收文一篇。

謝艾（？～353年），前涼時期敦煌（今甘肅省敦煌市）人，當時著名文士，博學能文。《文心雕龍·熔裁》云：「昔謝艾、王濟，西河文士，張駿以爲『艾繁而不可刪，濟略而不可益』。若二子者，可謂練鎔裁而曉繁略矣。」〔註8〕可見劉勰是很重視謝艾的。謝艾作品多已散佚，今《全晉文》存文《獻晉帝表》等三篇。

索綏，字士艾，前涼時期敦煌（今甘肅省敦煌市）人，著名史學家。唐代劉知幾《史通》云：「前涼張駿十五年，令其西曹邊瀏集內外事，以付秀才索綏，作《涼國春秋》五十卷。又張重華護軍參軍劉慶在東苑專修國史二十餘年，著《涼記》十二卷。」〔註9〕索綏還著有《六夷頌》、《符命傳》等十餘

〔註8〕梁·劉勰著、祖保泉解說：《文心雕龍解說·熔裁》，第625頁。
〔註9〕唐·劉知幾：《史通·外篇·古今正史第二》，中華書局2014年版，第579頁。　（以下版本號略）

篇，今已散佚。

索暉，字長祚，前涼時期著名史學家。唐代劉知幾《史通》云：「前涼張駿十五年，……建康太守索暉，從事中郎劉昞又各著《涼書》。」〔註10〕

宋纖（237年～354年），字令艾，前涼敦煌效谷（今甘肅省敦煌西）人，前涼時期著名學者，隱士。《晉書‧隱逸傳》稱其「少有遠操，沈靖不與世交，隱居於酒泉南山。明究經緯，弟子受業三千餘人。……張祚時，太守楊宣畫其象於閤上，出入視之，作頌曰：『為枕何石？為漱何流？身不可見，名不可求。』酒泉太守馬岌，高尚之士也，具威儀，鳴鐃鼓，造焉。纖高樓重閣，距而不見。岌歎曰：『名可聞而身不可見，德可仰而形不可睹，吾而今而後知先生人中之龍也。』銘詩於石壁曰：『丹崖百丈，青壁萬尋。奇木蓊鬱，蔚若鄧林。其人如玉，維國之琛。室邇人遐，實勞我心。』……纖注《論語》，及為詩頌數萬言。年八十，篤學不倦。」〔註11〕

馬岌，據上所引宋纖事蹟，知馬岌亦為當時高尚之士，《全晉文》收文二篇。

楊宣，據上所引宋纖事蹟，知楊宣亦為知名之士，《全晉文》收文《宋纖畫像頌》一篇。

紀錫，仕張天錫，為少府長史，《全晉文》收文《上疏諍時政》一篇。

呂光，字世明，略陽（今甘肅秦安縣東南）人，氐族。前秦名將，後涼政權建立者。《晉書‧呂光載紀》評論道：「自晉室不綱，中原蕩析，苻氏乘釁，竊號神州。世明委質偽朝，位居上將，爰以心膂，受脤遐徵。鐵騎如雲，出玉門而長騖；雕戈耀景，捐金丘而一息。蕞爾夷陬，承風霧卷，宏圖壯節，亦足稱焉。屬永固運銷，群雄競起，班師右地，便有覬覦。於是要結六戎，潛窺雁鼎；併吞五郡，遂假鴻名。控黃河以設險，負玄漠而為固，自謂克昌霸業，貽厥孫謀。尋而耄及政昏，親離眾叛，瞑目甫爾，釁發蕭牆。」〔註12〕呂光作品，散佚殆盡，今《全晉文》存其文《平西域還上疏》等三篇。

胡叟，字倫許，北涼安定臨涇（今甘肅省鎮原縣）人，入魏後拜官。史書記載「叟少聰敏，年十三，辨疑釋理，知名鄉國。其意之所悟，與成人交論，鮮有屈焉，學不師受。」胡叟因孤飄坎壈，未有仕路，遂入漢中，到成

〔註10〕唐‧劉知幾：《史通‧外篇‧古今正史第二》，第579頁。
〔註11〕唐‧房玄齡：《晉書》卷九四《隱逸傳》，第2453頁。
〔註12〕唐‧房玄齡：《晉書》卷一二二《呂光載紀》，第3072頁。

都等地，多為豪俊所尙。當時蜀沙門法成得罪劉義隆，將加大辟。胡叟為其伸冤。事後，法成贈胡叟很貴重之禮物，胡叟謂法成曰：「緯蕭何人，能棄明珠？吾為德請，財何為也？」一派魏晉名士之風度。

皇甫眞，字楚季，安定朝那人。〔註13〕前燕時期著名文士。《晉書》稱其「雅好屬文，凡著詩賦四十餘篇。」今存作品二篇，為皇甫眞給前燕主的上疏，見《全晉文》卷一四九。

辛謐（？～350 年），字叔重，隴西狄道（今甘肅省臨洮縣）人，後趙時期著名文士。《晉書・隱逸傳》云「謐少有志尙，博學善屬文，工草隸書，為時楷法。性恬靜，不妄交遊。召拜太子舍人、諸王文學，累徵不起。永嘉末，以謐兼散騎常侍，慰撫關中。謐以洛陽將敗，故應之。及長安陷沒於劉聰，聰拜太中大夫，固辭不受。又歷石勒、季龍之世，並不應辟命。雖處喪亂之中，頹然高邁，視榮利蔑如也。」〔註14〕今存《遺冉閔書》一篇。

宗欽，字景若，北涼金城（今甘肅省皋蘭縣）人，仕沮渠蒙遜為中書郎、世子洗馬。北魏太武帝拓跋燾平涼州，入魏，拜著作郎，北魏太平眞君十一年（450 年）被誅。宗欽少而好學，有儒者之風，博綜群言，聲著河右。其《與高允書》曰：「昔皇綱未振，華裔殊風，九服分隔，金蘭莫逐，希懷寄契，延想積久。天遂其願，爰邁京師。才非季札，而眷深孫喬；德乖程子，而義均傾蓋。曠齡罕遇，會之一朝。比公私理異，訓諮路塞，端拱蓬宇，歎慨如何？不量鄙拙，貢詩數韻。若夫泉江相忘之談，遺言存意之美，雖莊生之所尙，非淺識所宜循。愛敬既深，情期往返，思遲德意，以祛鄙吝。若能紆鳳彩以耀榛薈，回連城以映瓦礫者，是所望也。」〔註15〕宗欽有《贈高允詩》十二首，第一首曰：「峛峨恒嶺，滉瀁滄溟。山挺其和，水耀其精。啓茲令族，應期誕生。華冠眾彥，偉邁群英。」〔註16〕可見其文學才能。

趙整，又名趙正，字文業，前秦時期略陽清水（今甘肅清水縣西）人，趙整生平略見於《高僧傳》。《高僧傳》云「年十八為僞秦著作郎，後遷至黃門郎武威太守，為人無須而瘦，有妻妾而無兒，時人謂閹。然而情度敏達，學兼內外，性好譏諫，無所迴避。符堅末年寵惑鮮卑，墮於治政。正

---

〔註13〕今甘肅省平涼市一帶。
〔註14〕唐・房玄齡：《晉書》卷九四《隱逸傳》，第 2447 頁。
〔註15〕清・嚴可均《全上古三代秦漢三國六朝文・全後魏文》，第 289 頁。
〔註16〕逯欽立：《先秦漢魏晉南北朝詩・北魏詩卷一》，第 2199 頁。

因歌諫曰：『昔聞孟津河，千里作一曲。此水本自清，是誰攪令濁。』堅動
容曰：『是朕也。』又歌曰：『北園有一棗，布葉垂重陰。外雖饒棘刺，內
實有赤心。』堅笑曰：『將非趙文業耶？』其調戲機捷皆此類也。後因關中
佛法之盛，乃願出家，堅憐而未許。及堅死後，方遂其志，更名道整。因
作頌曰：『佛生何以晚，泥洹一何早。歸命釋迦文，今來投大道。』後遁跡
商洛山，專精經律。晉雍州刺史郤恢欽其風尚，逼共同遊，終於襄陽，春
秋六十餘矣。」〔註17〕他在苻堅時多有諷諫之作，今存詩六首。高人雄《北
朝民族文學敘論》中說：「趙整的詩歌讀起來質樸無華，較少辭采的修飾和
文筆的潤色，代表了十六國時期詩歌創作的風格，與南方詩歌有著顯著的
不同。」〔註18〕

趙淵，前秦史學家。劉知幾《史通》云「前秦史官，初有趙淵、車敬、
梁熙、韋譚相繼著述。苻堅嘗取而觀之，見苟太后幸李威事，怒而焚滅其本。
後著作郎董胐追錄舊語，十不一存。」〔註19〕

姜平子，前秦時期天水（今甘肅省天水市）人。《晉書‧苻堅傳》載，建
元十八年（382）苻堅在長安前殿宴集群臣賦詩時，爲當時文學侍從。

姚泓（388～417年），字元子，南安赤亭（今甘肅隴西縣西）人，羌族。
據載，他「博學善談論，尤好詩詠」，曾與胡義周、夏侯稚等文人「以文章遊
集」，這說明他能詩能文，頗有文學才能。

趙逸，字思羣，天水人也，十世祖融，漢光祿大夫。父昌，石勒黃門郎。
逸好學夙成，仕姚興，歷中書侍郎。爲興將齊難軍司，征赫連屈丐。難敗，
爲屈丐所虜，拜著作郎。世祖平統萬（北魏始光四年攻克統萬城），見逸所著，
歎曰：「此豎無道，安得爲此言乎！作者誰也？其速推之。」司徒崔浩進曰：
「彼之謬述，亦猶子雲之美新，皇王之道，固宜容之。」世祖乃止，拜中書
侍郎。神䴏三年（430年）三月上巳，帝幸白虎殿，命百僚賦詩，逸製詩序，
時稱爲善。久之，拜寧朔將軍、赤城鎮將，綏和荒服，十有餘年，百姓安之。
趙逸性好墳素，白首彌勤，年逾七十時仍手不釋卷，凡所著述，詩、賦、銘、
頌，五十餘篇。

趙溫，趙逸之兄，字思恭，亦博學有高名，姚泓時任天水太守。劉裕滅

---

〔註17〕梁‧釋慧皎撰、湯用彤校注：《高僧傳》，中華書局1992年版，第35頁。
〔註18〕高人雄：《北朝民族文學敘論》，中華書局2011年版，第82頁。
〔註19〕唐‧劉知幾：《史通‧外篇‧古今正史第二》，第580頁。

泓，遂沒於氐。氐王楊盛，盛子難當，既有漢中，以溫爲輔國將軍、秦梁二州刺史。及難當稱蕃，世祖以溫爲難當府司馬。卒於仇池。

胡義周，安定臨涇（今甘肅省鎮原縣）人，西秦時爲姚泓黃門侍郎，赫連勃勃時爲秘書監，撰有《統萬城銘》。

胡方回，安定臨涇（今甘肅省鎮原縣）人。父胡義周，在姚泓時任黃門侍郎。胡方回在赫連屈丐執政時任中書侍郎，博覽史籍，寫有《蛇祠碑》等文。赫連昌被滅後，入北魏朝，不爲朝廷所重視，後爲北鎮司馬，「爲鎮修表，有所稱慶」，爲太武帝所賞識，召爲中書博士，官至侍郎。

趙柔，字元順，金城人也。少以德行才學知名河右。沮渠牧犍時，爲金部郎。世祖平涼州，內徙京師。高宗踐祚，拜爲著作郎。後以歷效有績，出爲河內太守，甚著仁惠。隴西王源賀採佛經幽旨，作《祇洹精舍圖偈》六卷，柔爲之注解，咸得理衷，爲當時俊僧所欽味，又憑立銘贊，頗行於世。

索敞，字巨振，敦煌人。爲劉昞助教，專心經籍，盡能傳昞之業。涼州平，入國，以儒學見拔，爲中書博士。篤寢訓授，肅而有禮。京師大族貴遊之子，皆敬憚威嚴，多所成益。前後顯達，位至尚書牧守者數十人，皆受業於敞。後出補扶風太守，在位清貧，未幾卒官。時舊同學生等爲請，詔贈平南將軍、涼州刺史，諡曰獻。

程伯達，胡叟入魏後有《示廣平程伯達》詩，知程伯達亦知詩，爲當時詩人。

段承根，武威姑臧（今甘肅省武威市）人，自云是漢太尉潁九世孫，仕魏爲著作郎。段承根好學機辯，有文思，而性行疏薄，有始無終，敦煌公李寶（李暠之孫）很看重他。現存有段承根《贈李寶詩》七首，寫得頗有文采，如第一首云：「世道衰陵，淳風殆緬。衢交問鼎，路盈訪璽。徇競爭馳，天機莫踐。不有眞宰，榛棘誰翦。」第三首云：「自昔涼季，林焚淵涸。矯矯公子，鱗羽靡託。靈慧雖奮，祆氛未廓。鳳戢崐丘，龍潛玄漠。」〔註 20〕從這組詩中可以看出段承根爲當時飽學能詩之士。

通過上述簡略的考察，可知隴右作家著名者不乏其人，惜其作品多有散佚，使我們難窺全貌，但僅從作家數量來看，即可知北朝時期隴右地域文學繁榮之盛況。

---

〔註20〕逯欽立：《先秦漢魏晉南北朝詩・北魏詩卷一》，第 2199 頁。

## 第二節　隴右苻氏皇族家族文學

　　所謂文學世家，通常是指「在直系血緣關係中出現兩代及以上知名文學家的家族。」〔註 21〕文學世家的研究是當下學術界研究的一個熱點問題，取得了顯著成就，如呂肖奐、張劍《兩宋家族文學的不同風貌及成因》〔註 22〕、梅新林《文學世家的歷史還原》等，就古代歷史上文學世家問題都作了細緻深入的討論。的確，從特定歷史時期、熱定地域文學世家的演變、考察中，「不僅可以重建一個嶄新的文學生態景觀，而且可以藉此重返文學賴以發生、生存與發展的生命本源。」〔註 23〕但在目前的文學世家考察中，學界對於北朝隴右氏族家族文學的研究尚屬薄弱，有鑑於此，本書對隴右氏族家族文學進行考察。

　　氐族是古代中國歷史上非常活躍的一個民族，居住在今西北一帶。北朝時期，氐族在北方和西北建立過前仇池國、前秦國、後涼國等。氐族自稱「盍稚」，「氐」為它族對該民族的稱謂，魏晉以降，逐漸成為氐人之自稱。之所以成為「氐」，似與該民族分布在秦隴巴蜀之間險峻的地勢有關，如隴阺等。長期以來，由於與羌族相鄰，又雜居共處，故氐族吸收一些羌族部落及風俗習慣。漢魏以降，氐族已形成北中國一個強大的民族共同體。

　　西晉至南北朝時，清水氐楊氏曾建立仇池政權，臨渭氐苻堅建立前秦，略陽氐呂氏建立後涼。前秦是以氐族苻氏為主建立的政權，故亦稱「苻秦」。西晉太和五年（370 年），苻堅滅前燕，翌年，滅仇池氐楊氏。西晉寧康元年（373 年），遣將取東晉梁、益二州，西南諸夷邛莋、夜郎，均歸於苻堅。西晉太元元年（376 年），秦兵攻姑臧（今甘肅省武威市），張天錫降，徙其豪右 7000 餘戶於關中，前涼亡。同年，乘鮮卑拓跋氏衰亂之際，進兵滅代。太元七年（382 年），又命呂光進駐西域。此時前秦轄地「東極滄海，西並龜茲，南苞襄陽，北盡沙漠」，基本上統一了北中國，只有佔據東南一隅的東晉王朝與之對峙。

　　「淝水之戰」後，苻堅大敗，原被前秦統治的各民族首領紛起割據自立，

---

〔註 21〕 梅新林：《文學世家的歷史還原》，《中國社會科學》2011 年第 1 期，第 177 頁。

〔註 22〕 呂肖奐、張劍：《兩宋家族文學的不同風貌及成因》，《文學遺產》2007 年第 2 期

〔註 23〕 梅新林：《文學世家的歷史還原》，《中國社會科學》2011 年第 1 期，第 191 頁。

前秦衰落。晉太元十年（385 年）五月，長安遭西燕慕容沖攻擊，苻堅出奔五
將山（今陝西省岐山縣東北）。旋爲後秦姚萇俘獲，縊死於新平（今陝西省彬
縣）佛寺中。晉太元十九年（394 年），堅族孫登爲後秦姚興所殺，子崇逃至
湟中即帝位，尋爲西秦乞伏乾歸遣將殺害，前秦亡。

　　自古以來，隴右是多民族雜居之地。氏羌、鮮卑、匈奴、羯、党項長期
生活於此，他們用本民族語言抒發自己對生活的感受，從事民歌創作是必然
的，而且數量肯定不少。在統一北中國的進程中，氏族相當程度地接受了漢
文化，自身的文化有了長足的進步與發展。苻堅家族身爲皇室，接受漢文化
更是不遺餘力，逐漸形成了具有特色的苻氏家族文學，在北中國文學史上是
一道亮麗的風景。如《唐書‧樂志》云：「梁有《鉅鹿公生歌》，似是姚萇時
歌。其詞華音，與北歌不同。」〔註24〕這裡的「北歌」，即指北方各民族的謠
諺。因此，重繪中國文學地圖中，就不能不重視北朝時期氏族的文學創作。

## 一、苻氏皇族文學家族成員輯考

　　苻洪（285 年～350 年），字廣世，氏族，略陽臨渭（今甘肅秦安東南）
人，前秦政權奠基者，前秦開國皇帝苻健之父。原姓蒲，後以讖文有「草付
應王」，遂改姓苻。苻洪好施予，多有權略，驍武且擅長騎射。先後歸附前趙、
後趙，後趙內亂時試圖謀取中原。清人嚴可均《全上古三代秦漢三國六朝文》
收其《諫殺朱軌》文一篇。

　　苻健（317 年～355 年），字建業，略陽臨渭（甘肅秦安隴城）人，氏族，
苻洪第三子。十六國時期前秦高祖景明皇帝。苻健繼父親統領部眾並成功入
關，定都長安（今陝西西安），建立前秦。前秦建立後，苻健屢次作戰征服其
他反抗前秦的關內勢力，更擊敗北伐的東晉軍隊。苻健的文章文辭簡約，風
格質樸，清人嚴可均《全上古三代秦漢三國六朝文》收其《下書求賢》、《指
河誓弟雄及兄子菁》兩篇。

　　苻雄（319 年～354 年），字元才，前秦丞相、東海公，晉時略陽郡臨渭
縣（甘肅秦安縣隴城鎮）人，氏族，苻洪少子，苻堅之父。少善兵書，多有
謀略，好施下士。

　　苻菁，苻健兄子，封平昌王，前秦太尉，苻健死前圖謀殺苻生篡位，失
敗被殺。

---

〔註24〕後晉‧劉昫：《舊唐書》卷二九《音樂志二》，第 1072 頁。

　　苻重，苻健兄子，封北海公，曾於洛陽謀反失敗但獲赦，後以鎮北大將軍出鎮薊時，回應其弟苻洛叛變，事敗被殺。

　　苻洛，苻健兄子，苻重之弟，拜前秦征南大將軍，後叛苻堅自立，兵變失敗，被流放涼州。

　　苻眉，或作苻黃眉，苻健兄子，封廣平王、衛大將軍。因謀殺苻生失敗被誅殺。

　　苻萇，苻健長子，前秦獻哀太子，在與北伐的東晉軍隊作戰中戰死。

　　苻靚，苻健次子，封平原王。

　　苻生，苻健三子，初封淮南王，前秦廢帝，晉永和十一年（356 年）即皇帝位，改元壽光，在位三年，爲苻堅所殺。清人嚴可均《全上古三代秦漢三國六朝文》收其《下書用峻刑極法》文一篇。

　　苻覿，苻健四子，封長樂王。

　　苻方，苻健五子，先封高陽王，後封高陽公、撫軍將軍，西元 384 年被西燕軍所殺。

　　苻碩，苻健六子，封北平王。

　　苻騰，苻健七子，封淮陽王，後爲淮陽公，364 年因謀反被誅殺。

　　苻柳，苻健八子，封晉王，後封晉公，與苻雙、苻廋及苻武叛苻堅作亂，失敗被苻堅所殺。

　　苻桐，苻健九子，封汝南王。

　　苻庾，苻健十子，封魏王，後封魏公，苻堅拜其爲鎮軍將軍，洛州刺史。與苻雙、苻柳及苻武叛苻堅作亂，失敗後「降於燕，王猛擒送長安斬之。」

　　苻武，苻健十一子，封燕王，後封燕公。與苻雙、苻柳及苻廋叛苻堅作亂，失敗被殺。

　　苻幼，苻健十二子，封趙王，後乘苻堅北巡時偷襲長安，爲苻堅擊敗，被殺。

　　苻法，苻雄子，苻堅之兄，封清河王，後封東海公，前秦丞相，後被苻堅賜死。

　　苻雙，苻雄子，苻堅之弟，封河南公，後封趙公。與苻庾、苻柳及苻武叛苻堅作亂，失敗被苻堅所殺。

　　苻忠，苻雄子，苻堅之弟，封河南公。

　　苻堅（338 年～385 年），氐族，字永固，略陽臨渭人，十六國時期前秦

國君，357年～385年在位，幼時好學，崇尚儒學，廣立學校，選郡國精通儒學者充任學官，令公卿、貴族、將佐子弟、宮中后妃等入學受業，苻堅每月一臨太學，親自考問經義，提拔優異者爲官，官吏百石以上而不通一經、才不成藝者，罷官爲民。建元十四年（378 年），苻堅因西域諸國進貢名馬，乃命群臣作《止馬詩》而遺之，獻詩者達四百餘人，從這件事可看出十六國文學達到的規模和水準。苻堅現存作品無詩，今《全晉文》存文 20 篇。

苻堅不僅漢文化修養很高，自己創作有文學作品，同時，他還提倡儒學，在其統治期間，前秦的文化建設得到長足發展。《資治通鑑》記載：「秦王堅命牧伯守宰各舉孝悌、廉直、文學、政事，察其所舉，得人者賞之，非其人者罪之。由是人莫敢妄舉，而請託不行，士皆自勵；雖宗室外戚，無才能者皆棄不用。當是之時，內外之官，率皆稱職；田疇修闢，倉庫充實，盜賊屏息。」〔註25〕據史籍記載，苻堅在文化方面的重大舉措頗多：

苻秦永興二年（358 年），他巡行至韓源（今山西芮城一帶）憑弔春秋時晉國魏顆打敗秦國歷士舊址，曾賦詩。（據《太平御覽》卷122）

苻秦建元八年（372 年），他於霸東爲其弟苻融出爲冀州牧餞行，曾經奏樂賦詩。

苻秦建元十一年（375 年），秦王堅下詔：「新喪賢輔，百司或未稱朕心，可置聽訟觀於未央南，朕五日一臨，以求民隱。今天下雖未大定，權可偃武修文，以稱武侯雅旨。其增崇儒教；禁老、莊、圖讖之學，犯者棄市。」〔註26〕同時，他「妙簡學生，太子及公侯百僚之子皆就學受業；中外四禁、二衛、四軍長上將士，皆令受學。二十人給一經生，教讀音句，後宮置典學以教掖庭，選閹人及女隸敏慧者詣博士授經。尚書郎王佩讀讖，堅殺之；學讖者遂絕。」〔註27〕這些文化政策方面的措施，使前秦的漢文化水準迅速提高。

《出三藏記集》卷十四云：「苻氏建元十三年（377 年）歲次丁丑正月，太史奏：『有星見外國分野，當有大德智人入輔中國。』堅素聞什名，乃悟曰：『朕聞西域有鳩摩羅什，將非此耶？』十九年（383 年）即遣驍騎將軍呂光將兵伐龜茲及焉耆諸國。臨發謂光曰：『聞彼有鳩摩羅什，深解法相，善閑陰陽，爲彼（後）學之宗，朕甚思之。若克龜茲，即馳驛送什。』光軍未至，什謂

〔註25〕宋・司馬光：《資治通鑑》卷一○一，第1201頁。
〔註26〕宋・司馬光：《資治通鑑》卷一○三，第1235頁。
〔註27〕宋・司馬光：《資治通鑑》卷一○三，第1235頁。

其王帛純曰：『國運衰矣，當有勁敵。日下人從東方來，宜恭承之，勿抗其鋒。』純不從而戰，光遂破龜茲，殺純，獲什。」〔註28〕可見苻堅執政期間如饑似渴地渴求人才，鳩摩羅什譯經事業的巨大成就，佛教在十六國時期的廣泛流傳，苻堅是有推動之功的。

建元十四年（378年），涼州刺史梁熙遺使西域，大宛進貢汗血寶馬，苻堅乃命「群臣作《止馬詩》而遣之，示無欲也。」〔註29〕一時獻詩者多達四百餘人，可見前秦帝國人才鼎盛。

建元十八（382年），苻堅「饗群臣於前殿，樂奏賦詩。秦州別駕天水姜平子詩有『丁』字，直而不曲。堅問其故，平子曰：『臣丁至剛，不可以屈，且曲下者之不正之物，未足獻也。』堅笑曰：『名不虛行。』因擢為上第。」〔註30〕

這些記載說明，苻堅時有雅興，確有詩才。「淝水之戰」中，苻堅一句「以吾之眾旅，投鞭於江，足斷其流」的慷慨之言，令多少中原文人為之失色。正因為苻堅自己具備超群的文學才能，又注重獎引後進，奠定了前秦文學繁榮的基礎。

苻融（？～383年），字博休，苻堅之季弟，略陽臨渭（今甘肅秦安東南）人。《晉書·苻堅傳》有其附傳，說他「融聰辯明慧，下筆成章，至於談玄論道，雖道安無以出之。耳聞則誦，過目不忘，時人擬之王粲。嘗著《浮圖賦》，壯麗清贍，世咸珍之。未有升高不賦，臨喪不誄，朱彤、趙整等推其妙速。旅力雄勇，騎射擊刺，百夫之敵也。銓綜內外，刑政修理，進才理滯，王景略之流也。尤善斷獄，奸無所容。」〔註31〕苻融的諫諍文寫得富有論辯色彩，當苻堅急躁冒進，誓滅東晉，融每諫曰：「知足不辱，知止不殆，窮兵極武，未有不亡。且國家，戎族也，正朔會不歸人。江東雖不絕如縷，然天之所相，終不可滅。」周圍一些他族首領乘機慫恿，苻融切諫曰：

> 陛下聽信鮮卑、羌虜諂諛之言，採納良家少年利口之說，臣恐非但無成，亦大事去矣。垂、萇皆我之仇敵，思聞風塵之變，冀因之以逞其凶德。少年等皆富足子弟，希關軍旅，苟說佞諂之言，以會陛下之意，不足採也！〔註32〕

---

〔註28〕梁·釋僧祐：《出三藏記集》，中華書局1995年版，第100頁。
〔註29〕唐·房玄齡：《晉書·苻堅載紀》，第2900頁。
〔註30〕唐·房玄齡：《晉書·苻堅載紀》，第2903頁。
〔註31〕唐·房玄齡：《晉書·苻堅載紀附傳》，第2906頁。
〔註32〕唐·房玄齡：《晉書·苻堅載紀附傳》，第2906頁。

這段文字，論理清晰，富有理性，同時感情充沛，情眞意切，可謂諫諍文中的佳作。可見苻融不獨爲治國賢能之士，其文學成就也相當了得。

苻朗（？～389 年），字元達，略陽臨渭（今甘肅秦安東南）人，堅之從兄子。苻朗性宏達，神氣爽邁，幼懷遠操，不屑時榮，苻堅稱讚其爲「吾家千里駒也」。苻朗是十六國時期最有成就的散文家，著《苻子》二十卷，亦老莊之流也。關於《苻子》的文學成就，本書有專文論述。苻朗受漢文化影響頗深，有高度的漢文化修養，能文善詩，其《臨終詩》云：

> 四大起何因，聚散無窮已。既適一生中，又入一死理。
>
> 冥心乘和暢，未覺有終始。如何箕山夫，奄焉處東市。
>
> 曠此百年期，遠同嵇叔子。命也歸自天，委化任冥紀。〔註33〕

「四大」爲佛教術語，顯然北朝佛教的盛行，佛教思想已經深嵌士人心靈之中。此詩顯示出苻朗對自己的生命價值有獨特的思考，他拒絕在天國中求得永恆，而是希望在委運任化中實現自我的超越，可與東晉陶淵明「縱浪大化中，不喜亦不懼。應盡便須盡，無復獨多慮」（《形影神詩·神釋》）〔註34〕媲美。全詩不僅詩風眞樸純淳，富有韻味，而且顯示出佛、道兩家思想融通的痕跡，表明苻朗高度的佛、道修養，也可窺見傳統佛、道思想對這位氐族作家的影響之深。

苻丕，字永叔，苻堅之子，晉太元十年（386 年）即位，改元太安。明年南奔，爲東晉馮該所殺。清人嚴可均《全上古三代秦漢三國六朝文》收其《下書攻慕容永》、《答謝玄書》文兩篇。

苻登，字文高，堅族孫，晉太元十一年（387 年）即位，改元太初，在位九年，被姚興所殺。清人嚴可均《全上古三代秦漢三國六朝文》收其《告苻堅神主》、《又告神主》文兩篇。

上述考證，難免有所疏漏，然從中亦可見傅氏文學家族長盛不衰，帶有英靈湧現，在當時文壇有著不俗的文學表現。一個文學家族的繁榮，一是作家代不乏人，每一時期都有不少飽學、能文之士湧現出來；二是文學家族內部成員的創作水準較高，有著非凡的文學成就。從此兩端來看，苻氏羌族作爲前秦皇族，其文化水準應該說居於北中國之首應該是無疑義的。

---

〔註33〕逯欽立：《先秦漢魏晉南北朝詩·晉詩卷一四》，第 932 頁。
〔註34〕逯欽立：《先秦漢魏晉南北朝詩·晉詩卷一七》，第 990 頁。

## 二、《苻子》的文學成就

北朝由於緊迫的戰爭，人們無法從事文學事業，所有的文筆基本上都爲軍國文翰所用；況且民不聊生，缺少安定的生活，也沒有閑暇從容地吟詠性情，故此，當時少有文學。但是苻朗例外，由於前秦一直處於關西較爲安定的地理環境中，具有清明的政治氣氛，前秦有國比漢（前趙）、後趙時間都長，足以形成一代人的生活。再加上苻朗屬於皇族，在皇族的成員中不乏有文采者，用武的機會亦不多，這就爲他從容地思考創作準備了條件。

《苻子》一書，志人、志怪小說均有。以往研究魏晉六朝小說的學者，更多側重於南朝小說如《世說新語》等，於北朝小說則重視不夠。對於《苻子》中大量的小說，更是視而不見，未能進入研究者的視野。事實上，由於苻子身處皇室，有著良好的文學素養和北朝清剛之氣之薰陶，又曾一度身處南朝，沐浴著濃烈的南朝清議風氣、玄學思潮的滌蕩。此種獨特的生活經歷使《苻子》一書具有融合南北文風的顯著特點，也使其在文學史上具有堪與《世說新語》相比美的文學價值。這主要體現在以下幾個方面：

首先，**《苻子》多方面地反映了北朝士人的性格和精神面貌，塑造了北朝人物群像**。《苻子》材料來源頗廣，然其敘事卻是大致圍繞著寫照人物共同的精神特質這個中心的。它突出地反映出在北朝亦盛行對人物的品藻風氣。《苻子》一書把能夠體現某種時代精神氣質的故事類聚在一起，整合之同時，有鑒賞之意味。從敘事的基本模式看，《苻子》將筆墨集中於人物風神閃現的「耀眼的片刻」，而不去完整地敘述事件，這種工於剪裁、就使得人物風神畢現。從而表現出以審美爲特徵的文學價值。試看下例：

〔方外〕

> 太公涓釣於隱溪，五十有六年矣，而未嘗得魚。魯連聞之，往而觀其釣焉。大公涓跪石隱崖，不餌而釣，仰詠俯吟，及暮而釋竿。其膝所處之崖皆若臼，其跗觸崖若路。魯連曰：「釣所本以在魚，無魚何釣？」太公曰：「不見康王父之釣邪！念蓬萊釣巨海，摧竿投綸五百年矣，未嘗得一魚，方吾猶一朝耳。」〔註35〕

一副超然淡泊、自得其樂的景象，表現了士人不爲外物所累的思想。處於戰亂之際而思玄遠的物象，在當時的人能有如此思想是極可貴的。因爲當處於生存危機時，一般說來傳統的思想都喪失了指導性和約束力，人們往往

---

〔註35〕清・嚴可均：《全上古三代秦漢三國六朝文・全晉文》，第 1654 頁。

從現實中尋找經驗，而極少顧及人生意義中的另一個方面，即：當人不爲生命的異化所束縛而登上生命的終極臺階時，那是全然不同於現實生活的。故此，《苻子》的玄學、道學思想的表現難得。它成功地再現了北朝士人的精神風貌。這種描寫在《苻子》中隨處可見。又如：

〔觀鼇〕

> 東海有鼇焉，冠蓬萊而浮遊於滄海。騰躍而上，則千雲之峰邁類於群嶽；沉沒而下，則隱天之丘潛嶠於重泉。蟻者聞而悅之，與群蟻相邀乎海畔，欲觀鼇之行焉。月餘日，鼇潛未出，群蟻將返，遇長風激浪，崇濤萬仞，海中沸，地雷震。群蟻曰：「此將鼇之作也。」數日，風止雷默，海中隱淪如岯，其高及天，或遊而西。群蟻曰：「彼之冠山，何異我之戴笠也。逍遙乎壤封之巔，歸伏乎窟穴之下，此乃物我之失，自己而然，何用數百里勞形而觀之乎？」〔註36〕

完全是參透了宇宙萬物奧秘的結果，明白了萬事萬物自有它的規律，不必妄自菲薄。雖爲寓言，很有哲學上的意味。亦爲一代士人精神風貌之折射。

其次，《苻子》以「傳神」之筆塑造人物，充滿「玄韻」，是對《莊子》「寫意精神」的回應。石昌渝先生將諸子散文的敘事稱爲「寫意性記敘」，突出其「形象只是手段，意象才是目的」，又說「諸子散文的寓言參與哺乳了小說題旨意構方式」，〔註37〕中肯地指出了子書敘事的「寫意」精神對小說的影響。文學性敘事作品中，《苻子》和《世說新語》最早回應這種精神，以類目統攝事件的結構方式即其表現之一。更爲重要的是《苻子》敘事對「言外之意」的追求，無論是傳達事件的簡約玄澹，還是敘事所塑造的藝術形象，都體現出「言已盡而意無窮」的特點，直承《莊子》寓言。

在《莊子》寓言中，「事」與「意」的結合方式已不再明白單純如一般子書。在此可借用一則《莊子》寓言探討之：

> 黃帝遊乎赤水之北，登乎崑崙之丘而南望，還歸，遺其玄珠。使知索之而不得，使離朱索之而不得，使喫詬索之而不得也。乃使象罔，象罔得之。黃帝曰：「異哉！象罔乃可以得之乎！」〔註38〕

「玄珠」象徵的是「道」，是《莊子》所要傳達的「意」，然而通過「知」

---

〔註36〕清·嚴可均：《全上古三代秦漢三國六朝文·全晉文》，第1656～1657頁。

〔註37〕石昌渝：《中國小說源流論》，三聯書店1994年版。

〔註38〕陳慶惠：《老子莊子直解》，浙江文藝出版社1998年版，第163頁。

（思慮）、「離朱」（目力）、「嗅詬」（言辯）都無法獲得，唯「象罔」可以。「象罔」是「象」（形象）與「罔」（虛幻）的結合，是有形與無形，實與虛的結合，是「象」與「象外之意」的結合，並且，這「象外之意」指向的是「恍兮惚兮」、「窈兮冥兮」的「道」，因而它是虛而不實的（罔）、幽微玄妙的，而不是如《韓非子》寓言等的明白單純、清晰確定。象中之道，是宇宙人生的本體，而不是某種具體的理論，因此，《莊子》寓言的審美品格大大高於其他子書。《苻子》是敘事作品對《莊子》寓言的藝術精神的初次回應。如：

〔景公好馬〕

　　齊景公好馬，命善畫者圖而訪之。殫百乘之價，期年而不得，像過實也。今使愛賢之君，考古籍以求其人，雖期百年，亦不可得也〔註39〕

採用寓言體的文筆自戰國以來是頗為盛行的，兩漢之際也間有出焉。苻朗採用這種文體表現他的道家思想極為正常，所不正常的是產生在向來我們認為文學無甚可觀的五胡十六國時期。尤其是像苻朗這樣的氐族少數民族成員手中，其漢化文學修養之高，就連漢族士人也不及。在這個意義上講，《苻子》一書尤其珍貴。

再次，**《苻子》語言簡約含蓄、雋永傳神，往往用一言一行即表現出人物的精神風貌，彰顯其審美敘事的魅力。**文學性是敘事文本的文體特徵，藝術形象的塑造成為敘事的主要功能。現存《苻子》50多條佚文中，窮形盡態地展現了北朝人生活的世界，更重要的是展現了經過作者精心整合、透視後的人的心靈世界。它對於人物之品評，亦從傳統的實用轉向審美，如：

〔宋陵子不富〕

　　魏文侯見宋陵子三仕而不富。文侯曰：「何貧？」宋陵子曰：「臣見楚富者，牧羊九十九而願百，嘗訪邑里故人，其鄰人貧，有一羊，富者拜之曰：『吾羊九十九，今君止一，盈我成百，則牧數足矣。』鄰者與之。從此觀之，焉知富者非貧、貧者非富也？」〔註40〕

又如〔林氏有九子〕

　　趙之相者曰：「林氏有九子皆賢。國人美而稱之，號曰『九德之父，十德之門』」。趙王疾之，乃使擇其果之繁者伐之。其父曰：

---

〔註39〕清・嚴可均：《全上古三代秦漢六朝文》，第1656頁。

〔註40〕清・嚴可均：《全上古三代秦漢六朝文》，第1660頁。

「果之茂者猶伐之，況其人乎！吾將以爾爲累矣，去之則免。」乃

攜老持子，逃於白雲之岩，終身不返。趙人思之。〔註41〕

以上所引錄的兩則故事，形象而富有趣味，短小而引人入勝，頗爲精製雋永。《林氏有九子》喻德盛遭嫉之苦；《宋陵子不富》則刺奪理損人。言此意彼，耐人嚼味。社會生活中習空見慣的反常悖理現象，人們見多不怪，一經點出，便啞然心會。因此，《苻子》中這些飽含哲理的新編寓言故事，是繼《莊子》以後古代散文中並不多見的上乘小品，《苻子》以其審美敘事態度，塑造了許多玄遠悠長的藝術形象，並以其出色的成就爲文學性敘事的發展作出了貢獻。應該受到應有的重視。《苻子》一書文筆淺淡流暢，語言生動形象，構思奇妙精巧，行文從容自若。它既與當時東晉士人在思想上的追求相呼應，又不同於東晉過於華美之文風。而以獨特的審美敘事的魅力和對先秦優秀文學傳統的繼承奠定了其文學地位。表現出北朝文學的獨特成就，對中國文學表現技法之成熟也具有一定的開拓作用。在實際的研究中，由於北朝文學的客觀存在多少不盡如人意，故往往將之附於魏晉南朝文學中略加提及就算了事，而被人提及的，只有少數作家和民族。茲以《苻子》爲例，我們就可看到，北朝以其旺盛的進取活力能統一全國，其文學也自然有其出衆之處，只是由於特殊的原因而湮沒在典章文獻中，不像南朝文學那麼顯著罷了。

自東漢末年至隋朝統一，在長達三百多年的時間裏，「五胡」內遷，中原動盪，戰亂頻仍，隴右處西北邊地，局勢相對平穩。中原流民中相當一部分進入涼州，遷徙的人口中不乏攜族遠徙的世家大族。《資治通鑒》云：「涼州自張氏以來，號爲多士。」〔註42〕中原移民帶來的漢文化對涼州的影響是不可低估的，以致十六國時期到北魏初年，北方的文化中心在涼州而不在黃河中下游地區。陳寅恪在《隋唐制度淵源略論稿》中曾論述道：「西晉永嘉之亂，中原魏晉以降之文化轉移保存於涼州一隅，至北魏取涼州，而河西文化遂輸入於魏，其後北魏孝文、宣武兩代所制定之典章制度遂深受其影響，故此（北）魏、（北）齊之源其中已有河西之一支派。」〔註43〕關隴文化是（北）魏、（北）齊之源組成部分，而（北）魏、（北）齊之源又爲具有拓跋鮮卑氏血統的李唐王室直接繼承，因而，關隴文化以其鮮明的民族性、強烈的進取性和漢胡互

〔註41〕清·嚴可均：《全上古三代秦漢六朝文》，第1660～1661頁。
〔註42〕宋·司馬光：《資治通鑒》卷一二三，第1489頁。
〔註43〕陳寅恪：《隋唐制度淵源略論稿》，中華書局1977年版，第17～21頁。

化所孕育的特異性，對唐代文化、文學性格的形成產生了深遠影響。

# 第三節　鳩摩羅什譯經對中國文學的影響

　　鳩摩羅什（344 年～413 年），原籍天竺，出生於西域龜茲（今新疆庫車、沙雅縣一帶），北朝時期高僧，我國佛教史上著名的翻譯家和佛學家。鳩摩羅什從小四處遊學修行，對佛學有著極高的天賦，後來成為一代高僧。曾受秦王姚興之邀，於弘始三年（401 年）到長安譯經弘法，至弘始十五年（413 年）圓寂於草堂寺。在中國佛教經典的翻譯上，鳩摩羅什、真諦、玄奘及不空被尊為「四大翻譯家」，名列首位的鳩摩羅什被梁啟超稱為中國古代譯界之「元勳」。鳩摩羅什的翻譯理論和翻譯作品，對中古文學思潮產生了深邃的影響，給中國本土文化注入了新的血液，在相當大的程度上改變了中國文化發展的軌跡和方向。

## 一、培養了大批翻譯人才

　　鳩摩羅什的譯場，是我國歷史上第一個由國家出面組織起來的翻譯場所。從《大品經序》、《小品經序》、《維摩詰經序》、《自在王經序》、《法華經後記》、《成實論記》、《百論序》等繁浩的佛藏經典的翻譯可以看出，鳩摩羅什的翻譯事業，不可能不受到後秦王室的影響。鳩摩羅什的弟子甚多，在隨鳩摩羅什翻譯佛經的歲月裏，經過長時間的經義探討和學習，在 3000 多名弟子中湧現出了著名的「十哲」：僧契、僧肇、僧睿、道生、曇影、慧嚴、慧觀、道恒、道標；其中的僧契、僧肇、僧叡、道融、道生、曇影、慧嚴、慧觀又被稱為「八俊」；而僧睿、道融、道生、僧肇著四位最出色的弟子被稱為「關中四子」，他們都是當時以學問、禪修著名的佛學家。

　　在鳩摩羅什的這些弟子中，助其傳揚大乘般若學最有力者，當屬有「秦人解空第一」之譽的僧肇。鳩摩羅什在評價僧肇所撰寫的《般若無知論》時曾言「吾解不謝子，辭當相挹。」從這句評語中可以看出，鳩摩羅什對自己的般若學造詣有著充分的自信，但他也不得不承認，僧肇對般若義理的表述和闡發有時更勝過自己。不論鳩摩羅什如何地通曉華言，要像僧肇那樣用六朝特有的文麗詞章把般若思想淋漓盡致地表達出來，使得中土人士能夠充分的理解，還是難以做到的。正是在這一點上，僧肇顯示出了其無與倫比的語文與哲思天才的優越性。他所撰寫的《不真空論》、《物不遷輪》、《般若無知

論》等闡揚般若思想的論文，被譽爲中國歷史上堪與莊子的《齊物論》、《逍遙遊》相比肩的最優美的哲學文字。在深得鳩摩羅什眞傳的基礎上，僧肇以優美的譯經文字將般若學玄妙的哲理清晰地展示出來，釐清了數百年來中土人士對般若正理的種種滯礙和曲解，把中土的大乘般若學推向一個新的高峰。于斯過程中，當初隨鳩摩羅什譯經的僧侶，逐漸成長爲一代高僧和大師。

## 二、傑出的譯經成就、精到的譯經理論

在短短的十數年中，鳩摩羅什翻譯出的經論，據《祐錄》記載爲 35 部 294 卷，《開元錄》列爲 74 部 384 卷等等。關於鳩摩羅什譯經的數量，學者的看法存在分歧，有 35 部 294 卷說、30 多部 300 多卷說、40 部 300 餘卷說、4 部 384 卷等，〔註44〕可以確定無疑的是他譯經的數量是空前的。他的著作有《實相論》（已佚）、《答王稚遠十數問》（已佚）、《大乘大義章》及《維摩詰經注》等。據說鳩摩羅什還作過不少詩，可惜不傳。鳩摩羅什的譯籍偏重於大乘空宗的範圍，其譯著大部分成爲中土佛教各個宗派立宗的經典依據。如大、小品《般若經》和《維摩詰經》等，爲當時的玄學和般若學所重視；《阿彌陀》、《彌勒》等經，爲東晉起始的「淨土家」所供奉；《成實論》成爲南北朝時期佛教入門手冊；《中論》、《百論》、《十二門論》則是隋唐時期「三論宗」的理論基礎；《法華經》爲唐代「天台宗」所宗；《十住毗婆沙》爲唐代「華嚴宗」所重；至於《金剛經》在中土幾乎家喻戶曉，成爲唐中期禪宗的主要經典。唐代詩人王維崇拜《維摩詰經》，名「維」，字「摩詰」，即是明證其他諸如對大、小乘禪法和戒律的介紹，在中土流傳極廣，從中可見鳩摩羅什譯經極爲深遠的社會影響。

鳩摩羅什兼通中西、悟性極高、深得佛教精髓，又長於語言表達，故其譯文流暢，達意清晰，文辭雅緻，易爲中土人士理解，並糾正了舊譯的許多謬誤，其譯經在中國佛經翻譯史上代表著一個新的水準。僧肇就鳩摩羅什《維摩詰經》的翻譯評論道：

> 什以高世之量，冥心眞境，既盡環中，又善方言，時手執胡文，口自宣譯，道俗虔虔，一言三復，陶冶精求，務存聖意。其文約而詣，其旨婉而彰，微遠之言，於茲顯然。〔註45〕

〔註44〕參閱劉國防：《紀念鳩摩羅什誕辰 165 週年國際學術討論會綜述》，載《西域研究》1994 年第 4 期。

〔註45〕釋・僧肇：《維摩詰經序》。

這說明鳩摩羅什的翻譯態度嚴肅認真，加上兼通胡、漢語文、精通般若理論，故能很準確地表達佛典原文經旨。在文風上達到了「文」、「質」的統一。鳩摩羅什的翻譯成就，已被歷來的佛學家們所公認。

不僅如此，鳩摩羅什還「能表發揮翰，克明經奧，大乘微言，於斯炳煥。」他第一次系統地闡釋了大乘佛教的「緣起」、「性空」理論，使當時的中土思想界耳目一新。他翻譯的《法華經》、《阿彌陀經》、《妙法蓮華經》、《金剛經》、《十注經》、《成實論》、《中論》、《百論》、《十二門論》、是後代天台宗、淨土宗、禪宗、華嚴經、陳實宗、三論宗等佛教宗派依據的主要經典，《十誦律》、《比丘戒本》和《梵網經》進一步完備了漢地的佛教戒律。在語言表達上，羅什和他的譯經團體一改以往翻譯過於樸拙的不足，不僅充分地傳達原旨的典意，而且文筆流暢洗練，有的譯文甚至成為中國文學的名篇。在中土影響很大的《金剛經》、《維摩詰經》、《法華經》、《阿彌陀經》等雖有多種譯本，但直到今天廣為流傳的還是鳩摩羅什翻譯的本子。論及佛典翻譯，鳩摩羅什認為：

> 天竺國俗，甚重文制，其工商體韻，以入弦為善。凡覲國王，必有贊德見佛之儀，以哥歎為尊。經中偈頌，皆其式也。但改梵為秦，失其藻蔚，雖得大意，殊隔文體，有似嚼飯與人，非徒失味，乃令嘔噦也。〔註46〕

這裡，羅什提出了佛經翻譯如何表現原作的文體風格問題，涉及到譯文對原文文學性的表現方面。羅什從佛經文體出發，認為譯梵為漢時雖然在大意上可以不失，但在文體上總是隔了一層，其原文體韻不但不能經過翻譯傳達，連文藻也會失掉。因此他力圖在譯經文體上有所改進，使其既通俗化，又富有優美的文學色彩。

## 三、為中古文學提供了某些理論基礎

通過譯經，鳩摩羅什不但將佛教的基本教義尤其是大乘佛教全面介紹給中土知識階層，還使中土文人領略到了另一種極富魅力的理論思想。這對開拓中國文人思維空間起到了重要的推動作用。

佛教「緣起論」認為，宇宙間的每一事物都不是孤立的存在，而是因緣

---

〔註46〕南朝・梁・慧皎撰，湯用彤校注：《高僧傳》卷二《鳩摩羅什傳》，中華書局1992年版，第53頁。

和合而生，其本質不是真實的，只是一種存在的假象，不真則空。這樣，佛教的緣起論就觸及到形而上的哲學本體論問題，即現象與本體的辯證關係，即所謂「色即是空，空即是色。」〔註47〕而構成色和人的「四大」（地、水、火、風四種元素）自然也就是空了。因此，大千世界，宇宙萬有，一切皆空，無復有異。這樣，「空」就成了佛教全部學說的核心概念。佛教從本體上否定了一切事物，但卻無法否認事物的現象，因此，佛教吸收了《奧義書》中的古老概念「幻」，以其之稱這些現象是虛假不實的，是一種幻相。它們就像魔術師所表演出來的假相一樣，其實是不真實的。與「幻」同為假相的是「夢」。「夢」，原本是人睡眠中的一種心理狀態而引發的大腦中的表象活動。這種表象活動有時伴有具體、清楚、可感的境象，但卻不是境象本身，而是夢化出來的，是不真實的。所以，佛教用「夢」與「幻」一起來譬喻現實種種事相。「空」與「夢幻」，一個是就本質而言，一個是就現象而言。現象與本體乃是互為依存、互為制約的關係。佛教的這一本體論對於中國文學創作影響極為深遠，無論是抒情文學，還是敘事文學，都在一定程度抒寫了現實世界的虛幻不實，以求人們認識其背後深層的真空。中國詩學基於佛教哲學本體論的基礎，強調詩歌創作的「象外之象，景外之景」〔註48〕；「詩之真趣在意似之間」等詩歌理論主張。〔註49〕還提出了「幻中有真、傳神阿堵」〔註50〕，「實情實理、遺貌取神」等關於文學藝術的審美要求。〔註51〕這些審美見解，充分發揮了創作主體藝術想像、虛構、加工的作用，構成中國文學理論的核心範疇之一。不可否認，鳩摩羅什的譯經無疑起到了先導作用。

鳩摩羅什譯經不僅把「空」與「夢幻」用於揭示形而上的宇宙萬有，更為重要的是他把這套理論運用於探究社會人生。在《楞嚴經》（全名《大佛頂如來密因修證了義諸菩薩萬行首楞嚴經》）中直接出現的「幻」字多達 21 處之多。其中比較重要的諸如：

　　　　自心取自心，非幻成幻法；見聞如幻翳，三界若空華；

〔註47〕後秦・鳩摩羅什譯《大智度論》卷四十四，見《大正藏》卷二十五，臺北佛陀教育基金會贈印 1990 年。
〔註48〕郭紹虞主編：《中國歷代文選論》第二冊，上海古籍出版社 1979 年，第 201 頁。
〔註49〕丁福保：《歷代詩話續編》，中華書局 1983 年版，第 1420 頁。
〔註50〕郭紹虞主編：《中國歷代文選論》第三冊，上海古籍出版社 1979 年版，第 228 頁。（以下版本號略）
〔註51〕郭紹虞主編《中國歷代文選論》第三冊，第 459 頁。

　　　　如世巧幻師，幻作諸男女；彼虛空性，猶實幻生。〔註52〕

　　在佛教看來，既然大千世界皆爲虛幻不實，那麼，社會人生間同樣是虛幻不實的。就是這個虛幻不實，造成了社會人生的一大「苦聚」。「苦」是佛教對人生最爲根本性的概括，「苦」不只存在於人的本身，同時也充溢於社會、宇宙。所謂三界六道、生死輪迴，皆爲苦海，人生的意義又在何處呢？

　　鳩摩羅什譯經所講的「空」、「幻」、「苦」等人生問題，正是長期困惑、難以解脫的人生難題，因而極易被飽經滄桑的中土人士吸取和接受。正所謂「苦海無邊，回頭是岸」，於是，中土文人就以淒美的筆墨抒寫了佛教空、幻、苦的生命基調；人生苦短也成爲魏晉六朝文人普遍哀歎的主旋律：生命易衰之苦、戰爭殘酷之苦、恩愛離別之苦、空房獨守之苦、飢寒交迫之苦、仕途不遇之苦、命如草芥之苦、壯志未酬之苦等等，這一切使得中古文學的深層意蘊中凝結了一個「苦」字：

　　　　曹操《短歌行》：「對酒當歌，人生幾何。譬如朝露，去日苦多。」〔註53〕

　　　　曹丕《大牆上蒿行》：「歲月逝，忽若飛。何爲自苦，使我心悲。」〔註54〕

　　　　阮籍《詠懷》：「臨川多悲風，秋日苦清涼。」〔註55〕

　　世間猶如苦海，人身是受苦的載體，人生是苦難的經歷。進而言之，三界眾生，六道輪迴，一切生命與生存現象，無不都是「苦」的表現。由於一切事物都是由因緣和合產生，都必須相資相待，所以任何事物都無自我實體可言。又由於因與緣的時刻變異，所以事物也總處於變動不居的狀態。在這無常的遷流中，眾生不能自作主宰，得不到自由，所遭遇的只是種種無法迴避和擺脫的煩惱痛苦。因此，當人生之苦的喟歎難以眞正解決文人內心深處的矛盾時，他們便自覺或不自覺地把人生之苦與本體性的空、幻聯繫在一起。把佛教的苦、空、幻納入自己的人生觀中，使之成爲其人生觀中的重要組成部分。

　　　　謝靈運《石壁立招提精舍》：「揮霍夢幻頃，飄忽風電起。」〔註56〕

<hr>

〔註52〕賴永海、楊維中譯注《楞嚴經》，中華書局 2010 年版。
〔註53〕逯欽立《先秦漢魏晉南北朝詩》，第 349 頁。
〔註54〕逯欽立《先秦漢魏晉南北朝詩》，第 396 頁。
〔註55〕逯欽立《先秦漢魏晉南北朝詩》，第 380 頁。
〔註56〕逯欽立《先秦漢魏晉南北朝詩》，第 1165 頁。

蕭衍《十喻詩》：「著幻是幻者，知幻非幻人。」〔註57〕

人生如夢幻，空苦常悲戚，只有認識到了這一切，才能從煩惱中解脫出來，生活得更爲自在自然。佛教的人生觀看似悲觀，實則從另一層面促使文人對人生進行反省觀照。同時，佛教的幻術故事又給中國早期敘事文學帶來了更爲廣闊的思路和奇特的想像。佛教的幻術，不過是想證明世界如幻師幻化出來，告誡人們萬不可執著其有。然而，當他們到了中國文人筆下，卻大大開拓了中土敘事文學創作的視野，最容易刺激和引發人們對美的遐想。

鳩摩羅什譯經中經常用「朝露」、「浮雲」來比喻人生的短暫、無常，告誡人們不要貪戀世間的榮華富貴、功名利祿、愛欲情色。戀生懼死是一切有情生命共有的本能特徵。而作爲具有高級智慧的生命——人類，更是珍視生命的存在和延續。《金剛經》裏有著名的四句偈：

　　一切有爲法，如夢幻泡影，

　　如露亦如電，應作如是觀。〔註58〕

教我們看透世間上的一切有爲法，如夢幻泡影，生命的短促，世事的變幻無常，如朝露亦如閃電。在佛教看來，所謂世間的名利得失、榮辱禍福皆爲虛幻，而眾生之所以受苦受難乃是以虛爲實，終日追隨這些虛幻不實之物所致，其實世事都如同浮雲煙靄。因此，不但人生如夢，而且人生也如煙。既然一切世事都只是一場如煙似霧的空幻，又何必追名逐利，終年勞累，無有盡時呢？在長期與宇宙自然、與人類自身的鬥爭實踐中，人的生命如同「朝露」、「浮雲」，瞬息即逝，不可抗拒。而鳩摩羅什的譯經，爲人類在死亡的問題上構築起了一線美好的希望，在一定程度上消解了人類對死亡的恐懼。

鳩摩羅什把生命的短暫、人生的無常與斷除煩惱結合起來，指出了一條通向超越時空、超越生死的道路，這給中古文人以極大的心靈震撼。在佛教傳入中土之前，中國本土文化很少論及人的死亡問題，對生命的無常也缺少應有的關注。涅槃說的提出，讓人們看到了光明和前景。於是文人們在佛教譯經中尋找到了自己需要的思想。佛教的無常說等死亡觀全面深入到了文人的思想觀念之中。謝靈運的山水詩則是涅槃佛性論在文學審美活動中最爲集中的體現者，他以一種審美的情思來表現或抒發佛理。這就把山水審美與佛教哲思有機地融爲一體，使人在山水審美中自覺或不自覺地感受和體悟佛理。

〔註57〕逯欽立：《先秦漢魏晉南北朝詩》，第 1532 頁。
〔註58〕顏洽茂：《金剛經壇經直解》，浙江文藝出版社 1998 年版，第 70 頁。

　　阮籍《詠懷》：「世務何繽紛，人道苦不遑。」〔註59〕

　　潘岳《內顧》：「獨悲安所慕，人生若朝露。」〔註60〕

　　曹植《又謝得入表》：「不世之命，非所致思，有若披浮雲而曬

白日。」〔註61〕

　　傅玄《雜詩》：「浮雲含愁氣，悲風坐自歎。」〔註62〕

　　如此大量地運用「朝露」、「浮雲」來比喻人生的短暫無序、飄忽不定和時節的荏苒易逝，使得這兩個本來具有佛教鮮明特色的術語漸變爲蘊含深長的文字審美意象。這種由思想界到文學創作的嬗變，正源於鳩摩羅什的啓示。可見，鳩摩羅什的翻譯事業，促進了中國文人對自身價值的思索和反省，爲中古文學注入了一股新的觀念，新的思路，新的境界，一定程度上改變了中古文學創作的面貌。

## 四、對中古文學敘事模式的影響

　　中國本土文化並不缺乏對時空觀念的重視，但是，它所重視的只是一種線性時間，而對於超現實的時間，中國文化是極少問津的。中國本土文化也有空間觀念，但那不過是在天地之間。而鳩摩羅什譯經中的佛教文化，對社會歷史的編年時間不很看重，卻對超現實的時空有著極大的興趣，創造了一系列的理論體系。佛典漢譯詞語「世界」，本義就有時間和空間的雙重意義，「世」是時間概念，是指包含著過去、現在、未來流轉的不逝不盡、永恆常駐的時間，構成了生命的輪迴不息。在漢語裡，「世」也是指時間，但其長度多指不超過人的一生，即所謂「一生一世」。佛教的「界」則是一個囊括十方的無邊無際、綿邈高廣的空間，它不僅指平面，還包括立體方位。但漢語的「界」也指方位空間，但主要指平面上的。對比之下，佛教的「世界」即是「世」（三世時間）＋「界」（十方空間），它已不再是「三維空間」的範疇，而是進入了「多維空間」，成爲超越現實知覺經驗的一個概念。〔註63〕這種開放式的、多維空間的時空觀念輸入中國後，給中國文化帶來了新的時空觀、新的思維方式，在極大程度上啓發了中國人的思維，激發了中國人的

---

〔註59〕逯欽立：《先秦漢魏晉南北朝詩》，第503頁。

〔註60〕逯欽立：《先秦漢魏晉南北朝詩》，第635頁。

〔註61〕清·嚴可均：《全上古三代秦漢三國六朝文》卷一五，第1134頁。

〔註62〕逯欽立：《先秦漢魏晉南北朝詩》，第576頁。

〔註63〕普慧：《佛教對中古文人思想觀念的影響》，《文學遺產》2005年第5期。

想像力。

　　北朝文人王嘉的《拾遺記》就是一部深受佛教時空觀影響下產生的筆記小說，其中卷一「崑崙山」條，就借鑒了佛教的空見觀：

　　　　崑崙山者，西方曰須彌山，對七星之下，出碧海之中。上有九層，第六層有五色玉樹，陰翳五百里，夜至水上，其光如燭。……第九層山形漸小狹……〔註64〕

　　崑崙山本為道教名山，但其立體結構源於佛教有關的須彌山的空間觀，則是顯而易見的。佛教空見觀的地獄之說更是頻頻見於魏晉南北朝的志怪小說之中。劉義慶《幽明錄》中的「舒禮」、「康阿得」、「趙泰」等，已將殘酷的地獄層次展現出來。梁代王琰《冥祥記》的「趙泰」、「慧達「條，描繪地獄，更為詳盡。而就佛家地獄說之總體空間結構而言，它無疑為中國敘述文學開拓了更為廣闊的空間，唐以後的變文、傳奇、戲劇等不乏從中受益之例。

　　鳩摩羅什譯經中的微觀時間概念如剎那、須臾、一瞬、瞬息等也被中古文人吸收到文學創作中，如「生望無停相，剎那即徂遷」〔註65〕、「但恐須臾間，魂氣隨風飄」〔註66〕、「三里生雲霧，瞬息起冰雷」〔註67〕等等，這些時間觀的引進，在思維領域直接架通了古今時間不可逾越的鴻溝上的橋樑，為文學的想像和創新開闢了新的坦途。

　　藝術想像是文學本質特徵之一，離開了藝術想像，文學就失去了翅膀，不可能飛翔在遼闊廣袤的天宇。在鳩摩羅什譯經傳播之前，中古文學中並不乏豐富燦爛的藝術想像。如《莊子》的《逍遙遊》中「鯤鵬之大，不知其幾千里，其徙南冥，水擊三千里，搏扶搖而上者九萬里」〔註68〕的表述；那些神人、至人、聖人則可以不藉任何東西，即可「乘天地之正，御六氣之辨，以遊無窮」的想像；《莊子》的想像在中古文化中可謂夠奇特的，然而，它仍然侷限在天地之間，比起前述佛教文化的「高維空間」觀來說，顯得狹小得多。可就是這樣的想像，在漢代儒經學昌盛之時，也被壓抑住了。我們在漢

---

〔註64〕北朝·王嘉著，齊治平校注：《拾遺記》，中華書局 1981 年版。
〔註65〕逯欽立：《先秦漢魏晉南北朝詩·梁詩卷一》，中華書局 1995 年版，第 1531 頁。
〔註66〕逯欽立：《先秦漢魏晉南北朝詩》，中華書局 1995 年版，第 503 頁。
〔註67〕清·嚴可均：《全上古三代秦漢三國六朝文》，第 1937 頁。
〔註68〕陳慶惠：《老子莊子直解》，浙江文藝出版社 1998 年版，第 49 頁。

代文學作品中幾乎看不到莊子式的想像。鳩摩羅什譯經的傳播，不僅帶來了他那宗教的人生觀和道德觀，同時也帶來了他那豐富、開放、立體的「高維空間」觀和奇特的想像。魏晉南北朝時，文學批評家們論及「想像」的甚多，其論也最爲深刻，我們或許從鳩摩羅什譯經中可以找到答案。

鳩摩羅什譯經中的故事文字優美、情節起伏、故事完整、敘事生動，頗富有文學色彩。從文學的角度看，這些作品的文學技巧之嫻熟，藝術趣味之濃厚，已經達到了相當的藝術高度。在內容上，譯經多歌頌、讚揚善良、美好、勤勞、智慧、團結、友愛之事，極富教育意義；在形式上，發揚了天竺古老的史詩般的敘事方式，故事性強，藝術手法多樣，富有藝術感染力。這些文學作品被傳播到中原後，便對中原文人、文學產生相當大的影響。它們作爲一種異域的思想文化，不僅在思想上給中土帶來了新的觀念、新的思維方式，還在文學上給中國輸入了敘事文學的結構和模式。中國的敘事文學樣式——小說，之所以能在魏晉南北朝時期興起，與佛教譯經在此時的傳播有著極大的關係，關於這一點，魯迅先生在《中國小說史略》中已有深刻論述。

「三世說」和「因果報應」等佛教理論，主要從「三世姻緣」、「因果報應」、「死而復生」及「地獄之說」等方面影響中國小說，給文人創作提供了廣大的想像空間，使中古文學的故事性顯著增強，提高了審美價值，增加了感染力。如《搜神記》卷十一載宋康王舍人韓憑妻何氏貌美，康王奪之並囚憑。韓憑自殺。何氏投臺而死，遺書願合葬。王怒弗聽使里人埋之，兩墳相望，不久二冢之端各生大梓木，屈體相就，根交於下，枝錯於上。又有鴛鴦雌雄各一常棲樹上交頸悲鳴。宋人哀之遂號其木曰「相思樹」。「相思樹」又稱「連理枝」，在古今眾多的文學作品中，因其承載著濃厚的浪漫主義色彩而成功「點睛」了作品和作品中的愛情史話，最膾炙人口的當數唐代詩人白居易在其《長恨歌》中的唯美詩句：「在天願作比翼鳥，在地願爲連理枝。」其中「連理枝」的傳說涉及的是一個無限廣闊的文化空間，其愛情悲劇既有其人其事，又從悲劇中衍生出神話傳說，更因其濃厚的浪漫主義色彩，爲古今眾多文人雅士競相引用。中國小說自唐傳奇以後開始綻放光芒，對於這輝煌的一頁，一般人多歸功於文體的解放與文人的參與而提高寫作之技巧。但是，如果沒有佛教文學幾百年來的薰染，提供豐富的故事內涵，拓展中土文人的視野，激發中土文人的想像力，中國小說這朵遲開的花，還不知何時方得綻放呢！

## 五、對中古文學審美範疇的影響

　　鳩摩羅什譯經對中古文學的審美範疇也產生了重要的影響。範疇是一個哲學體系結構框架的支撐點。羅什譯經傳入中國本土後，爲中國哲學提供了極爲豐富的範疇，在相當大的程度上改變了中國哲學的發展方向和軌跡。漢魏之前，中國詩學尚未獨立，難以從哲學提煉出眞正屬於詩學的審美範疇。魏晉南北朝時，佛典大量漢譯，佛教的宇宙觀、人生觀、死亡觀、價值觀等哲學思想普遍被中國文人接受，在一定程度上促進了中國文人對人生自身價值的反省和思索。這種「人的覺醒」、「文的自覺」所帶來的結果便是要求總結文學活動的獨立的詩學理論範疇。於是，鳩摩羅什中的佛教哲學就成了中國詩學理論極爲重要的來源之一。

　　中國古代詩學的審美眞實論就是從漢譯佛典中引進的，佛教眞實論是全部漢譯佛教哲學的理論軸心和核心範疇，其要旨就是要揭示、解釋宇宙萬有、社會人生存在的眞實性問題。佛教的眞實論與世俗詩學從本體論上說雖然有本質的不同，但在認識論和方法論上卻頗有相通之處。所以，中國詩學從東晉南北朝始，自覺引進了佛教哲學的眞實概念，並使之成爲詩學的審美範疇。所謂「酌奇而不失其眞，玩華而不墜其實」，〔註69〕即要求文學抒寫宇宙萬有、社會人生不能離開藝術的眞實。只有這樣，文學才能擔負起包攬宇宙、總結人心的職責。從佛教哲學的眞實論到詩學的審美眞實論，雖然經歷了漫長的過程，但其中變化顯示著詩學審美觀念的更新。一個明顯的例子是，劉勰的《文心雕龍》中許多重要的術語與佛教有著密切的關聯，如「性靈」、「體性」等範疇，都是從佛典籍中引入的。「圓通」在佛教裏是一個組合詞。圓，謂不偏倚，圓滿、圓融；通，謂無礙，通暢，通達。「圓通，性體周遍爲圓，妙用無礙爲通。」〔註70〕鳩摩羅什常用「圓通」一詞，如：

　　　　（鳩摩羅）什持胡本，（姚）興執舊經，以相讎校。其新文異舊者，義皆圓通。眾心伏，莫不欣贊焉。〔註71〕

　　　　（鳩摩羅）什曰：「夫弘宣法教，宜令文義圓通。貧道雖誦其文，未善其理。唯佛陀耶舍深達幽致。今在姑臧，願下詔徵之，一

---

〔註69〕南朝・梁・劉勰著，祖保泉解說《文心雕龍解說・辨騷》，第 86 頁。
〔註70〕《大正藏》第 27 卷，臺北佛陀教育基金會贈印 1990 年，第 727 頁。
〔註71〕僧祐撰，蘇晉仁、蕭鍊子點校：《出三藏記集》卷十四《鳩摩羅什傳》，中華書局 1995 年版，第 534 頁。

言三詳，然後著筆，使微言不墜，取信千載也。」（姚）興從之。
〔註72〕

上兩例中的「圓通」是就佛典翻譯而言的。鳩摩羅什是中國佛典「四大翻譯家」之一，是中國佛教諸宗派印度理論譯界的奠基人。他對佛典的翻譯要求極高，不僅要求保留佛典原意，還要求漢譯要盡量表現梵文原文的韻律特點。所以，鳩摩羅什的翻譯成爲當時的典範，說明其翻譯的確「義諧圓通」，不愧爲域外來華第一翻譯家。

劉勰在《文心雕龍》裏三用「圓通」，主要是從文章寫作角度而言的：一謂「詩體」，一謂「論義」，一謂「文辭」。此三項，皆取佛家「性體周遍，妙用無礙」之義，用此衡量文章寫作，要求詩體完備，論義精深、文辭周密，以「圓通」爲最高層次和目標。除了「圓通」外，劉勰在《文心雕龍》中還大量運用佛教「圓」的思想，並以「圓」字作爲限定性語根，組成了一系列的審美批評術語。如，具有肯定意義的有：「自圓」、「圓合」、「理圓」；具有否定意味的有：「骨采未圓」，「慮動難圓」等，劉勰直接將其引入文學鑑賞和批評活動，凸顯了文學批評家所需要具備的特殊審美認識功能。

「性靈」一詞，在東晉以前的中國典籍中幾乎沒有，在漢譯佛典中也幾乎不見。性靈一語是漢譯佛教思想與中國本土思想相結合的產物。最早由深通佛教的劉宋文人范泰、謝靈運提出。性靈說的「性」的思想來源是漢譯佛教的佛性和識神（vijnan），是指超越物質的不滅的精神主體。「靈」的思想是上古印度、中國俱有的觀念。「就高於人的層面而言，謂之神靈、神明；就人的層面而言，則指精靈、靈魂等。此二者往往有相通或冥合之處。古印度婆羅門教有『梵我一如』（brahma-atma-aikyam）之論；而中國也有『神人以和』之說。是故，寄存於人之形體、又可脫離於形體的精神體——精靈、靈魂，是人的真正主宰。」〔註73〕這二者的融合，則衍化出一個全新的思想範疇。劉勰將「性靈」直接引入到文學領域：

> 文之爲德也大矣，與天地並生者何哉？夫玄黃色雜，方圓體
> 分，日月迭璧，以垂麗天之象；山川煥綺，以鋪理地之形：此蓋道
> 之文也。仰觀吐曜，俯察含章，高卑定位，故兩儀既生矣。惟人參

---

〔註72〕 南朝‧梁‧慧皎撰，湯用彤校注《高僧傳》卷二《佛陀耶舍傳》，中華書局 1992
　　　　年版，第 66～67 頁。
〔註73〕 普惠：《〈文心雕龍〉審美範疇的佛教語源》，《文學評論》2009 年第 3 期。

之，性靈所鍾，是謂三才。爲五行之秀，實天地之心，心生而言立，言立而文明，自然之道也。(《原道》) 〔註74〕

三極彝訓，其書言經。經也者，恒久之至道，不刊之鴻教也。故象天地，效鬼神，參物序，制人紀，洞性靈之奧區，極文章之骨髓者也。(《宗經》) 〔註75〕

聖賢書辭，總稱文章，非采而何？夫水性虛而淪漪結，木體實而花萼撮，文附質也。虎豹無文，則鞹同犬羊；犀兕有皮，而色資丹漆，質待文也。若乃綜述性靈，敷寫器象，鏤心鳥跡之中，織辭魚網之上，其爲彪炳，縟采名矣。(《情采》) 〔註76〕

這裡的性靈，是指文學家們的主體的精神活動，成爲劉勰文學批評的基本術語。劉勰根據佛教原意對「性靈」一詞加以創造組合，形成既有佛教哲學基礎又有文學審美功能的雙重範疇，對後世文學有深遠影響。魏晉以降，「性靈」成爲古代文學批評的基本範疇，古典詩學的重要流派之一，直至晚明「公安派」標舉「獨抒性靈，不拘格套」，清代袁枚「性靈說」的提出，都與此一脈相承。

由此可見，鳩摩羅什的譯經事業對中國思想發展的影響是廣泛而久遠的。他將不同風格、語言、語法的印度原文，譯爲適合中土文學傳統的作品，在文體、內容、風格、句法和詞彙等方面，豐富了中國古代文學。中土文學的變文、俗文、小說、平話等文類，漢語新句式的產生、平仄的運用等等，都與鳩摩羅什譯經的傳播密切相關。鳩摩羅什的譯經影響，已經遠遠超出了佛教的範圍，對中古文學戲劇、美術、音樂等藝術門類均有深遠的影響。

# 第四節　北朝隴右民歌的審美價值

在中國歷史進程中，活躍在隴右的氐族、羌族、羯族、鮮卑族、土谷渾等民族寫下了濃墨重彩的一頁。從漢末到隋唐的數百年間，它們活躍於歷史舞臺，對中國北方的歷史文化產生過重大影響。北朝隴右民歌反映了當時北方社會的情景和本民族的人文精神，並且對中國詩歌文學的發展有

---

〔註74〕梁・劉勰著，祖保泉解說：《文心雕龍解說・原道》，第1頁。
〔註75〕梁・劉勰著，祖保泉解說：《文心雕龍解說・宗經》，第40頁。
〔註76〕梁・劉勰著，祖保泉解說：《文心雕龍解說・情采》，第608頁。

著不可忽視的積極作用，因此，在重繪中國文學地圖的過程中，北朝隴右民歌是一個重要層面。

隴右氐族、羌族、羯族、鮮卑族等民族在中國歷史上有過政治上的強盛時期，當然也有自己獨特的民謠歌謠。據文獻記載，最早的鮮卑歌是慕容廆思念庶長兄吐谷渾所作的《阿干之歌》。《北史·吐谷渾傳》載：「吐谷渾，本遼東鮮卑徒河涉歸子也。涉歸一名弈洛韓，有二子，庶長曰吐谷渾，少曰若洛廆。涉歸死，若洛廆代統部落，是為慕容氏。涉歸之在也，分戶七百以給吐谷渾，與若洛廆二部。馬鬥相傷，若洛廆怒，遣人謂吐谷渾曰：『先公處分，與兄異部，何不相遠，而馬鬥相傷？』吐谷渾曰：『馬食草飲水，春氣發動，所以鬥。鬥在馬，而怒及人，乖別甚易，今當去汝萬里外！』……若洛廆追思吐谷渾，作《阿干歌》，徒河以兄為阿干也。」〔註77〕此歌本是鮮卑語，今佚，然從此可以看到北朝民歌的一些情況。雖然今天流傳下來的北朝隴右民歌並不是很多，但可以想見，一個在政治、軍事、經濟諸方面上升的民族，其文化創造也應當是卓越的，他們用歌聲描述生活、抒發情感，當時的民歌應是很豐富的。

隴右各個少數民族建立政權，一般也採用中國傳統的禮樂制度，如前趙匈奴人劉氏、前秦氐人符氏、前燕鮮卑人慕容氏等政權都設有樂府機構。慕容氏建國後專門建有自己的樂府機關，到民間采詩，同時還有文人加工創作的樂府詩歌。慕容氏政權最後被拓跋氏所滅，慕容氏與拓跋氏是同一民族，語言相同，故慕容歌與拓跋歌交流頻繁，相互滲透，多保留於北魏樂府之中。據《魏書·樂志》記載，北魏末年，還存有樂府五百曲。《樂府詩集》引《古今樂錄》曰：「梁鼓角橫吹曲，有《企喻》、《琅琊王》、《鉅鹿公主》、《紫騮馬》、《黃淡思》、《地驅樂歌》、《雀勞利》、《慕容垂》、《隴頭流水》等歌三十六曲。」〔註78〕其中可以確定為十六國時期的作品有《企喻歌》、《琅琊王歌辭》、《鉅鹿公主歌》、《隴頭歌辭》、《紫騮馬歌辭》、《慕容家自魯企由谷歌》、《慕容垂歌辭》、《折楊柳枝歌》、《幽州馬客吟歌辭》等。〔註79〕現在這些樂府歌辭雖難以尋覓，但它的歌樂體系為後代沿用下來，流入了後世的歌樂之中。

---

〔註77〕唐·李延壽：《北史·吐谷渾傳》，中華書局 1975 年版，第 3178 頁。

〔註78〕宋·郭茂倩：《樂府詩集》，中華書局 1983 年版。

〔註79〕郎櫻、札拉嘎提主編：《中國各民族文學關係研究》，貴州人民出版社 2005 年版，第 189～190 頁。

## 一、北朝隴右民歌概述

今天所能看到的鮮卑慕容氏與其他鮮卑部族的民歌主要保存於《梁鼓角橫吹曲》中。「梁鼓角橫吹曲」是十六國時期北方民族馬上演奏的軍樂，因為樂器有鼓有角，故謂「鼓角橫吹曲」。北朝隴右民歌的內容涉及當時社會生活的方方面面，具有濃厚的生活氣息，主要可歸結為以下幾方面：

### （一）描寫北方少數民族的社會生活

《樂府詩集》保留了《隴頭流水歌辭》和《隴頭歌辭》，是主要描述行役之苦的歌辭。今人逯欽立《先秦漢魏晉南北朝詩》對此均有收錄，《隴頭流水歌辭》云：

> 隴頭流水，流離西下。念吾一身，飄然曠野。西上隴阪，
> 羊腸九回。山高穀深，不覺腳酸。手攀弱枝，足逾弱泥。〔註80〕

《隴頭歌辭》：

> 隴頭流水，流離四下。念吾一身，飄然曠野。登高望遠，
> 涕零雙墜。隴頭流水，鳴聲幽咽。遙望秦川，心肝斷絕。〔註81〕

一派天籟之中，行人之孤苦飄零、羊腸小徑的險峻難行、隴上的刺骨嚴寒、去國懷鄉的悲慘之狀莫不躍然紙上，具有鮮明的黃土氣息和隴上風味。悲涼之氣，令人為之動容。隴山，又稱隴阪、隴坻，在今陝甘交界的隴縣西北，為六盤山的南段，南北走向約一百公里，綿亙於陝西、甘肅二省邊境，山勢陡峭，山路曲折難行，是渭河平原與隴西高原的分水嶺。古稱隴山「其阪九回，上者七日乃過，上有清水，四注而下。」隴山在古代更是人文地理學的一座界山，西出隴山便到了荒涼的塞外，東入隴山便到了中原，有歸家之感。站在艱危苦寒的隴山之巔，回望富麗繁華的關中平原沃野，遙想西出塞外的荒涼苦寒，那種感受真是無可名狀的淒涼。古代四方行旅西登隴阪，往往徘徊瞻顧，悲思湧起。歷代流傳歌詠秦隴的詩篇中，尤以北朝樂府民歌三首《隴頭歌辭》最為有名。

事實上，北朝隴右民歌對中國文學有廣泛、持久的影響。如「隴頭流水」、「關山月」、「隴山鸚鵡」，等均是隴右民歌獨具的意象，因其質樸簡練、拙野率真的民歌話語和情境渺遠、憂愁悲涼的抒情格調，已經融入到中華文學之

---

〔註80〕逯欽立：《先秦漢魏晉南北朝詩・梁詩卷二九》，第 2156～2157 頁。
〔註81〕逯欽立：《先秦漢魏晉南北朝詩・梁詩卷二九》，第 2157 頁。

中，成了中國文學中悲涼、愁苦、思鄉、道別等種種複雜感情之代言。流風餘韻、連綿不絕。歷代許多詩人都藉此抒發去國懷鄉之感，此可謂隴右地方文學對中國文學的一大貢獻。

### （二）反映北方民族粗狂悍厲的尚武氣質

北方游牧民族常「逐水草而居」，惡劣生存環境、嚴寒的氣候，貧瘠的生存土地，使他們的生存繁息格外困難。隴右山大溝深、野曠人稀，經濟文化相對落後，交通十分不便，賊人野獸經常出沒，尚武精神是隴右各少數民族的生存之需，與人們的生產、生活密切相關聯。為了生產、生活的方便，人們習慣在出門遠行、行商作賈、生產勞動，吆騾趕馬，夜晚行走時手裏拿上一根棍（鞭杆），以防不測，以壯膽力。這種地理和人文環境，鑄就了游牧民族粗狂悍厲的尚武氣質。北朝隴右民歌中有不少是表現這方面內容，《舊唐書・音樂志》曰：「北狄樂，其可知者鮮卑、吐谷渾、部落稽三國，皆馬上樂也。……後魏樂府始有北歌，即《魏史》所謂《真人代歌》是也。代都時，命掖庭宮女晨夕歌之。周、隋世與《西涼樂》雜奏。今存者五十三章，其名目可解者六章：《慕容可汗》、《吐谷渾》、《部落稽》、《鉅鹿公主》、《白淨王太子》、《企喻》也。其不可解者，咸多『可汗』之辭。……北虜之俗，呼主為『可汗』。吐谷渾又慕容別種，知此歌是燕、魏之際鮮卑歌，歌辭虜音，竟不可曉。」〔註82〕慕容鮮卑是在馬背上起家，戰爭中強大起來的民族，其民歌正是鮮卑人強悍英武、一往無前精神的詩化折射，如《琅琊王歌辭》云：

> 新買五尺刀，懸著中樑柱。一日三摩娑，劇於十五女。〔註83〕

這首民歌迥異於中原文學的抒情格調，它是隴右各民族粗狂悍厲的尚武氣質的詩化折射，透露出馬背上馳騁的民族的自豪與自信！

《晉書》全部《載記》中所收錄的民歌，十之八九為隴右歌謠，逯欽立《先秦漢魏晉南北朝詩》收錄情況亦基本相同，從地域文化之視角來看，十六國文學集中在三個地區：河洛文學（關東地區）、雍秦文學（關中地區）、隴右文學（關西地區）。河洛文學包括漢、前趙、後趙、前燕文學；雍秦文學主要指前秦、後秦、大夏文學；隴右文學則主要指前涼、後涼、南涼、北涼、西涼、前秦等文學，三者之中尤以隴右文學最為出色。當時，中州板蕩，中原士人西遷，隴右一時人才濟濟，文學成就超出中原，民歌謠諺亦居十六國

〔註82〕後晉・劉昫：《舊唐書》卷二九《音樂志二》，第 1071～1072 頁。
〔註83〕逯欽立：《先秦漢魏晉南北朝詩・梁詩卷二九》，第 2153 頁。

之首。隴右流傳的各少數民族謠諺作品，以樸實無華、清剛勁健的風格而在中國文學地圖中閃耀著奪目的光彩。比如《隴上陳安歌》：

　　隴上壯士有陳安，軀幹雖小腹中寬。愛養將士同心肝，騄驄父馬鐵瑕鞍。

　　七尺大刀奮如湍，丈八蛇矛左右盤。十蕩十決無當前，戰始三交失蛇矛。

　　棄我騄驄竄岩幽，為我外援而懸頭。西流之水東流河，一去不還奈子何！

〔註84〕

　　逯欽立《先秦漢魏晉南北朝詩・晉詩》卷九收錄《隴上為陳安歌》，附記云：「《晉書》記載曰：『劉曜圍陳安於隴城，安敗，南走陝中。曜使將軍平先、丘中伯率勁騎追安。安與壯士十餘騎於陝中格戰，安左手奮七尺大刀，右手執丈八蛇矛。近交則刀矛俱發，輒害五六。遠則雙帶鞬服。左右弛射而走。平先亦壯健絕人，與安搏戰，三交，奪其蛇矛而退，遂追斬於澗曲。安善於撫按，吉凶夷險，與眾同之，及其死，隴上為之歌。曜聞而嘉傷，命樂府歌之。』」〔註85〕東晉明帝太寧元年（323年）秋，匈奴族劉曜出兵隴右，圍攻隴城（今甘肅秦安縣東北），原秦州太守陳安孤城堅守，奮勇抵抗，兵敗被殺。這首歌謠就是陳安殉難後，歌傾他的英雄業績的。

### （三）反映北方少數民族的愛情與婚姻

　　十六國時期，雖然中國北方戰亂不休，烽火連天，但是時局的動盪難掩人們對愛情婚姻的嚮往。此期北朝民歌多男兒之歌、戰爭之歌，不像南朝民歌以男女戀情之歌為主，然愛情之歌仍然不絕於北朝樂章。如「月明光光星欲墮，欲來不來早話我。」（《地驅樂歌》）〔註86〕形象地表現出戀愛中的少女想與情郎想見了的急切心情。「明光光」則是典型的隴上方言。若將北朝婚戀民歌與南方吳歌、西曲相比，更容易顯出兩者的差別來：

《捉搦歌》：

　　誰家女子能行步，反著袂襌後裙露。天生男女共一處，願得兩

個成翁媼！〔註87〕

《折楊柳枝歌》：

　　門前一株棗，歲歲不知老。阿婆不嫁女，那得孫兒抱？〔註88〕

---

〔註84〕逯欽立：《先秦漢魏晉南北朝詩》，第781～782頁。

〔註85〕逯欽立：《先秦漢魏晉南北朝詩》，第781頁。

〔註86〕逯欽立：《先秦漢魏晉南北朝詩・梁詩卷二九》，第2155～2156頁。

〔註87〕逯欽立：《先秦漢魏晉南北朝詩・梁詩卷二九》，第2158頁。

〔註88〕逯欽立：《先秦漢魏晉南北朝詩・梁詩卷二九》，第2159頁。

《折楊柳歌辭》：

> 腹中愁不樂，願作郎馬鞭。出入攬郎臂，蹀坐郎膝邊。〔註89〕

北方民族保存著較多的原始風俗，遠沒有漢族那樣複雜的禮數，在他們看來，男婚女嫁原是很簡單的事情。「天生男女共一處，願得兩個成翁媼。」（《捉搦歌》）〔註90〕這是對婚姻之事最簡單直截的看法。《折楊柳歌辭》詠唱幽會時情人不至，卻毫無哀傷，只是簡截地指斥對方，同南方民歌中的情調大不一樣。還有那些女子埋怨家中不讓她們及早出嫁的歌，更是以口道心、真率直露。「老女不嫁，蹋地呼天！」可謂潑辣大方。總之，這些表現愛情與婚姻的民歌，直接表現了隴右民族熱烈的生命激情。換一個角度來說，在中原文學比興寄託、含蓄蘊藉已成套路的程式下，北朝民歌少此構思，反而鑄就了其抒情直率的特色。

## 二、北朝隴右民歌的審美特徵

在廣袤的北中國大地上，北方各少數民族縱橫馳騁，書寫了本民族輝煌壯麗的篇章。北朝樂府民歌是北方各民族的詩性智慧的結晶，在中國文學中有著獨特的審美特質。

### （一）真率直露的抒情機制

自古以來，隴右各少數民族居野澤、逐水草，以畜牧為業、以狩獵為生。浩瀚的沙漠戈壁、廣袤的草原、惡劣的生存環境等自然人文因素，培養了他們粗獷、尚武的胸懷和質樸、坦率、真誠的性格。他們沒有中原文人那種繁縟的禮教約束，更無儒家教條的束縛，因此，隴右各民族性格情感便顯得格外真切，他們大多坦誠地、直率地、無須掩飾地表達自己的思想感情，如《地驅樂歌四曲》云：

> 青青黃黃，雀石顏唐。槌殺野牛，押殺野羊。
> 驅羊入谷，白羊在前。老女不嫁，蹋地喚天。
> 側側力力，念君無極。枕郎左臂，隨郎轉側。
> 摩捋郎鬚，看郎顏色。郎不念女，不可興力。〔註91〕

整體看來，民歌語言樸實，心境坦誠，沒有絲毫的羞澀之感。「摩捋郎鬚，

〔註89〕逯欽立：《先秦漢魏晉南北朝詩·梁詩卷二九》，第 2158 頁。
〔註90〕逯欽立：《先秦漢魏晉南北朝詩·梁詩卷二九》，第 2158 頁。
〔註91〕逯欽立：《先秦漢魏晉南北朝詩》，第 2155 頁。

看郎顏色」，則表現了他們心心相印，情意膠合，相互間深深的愛戀。縱觀全詩，表達的感情真摯而不粗野，質樸而不庸俗。《折楊柳枝歌》也是一曲描寫愛情的歌，詩中描寫了一個年輕少女對美好愛情的嚮往和追求，詩曰：

> 門前一株棗，歲歲不知老。阿婆不嫁女，那得孫兒抱？
>
> 敕敕何力力，女子臨窗織。不聞機杼聲，只聞女歎息。
>
> 問女何所思，問女何所憶。阿婆許嫁女，今年無消息。〔註92〕

表白感情真是直言快語，無遮無掩，「阿婆不嫁女，那得孫兒抱？」是對婚姻生活的嚮往，是對阿婆的埋怨，但卻沒有悲觀的色彩，反映出北方民族真誠坦率的民族性格，別具一番審美魅力。同樣是婚姻愛情題材，在南朝民歌中對愛情的表白是這樣的：

> 寒鳥依高樹，枯木鳴北風。爲歡憔悴盡，那得好顏容？〔註93〕

這裡表現得不到愛情時的感傷情懷，可謂如泣如訴，含蓄內斂。在北方各少數民族的生活中，她們可以主動地、毫不掩飾地表白自己的愛心。這是何等的直爽、大膽、坦蕩的民族性格。愛情是人類的永恆的話題，也是古今中外文學創作永恆的主題，它最能體現一個民族的美學思想和對美的追求。隴右各少數民族詩歌中那種真誠、坦蕩的愛情表白和對美好愛情的期盼與嚮往，正是隴上各民族固有的民族性格美的表現。

### （二）勁悍剛健的民族性格美

特定的生活環境和草原游牧生活方式，培養了隴右各少數民族特有的一種高亢激越、豪邁奔放的民族情懷。最能表現其民族情懷的民歌首推《企喻歌》。《企喻歌》是鮮卑慕容歌，慕容垂建立後燕政權（384年～407年），姚泓是羌人，也是後秦政權（384年～417年）的末代君主。慕容垂和姚泓的時代，北方進行著兼併戰爭，各民族崇尚勇武鬥狠，《企喻歌》就是在這樣的社會背景中出現的民歌。

> 男兒欲作健，結伴不需多。鷂子經天飛，群雀兩向波。
>
> 放馬大澤中，草好馬著臕。牌子鐵裲襠，互鈹鸛尾條。
>
> 前行看後行，齊著鐵裲襠。前頭看後頭，齊著鐵ネ瓦。
>
> 男兒可憐蟲，出門懷死憂。屍喪狹谷中，白骨無人收。〔註94〕

---

〔註92〕逯欽立：《先秦漢魏晉南北朝詩》，第2158頁。

〔註93〕逯欽立：《先秦漢魏晉南北朝詩》，第2153頁。

〔註94〕逯欽立：《先秦漢魏晉南北朝詩·梁詩卷二九》，第2152頁。

　　民歌以草原民族最熟悉的情景作比喻，用經天的鷂子和驚慌的群雀作對比，以具體可感的、實實在在的形象呈現出鮮卑男兒的尚武精神，更突出了鮮卑民族對力量的讚美和崇拜。《慕容垂歌辭》直接從正面敘述戰爭，是歌頌慕容垂戰勝並消滅西燕的歌辭：

　　　　慕容攀牆視，吳軍無邊岸。我身份自當，枉殺牆外漢。〔註95〕

　　高人雄認爲，此詩的背景和敘述的事情是慕容垂攻打西燕的事，是鮮卑慕容歌，而非前秦人所作。〔註96〕其中蘊含的尚武精神顯得格外濃鬱。這些民歌是北朝詩歌中的佼佼者，在眞率樸野之中，形成自己的抒情深度，使我們看到了北朝隴右各少數民族的創作實績。

　　總之，十六國時期，與江南民歌的細膩、委婉、深長不同，隴右謠諺民歌在感情表現上，以直率粗獷爲特徵，少有南方民歌那種婉轉纏綿的情調；在語言風格上，以質樸剛健、富有力感見長，沒有南方民歌那樣華美的文辭、精緻的手法，更不用雙關隱語的技巧。可以說，在中國文學的歷史進程中，隴右民歌以質樸性孕育開放性、以獨特性展示原創性、以民族性呈現無比絢麗的多樣性，不但彌補了中原文學的結構缺陷，而且提供了中原文學所未見的審美形式，中原文學與隴右各民族文學相激相融、相互碰撞、交流、重組而激發出的生命動力和生命形態，是中華文學生生不息的動力源之一。

---

〔註95〕逯欽立：《先秦漢魏晉南北朝詩・梁詩卷二九》，第 2156 頁。
〔註96〕高人雄：《十六國時期的慕容鮮卑歌》，《西域研究》2006 年第 2 期。

# 第四章　跨文化視野下的唐代隴右文學

　　隋代國祚短促，文學創作處於過渡狀態，成就不大。有隋一代，隴右文人以牛弘、辛德源、李大師三人較爲突出，他們的創作在一定程度上代表了隋代隴右文學的成就。唐五代的隴右文學在先秦漢魏六朝長期積累的基礎上，得到了全面的發展。詩歌、散文、小說等各個領域都取得到空前卓越的成就，爲我國唐代文學的輝煌作出了重要的貢獻。一批具有全國影響的隴右著名作家與旅隴的外籍優秀作家一起，造就了隴右文學最爲鼎盛的時代。

## 第一節　隴右文化與唐代詩歌

　　唐分全國爲十道，隴右道轄地極廣，《新唐書·地理志》記載：「隴右道，⋯⋯漢天水、武都、隴西、金城、武威、張掖、酒泉、敦煌等郡。⋯⋯爲州十九，都護府二，縣六十。」〔註1〕其中除北庭、安西二都護府在今新疆東境，隴右節度駐地的鄯州位今甘青毗鄰的樂都外，餘下的著名州郡都分布在今甘肅境內。《資治通鑒》稱「自（長安）安遠門西盡唐境萬二千里，閭閻相望，桑林翳野，天下稱富庶者無如隴右。」〔註2〕岑參在《涼州館中與諸判官夜集》詩中寫道：「彎彎月出掛城頭，城頭月出照涼州，涼州七里十萬家，胡人半解彈琵琶。」〔註3〕唐代隴右爲富庶繁榮之地。隴右文化的基本特質對唐代詩人的

---

〔註1〕宋·歐陽修：《新唐書》卷四四《地理志四》，第 1039 頁。
〔註2〕宋·司馬光：《資治通鑒》卷二一六，第 2668 頁。
〔註3〕清·彭定求等編：《全唐詩》卷一九九，第 2054 頁。

詩歌創作影響甚大，主要包括兩方面：一是隴右文化的基本特質對隴籍詩人的創作以深刻影響；二是隴上風情也深刻地影響了外地文士的創作，他們來到隴上，得隴右江山之助，寫下了優秀篇章。

## 一、隴右文化對唐代隴籍詩人的創作的深刻影響

唐代是我國文學全面繁榮的時期，其中詩歌尤爲突出。在這一大背景下，唐五代的隴右詩詞創作也出現了空前的繁盛局面。湧現出了許多優秀的詩人，其中有不少是在中國詩壇上頗有影響的詩人。

### （一）隴右儒學與權德輿的仕途人生

權德輿（759年～818年），字載之，天水略陽（今甘肅秦安縣東北）人。徙居潤州丹徒（今江蘇鎮江）。四歲能詩，十五歲有《童蒙集》十卷。唐德宗時，召爲太常博士，轉左補闕。後歷任中書舍人，禮、戶、兵、吏部侍郎。元和五年（810）拜相，後罷出，轉歷禮部，刑部尚書，山南東道節度使。卒諡文，後人稱爲權文公。新舊《唐書》有傳。他於貞元、元和間掌文柄，權重一時，劉禹錫、柳宗元皆投文名下，求其品題。權德輿性忠恕蘊藉，好學不倦。仕宦顯達於時，詩文亦著稱於世，《全唐詩》收詩10卷，《全唐詩補編》補10首。《全唐文》編其文爲二十七卷，《唐文拾遺》補其文一篇。有《權載之文集》五十卷傳世。楊嗣復《序》謂其詩文「牢籠今古，窮極微細，周流於親愛情理之間，磅礴於勳賢久大之業。」〔註4〕

秦漢以來，隴右文化中的儒學成分和禮儀價值體系，始終是其文化的主體。但是，與中原儒家文化相比，隴右儒學更注重簡約實用而較少繁文縟節。長期的文化融合與多民族交錯雜居，使隴右文化兼具漢文化與少數民族文化之長。隴右高原曠野的環境條件和少數民族弛騁游牧、勁悍質直、率眞活潑的人文氛圍，共同影響和造就了隴右人質樸無華的文化特點。權德輿作爲唐代隴右作家的代表性人物，隴右儒學對其人生影響甚大。儒家的「禮」，簡言之，主要有兩個層面的含義，即「禮義」和「禮儀」。「禮義」是對禮的精神的闡釋，偏重於內在精神；而禮儀、禮制則表現爲國家政體的儀式、符號，偏重於外在的規範。《禮記・曲禮》篇云：「道德仁義，非禮不成；教訓正俗，非禮不備；分爭辯訟，非禮不決；君臣上下、父子兄弟，非禮不定；宦、學

---

〔註4〕唐・楊嗣復：《丞相禮部尚書文公權德輿文集序》，見清・董誥等編：《全唐文》卷六一一，第3649頁。

事師，非禮不親；班朝、治軍，池官、行法，非禮威嚴不行；禱祠、祭祀供給鬼神，非禮不誠不莊。」這裡講的「道德仁義」就是禮的內部精神，而班朝、行法等則偏重於外在的規範。外在的規範一般禮儀專家都容易掌握，但內在精神只有眞正的儒者才能體悟並將其內化爲道德，成就自身品質，成爲其人格特徵。由於儒學的篤信和理解，權德輿擔任禮官期間，「禮」不但是他賴以整合社會、維繫秩序、調節行爲和糾矯事務的重要手段，也是他的修身原則和價值標準。作爲一種文化理念，權德輿將「禮」貫穿到其一生作爲當中。儒家「禮」之道德內涵及價值原則在其人生價值觀形成、人格性情塑造等方面發揮了重要作用。

1，以品節爲高，直言敢諫。權德輿爲禮官，始自德宗李适，終於藩鎮割據加劇，宦官朋黨爭權，統治階級內部矛盾尖銳的憲宗朝。權德輿擔任太常博士時，正值德宗繼位初，兢業納諫，權德輿表現出不畏邪惡的政治品格，屬言上諫，多有作爲。貞元時期，任禮部侍郎時，他銳意革新科舉考試，爲朝廷提拔革新文士，亦爲時人稱道。權德輿以現實致用爲指向，改革貢舉試，增加經義內容，力圖通過改革科舉取士制度，使國家的政治、經濟、軍事體制重新進入正常軌道。爲此，他利用自己多年任主考官的身份，以實際行動改革考試制度，以求振興眞正的君子之儒。權德輿既執政事，又行文學，爲文強調並實踐了「有補於時」的社會功能，從內容上講，是以達到「體物導志「或「明道」爲目的。其在選拔人才上的見解是「育才造士爲國之本」，三次典貢士「推賢類能」，提掖後進。據記載，權德輿「前後考第進士及廷所策試士，踵相攝爲宰相達官，與公相先後，其餘布處臺閣外府凡百餘人。」〔註5〕

權氏雖在朝以禮儀、教育、科舉爲主要職事，但他也重視民生，關心民間疾苦，敢於爲民請命。貞元十九年（1803年），關中「大旱，德輿因是上陳闕政。」〔註6〕針對德宗在田地乾旱時忙於求雨雨不降，致民不聊生的情況，上《論旱災表》指陳弊端說：「救之者不在於禱求，乃在於事實！」表曰：「伏見自春三月不雨，連夏涉秋，田里噭噭，農收無望。」在賦稅上提出了可貴的節用愛民之見解：「天下理在百姓安，百姓安在賦稅減，賦稅減在經費省。」權德輿在《論旱災表》中開懷：「（德宗）棄瑕獎善，用其所長，則無廢人。」

---

〔註5〕唐‧韓愈：《唐故相權公墓碑》，《全唐文》卷五六二，第3360頁。
〔註6〕宋‧歐陽修等編：《新唐書》卷一六五《權德輿傳》，第5076頁。

〔註7〕建議德宗下詔災區裁減經費，以種貸民，免除當年與往欠租賦，德宗頗採用之。終其政治生涯，從品德與其對法制、人才、賦稅的見解主張，以及施政實踐，韓愈所評是至正之語：「人所憚為，公勇為之。人所競馳，公絕不窺。」〔註8〕

2，才為德器，精於鑒識。楊嗣復《權載之文集序》中言道：「鸞凰祀梓，舉集其門，登輔相之位者，前後十人。其他征鎮岳牧、文昌掖垣之選，不可悉數；方且繼居重任者猶森然。非精識洞鑒其詞而知其人，何以臻此耶？」〔註9〕這段話固然是言權德輿好獎掖後進，精於鑒識，但是，唯才是舉，知人善任，源於其人格的清正，有公正之心。身為知貢舉官，權德輿敢於拒請託，不為權貴所左右。《舊唐書》卷一三五《李實傳》：「權德輿為禮部侍郎，實託私薦士，不能如意，後遂大錄二十人迫德輿曰：『可依此第之，不爾，必出外官，悔無及也。』德輿不從。」〔註10〕

權德輿「能好文辭，囿聲於朝」，在掌貢舉或主試策期間，以其政治身份及傑出的文學才華，提拔了一批銳意改革的文學之士。元和文壇的重要作家均蒙其提攜，對元和文學的發展起了推波助瀾的作用。貞元十八年，摯友陸慘通榜，韓愈所薦十士中尉遲汾、侯雲長、韋纖、沈祀、李栩五人及第，馮宿弟馮定、許堯佐弟康佐、後官至宰相的王涯亦於此年登第。翌年，侯喜及第，同榜有「文史兼美」，後官至宰相的賈疎，王起、白居易、元稹則於本年登制科。貞元二十一年，劉述古、小說家陳鴻、名士沈傳師及第，李宗閔、牛僧孺、楊嗣復、杜元穎為同榜甲，後並至宰輔。合貞元十年歷試范傳正、李逢吉、王播、裴洎、裴度、許堯佐、崔群、王仲舒、許季同（孟容弟）等人，這份名單已經包攬了元和、長慶以後的大部分重要文學家和名臣。《舊唐書》卷一四八《權德輿傳》云：「凡三歲掌貢士，至今號為得人。」〔註11〕韓愈《唐故相權公墓碑》云：「薦士於公者，其言可信，不以其人布衣不用；即不可信，雖大官勢人交言，一不以綴意。奏廣歲所取進士明經，在得人，不

---

〔註7〕唐·權德輿著，霍旭東校點：《權德輿文集》，甘肅人民出版社1999年版，第574頁。

〔註8〕唐·韓愈：《唐故相權公墓碑》，《全唐文》卷五六二，第3359頁。

〔註9〕唐·楊嗣復：《丞相禮部尚書文公權德輿文集序》，《全唐文》卷六一一，第3649頁。

〔註10〕後晉·劉昫：《舊唐書》卷一三七《李實傳》，第3731～3732頁。

〔註11〕後晉·劉昫：《舊唐書》卷一四八《權德輿傳》，第4003頁。

以貟拘。」〔註12〕這許多事實向我們充分說明了權德輿貞元、元和間在政壇的重要地位與對元和文壇的巨大影響。

3，儒學爲本，謹言愼行。權氏以儒學立身，歷任如此多的禮官官職，主要與其禮學及文學多方面的素養有關。顯然，德宗當初召他爲太常博士，就緣於他的儒學素養和文名，後來他數爲禮官之貳及禮官之長，德宗、憲宗知人善任，也是因爲他的儒學成就。從現存的《昭陵寢宮奏議》、《祭嶽鎭海讀等奏議》、《獻鼓二祖遷廟奏議》等議禮之文中，我們可看出權德輿在禮學方面的造詣。

權德輿一生爲官清正，頗能直言，動作語言，一無外飾。其爲人「外坦易而內謹重，雅正而自然，達到從心所欲不逾矩的境界。」〔註13〕這恰恰是儒家貴和持中、寬忍嚴和之精神體現。故韓愈在《唐故相權公墓碑》中稱他爲「道德人」〔註14〕。正因權德輿以儒學爲根本，所以，韓愈評價其文說：「不失其正，中於和節，不爲聲章，因善與賢，不科主已。」〔註15〕楊嗣復在《權載之文集序》中更稱讚他說：「憲章儒術，潤色王度。使和聲順氣，發自廊廟。」〔註16〕這些評語不僅展示了權氏遊刃有餘的文才，還表現了他隴右儒學所鑄就的疏亮正直、謹愼自持的品德和性格。

權德輿的人格特質也外化在他的詩文風格上，權德輿的詩文風格雅正醇厚，當時和後來的詩論家對他的詩文多有評論，都毫無例外地指向其雅正的風格。皎然稱其詩作「立言典麗，文明意精，實耳目所未接也」，乃「揚、馬、崔、蔡流」〔註17〕；張薦稱其詩「詞致精深，華采巨麗，言必合雅，情皆中節」〔註18〕；楊嗣復其文章「千名萬狀，隨意所屬，牢籠今古，窮極微細，周流放親愛情理之間，磚齡勳賢久大之業，不爲利疚，不以菲廢，本乎道以行乎文，故能獨步當時，人心伏，非以德爵齒挾而致之」〔註19〕；晁公武在

---

〔註12〕唐・韓愈：《唐故相權公墓碑》，《全唐文》卷五六二，第3359頁。
〔註13〕王運熙、顧易生：《中國文學批評通史》，上海古籍出版社1996年版，第476頁。
〔註14〕唐・韓愈：《唐故相權公墓碑》，《全唐文》卷五六二，第3359頁。
〔註15〕唐・韓愈：《唐故相權公墓碑》，《全唐文》卷五六二，第3359頁。
〔註16〕唐・楊嗣復：《丞相禮部尚書文公權德輿文集序》，《全唐文》卷六一一，第3649頁。
〔註17〕唐・皎然：《答權從事德輿書》，《全唐文》卷九一七，第5634頁。
〔註18〕唐・張薦：《答權載之書》，《全唐文》卷四五五，第2754頁。
〔註19〕唐・楊嗣復：《丞相禮部尚書文公權德輿文集序》，《全唐文》卷六一一，第3649頁。

《郡齋讀書志》中卷評價爲「其雅正贍縟，當時公卿功德卓異者，皆所銘記。」〔註20〕謝采伯在《密齋筆記》卷三中評曰：「以富貴人爲文詞，自然溫潤。」〔註21〕宋代的嚴羽，也給與他很高的評價，「大曆以後，吾所深取者，李長吉、柳子厚、劉言史、權德輿、李瀕、李益耳。……權德輿之詩卻有絕似盛唐者」（《滄浪詩話·詩評》）。《新唐書》本傳概論其詩成就曰：「其文雅正贍縟，當時公卿功德卓異者，皆所銘紀。雖動止無外飾，醞藉風流，自然可慕。貞元、元和間，爲縉紳羽儀。其《兩漢辨亡論》、《世祖不義侯議》，世多稱之云。」〔註22〕

因爲風格醇正，權德輿詩文被同時代的人們視爲正宗，有楊嗣復《權載之文集序》爲證：

> 唐有天下二百二十載，用文章顯於時，代有其人；然而自成童就傅，以及考終命，解巾筮仕，以及鈞衡師保，造次必於文，視聽必於文，采章皆正色而無駁雜，調韻皆正聲而無奇邪。滔滔然如河東注，不知其極。而又處命書綸帛之任，專考覆品藻之柄，參化成輔翊之勳，初中終全而有之，得之于相國文公矣。……其他千名萬狀，隨意所屬，牢籠今古，窮極微細，周流於親愛情理之間，磅礴於勳賢久大之業，不爲利疚，不以菲廢，本乎道以行乎文，故能獨步當時，人人心伏，非以德爵齒挾而致之。〔註23〕

楊嗣復是楊齡陵之子，也是權德輿的門生，他對權德輿的推崇和絕高評價或有溢美成分，但其中有關其文之「正」的判斷和表述卻是十分恰當精到的：「采章皆正色而無駁雜，調韻皆正聲而無奇邪。」在他看來，權德輿的創作以道爲本，詞采韻律都具有醇正的風格，所以成爲人們傾心的正宗。最後，他特別強調，權德輿的正宗地位是憑他的文學創作的成就本身獲得的，決非名望、官位、年壽等因素在起作用。另外，韓愈、元稹、皇甫湜等中唐著名文人對他的品德及詩文成就也極爲推重。元稹讚譽說：「元和以來，貞元而下，

〔註20〕 宋·晁公武著，孫猛校正：《郡齋讀書志校正》卷十八，上海古籍出版社1990年版。

〔註21〕 宋·謝采伯：《密齋筆記》，《文淵閣四庫全書》（864冊），上海古籍出版社，1989年

〔註22〕 宋·歐陽修：《新唐書》卷一六五，第5074頁。

〔註23〕 唐·楊嗣復：《丞相禮部尚書文公權德輿文集序》，《全唐文》卷六一一，第3649頁。

閣下主文之盟，餘二十年矣。」〔註24〕韓愈在爲其寫的墓碑誌中云：「行世祖
之，文世師之。」〔註25〕《舊唐書》卷一四八《權德輿傳》亦云：「德輿自貞
元至元和三十年間，羽儀朝行，性直亮寬恕，動作語言，一無外飾，蘊藉風
流，爲時稱響……時人以爲宗匠焉。」〔註26〕姚鉉在《唐文粹》序中云「有
唐三百年，用文治天下……至於賈常侍至，李補闕翰，元容州結，獨孤常州，
及呂衡州溫，梁補闕蕭，權文公德輿，劉賓客禹錫，白尚書居易，元江夏稹，
皆文之雄傑者歟！」〔註27〕從上述材料我們不難看出，在人才輩出的中唐文
壇，權德輿是同時以文章和品德而著稱的。

　　權德輿詩文的感情基調平和，很符合儒家溫柔敦厚的審美觀，即使向來
多情感低沉、凄苦的送別詩，在他的筆下也有了另一番韻味。「或結西方社，
師遊早晚回」，（《送文暢上人東遊》）〔註28〕借離別敘寫對出世生活的嚮往及
與友人的情誼；「遐路各自愛，大來行可期。青冥在目前，努力調羽儀。」（《送
別沉泛》）〔註29〕完全是對經術修明、德藝並馨的友人的鼓勵；「青史書歸日，
翻輕五利功。」（《送張曹長工部大夫奉使西番》）〔註30〕也充滿對友人建立功
名的祝願。整體看來，其詩感情色彩明朗，風格雅正，畫面明淨，有一種平
和的情調。

　　以傳統文學觀念而言，傳統文人注重文道相通，文如其人，古人對於文
學的推崇往往與明道成德的個人品行聯繫起來。權德輿醇正文風的形成與其
道德思想確實密切相關，但是，在經歷了多年的宦海沉浮後，元和五年後禮
部尙書兼宰相期間的權德輿頗以圓滑自處。《新唐書》本傳云：「（德輿）爲輔
相，寬寬不爲察察名。李吉甫再秉政，帝又自用李絳參贊大機。是時，帝切
於治，事鉅細悉責宰相，吉甫、絳議論不能無持異，至帝前逮言亞辯，德輿
從容不敢有所輕重，坐是罷爲本官。」〔註31〕在當時「帝切於治」的政治背
景下終以碌碌無爲而罷相。

〔註24〕唐·元稹：《上興元權尙書啓》，《全唐文》卷六五三，第3917頁。
〔註25〕唐·韓愈：《唐故相權公墓碑》，《全唐文》卷五六二，第3359頁。
〔註26〕後晉·劉昫：《舊唐書》卷一四八《權德輿傳》，第4005頁。
〔註27〕宋·姚鉉編：《唐文粹》，載任繼愈主編《中華傳世文選唐文粹》，吉林人民出
　　　　版社，1998年，第1～2頁。
〔註28〕清·彭定求編：《全唐詩》卷三二三，第3635頁。
〔註29〕清·彭定求編：《全唐詩》卷三二三，第3634頁。
〔註30〕清·彭定求編：《全唐詩》卷三二三，第3634頁。
〔註31〕宋·歐陽修：《新唐書》卷一六五，第5075頁。

權德興在中唐政治舞臺上的職事活動充分展現了中國儒家道德文化——「禮」對中國文人的影響。他自登朝爲太常博士,「奏章不絕,譏排奸幸」;爲宰相「設張舉措,必本於寬大,以幾教化,多所助與,……維匡調娛,不失其正;中於和節,不爲聲章;因善與賢,不矜主己」;故「天下推爲巨人長德,「由陪屬升列,年除歲遷,以至公宰,人皆喜聞,若己與有。」(《唐故相權公墓碑》)〔註32〕蔣寅先生評論道,在中國社會個人品德的重要性遠大於才能的傳統觀念中,再有才能的人,若沒有爲人尊敬的品德是難罕眾望的,「權德興是以修飭與斂抑甚至循默(《舊唐書》本傳)贏得這種遭際的。」〔註33〕正是因爲權德興身處的隴右文化的文化氛圍的薰陶、鎔鑄,才成就了這樣一位以文章進身、位極宰相的政治家,一位詩文並舉、述作豐富的文學家。

### (二)李益、王仁裕的詩歌創作

李益(746 年～829 年),唐代詩人,字君虞,隴右姑臧(今甘肅武威市)人,後遷河南鄭州。大曆四年(769 年)進士,「大曆十才子」之一。李益初任鄭縣尉,久不得升遷,建中四年(783 年)登書判拔萃科。因仕途失意,後棄官在燕趙、河朔一帶漫遊。貞元十三年(797 年)任幽州節度使劉濟從事。嘗與濟詩,有怨望語。十六年南遊揚州等地,寫了一些描繪江南風光的佳作。元和後入朝,歷秘書少監、集賢殿學士、左散騎常侍等職。自負才地,多所凌忽,爲眾不容,諫官舉其幽州詩句,降居散秩。憲宗時俄復用爲秘書監,遷太子賓客、集賢學士,判院事,轉右散騎常侍。大和元年(827 年)禮部尚書,以禮部尚書致仕。

李益詩名盛於大曆、貞元年間,歷來詩人學者對他褒譽很多,如同時代的著名詩人王建說:「大雅廢已久,人倫失其常。天若不生君,誰復爲文綱?」(《寄李益少監兼送張實遊幽州》)〔註34〕給李益詩以高度評價。對於他的邊塞詩,明人胡震亨說:「李君虞益生長西涼,負才尚氣,流落戎旃,坎壈世故,所作從軍詩,悲壯怨轉,樂人譜入聲歌,至今誦之,令人淒斷。」〔註35〕李益的邊塞詩,有一部分表現出「慷慨意氣,武毅獷厲」的特色。其《來從竇車騎行》云:「遂別魯諸生,來從竇車騎。追兵赴邊急,絡馬黃金轡。出入燕

---

〔註32〕唐·韓愈:《唐故相權公墓碑》,《全唐文》卷五六二,第 3359 頁。
〔註33〕蔣寅:《大曆詩人研究》,北京大學出版社 2007 年版,第 379 頁。
〔註34〕清·彭定求編:《全唐詩》卷二九七,第 3368 頁。
〔註35〕明·胡震亨:《唐音癸籤》卷七,上海古籍出版社 1981 年版,第 64 頁。

南陲,由來重意氣。自經皋蘭戰,又破樓煩地。」〔註36〕都是寫自己投筆從戎,轉戰塞北的軍旅生活和豪邁意氣。詩人的情懷,還往往通過邊城少年和「將家子」的形象表現出來:「少年有膽氣,獨獵陰山下。偶與匈奴逢,曾擒射雕者。」(《漢宮少年行》)〔註37〕「腰懸錦帶佩吳鈎,走馬曾防玉塞秋。莫笑關西將家子,只將詩思入涼州。」(《邊思》)〔註38〕少年的過人膽氣與「將家子」的俊逸風采,雖然到了中唐,卻頗具有盛唐時期邊塞詩慷慨激昂的樂觀情調。

李益是中唐邊塞詩的代表詩人,其《送遼陽使還軍》、《夜上受降城聞笛》二首,當時即廣爲傳唱。其邊塞詩雖不乏壯詞,但偏於感傷,主要抒寫邊地士卒久戍思歸的怨望心情,不復有盛唐邊塞詩的豪邁樂觀情調。他擅長絕句,尤工七絕,名篇如《夜上西城》、《從軍北征》、《受降》、《春夜聞笛》等。其律體亦不乏名篇,如五律《喜見外弟又言別》「問姓驚初見,稱名憶舊容」,是歷代傳誦的名句。李益長於歌詩,每作一篇,教坊樂人以賂求取,唱爲供奉歌辭。其《征人歌》、《早行篇》,好事者畫在屏風上來賞析。其最著名的代表作《夜上受降城聞笛》,寫受降城上的戍邊將士的思鄉之情,「不知何處吹蘆管,一夜征人盡望鄉。」蘆管悠揚激起鄉思悠長,讀來令人同情感傷。從境界的開闊和意蘊的深雋來看,可與王昌齡寫征人月夜聞笛的絕句相比美,但李益詩中的鄉思卻像那冰冷的月色和幽咽的笛聲一樣淒涼哀怨。這種鄉思,深深地滲透在每個士卒的心中,給李益的邊塞詩塗上了一層濃重的悲涼色彩。

王仁裕(880年~950年)字德輦,天水(今屬甘肅省禮縣)人,少孤,二十五歲始就學,以文辭知名秦隴間。唐末任秦州節度判官,後入蜀事前蜀後主,爲中書舍人,翰林學士。前蜀亡,歷任唐、晉、漢、周幾朝,官至戶部尚書、後部尚書、太子少保而終。相傳其少時嘗夢以西江水滌腸胃,見江中沙石皆爲篆籀之文,由是文思日進。王仁裕通曉音律,尤工詩文,是一位多產的作家。平生作詩逾萬首,集爲百卷,號《西江集》,蜀人呼其爲「詩窖子」。所著《開元天寶遺書》頗爲後世戲劇小說家所重。《宋史・藝文志》著錄有《乘輅集》五卷、《紫閣集》五卷、《紫泥集》十二卷、《紫泥後集》四十卷、《詩集》十卷。此外,《補五代史藝文志》尚記有王仁裕《國風總類》五

---

〔註36〕唐・李益:《來從竇車騎行》,見《李益詩注》,上海古籍出版社1984年版,第46頁。(以下版本號略)
〔註37〕唐・李益:《漢宮少年行》,見《李益詩注》,第38頁。
〔註38〕清・彭定求編:《全唐詩》卷二八三,第3225頁。

十卷、《南行記》一卷。《十國春秋》又記有《王氏見聞錄》、《玉堂閒話》等。除《開元天寶遺事》及《玉堂閒話》、《王氏見聞錄》外，餘皆佚。蒲向明《玉堂閒話評注》〔註39〕對王仁裕的作品作了廣泛搜集及細緻的評注，是目前王仁裕作品整理中較好的版本。《全唐詩》錄存詩一卷十五首及斷句一聯，《全唐詩補編》補詩二首。

王仁裕的文學成就，歷來為人稱道。就其詩歌來說，雖存詩不多，但內容廣泛、技巧高超，無論是山水景物詩，還是詠古寄懷詩，抑或奉詔詩，都具有鮮明的個性特色，其《題麥積山天堂》便是最負盛名的作品之一：

> 躡盡懸空萬仞梯，等閒身共白雲齊。簷前下視群山小，堂上平分落日低。
>
> 絕頂路危人少到，古岩松健鶴頻棲。天邊為要留名姓，拂石殷勤身自題。
>
> 〔註40〕

此詩寫麥積山的高大險峻，然通篇不見一個「高」字，「險」字，而是以登臨感受來加以展現，其中又寄寓了勇於登攀的自強精神。構思奇巧、別具一格。在歷來眾多題詠麥積山的詩篇中，是頗有特色的一篇佳作。在唐代的隴右詩人中，以隴右為題材直接描繪隴右，詠寫隴右事蹟的，王仁裕是最突出的一位。這也構成了他詩歌創作的一個獨特之處。

王仁裕於 928 年由秦州再度南下興元（今陝西省漢中市）時所寫的《題孤雲絕頂淮陰祠》，詠寫古蹟、感慨繫之，抒發憂心國事，肝膽內熱的情懷，尤為感人：

> 一握寒天古木深，路人猶說漢淮陰。孤雲不掩興亡策，兩角曾懸去住心。
>
> 不是晃旒輕布索，豈勞丞相遠追尋？當時若放還西楚，尺寸中華未可
>
> 侵。〔註41〕

這些詩作，敢於表達自己的觀點，具有很強的現實針對性，如《奉詔賦劍州途中鷙獸》，以寫虎患眾生實刺暴吏殘民。形象生動，鋒芒銳利。

此外，在唐代隴右詩壇上，還有李約、趙微明、牛嶠、牛希濟、趙居貞、李揆、李翱、牛仙客、牛僧儒、胡皓、李愬、李愿、李幼卿、李程、李觀、李建勳、李拯、李中等隴右作家，都致力於詩歌創作，他們的詩詞創作在唐代文學史上佔有一定地位。

---

〔註39〕蒲向明：《玉堂閒話評注》，中國社會出版社 2007 年版。
〔註40〕清・彭定求編：《全唐詩》卷七三六，第 8402 頁。
〔註41〕清・彭定求編：《全唐詩》卷七三六，第 8402 頁。

## 二、隴右文化與外籍寓隴文人的詩歌創作

　　論及唐代邊塞詩繁榮的原因，研究者多引用明人胡震亨《唐音癸籤》中的一段話來說明：

> 唐詞人自禁林外，節鎮幕府爲盛。如高適之依哥舒翰，岑參之依高仙之，杜甫之依嚴武，比比皆是。中葉後尤多，蓋唐制，新及第人，例就辟外幕。而部衣流落之士，更多因緣幕府，躐級進身。〔註42〕

　　其實，唐代邊塞詩繁榮的原因，不能僅僅以文人入幕來解釋。陳鐵民先生認爲，唐代文人出塞，「至少應包括入幕、遊邊、使邊三個方面。」〔註43〕遊邊同唐代文士的漫遊之風有關係，使邊則主要是因各種職事活動的需要而出入邊塞。不少文人因爲入幕、遊邊、使邊等的關係，較長時間居住、生活於邊地，對邊塞軍旅生活有著眞切體驗，邊地生活的經驗無疑會積澱他們的生活經驗，促進其文學創作，從而爲盛唐邊塞詩的繁榮做出自己的貢獻，這一點已經有學者論及。〔註44〕唐王朝實行「關中本爲政策」，陳寅恪曾指出：「李唐承襲宇文泰『關中本位政策』，全國重心本在西北一隅」，故從太宗立國至盛唐玄宗之世，均以「保關隴之安全爲國策。」〔註45〕隴右實爲唐王朝維護版圖統一、穩定政局的要害之地。隴右的安危，對唐王朝的盛衰興亡具有舉足輕重的影響。因此，唐代帝王莫不關注隴右。史載，天寶元年十鎮（統率全國邊兵）兵員48萬餘人，軍馬8萬匹。隴右、河西兩鎮兵員14.8萬，軍馬3萬，均約占全國總數的1／3強；若加上北庭、安西諸鎮，則爲數尤多。這些數位明白顯示出隴右在唐代邊防軍事格局中的重要地位。

　　正因爲唐王朝以巨大的人力物力經營隴右，這就爲唐代詩人遠赴河隴提供了機會，也使更多的文人心馳神往於這方熱土而競相詠歌。據不完全統計，在《全唐詩》中，邊塞詩約2000首，其中1500首就與大西北有關，與河西走廊有關。一個個詩壇上的風雲人物、名流大師，或投筆從戎，赴邊入幕，求取功名；或奉旨出塞，宣慰三軍，察訪軍情；或借邊塞題材泛詠作賦，寄寓理想，抒發豪情。奏響了中國古代邊塞文學中最爲動人心弦的樂章，盛唐

---

〔註42〕明・胡震亨：《唐音癸籤》，上海古籍出版社1958年版，第284頁。

〔註43〕陳鐵民：《關於文人出塞與盛唐邊塞詩的繁榮》，《文學遺產》2002年第3期，第32頁。

〔註44〕戴偉華：《唐代使府與文學》，廣西師範大學出版社1998年版，第191頁。

〔註45〕陳寅恪：《隋唐制度淵源略論稿》，中華書局1963年版，第17頁。

邊塞詩登上了歷史上任何一個時代都無法超越的高度。駱賓王、陳子昂、王昌齡、王之渙、王維、高適、岑參就是其中卓越代表。

以邊塞詩享譽唐代詩壇的傑出詩人高適、岑參、王昌齡與隴右有著不解之緣，他們赴邊出塞、親臨隴右，留下了許多詠隴名作。這裡有隴山途中、渭水岸邊的鄉思感懷，如岑參《西過渭州見渭水思秦州》、《赴北庭度思家》、王昌齡《山行有涇州》；有出入隴右的相送留別，如高適《送白少府送兵之隴右》、岑參《發臨洮將赴北庭留別》；還有隴右勝景物產的描繪抒寫，如高適《金城北樓》、岑參《題金城臨河驛樓》等。特別是岑參《白雪歌送武判官歸京》、《輪臺歌奉送封大夫出師西征》、《走馬川奉送封大夫出師西征》、《涼州館中與諸判官夜集》、《送李副使赴磧西官軍》、《武威送劉判官赴磧西行軍》、《玉門關蓋將軍歌》等名篇，是大唐邊塞詩波瀾壯闊、宏偉壯麗風格最具代表性的詩篇，將盛唐所特有的奮發進取、蓬勃向上的時代精神呈現在世人面前。

王翰一首邊塞詩《涼州詞》：「葡萄美酒夜光杯，欲飲琵琶馬上催。醉臥沙場君莫笑，古來征戰幾人回。」〔註46〕被推上了盛唐詩壇的高峰。明代詩論家王世懋《藝圃擷餘》稱：「選唐七言絕句，……必欲壓卷，還當於王翰『葡萄美酒』、王之渙『黃河遠上』二詩求之。」〔註47〕可見王王之渙、王翰的邊塞詩影響之大。若無隴右山川之助，怎會有這等雄奇壯偉之歌詠？

王昌齡有「詩家夫子王江寧」之稱，其《從軍行七首》、《出塞二首》就是唐代邊塞詩的經典之作：

> 烽火城西百尺樓，黃昏獨坐海風秋。更吹羌笛關山月，無那金閨萬里愁。
>
> 青海長雲暗雪山，孤城遙望玉門關。黃沙百戰穿金甲，不破樓蘭終不還。
>
> 大漠風塵日色昏，紅旗半卷出轅門。前軍夜戰洮河北，已報生擒吐谷渾。

〔註48〕

這氣勢雄渾、聲調高昂的詩作，集中展示了了河西走廊東西數千里廣闊地域青海雪山、孤城關隘、大漠風塵、轅門軍營的風情長卷，描寫了一幕幕驚心動魄的南拒吐蕃、西防突厥、守護河西的戍邊惡戰，抒發了將士們卷風挾塵、磨穿金甲、輕身許國的英雄氣概和高昂鬥志。足見王昌齡詩歌的高度成就，和隴右山川、方土風氣不無聯繫。

〔註46〕清・彭定求編：《全唐詩》卷一五六，第 1605 頁。

〔註47〕明・王世懋：《藝圃擷餘》，涵芬樓 1920 年版。

〔註48〕清・彭定求編：《全唐詩》卷一四三，第 1443～1444 頁。

　　盛唐詩人王維也有雄奇奔放的邊塞詩，開元二十五年（737 年），王維以監察御史的身份出使邊塞，大漠雄邊的蒼涼之景激發了其詩情，王維作有多首詩作如《使至塞上》、《出塞作》、《涼州郊外遊望》、《涼州賽神》、《雙黃鵠歌送別》、《從軍行》、《隴西行》、《隴頭吟》、《老將行》等詩，其中《從軍行》、《出塞作》、《老將行》等堪稱盛唐邊塞詩的名篇。特別是《使至塞上》一詩，歷來被譽爲盛唐邊塞詩的壓卷之作：

> 單車欲問邊，屬國過居延。征蓬出漢塞，歸雁入胡天。
> 大漠孤煙直，長河落日圓。蕭關逢候吏，都護在燕然。〔註49〕

　　這首紀行詩，記述王維出使途中所見塞外奇特的自然風光，全詩畫面開闊，意境雄渾蒼勁，顧可久稱之爲「雄渾高古」的名篇。王維以其邊塞詩創作的實績雄辯地說明御史使邊也是唐代邊塞詩繁榮的重要因素之一。這首紀行詩，記述王維出使途中所見塞外奇特的自然風光，全詩畫面開闊，意境雄渾蒼勁，王國維稱之爲「千古壯觀」的名篇。

　　其實早在開元九年（721 年），王維就寫過一首與河西走廊有關的邊塞長詩《燕支行》：「疊鼓遙翻翰海波，鳴笳亂動天山月。麒麟錦帶佩吳鉤，颯沓青驪躍紫騮。拔劍已斷天驕臂，歸鞍共飲月氏頭。」〔註50〕燕支，即燕支山，又名焉支山，座落在河西走廊中心地帶的古甘州、涼州交界處，地理位置十分重要，自古就有「甘涼咽喉「之稱，爲歷代兵家必爭之地。這首詩令人感受到唐代邊疆將士氣吞山河的英雄氣概和報國壯志。王維以監察御史出塞期間，還作有《出塞》詩：

> 居延城外獵天驕，白草連山野火燒。暮雲空磧時驅馬，秋日平原好射雕。
> 護羌校尉朝乘障，破虜將軍夜渡遼。玉靶角弓珠勒馬，漢家將賜霍嫖姚。
>
> 〔註51〕

　　全詩激情四溢、氣勢雄偉、感情豪邁，極富盛唐時期激情澎湃、蓬勃向上的青春氣息。這些御史文學家出塞期間創作的優秀作品，不僅繁榮了唐代邊塞詩的創作，而且不少作品乃盛唐邊塞詩之代表作，雄辯地說明隴右文化對唐代詩人創作的激發。

　　晚唐李商隱亦曾在隴右地區生活了較長時間，唐文宗開成三年（838）到

---

〔註49〕清·趙殿成箋注：《王右丞集箋注》卷九，上海古籍出版社 1998 年版，第 156頁。（以下版本號略）
〔註50〕清·趙殿成箋注：《王右丞集箋注》卷九，第 154 頁。
〔註51〕清·趙殿成箋注：《王右丞集箋注》，第 192 頁。

涇州（今甘肅涇川縣），入涇原節度使王茂元幕，王茂元很看重這位駢文擅長一時的年輕人，將愛女許配於他。李商隱赴長安應試落選，回涇州後寫下了著名的《安定城樓》一詩：

> 迢遞高城百尺樓，綠楊枝外盡汀洲。賈生年少虛垂涕，王粲春來更遠遊。
>
> 永憶江湖歸白髮，欲回天地入扁舟。不知腐鼠成滋味，猜意鵷雛竟未休。

〔註 52〕

這首詩，運用典故抒發情懷，恰切圓融，自然含蓄，有渾然一體，去留無跡之妙。寫景抒情融合無間，在藝術表現上很有特色，是唐人詠隴詩中的一朵奇葩。

# 第二節　隴右文化與杜甫隴右詩

唐肅宗乾元二年（759 年）七月，杜甫辭棄華州司功參軍之職，攜眷西行，度關隴、客秦州（今甘肅天水）、寓同谷（今甘肅成縣），寓居隴右約三個月左右，存詩 117 首。杜甫隴右詩作，題材非常廣泛，內容相當豐富，描繪生動逼真，具有鮮明的地域色彩。誠如霍松林先生指出：「治中華詩歌者，無不注目唐詩；攻唐詩者，無不傾心杜甫；而讀杜詩者，又無不嚮往秦州也。老杜倘無秦州之山川勝蹟以發其才藻，固無以激揚創作之高潮；秦州倘無老杜之名章雋句以傳其神韻，又安能震盪海內外豪俊之心靈，不遠千里萬里，來遊茲土，以促進經濟文化交流乎？」〔註 53〕杜甫隴右詩，為天水乃至隴右地區深厚的歷史文化增添了濃墨重彩的一筆。因為杜甫隴右詩，隴原大地上的人文得以光大，山川得以增色。「詩聖」杜甫與隴右的詩歌之緣備受隴原兒女的敬重和珍愛。「山陰王字美，隴右杜詩雄。二妙傳羲里，群賢贊宋公。訪碑南郭寺，攬勝隗囂宮。喜作秦州頌，衝霄舞巨龍。」〔註 54〕天水南郭寺的詩史堂、「二妙軒」杜詩碑、杜甫塑像；東柯谷的杜甫草堂、杜甫塑像；成縣的杜甫草堂等，說明隴原兒女對杜甫的感情深厚綿長。

## 一、鮮明的時代特徵

「安史之亂」使得杜甫不得不攜眷西行，然出生於一個「奉儒守官」家

---

〔註 52〕清・彭定求編：《全唐詩》卷五四○，第 6191 頁。
〔註 53〕霍松林：《霍松林選集・隨筆集》，陝西師範大學出版社 2010 年版，第 397 頁。
〔註 54〕霍松林：《霍松林詩詞集》，作家出版社 2008 年版，第 197 頁。

庭的杜甫，在其西行的艱險旅途中仍「未墜素業」，對當時社會的關注、對民生的同情，使其隴右詩作充滿了「詩史」的色彩，主要表現為：

一是對國家民族命運的擔憂。深受中國傳統思想影響的老杜，知識分子的使命感和責任感，使他對國家民族的命運極度關注和擔憂。隴右詩的字裏行間流露著詩人的這一情懷。詩人怒斥叛軍：「群盜何淹留？」（《鳳凰臺》）〔註55〕「奈何漁陽騎，颯颯驚蒸黎。」（《石龕》）〔註56〕呼籲「安得廉頗將，三軍同晏眠。」（《遣興三首》之一）〔註57〕可是當時的現狀時「諸將已茅土，載驅誰與謀？」（《遣興三首》之二）〔註58〕對朝廷不得已使用回鶻兵，作者則表示了極大的憂慮：「田家最恐懼，麥倒桑枝折……花門即須留，原野轉蕭索。」（《留花門》）〔註59〕不言而喻，使用秦州一帶的「降虜擊東胡」（《遣興三首》之二）〔註60〕的後果也是可怕的。在《龍門鎮》詩中，作者甚至對具體的排兵佈防也發表了自己的看法。〔註61〕

隴右地處邊塞，自古以來胡漢雜居，處於中原文明的邊緣地帶。唐王朝在文化上採取的相容開放政策，使這裡成了胡漢文化交流融匯的大舞臺，但同時也成為西北少數民族伺機窺探中原、爭奪疆土的前沿。獨特的地理環境、多民族交流融合、多元文化互生互長的文化生態，讓第一次走進隴右的杜甫感到新奇、驚異。隴右地區不時出現的邊烽警急的情勢，也使詩人新增了一層憂慮。這樣的社會文化氛圍無疑影響了杜甫的思想，也影響了他的創作。秦州所面臨的吐蕃威脅的形勢，則使杜甫十分憂慮。他在詩中多次寫到了這種危急，表達了他的深切擔憂：

> 萬里流沙道，西行過此門，但添新戰骨，不返舊征魂。（《東樓》）〔註62〕

> 清商欲盡奏，奏苦血沾衣。他日傷心極，征人白骨歸。（《秋笛》）〔註63〕

---

〔註55〕清・仇兆鰲：《杜詩詳注》，中華書局1979年版，第681頁。（以下版本號略）
〔註56〕清・仇兆鰲：《杜詩詳注》，第691頁。
〔註57〕清・仇兆鰲：《杜詩詳注》，第687頁。
〔註58〕清・仇兆鰲：《杜詩詳注》，第546頁。
〔註59〕清・仇兆鰲：《杜詩詳注》，第547頁。
〔註60〕清・仇兆鰲：《杜詩詳注》，第549頁。
〔註61〕李濟阻、王德全、劉秉臣：《杜甫隴右詩注析》，甘肅人民出版社1985年版，第25頁。（以下版本號略）
〔註62〕清・仇兆鰲：《杜詩詳注》卷七，第600頁。
〔註63〕清・仇兆鰲：《杜詩詳注》卷八，第618頁。

羌婦語還笑，胡兒行且歌。將軍別換馬，夜出擁雕戈。(《日暮》)
〔註64〕

同樣的內容在《秦州雜詩》其七，其十九、《遣興三首》其一、《蕃劍》、《擣衣》等許多篇章中，也都屢屢出現，它們構成了隴右詩的重要內涵之一。就「窮年憂黎元」這個主題來說，這些詩和「三吏」、「三別」等入秦州前的詩作是一脈相承的，都表現了人民的深重苦難。但這些詩的題材內容則是全新的，「憂慮邊烽」的集中表現是此前不曾有的，這給杜甫憂國憂民的「詩聖」情懷增添了新的內容。還值得注意的是，此時的杜甫把目光不止投向戰亂給人民帶來的具體痛苦，而且對「封疆不常全」的國家民族的整體命運予以了極大的關注，反覆地表達他的憂慮之情，顯示出杜甫的思想境界達到了一個新的高度。

二是對人民生活現狀的關注。承受戰爭負面影響最大的莫過於窮苦百姓，一場持續八年的安史之亂，讓多少人家破人亡，流離失所，漂泊他鄉，杜甫便是承受這巨大災難的普通民眾之一。由於房琯案而被肅宗貶為華州司功參軍，再加之戰火的蔓延，迫使杜甫西行避難。流寓秦州的杜甫，生活艱難，生計成了困擾他的最大問題，其侄子杜佐及朋友的接濟便成了他生活的重要來源之一。「隱者柴門內，畦蔬繞舍秋。盈框承露薤，不待致書求。束比青芻色，圓齊玉筋頭。衰年關鬲冷，味暖復無憂。」(《秋日阮隱居致薤三十束》)〔註65〕經濟的拮据、生活的艱難，友人來訪贈以一筐鮮薤，老杜感到欣喜之至。「舊諳疏懶叔，須汝故相攜。」(《佐還山後寄三首》之一)〔註66〕「白露黃粱熟，分張素有期。已應春得細，頗覺寄來遲。」(《佐還山後寄三首》之二)〔註67〕「甚聞霜薤白，重惠意如何？」(《佐還山後寄三首》之三)〔註68〕在這一組詩中，我們可以看到杜甫在秦州的生活狀況。詩中的「遲」、「惠」等字流露出作者對生活必需品的急需以及對此二物（小米和薤菜）的喜愛。當詩人行至鹽井時，有「鹵中草木白，青者官鹽煙。官作既有程，煮鹽煙在川。汲井歲榾榾，出車日連連。自公斗三百，轉致斛六千。君子慎止足，小人苦喧闐。我何良歎嗟，物理固自然」(《鹽井》)〔註69〕的描寫。詩人用「白」

〔註64〕清・仇兆鰲：《杜詩詳注》卷八，第618頁。
〔註65〕清・仇兆鰲：《杜詩詳注》，第632頁。
〔註66〕清・仇兆鰲：《杜詩詳注》，第629頁。
〔註67〕清・仇兆鰲：《杜詩詳注》，第630頁。
〔註68〕清・仇兆鰲：《杜詩詳注》，第630頁。
〔註69〕清・仇兆鰲：《杜詩詳注》，第679頁。

與「黑」這樣鮮明的對比色暗示當地人民生活的艱難，但鹽場卻還是人們競相擠入的就業場所。〔註70〕自古鹽鐵爲國家專營，而此時的唐王朝正值內憂外患之際，巨大的軍費開支讓政府加重了對人民的盤剝，鹽場這些煮鹽工人的苦難，便成了當時整個社會的一個縮影。

　　三是對個人前途的思考。杜甫困頓長安十年的求仕生活，可謂艱難倍至、艱辛異常，「朝扣富兒門，暮隨肥馬塵。殘羹與冷炙，到處潛悲辛」(《奉贈韋左丞丈二十二韻》)〔註71〕最終才得到了一個小官：右衛率府州曹參軍。但歷史又無情地將老杜推上風口浪尖，安史之亂爆發，叛軍攻入長安，玄宗倉皇逃往成都。杜甫也於757年4月逃出長安，隻身前往鳳翔，去拜見新即位的唐肅宗李亨，被任命爲九品左拾遺。身爲諫官的左拾遺，其職責與杜甫的「致君堯舜上，在是風俗淳」(《奉贈韋左丞丈二十二韻》)〔註72〕的政治理想十分吻合。不久被貶任華州司功參軍，這一致命的打擊使他的政治理想變成了泡影。正如清代楊綸所言：「結以唐堯自聖，無須野人，唯有以家事付之婦與兒，此身訪道探奇，窮愁卒歲。寄語諸髮，無復立朝廷之望矣。公之志可知也。」〔註73〕此時的安史叛軍正到處肆掠，更迫使詩人棄官西行，欲避難秦州。西行途中的艱辛是杜甫始料未及的，艱難的亂離生涯中，老杜對自己的前途命運充滿憂慮，以《鳳凰臺》爲例：

> 亭亭鳳凰臺，北對西康州。西伯今寂寞，鳳聲亦悠悠。
> 山峻路絕蹤，石林氣高浮。安得萬丈梯，爲君上上頭。
> 恐有無母雛，飢寒日啾啾。我能剖心出，飲啄慰孤愁。
> 心以當竹實，炯然無外求。血以當醴泉，豈徒比清流。
> 所貴王者瑞，敢辭微命休。坐看彩翮長，舉意八極周。
> 自天銜瑞圖，飛下十二樓。圖以奉至尊，鳳以垂鴻猷。
> 再光中興業，一洗蒼生憂。深衷正爲此，群盜何淹留。〔註74〕

　　詩中的雛鳳與老杜的處境有著相似之處，「飢寒日啾啾」，詩人卻願「血以當醴泉，豈徒比清流。」此外，鳳者，國之祥瑞也。詩人希望雛鳳能「自天銜瑞圖，飛下十二樓。圖以奉至尊，鳳以垂鴻猷。再光中興業，一洗蒼生

〔註70〕李濟阻、王德全、劉秉臣：《杜甫隴右詩注析》，第22頁。
〔註71〕清·仇兆鰲：《杜詩詳注》，第73頁。
〔註72〕清·仇兆鰲：《杜詩詳注》，第73頁。
〔註73〕清·楊倫：《杜詩鏡銓》，上海古籍出版社2007年版，第7頁。
〔註74〕清·仇兆鰲：《杜詩詳注》，第691頁。

憂。」不難看出，杜甫在希冀雛鳳一展風采、降祥瑞於天下的願望中，不正寄寓著詩人自己渴望建功立業、惠及天下蒼生的抱負嗎？

## 二、個性化的描寫所呈現的隴右風光

杜甫的隴右詩，在對隴右典型山川地貌、自然風光、民俗物產的描寫中，將創作主體的感情投射其中，使隴右詩積澱了異常深厚的文化內涵。有學者言：「善於捕捉山水之間的神采氣質，通過對山水的形貌觀察，將山水間的神采氣質充分的融入到山水詩中，如此，不僅能表現出祖國河山的磅礡氣勢，還能將作者本身的情感融入進來。」〔註75〕概而言之，杜甫隴右詩在表現秦州自然風光、風土人情方面達到了極其逼真、細膩的效果。因爲「詩聖」的到來，秦州的山山水水第一次向世人揭開了神秘的面紗。

隴右多彩的自然風光在杜甫筆下搖曳多姿：「山頭南郭寺，水號北流泉。老樹空庭得，清渠一邑傳。秋花危石底，晚景臥鐘邊。俯仰悲身世，溪風爲颯然。」（《秦州雜詩》之十二）〔註76〕「野寺殘僧少，山園細路高。麝香眠石竹，鸚鵡啄金桃。亂水通人過，懸崖置屋牢。上方重閣晚，百里見秋毫。」（《山寺》）〔註77〕正如江盈科《雪濤詩評》云：「少陵秦州以後詩，突兀宏肆，迴異昔作。非有意換格，蜀中山水，自是挺特奇崛，獨能象景傳神，使人讀之，山川歷落，居然在眼。所謂春蠶結繭，隨物肖形，乃爲眞詩人，眞手筆也。」〔註78〕再以《鐵堂峽》爲例：「山風吹遊子，縹緲乘險絕。峽形藏堂隍，壁色立積鐵。徑摩穹蒼蟠，石與厚地裂。修纖無垠竹，嵌空泰始雪。威遲哀壑底，徒旅慘不悅。水寒長冰橫，我馬骨正折。生涯抵弧矢，盜賊殊未滅。飄蓬逾三年，回首肝肺熱。」〔註79〕在這裡老杜採用仰視和俯視的不同視角，生動的描繪出鐵堂峽那峭削幽美的山崖與其險絕之界。再比如「青冥寒江渡，駕竹爲長橋。竿濕煙漠漠，江永風蕭蕭。連筍動嫋娜，征衣颯飄颻。急流鴾鶄散，絕岸黿鼉驕。」（《桔柏渡》）〔註80〕寫詩人路過此地時的見聞和感受，奇特綺麗的景致使詩人陶然忘機；「遠岫爭輔佐，千岩自崩奔。始知五嶽外，

---

〔註75〕劉之傑：《盛唐山水詩三大家風格簡論》，見《遼寧教育學院學報》2000 年第 6 期。

〔註76〕清・仇兆鰲：《杜詩詳注》，第 582 頁。

〔註77〕清・仇兆鰲：《杜詩詳注》，第 603 頁。

〔註78〕江盈科：《雪濤詩評》.民國鉛印本。

〔註79〕清・仇兆鰲：《杜詩詳注》，第 677 頁。

〔註80〕清・仇兆鰲：《杜詩詳注》，第 718 頁。

別有他山尊。」（《木皮嶺》）〔註81〕美妙而空靈；「萬壑欹疏林，積陰帶奔濤。」
（《飛仙閣》）〔註82〕靜柬相映襯，正可謂綺麗而雋永。

　　杜甫隴右詩除美妙空靈外，也不乏拔特奇崛之語。秦州位於隴山的西面，
隴山爲渭河平原與隴西高原的分界，高近三千米，山勢險峻，自古爲艱險難
越之地。《三秦記》載：「隴阪九回，不知高幾里，欲上者七日乃得越。」〔註
83〕杜甫在《秦州雜詩二十首》中首先記寫的就是隴山給他的感受：「遲回度隴
怯，浩蕩及關愁」，緊接著看到的秦州則是「莽莽萬重山，孤城山谷間」。這
一「愁」、一「孤」，便是隴右的地理環境給他造成的心理反應。來到秦州後，
他又一再寫到這裡的山川形勢，自然環境：

　　　　清秋望不極，迢遞起層陰。遠水兼天淨，孤城隱霧深。（《野望》）
〔註84〕

　　　　愁眼看霜露，寒城菊自花。天風隨斷柳，客淚墮清笳。（《遣懷》）
〔註85〕

　　　　下馬古戰場，四顧但茫然。風悲浮雲去，黃葉墜我前。（《遣興
三首》其二）〔註86〕

　　本來，仕途的蹭蹬，生計的暗淡已經使他陷入愁苦的情境之中，而與關
中迥然不同的秦州的地理環境又使他多了一層孤獨之感。顯然，隴右地域文
化深深地影響了他的心理，愁苦、孤獨構成了他隴右時期的基本心態。此時
的杜甫，把「詩是吾家詩」提升到更爲重要的位置，此期杜甫詩歌創作的豐
產與此不無關係。同時，高峻的隴阪將秦州、同谷置於一個避遠、抑塞的境
域，使杜甫遠離了中原的戰亂和關中的喧囂，而處於一個相對清閒、平靜的
環境之中。這樣，就使他有充裕的時間和精力去反省自己的經歷，思考社會
人生的方方面面；地僻關塞，信息不通使他格外思念親友；置身於山野之中、
採藥曬藥的鄉居生活，使他靠近了自然，甚至完全融入了自然。隴右獨特的
地域文化、民風習俗、山水風光，一方面激發了他的詩興；一方面又給他提
供了豐富的詩材，如：麥積山、太平寺、隗器宮、南郭寺、秦州驛亭、禹穴、

〔註81〕清・仇兆鰲：《杜詩詳注》，第 706 頁。
〔註82〕清・仇兆鰲：《杜詩詳注》，第 711 頁。
〔註83〕劉慶柱輯注：《三秦記輯注》，三秦出版社 2006 年版。
〔註84〕清・仇兆鰲：《杜詩詳注》卷八，第 619 頁。
〔註85〕清・仇兆鰲：《杜詩詳注》卷七，第 605 頁。
〔註86〕清・仇兆鰲：《杜詩詳注》卷七，第 566 頁。

仇池山、法鏡寺、鳳凰臺、萬丈潭等名勝古蹟；飛將軍李廣、尋源的張騫、隴右的監牧、赴邊的使節等各類人物；西出流沙的驛道，兵戈不息的鳳林關等通接西域的路隘；「無風雲出塞，不夜月臨關」的天象；「胡舞白題斜」、「羌女輕烽燧」的民風習俗；本土及外來的動物、植物、器物等，琳琅滿目、千匯萬狀，杜甫把它們一一鎔鑄於筆端，構成了一幅幅多彩的畫卷。憂時傷世，遣興抒懷，思親懷友，登臨觀覽，詠物寓意，求田問舍，山水紀行，無所不有。歷來被認為是杜詩代表作品的《秦州雜詩二十首》、《月夜憶舍弟》、《天末懷李白》、《夢李白二首》，無不滲透著隴右地域文化的痕跡，呈現出隴右地域文化的鮮明色彩。

秦隴一帶，地勢開闊，依山傍水，再加上多雨濕涼的氣候，利於優質牧草的生長，給養馬提供了得天獨厚的條件。在冷兵器時代，馬之盛衰一定程度上關乎國之盛衰。秦人的先祖也因牧馬有功而被封地，不斷發展壯大，終於統一六國諸侯，臻於富強。唐代統治者們對養馬業十分重視，設立專門的機構來管理此地的牧馬。老杜西行至此之時，看見眼前之景，不禁憶古歎今：「南使宜天馬，由來萬匹強。浮雲連陣沒，秋草遍山長。聞說真龍種，仍殘老驪騧。哀鳴思戰鬥，迴立向蒼蒼。」（《秦州雜詩二十首》其五）〔註 87〕此處由頌馬到悲馬再到贊馬，末處以「驪騧」明志，言明自己雖身處逆境，但報國之志依然昂揚。

## 三、山水詩的新變

山水詩自謝靈運等人開創後，發展至盛唐而臻極盛，以王維孟浩然為代表的盛唐山水田園詩派，是盛唐詩國高潮之代表。杜甫在隴右創作的山水詩，不僅用組詩的形式突出時空轉換的連續性，而且注重寫特定的地理風貌，從而對前代的山水紀行詩做出了新的探索，為山水詩注入了新內容。

《發秦州》題下原注：「乾元二年，自秦州赴同谷縣紀行。」第一首「漢源十月交，天氣如涼秋」明確交待了出發的時間和地點；《寒峽》寫「況當交仲冬」，則點名時間已到十一月（仇注：「仲冬交，蓋在十一月初矣」）《發同谷縣》題注：「乾元二年十二月一日，自隴右赴成都紀行。」《石櫃閣》寫「季冬日已長」，則已是進入冬末，將入初春了。以上例子，給我們清晰地呈現了詩人西行的時間線索，不妨認為是詩化的傳記。

---

〔註87〕清・仇兆鰲：《杜詩詳注》，第 576 頁。

　　杜甫棄官西行，先至秦隴大地，後到成都府，一路行程，以地名爲題，創作了大量的詩歌作品，給我們生動的展現了唐代祖國西部的山水風貌。宋人林亦之曾言：「杜陵詩卷是圖經。」〔註88〕明代盧世㴱也說：「杜公紀行詩，從《發秦州》至《萬丈潭》，從《發同谷》至《成都府》，入天穿水，萬壑千崖，雨雪煙虹，朝朝暮暮，一切可怪可籲可娛可意之狀，觸目驚心，直取其髓，而犁然次諸掌上。」〔註89〕沿途隴右山川景物，歷歷在目。

　　杜甫隴右詩給我們呈現了一幅清新的隴蜀紀行圖，隴蜀的山水風景隨著詩人前進的步伐，一一呈現在我們面前，讀之有身臨其境之感。南宋朱弁曾在《風月堂詩話》中說：「由秦州而發，至抵成都途中，所歷山川奇險跋涉艱難，皆有紀行之詩。如《赤谷》、《鐵堂峽》、《鹽井》、《寒峽》、《法鏡寺》、《青陽峽》、《龍門鎮》、《石龕》、《積草嶺》、《泥功山》、《鳳凰臺》十餘首；又《發同谷縣》，有《萬丈潭》、《木皮嶺》、《白沙渡》、《水會渡》、《飛仙閣》、《五盤》《龍門閣》、《石櫃閣》、《桔柏渡》……皆以其畫工之筆，寫造物之奇，泣鬼神之情，作驚人之語。然皆出於現前閱歷，非託意造端，故皆不置一解。以人人讀之可以心領神會，如置身丘壑間也。」〔註90〕杜甫隴右詩著力刻畫具有隴上特色的山川、風土、人情。比如《石龕》：「熊羆哮我東，虎豹號我西。我後鬼長嘯，我前狨又啼。天寒昏無日，山遠道路迷。驅車石龕下，仲冬見虹霓。伐竹者誰子，悲歌上雲梯。爲官採美箭，五歲供梁齊。苦雲直㔉盡，無以充提攜。奈何漁陽騎，颯颯驚烝黎。」〔註91〕仇注云：「《埤雅》：『狨，猿狖之屬，輕捷善緣木，生川峽深山中。』」又云：「尾作金色，俗謂金線狨，中矢毒即自齧斷其尾以擲之。」〔註92〕在《劍門》詩中寫到：「唯天有設險，劍門天下壯。連山抱西南，石角皆北向。兩崖崇墉倚，刻畫城郭狀。一夫怒臨關，百萬未可傍。珠玉走中原，岷峨氣悽愴。三皇五帝前，雞犬各相放。後王尚柔遠，職貢道已喪。至今英雄人，高視見霸王。併吞與割據，極力不相讓。吾將罪眞宰，意欲鏟疊嶂！」〔註93〕「連山抱西南，石角皆北向」，是

〔註88〕宋・朱弁：《風月堂詩話》，上海古籍出版社1949年版，第104頁。
〔註89〕明・盧世㴱：《杜詩胥注抄敘餘論論五言古詩》，北京圖書館文獻縮印中心2001年。
〔註90〕宋・朱弁：《風月堂詩話》，上海古籍出版社1949年版，第104～105頁。
〔註91〕清・仇兆鰲：《杜詩詳注》，第687頁。
〔註92〕清・仇兆鰲：《杜詩詳注》，第687頁。
〔註93〕清・仇兆鰲：《杜詩詳注》，第719頁。

隴右地區獨特的地理現象,老杜把這幾個方位名詞如實寫出。相傳宋子京到成都去上任,途徑劍門是吟誦此詩,且說道「此四句劍門實錄也。」通過一種真正將人置於具體的自然環境中來觀察和表達的方式,使景物刻畫顯得獨特與逼真,可謂山水詩在盛唐的「變音」。

客居隴右時期,在杜甫的一生中有著不同尋常的意義。在秦州期間,杜甫遊勝蹟、覽山川、訪民情風俗,覓隱居之地,其足跡遍及州城周圍近百里範圍的南郭寺、隗囂宮、赤谷西崦、太平寺、麥積山、西枝村等許多地方,隴右地域文化為老杜抒發憂國憂民的情懷提供了新的素材、新的突破口,把他的詩歌創作推向前所未有的高峰。〔註94〕馮至先生說:「在杜甫的一生,759年是他最艱苦的一年,可是他這一年的創作,尤其是『三吏』、『三別』以及隴右的一部分詩卻達到最高的成就。」〔註95〕可謂的評。

# 第三節　杜甫《同谷七歌》與《楚辭》的比較研究

杜甫是唐代詩人中頗具個人風格特色的一位偉大詩人。王世貞《藝苑卮言》稱讚杜甫的詩歌是「千秋絕藝」。杜甫不僅七言歌行的創作成績突出,他的詠物、詠史、詠懷詩等,也都取得了很高的藝術成就,堪稱中國詩歌之集大成者。杜甫能夠在唐代文壇獨領風騷,創作出頗具「骨氣」的詩作,一個重要原因就是他在創作中對《楚辭》的自覺接受。對《楚辭》的接受,不僅增強了杜甫詩歌的情感力量,也豐富了杜詩的藝術表現手法。

## 一、相同的儒家崇高型人格

與唐代寒士長於貧困的環境不同,杜甫生活在相對寬鬆自由的家庭環境中,並接受了良好的早期教育。他的家庭是儒家觀念頗為濃厚的書香門第,祖父杜審言,曾任國子監主簿,修文館直學士,武后召見,頗喜其才。祖言早擅文名,工書法、尤長於詩。《新唐書》本傳說他「少與李嶠、蘇味道、崔融為『文章四友』世稱『崔、李、蘇、杜』。」〔註96〕對初唐以來近體詩體式的發展與成熟,具有重大開拓意義。「高宗、武后時期,宮廷雖仍時時舉行詩歌唱和活動。但高宗、武后文采皆不若太宗,故其『文治』之功效更多地體

〔註94〕霍松林:《霍松林選集·隨筆集》,陝西師範大學出版社 2010 年版,第 168 頁。
〔註95〕馮至:《杜甫傳》,北京:人民文學出版社 1980 年版。
〔註96〕宋·歐陽修等:《新唐書》卷二〇一《杜審言傳》,第 5736 頁。

現於召集文學之士修撰大量與詩文寫作相關的總集和類書。其結果導致文學活動中心從宮廷和帝王轉移到朝臣修書學士。」〔註97〕這對唐詩詩律形式的定型頗有意義。中宗朝修文館及宮廷文學活動的參與者就包括李嶠、盧藏用、薛稷、宋之問、沈佺期、閻朝隱、徐彥伯、蘇珽、張說和杜審言等著名詩人。王夫之曾說：「近體梁陳已有，至杜審言而始叶於度。」〔註98〕個體的茁壯成長，需要遺傳、環境和自身努力三方面因素之合力。從杜甫所接受的遺傳稟賦而言，先輩中學養淵厚的積累，無疑帶給他與生俱來的文學敏感。杜甫幼年，就顯示出異於常人的博聞強記：「甫昔少年時，早充觀國賓。讀書破萬卷，下筆如有神。賦料楊雄敵，詩看子建親。李邕求識面，王翰願卜鄰。」（《奉贈韋左丞丈二十二韻》）〔註99〕以少年早慧引起了有識之士的普遍關注。從其生活環境看，杜甫既成長於這樣一個書香濃鬱的氛圍中，自然飽受典冊書史之薰陶，早年便接受了正規、完善、全面的教育：「七齡思即壯，開口詠鳳凰。九齡書大字，有作成一囊。」（《壯遊》）〔註100〕良好的環境與出色的先天稟賦，就為他日後登上詩壇高峰作了必不可少的知識儲備，「學而求則仕」的儒家信條也自然是杜甫首選的人生之路。終其一生，杜甫憂國憂民、民胞物與的仁者之心未有稍減。以飢寒之身而懷濟世之心，處窮迫之境而無厭世之想，是杜甫崇高型人格的生動寫照。

　　《史記·屈原賈生列傳》說：「屈平正道直行，竭忠盡智以事其君，讒人間之，可謂窮矣。信而見疑，忠而被謗，能無怨乎？屈平之作《離騷》，蓋自怨生也。」〔註101〕屈原將自己內心深處的悲憤轉化成了強烈的創作衝動，開創了「發憤抒情」這一著名的文學創作傳統。屈原作品所表現的感情其實是很複雜的，有關心國家前途命運的高度責任感，有忠貞高潔的人格表現，還有對個人不幸遭遇的哀怨。這三個方面常常交織結合在一起，使屈原作品具有了感人肺腑的情感力量。渴望能為時所用，以實現自己的政治抱負，因此，對歷史上賢臣遇明主之事，屈原總是給予熱情的讚美：「說操築於傅岩兮，武丁用而不疑。呂望之鼓刀兮，遭文王而得舉。寧戚之謳歌兮，齊桓聞以該輔。」

〔註97〕賈晉華：《唐代集會總集與詩人群研究》，北京大學出版社 2001 年版，第 63 ～73 頁。

〔註98〕清·王夫之：《薑齋詩話》，影印文淵閣四庫全書本。

〔註99〕清·仇兆鰲：《杜詩詳注》，第 73 頁。

〔註100〕清·仇兆鰲：《杜詩詳注》，第 1438 頁。

〔註101〕漢·司馬遷：《史記·屈原賈生列傳》，第 745 頁。

（《離騷》）〔註102〕在杜甫的作品中，我們可以找到同樣的頌揚：「自謂頗挺出，立登要路津。致君堯舜上，再使風俗淳」（《奉贈韋左丞丈濟二十二韻》）〔註103〕屈原《遠遊》說：「惟天地之無窮兮，哀人生之長勤。往者余弗及兮，來者吾不聞。」〔註104〕杜甫在《醉歌行》中也表達了與屈原相同的生不逢時的悲愴感概：「儒術於我有何哉，孔丘盜跖俱塵埃。」相同的遭遇，使杜甫與屈原有了相同的心聲。

　　杜甫對於屈原的高尚人格頗為認同，王世貞《藝苑巵言》把屈原和杜甫都列入了「以義」而「無終」之命。說明杜甫和屈原有著相同的人格追求。屈原在《離騷》中是採用「香草以配忠貞」的方法來表現自己的高潔人格的。如「扈江離與辟芷兮，紉秋蘭以為佩」，「製芰荷以為衣兮，集芙蓉以為裳」，「朝飲木蘭之墜露兮，夕餐秋菊之落英」〔註105〕等。屈原以此來表現自己卓然超群的高潔品行，形成了屈原作品所特有的風格。對於高尚人格的自覺追求也是杜甫詩歌所表現的一個重要內容。杜甫在忠貞高潔的人格表現方面，借鑒了屈原「香草以配忠貞」的表現方法。如「綠垂風折竹筍，紅綻雨肥梅。」「細雨剪春韭，新炊兼黃粱」等。蘭、芷、蘋、菊、荷、桂、橘、薜荔、木蘭、山椒等屈原所喜愛的植物在杜甫的詩歌中也大量出現，杜甫詠物詩中所詠的對象也多是露、雪、月、蟬、螢等物，杜甫以此來表現自己的高潔人格，明顯有屈原的影響。通過以上的分析我們可以看出，杜甫與屈原可謂「異代知音」，具有相同的人生理想，都是儒家崇高型人格。杜甫把對屈原與《楚辭》的接受，與自己對現實人生的體驗結合了起來，繼承之中又有創新，從而形成了杜甫自己詩歌的風格特色。

## 二、悲秋意境

　　在中國古代文化中，秋為陰性，往往表示陰冷、淒暗、悲傷等。屈原在《悲回風》等詩中傷秋風凋蕙，以秋天萬物肅殺氣氛來襯托自身愁悶抑鬱的情緒。宋玉的《九辯》更是「千古悲秋之祖」，將羈旅的離愁、不遇的悲傷與清秋的蕭瑟渾然結為一體，情景合一。杜甫一生漂泊，失意哀愁，也因此成為他詩興的產生方式之一。杜甫《同谷七歌》意境創造明顯受到了《楚辭》

〔註102〕姜亮夫：《楚辭直解》，浙江文藝出版社1997年版，第19頁。（以下版本號略）
〔註103〕清·仇兆鰲：《杜詩詳注》，第73頁。
〔註104〕姜亮夫：《楚辭直解》，第216頁
〔註105〕姜亮夫：《楚辭直解》，第3頁、第10頁、第7頁。

的影響。如《同谷七歌》第一首：

> 有客有客字子美，白頭亂髮垂過耳。歲拾橡栗隨狙公，天寒日
> 暮山谷裏。中原無書歸不得，手腳凍皴皮肉死。嗚呼一歌兮歌已哀，
> 悲風爲我從天來。〔註106〕

詩歌採用了《九辯》中兩個表達秋意的意象，一是露落樹凋，《九辯》有云：「白鷺既下百草兮，奄離披此梧楸，霜露慘淒而交下」之言。〔註107〕另一個是秋氣蕭森。《九辯》第一句便哀歎：「悲哉秋之爲氣也！蕭瑟兮草木搖落而變衰。」〔註108〕杜甫此詩也用秋氣表現秋天的悲涼。《九辯》寫秋不僅寫秋氣、秋色，還寫秋聲，猿啼蟲鳴，聲聲入耳驚心，宋玉通過這些色、聲、氣的渲染表達去國就遠的哀思。杜甫此詩亦寫秋聲，只是換自然聲爲人聲，以寒砧聲聲寄無限別情，託故園之思。兩者非常相似，杜甫詩歌受到楚辭的影響十分清楚。

杜甫的《同谷七歌》第四首也是這樣。其詩曰：

> 有妹有妹在鍾離，良人早歿諸孤癡。長淮浪高蛟龍怒，十年不
> 見來何時。扁舟欲往箭滿眼，杳杳南國多旌旗。嗚呼四歌兮歌四奏，
> 林猿爲我啼清晝。〔註109〕

這首詩運用了浪高、扁舟、杳杳、林猿等意象，並使用「啼」、「怒」、「孤」等詞構成秋天的慘澹。這些意象都來自於楚辭。在《九歌·湘君》中，屈原寫道：「朝騁騖兮江皋，夕弭節兮北渚。鳥次兮屋上，水周兮堂下。捐余玦兮江中，遺餘佩兮醴浦。」〔註110〕此詩中秋天、秋水亦是天高水清。猿啼作爲悲哀意象最早出現於楚辭營造了一個蕭條、淒冷的秋天氛圍，可見杜甫對《楚辭》之熟悉及其運用的神妙。

《同谷七歌》其五也化用了《楚辭》的意境，其詩曰：

> 四山多風溪水急，寒雨颯颯枯樹濕。黃蒿古城雲不開，白狐跳
> 梁黃狐立。我生何爲在窮谷，中夜起坐萬感集。嗚呼五歌兮歌正長，
> 魂招不來歸故鄉。〔註111〕

---

〔註106〕清·仇兆鰲：《杜詩詳注》，第 693 頁。
〔註107〕姜亮夫：《楚辭直解》，第 145 頁。
〔註108〕姜亮夫：《楚辭直解》，第 145 頁。
〔註109〕清·仇兆鰲：《杜詩詳注》，第 696 頁。
〔註110〕姜亮夫：《楚辭直解》，第 31～32 頁。
〔註111〕清·仇兆鰲：《杜詩詳注》，第 697 頁。

在一個這樣陰冷的氛圍中，杜甫表達了自己的秋天之悲、羈旅之愁、不遇之恨，年邁之歎，匯融了楚辭作者共同的哀歎。全詩的悲涼氛圍與《楚辭》一脈相承，詩心相印。

## 三、比興象徵手法

宋人黃伯思在《東觀餘論・校定楚辭序》中說：「屈宋諸騷，皆書楚語，作楚聲，紀楚地，名楚物，是可謂之楚辭。若些、只、羌、誶、蹇、紛、侘傺者，楚語也；頓挫悲壯，或韻或否者，楚聲也；沅、湘、江澧、修門、夏首者，楚地也；蘭、茝、荃、藥、蕙、若、蘋、蘅者，楚物也。」〔註112〕需要指出的是，黃伯思把「蘭、茝、荃、蕙」等稱爲「楚物」，只是說它們是「楚地之物」，其實它們在屈原作品中是有比興之義的。屈原作品中的「香草」是詩人用來表現自己的高潔品行的，是帶有比興之義的意象，因此它們在屈原作品中大量出現。

杜甫詩歌中也明顯是借鑒了屈原「香草美人」這一比興手法。從早期杜甫的詩作中即可看出來。到達隴右以後，隴上獨特的風物、民俗、物產，拓展了杜甫的視野，老杜的詩歌創作也發生了重大變化，其中尤爲引人注意者，則是對《楚辭》創作比興象徵手法的自覺借鑒。如《同谷七歌》詩云：

> 有妹有妹在鍾離，良人早歿諸孤癡。長淮浪高蛟龍怒，十年不見來何時。扁舟欲往箭滿眼，杳杳南國多旌旗。嗚呼四歌分歌四奏，林猿爲我啼清晝。四山多風溪水急，寒雨颯颯枯樹濕。黃蒿古城雲不開，白狐跳樑黃狐立。我生何爲在窮谷，中夜起坐萬感集。嗚呼五歌分歌正長，魂招不來歸故鄉。南有龍分在山湫，古木巃嵸枝相樛。木葉黃落龍正蟄，蝮蛇東來水上游。我行怪此安敢出，拔劍欲斬且復休。嗚呼六歌分歌思遲，溪壑爲我回春姿。〔註113〕

杜甫這些作品中的意象如蛟龍、旌旗、清晝、黃蒿、白狐、巃嵸、龍、蝮蛇、溪壑等也組成一個意象群、一個明顯具有象徵意義的意象系列。特別是「魂招」等詞更是從屈原筆下化用而來。王逸《離騷經序》說：「《離騷》之文，依《詩》取興，引類譬喻。故善鳥香草，以配忠貞；惡禽臭物，以比讒佞；靈修美人，以媲於君；宓妃佚女，以譬賢臣；虬龍鸞鳳，以託

---

〔註112〕宋・黃伯思：《東觀餘論》，影印文淵閣四庫全書本
〔註113〕清・仇兆鰲：《杜詩詳注》，第 696 頁、第 697 頁、第 698 頁。

君子；飄風雲霓，以爲小人。」〔註114〕正是借鑒了屈原作品中的象徵意象的這一特殊的比興之義，對屈原「香草美人」這一比興手法的自覺借鑒，豐富了杜甫《同谷七歌》詩的藝術表現，也使得杜甫的詩歌明顯帶有了《楚辭》韻味。

## 四、體制格式的借鑒

在文學史上，熱門將戰國後期以屈原爲代表的楚國文人在楚國民間歌謠基礎上創造出來的一種新體詩，稱爲「離騷體」。和《詩經》相比，「離騷體」篇幅較大，句式較長。運用楚地的文學樣式，方言聲韻，敍寫楚地的風土物產、世態人情，有濃厚的浪漫主義色彩和地方特點。楚大夫屈原是它的創造者。與他同時代的楚國作家還有宋玉、唐勒、景差等人，他們都傚仿屈原寫出了這類體裁的作品。這類體裁的作品，屈原所作最多，品質最高，我國古代最長的抒情詩《離騷》是其代表作，全篇曲折變化，起落無際，浪漫主義色彩極濃，並廣泛運用比興手法，通過具體形象構成悠遠的意境，波瀾壯闊而又結構完美，對楚辭和後代的文學創作影響極爲深遠，故後人稱楚辭「騷體」。至漢代，出現大量類比屈原的作品，作者並非都是楚人，但是各從內容到形式都與這種文體相近，故也稱爲「騷體」。文學史上，常以「風」、「騷」並稱，「風」指《詩經》，主要是《國風》；「騷」即指原等人的作品。後人常以「風騷」來概括中國古代詩歌的淵源和傳統。

杜甫《同谷七歌》的七首詩之間，既獨立成章又結構相同，形成了一個有內在聯繫的完整藝術體系，豐富了杜詩多樣化的寫作體裁。在寫作手法上，以七言句式爲主，兼有不等句的騷體形式。又使用了重言疊字，進行反覆的詠歎。《七歌》的最後兩句則完全是騷句賦體，全詩可謂「部分的騷體」，離騷的特徵最爲突出。特別是全詩也用「兮」字，令人有一唱三歎之妙，便於反覆吟詠。明代的王嗣奭曾評價說：「《七歌》創作，原不仿《離騷》，而哀傷過之，讀騷未必墮淚，而讀此不能終篇，則以節短而聲促也。」〔註115〕從中我們可以看到，《楚辭》寫作方式對杜甫創作的深刻影響與深度制約。

總的來說，《楚辭》在杜甫詩歌建構中起著非常重要的作用。杜甫對《楚辭》的接受，充實了其詩歌的情感內容，豐富了其詩歌的藝術表現，增加了

〔註114〕《四部叢刊》影明翻宋本《楚辭》卷一。
〔註115〕清·仇兆鰲：《杜詩詳注》，第 700 頁。

其詩歌的辭采。杜甫用自己的眼光來觀察世界，感受人生，把對《楚辭》的接受與表現現實人生結合起來，繼承之中又有創新，從而形成了杜甫自己的風格特色。杜甫能夠成為中國詩歌的高峰，正是因為他是站在前人肩膀上的，其中對《楚辭》的接受是一個重要的原因。

## 第四節　唐人俠風與詠俠詩

俠是中國歷史文化的特殊產物，它產生於民間。先秦兩漢，幾多崢嶸。荊軻之刺暴秦也，士皆垂淚涕泣，「風蕭蕭兮易水寒，壯士一去不復還」，何其壯也！如此俠肝義膽，數千年後讀之，尚想起抑塞磊落之氣。俠在民間一出現，便作為正義、力量和叛逆的化身，深深植根於勞苦民眾之中，經久不衰。司馬遷在《史記·遊俠列傳》中說：

> 「今遊俠，其行不軌於正義。然其言必信，其行必果。己諾必
> 誠，不愛其軀，赴士之困厄。既已存亡生死矣，而不矜其能，羞伐
> 其德，蓋有足多焉。」〔註116〕

俠被視為封建法制所不能約束的一群，「儒以文亂法，俠以武犯禁」〔註117〕俠的行為在封建統治者看來自然是「不轉於正義」。但在民眾心目中，俠來無蹤，去無影，武藝非凡，錚錚鐵骨，以平民之軀反抗暴力，以弱者身份堅持正義。在法律維護富者而壓迫窮人，在只有強以而無公理的封建社會，勞苦大眾不能不寄希望於這種俠義精神之保護。因此，幾千年來，俠風一直盛行於民間，活躍於民間，扎根於民間，成為廣大民眾精神生活和民俗文化的重要組成部分，甚至在某一時期發展成為社會性的普遍思潮。俠風在不同的歷史時期表現出不同的時代特徵。先秦兩漢，遊俠以反抗強暴「以武犯禁」面目出現；魏晉六朝，俠風主要表現為人們言行則流於虛誕，舉止則故為疏放；唐人俠風，典型地表現出極富個性的時代特徵和價值取向。本文擬就唐人俠風及詠俠詩作一論述。

### 一、唐人俠風的熾盛繁烈

唐代俠風熾盛，任俠風氣在社會各階層、各地域熾盛繁烈，彌漫四野，

---

〔註116〕漢·司馬遷：《史記·遊俠列傳》，第1139頁。
〔註117〕先秦·韓非：《韓非子》，巴蜀書社1990年版。

成為一種普遍性的社會思潮。初、盛唐開國功臣中不乏俠客出身者，如魏徵、郭震、歌舒翰、張說等。魏徵起於天下大亂之中，於初唐兵荒馬亂之際，請纓東征。他慷慨激昂之氣，興於詩中：「豈不憚艱險，深懷國士恩。季布無二諾，侯嬴重一言。人生感意氣，功名誰復論。」〔註118〕東出潼關，馳騁中原，乃士為知己者死也，誰還去計較功名得失呢？英雄俠氣，表露無遺。郭震為人好結交豪俠，劫財濟人，「海內同聲合氣有至千萬者」。〔註119〕「元振不以細矜介意，前後掠賣千餘者，百姓苦之」。〔註120〕可見，元振俠風進而變成一種十足的霸氣。武臣如此任俠使氣，文官中也不乏其人。史載，張說「敦義氣，重然諾」。賀知章「性放曠、善談笑，當時賢達皆慕之」。任俠使氣、放曠的行為舉止，竟成了賢達羨慕、模仿的對象。以善寫草書而聞名的張旭「好酒，每醉後呼號奔走，索筆渾灑。變化無窮，若有神助，時人號為『張顛』」，〔註121〕也是一個十足的俠者。

朝廷大臣如此，唐代上層闊少游俠熱潮更是熱鬧非凡。《開元天寶遺事》載：「長安俠少，每至春時結黨聯朋，各置矮馬，飾以鞴金絡，並繞以花樹下往來，使僕人執酒皿而隨之，遇好囿則駐馬而飲。」〔註122〕「新豐美酒斗十千，咸陽遊俠多少年。相逢意氣為君飲，繫馬高樓垂柳邊。」〔註123〕描寫的即是上層闊少豪貴的遊俠生活。唐代初期，經濟發展，文化繁榮，思想領域較為開放、自由，任俠風氣亦成為社會上層人士奢侈生活的調味品，成為標榜、炫耀的貴族氣派。我們從盧照鄰《長安古意》的鋪渲場面上明顯可以看出這種風氣。這些俠少個個珠光寶氣、豪華浮奢。「東郊鬥雞罷，南皮射雉歸。」〔註124〕他們聚結成群，誇豪鬥富，任俠使氣，成為一種時尚。

與上層社會任俠風氣不同，俠風在民間一直強勁而深沉地發展著。民間任俠風氣主要表現為尚質重武，「輕死重義，結黨聯群，喑嗚則彎弓，睚眥則挺劍。」〔註125〕唐代中下層寒士俠少群體是俠義精神的真正實踐者，是詠俠詩創作的主體，也是唐人在任俠風氣中頗具積極意義的典型代表。《開元天寶

〔註118〕清・彭定求：《全唐詩》，第 2209 頁。
〔註119〕清・董浩等：《全唐文》，第 2341 頁。
〔註120〕清・劉昫等：《舊唐書》，中華書局 1975 年版。
〔註121〕清・劉昫等：《舊唐書・文苑傳》，中華書局 1975 年版。
〔註122〕丁如明等點校：《唐五代筆記小說大觀》，上海古籍出版社 2000 年版。
〔註123〕清・彭定求：《全唐詩》，第 253 頁。
〔註124〕清・彭定求：《全唐詩》，第 356 頁。
〔註125〕後晉・劉昫等：《舊唐書・崔融傳》，中華書局 1975 年版。

遺事》載：「長安平塘坊，妓女所居之地也，京都俠少聚集於此。」〔註 126〕
該類游俠群體中既有「十年磨一劍，霜刃未曾試。今日把示君，誰有不平事」
〔註 127〕（賈島《劍客》）的劍客，又有路見不平一聲吼的壯士；既有「東門酤
酒飲我曹，心輕萬事如鴻毛。醉臥不知白日暮，有時空望孤雲高」〔註 128〕（李
頎〈送陳章甫〉）的漫遊者；又有「殺人遼水上，走馬漁陽歸」〔3〕（崔灝《古
遊俠呈軍中諸將》）的「西陵俠少年」。〔註 129〕（王昌齡《少年行》之一）作
為社會性思潮的一種體現，任俠風氣在從民間走出來的中下層寒士身上反映
得相當濃烈。鄧繹《藻川堂佚藝錄・三代篇》中說：「唐人之學博而雜，豪俠
之士，多出於其間，磊落其偉，猶有西漢之遺風。而見諸言辭者，有陳子昂、
李白、杜甫、韓愈、柳宗元之屬。」史載，陳子昂「貌柔野」、「少威儀」且
體弱多病，但他從小就「奇傑過人」，「馳俠使氣」。「尤重交友之分，意氣一
合，雖白刃不可奪也。」李白「十五好劍術，遍干諸侯」，「少任俠，手刃數
人」，（崔顥《李翰林集序》）〔註 130〕二十五歲時，「仗劍去國，辭親遠遊，南
極蒼梧，東涉溟海」（《上安州裴長史書》），〔註 131〕「十里殺一人，十里不留
行，事了拂衣去，深藏身與名。」（李白《結客少年場行》）〔註 132〕真可謂大
俠者。杜甫也俠氣不減，「枕戈憶句踐，渡淅思秦皇……放蕩齊趙間，裘馬頗
輕狂」。（《壯遊》）〔註 133〕任俠使氣之風，在此類士人身上，反映得淋漓盡致。
任俠使氣在唐代中下層文人中間，確是頗為盛行的社會性思潮。

　　唐人漫遊之風盛行，漫遊與俠風密不可分·「初盛唐一些權貴子弟和士族
中，往往通過任俠活動，諸如勇決任氣，輕財好施，結納豪俠，以博取功名，
為進身之階」。〔9〕唐代士人漫遊之因，與升道求仙有關，俠風也是直接推動
原因。任俠使氣，俠義精神，給士人漫遊注入了必要的精神動力，驅動士人
以漫遊方式陶冶浩氣，結交俠士，干謁權貴以博取功名。漫遊之地，或名山
大川、或北地邊塞、或繁花都市。漫遊中士人又接受俠義、北方胡人強悍民
風之薰陶和洗禮。其結果是俠風深深積澱、固化於士人心底，進而作為理想

---

〔註 126〕丁如明等點校：《唐五代筆記小說大觀》，上海古籍出版社 2000 年版。
〔註 127〕清・彭定求：《全唐詩》，第 345 頁。
〔註 128〕清・彭定求：《全唐詩》，第 567 頁。
〔註 129〕清・彭定求：《全唐詩》，第 645 頁。
〔註 130〕唐・崔顥：《李翰林集序》，《全唐文》卷二一五，第 429 頁。
〔註 131〕清・王琦：《李太白集校注》，中華書局 1977 年版。
〔註 132〕清・王琦：《李太白集校注》，中華書局 1977 年版。
〔註 133〕清・仇兆鰲：《杜詩詳注》，第 765 頁。

人格的組成部分在士人身上定格，並通過交友、處世、立身等外在方式表現出來。終唐之世，漫遊之風未見稍減，任俠風氣亦與之一脈相承，煌煌之盛，大備於時也。我們可以信手舉出一些例子。李白、陳子昂長於蜀中，杜甫籍貫河南鞏縣，王維籍蒲州，王昌齡乃京兆長安人氏，王翰籍并州晉陽，高適渤海蓚人，岑參長於湖北江陵。這些長於鄉野的中下層士人，地限南北，關河阻隔，談何聯繫，卻在其青年時期有著相似的漫遊經歷，相似的漫遊動機，任俠之習，如出一轍。說明唐代俠風絕非一時一地之現象，而是遍及全國的社會性思潮。

唐代任俠風氣之普遍性，還表現在詠俠詩的繁榮和小說中俠的形象的大量出現。據統計，《全唐詩》中詠俠詩達 500 多首。黃衫客、謝小娥、崑崙奴、紅拂妓、聶隱娘、風塵三俠等極富夢幻色彩的俠士形象在唐人傳奇中大量出現。世之所尚，因有撰集，也從一個側面折射出唐代任俠風氣的風起雲湧和盛行全國。

以上我們從唐代社會的各層面，從中央到地方，從上層到民間，從繁華都市到窮鄉僻壤，論述了俠風之盛行。可見任俠風氣確是有唐一代彌漫四野、風行全國的社會潮流，是僅次於儒、釋、道的第四種社會思潮。

述及唐人俠風，困難不在於描述其繁榮的盛況，而在於正確解釋繁榮的原因。恩格斯在論及德國和法國十八世紀哲學繁榮的原因時曾指出：「哲學和那個時代文學的普遍繁榮一樣，都是經濟高漲的產物。」〔註134〕唐代俠風的熾盛是由唐王朝特定的政治、經濟、文化等條件所促成，也是俠風自身傳統發展的必然結果。

唐代經濟的高漲為俠風的繁盛提供了活動的溫床，造就了適宜俠風滋長的土壤。唐代國力強大，使唐人用一種英雄般的、橫絕一世、掃空萬古的行為將俠風抒寫出來。唐王朝實行較為開明的文化政策，邊境合同、文化交流頻繁。李唐王室本為李初古拔的後裔，〔註135〕胡人色彩頗濃。長期的民族融合，使「北胡與京師雜處，取妻生子，長安中有胡心矣。」（陳鴻《東城父老傳》）〔註136〕北方游牧民族尚質重武的俠義風尚深入內地，極有利於俠風的生長。有唐一代廣泛接受外來文化之影響，從文學藝術到生活趣味、風俗習慣、

〔註134〕馬克思、恩格斯：《馬克思恩格斯選集》第四卷，人民出版社 1965 年版，第485 頁。

〔註135〕陳寅恪：《隋唐政治史述論稿》，上海古籍出版社 1998 年版。

〔註136〕丁如明等點校：《唐五代筆記小說大觀》，上海古籍出版社 2000 年版。

飲食、服飾、樂舞、婚俗均雜取中西。〔註137〕唐人俠風，正是傳統俠風和強悍剛健的胡風相互交融、滲透之產物。

唐代士人普遍有著恢弘的胸懷氣度、抱負和強烈的進取心。封建禮教束縛的相對鬆馳，人的主觀精神的昂揚奮發，使得人們偏於高估自身的價值，強調個性自由，蔑視現存秩序和禮法的束縛，主體意識普遍張揚，普遍追求獨立人格。作為一種社會心理，使俠風的盛行有一個良好的社會環境。漫遊對俠風之盛行起了積極推動作用。漫遊是俠風熾盛的產物，漫遊本身又培育、陶冶了唐人的俠風浩氣，形成漫遊與俠風雙贏互長的良好格局，有利於俠風的盛行和滋長。唐武后時始行武舉。《唐會要》載：「長安三年正月十七日召開天下諸州宜教武藝，每年准明經進士舉例道，此武舉之始也。」〔註138〕武舉的設立，進一步刺激了中下層士人遊俠習武、任俠使氣之欲望，也使騎馬、射箭、弄槍、舞劍等傳統武術項目普及化，帶動了任俠風氣之盛行。俠風自先秦以來一直在民間強勁而深沉地生長著。唐代士人傳承了這一傳統並使之向縱深發展。種種複雜的因素糾合在一起，終於融會成唐代任俠的時代洪流，並典型地表現出極富個性的時代特徵和價值取向。

## 二、唐人詠俠詩的文化內涵

作為任俠這一普遍社會思潮在文學上的反映，是唐代詠俠詩的繁榮和傳奇小說中俠形象的大量出現。在大一統的強盛帝國的時代背景下，俠義精神、遊俠形象出現在唐代士人之視野中。由於命運和情感的相似，促成二者心靈的契合。士人們將對自身命運的關照和建功立業的抱負投射到俠的身上並形諸筆端。此時，俠的形象就具有了一種普遍性的象徵意義，它本質上是唐代士人主體意識的張揚和獨立人格的追求在文學領域的反映。

「言為心聲」、「情動於中而形於言」、「在心為志、發言為詩」，詩和心異質同構、彼此契合。在中國傳統文化中，俠是正義、力量、叛逆的化身。這種對俠的深厚情結深深根植於中國的鄉土民俗，積澱於中國文人特別是中下層寒士的心底。在傳統的俠義精神的滋潤下，唐代士人傳承了這一傳統並使之向縱深發展，加之唐王朝經濟、文化的全面高漲，使得唐代士人的主體意識普遍張揚。如李白一生始終抱著「申管晏之談，謀帝王之術。奮其智慧、

〔註137〕袁行霈：《中國文學史》（第二卷），高等教育出版社 1999 年版。
〔註138〕宋・王溥：《唐會要》，上海古籍出版社 2006 年版。

願爲輔弼、使寰區大定、海縣清一」的理想。直到六十歲還以西漢大俠劇孟自詡，「半道謝病還，無因東南征。亞夫未見顧，劇孟阻先行。」(《聞李太尉大舉秦兵百萬出征東南》)〔註139〕「大鵬一日同風起，扶搖直上九萬里」，把主體意識的張揚推向極致。李白自視甚高，目空一切，睥睨萬物，敢於長輯萬乘，平交王侯、謔浪公卿，李白是有唐一代極具浪漫氣質的詩人。不僅李白如此，唐代詩人中這種個案是很多的。杜甫早年胸懷「自謂頗挺出，立登要路津。致君堯舜上，再使風俗淳」(《壯遊》)〔註140〕唱出了「白刃仇不義，黃金須有無。殺人紅塵裏，報答在斯須」(《遣懷》)〔註141〕的錚錚豪言。王維，有「詩佛」之稱。然而，就是這樣一個「詩佛」，其筆下俠的形象也頗具特色，「少年十五二十時，步行奪得胡馬騎。射殺山中白額虎，肯數鄴下黃鬚兒。一身轉戰三千里，一劍曾當百萬師。」(《少年行》)〔註142〕王維手無縛雞之力，固不敢論，但他絕非一赳赳武夫卻是肯定的，然他筆下的少年俠客力勇過人，射殺猛虎，獨闖千重虜騎的包圍，真可謂於百萬軍中取上將首級，令人想起漢將軍李廣。讀者至此莫不爲之動容，頓生欽佩之情。王維筆下的俠客形象，當不是自指，而是實有所指。可以說王維對俠客的歌詠和讚譽融入了自己對人生的理解，有著思想中主體意識張揚的痕跡。此類詠俠詩尚可舉出不少，崔顥「少年負膽氣，好勇復知機。仗劍出門去，孤城逢合圍。殺人遼水上，走馬漁陽歸。」(《古遊俠呈軍中諸將》)〔註143〕高適性格落拓，不拘小節，「二十解書劍，西遊長安城。」(《別韋參軍》)〔註144〕「邯鄲城南遊俠子，自矜生長邯鄲裏。千場縱博家仍富，幾處報仇身不死。宅中歌笑日紛紛，門外車馬如雲屯。未知肝膽向誰是，令人卻憶平原君。不見今人交態薄，黃金用盡還疏索。以茲感歎辭舊遊，更於時事何所求。且與少年飲美酒，往來射虎西山頭。」(《邯鄲少年行》)〔註145〕孟郊「殺人不回頭，輕生如暫別」。(《壯士吟》)〔註146〕雍陶「行子喜聞無戰伐，閒看遊騎獵秋原」。(《塞

〔註139〕清・彭定求：《全唐詩》，第 224 頁。
〔註140〕清・仇兆鰲：《杜詩詳注》，第 435 頁。
〔註141〕清・仇兆鰲：《杜詩詳注》，第 358 頁.
〔註142〕清・彭定求：《全唐詩》，第 2005 頁。
〔註143〕清・彭定求：《全唐詩》，中華書局 1960 年版。
〔註144〕清・彭定求：《全唐詩》，中華書局 1960 年版。
〔註145〕清・彭定求：《全唐詩》，中華書局 1960 年版。
〔註146〕清・彭定求：《全唐詩》，中華書局 1960 年版。

上初晴》）〔註147〕令狐楚「少小邊城慣放曠，騂騎蕃馬射黃羊」。（《少年行》）〔註148〕可謂詩篇疊疊，浩蕩文壇。俠作為一種符號的象徵，一出之於詩歌文本，一出之於士人之心。雖然藉以表達的方式不同，流貫其中的情感因素卻是相通的。俠義精神，俠那桀驁不馴的主體意識之張揚，引起唐代士人靈魂的深深震顫，進而激起心理的渴求與模仿，並形諸於筆端。在那個極具個性的時代特徵下，俠的形象成為唐代士人主體意識張揚的載體和符號闡釋。

　　對獨立人格的追求使唐代小說中出現了大量俠的形象。這些豪俠，武藝高強、無拘無束、不畏強暴，遇豪強則挺劍而鬥。袁郊的《紅線傳》中描寫一個俠女紅線，於一夜間往返七百里，拿來豪強田承嗣床頭金櫃匣，向田顯示了「取汝首級，易如反掌耳」的實力，有力地遏制了田的野心，使兩地保全城池，萬人全其性命。〔註149〕以平民之軀反抗暴力，凸顯俠士不屈服於暴力的獨立人格。《柳毅傳書》中的錢塘君大戰歸來後，「所殺幾何？曰：六十萬，傷稼乎？曰：八百里。無情郎安在？曰：食之矣。」「昔堯遭九年洪水者，乃此子一怒也。」〔註150〕充滿著浩然正氣和不可侵犯的人格力量。從這些小說文本中，我們彷彿可以嗅到唐代士人對獨立人格的執著追求和無限渴望。那種嫉惡如仇、剛直不阿的錚錚鐵骨永遠是其人格中最為閃光的部分。

　　唐代是大一統帝國的時代。封建禮教束縛的相對鬆馳和人主觀精神的昂揚奮發，使得人們偏於高估自身的價值，強調個性自由，蔑視現存秩序和禮法傳統。對獨立人格的推崇，不僅表現在唐人小說中，更表現在唐代詩歌裏。「安能摧眉折腰事權貴，使我不得開心顏」，（李白《夢遊天姥吟留別》）〔註151〕李白的人生際遇，遠比自己期望的要差。他自詡頗高，一生卻窮困潦倒。正是這種對獨立人格的孜孜以求，使李白在窮困、坎坷而又傳奇的一生中，始終持強烈的進取心和積極的人生態度，即使退隱時也保持「不屈己，不由人」的傲兀氣概；始終抱著「但願東山謝安石，為君談笑靜胡沙」（《永王東行歌》）〔註152〕的理想，唱出了響徹時空的大唐之音。龔自珍說：「儒、仙、

〔註147〕清·彭定求：《全唐詩》，中華書局1960年版。
〔註148〕清·彭定求：《全唐詩》，中華書局1960年版。
〔註149〕張友鶴：《唐宋傳奇選》，人民文學出版社1982年版。
〔註150〕張友鶴：《唐宋傳奇選》，人民文學出版社1982年版。
〔註151〕清·王琦：《李太白集校注》，中華書局1977年版。
〔註152〕清·王琦：《李太白集校注》，中華書局1977年版。

俠實三，不可以合，合之以爲氣，又自白始也。」〔註153〕李白作爲唐代士人
的傑出代表，性格中兼具儒、仙、俠之特點。這種高潔傲岸的人生態度和對
獨立人格的追求，濃縮了唐代士人的心理需求，作爲解讀俠義精神的密碼，
存在於詠俠詩的文本中。我們從唐人詠俠詩中可以明顯看出這一點。虞世南
《結客少年場行》：「共矜然諾心，各負縱橫志。結交一言重，相期千里至……
輕生殉知己，非是爲身謀。」〔註154〕激昂大義、蹈死不顧的俠者形象呼之欲
出。盧照鄰「不受千金爵，誰論萬里功……橫行殉知己，負羽遠從戎。龍旌
皆朔霧，馬陣卷胡風。近奔瀚海咽，戰罷陰山空。歸來謝天子，何如馬上翁」
〔註155〕所描寫的遊俠勇士，其建功立業的豪邁氣概和重義輕生的俠義精神交
織在一起，任俠之氣表露無遺。「歸來謝天子，何如馬上翁」，他們高潔傲岸，
以布衣傲王侯的心情躍然紙上。這種「許國不謀身」的獨立人格精神，在很
多的詩作中均有表現：駱賓王《疇昔篇》：「少年重英俠，弱歲賤衣冠。」〔註
156〕張說：「劍舞輕離別，歌酣忘苦辛。從來思博望，許國不謀身。」(《將赴
朔方軍應制》)〔註157〕王維「孰知不向邊庭苦，縱死猶聞俠骨香」。(《少年行》)
〔註158〕李頎「少年學騎射，勇冠并州兒。直愛出身早，邊功沙漠垂，戎鞭腰
下插，羌笛雪中吹。」(《少年行》)〔註159〕正是這種樹人生偉業，建不朽殊功
的人生意氣，才使他們有視死忽如歸的決心和氣概，誰還去計較燕山刻石的
庸庸陋事呢？唐人赴邊塞苦地，更多人充滿對俠的欽佩和讚美，較少有升沉
浮降的榮辱之感，這和任俠風氣的高漲是分不開的。「長期形成的印象，李、
杜兩大詩人，似乎俠氣豪情只屬於李白，想到杜甫，總容易想著一位寒老窮
儒的模樣，現在看來，這是不準確的。」〔17〕杜甫亦頗具俠風，威猛不減、
俠氣逼人。試看其《壯遊》：「枕戈憶句踐，渡浙思秦皇。蒸魚聞匕首，除道
哂文章。放蕩齊趙間，裘馬頗輕狂。多獵青丘帝。呼鷹皂櫪林，逐獸雲雪岡。
射尺曾縱鞚，引臂落鶖鶬。蘇侯據安喜，忽如攜葛劍。」〔註160〕如此俠義豪
氣，比之任何一位唐代詩人，亦未稍減。

〔註153〕章培恒，駱玉明：《中國文學史》，復旦大學出版社 1997 年版。
〔註154〕清·彭定求：《全唐詩》，中華書局 1960 年版。
〔註155〕清·彭定求：《全唐詩》，中華書局 1960 年版。
〔註156〕清·彭定求：《全唐詩》，中華書局 1960 年版。
〔註157〕清·彭定求：《全唐詩》，中華書局 1960 年版。
〔註158〕清·彭定求：《全唐詩》，中華書局 1960 年版。
〔註159〕清·彭定求：《全唐詩》，中華書局 1960 年版。
〔註160〕清·仇兆鰲：《杜詩詳注》，中華書局 1979 年版。

　　《周易》云；「天行健，君子以自強不息。」建永世之業，流金石之功，
對政治理想的堅持和對獨立人格的追求是中國文人永恆和不懈追求的理想境
界。中國文人有著儒家理想主義的人生目標，有著地宇宙、對人生、對社會
深層的憂患意識和殉道精神。五千年的歷史，不乏投筆從戎、「聞雞起舞」、「枕
戈待旦」、「願乘長風破萬里浪」的仁人志士。中國文人普遍有著「帝王師」
的崇高理想，但卻一直壓抑地生活在帝王臣，帝王奴的現實中。「倡猶蓄之，
流俗之所輕也」這種現實中的依附人格窒息著中國文人的才氣，耗盡了士人
的精力。所以，獨立人格的追求是中國古代文人永恆的目標。文人們嚮往高
潔、崇尚自由、執著於對人格美的探尋。而俠的形象，俠義精神具有一種崇
高型、執著型、事業型、進取型、高潔型、自由型的人格美，正好成為中國
文人的一種心理代言、心理代替和心理補償。很自然俠的形象就成為士人們
獨立人格追求的符號和象徵。隨著唐代經濟、文化的繁榮和思想控制的相對
寬鬆，中國文人一直受壓抑的對獨立人格的追求終於像火山一樣爆發出來，
鎔鑄成文學史上極富個性和時代特徵的、空前絕後的盛唐氣象。

　　以上我們對詠俠詩中唐人主體意識張揚和獨立人格追求的符號象徵意義
作了闡釋。人們不僅要問，這種符號象徵意義又是如何形成的呢？文學是文
化的組成部分，文學創作及文學觀念的變化，實則是文化本身產生了變異。
時代和群體選擇了一種詩類，實際上就是選擇了一種感受世界、闡釋世界的
工具。西方接受美學認為，任何藝術在對人生價值的尋求中都離不開具體的
文化約定。藝術作為對人生意義的一種尋求，其闡釋也離不開特定的文化語
境。文化作為人的生存方式的類形式的體現，本身就是一個意義的世界。作
為藝術主體（俠），無論作者還是接受者總是在具體的文化語境中以藝術的特
殊的話語方式與世界對話，藝術文本（詠俠詩）即這一對話的產物。正是文
化語境構成了藝術闡釋的一個語義場，它作為一種符號性、結構性的功能整
體現實地規定和限制著藝術意義生成的方式和途徑。藝術是在它的內在結構
中，在它與現實的社會關係中，在它與創造者和接受者的關係中以符號形式
呈現出來。接受美學的理論有助於我們理解俠的符號象徵意義的生成。俠這
一藝術形象在特定的時代的語義場中其強悍威猛、法不能禁、來無蹤、去無
影、重然諾、重義氣的內涵承載了唐代士人追求獨立人格、自我意識張揚的
心理，較好地注解和闡釋了唐代士人的心聲。從這點出發，我們不難理解為
何像王維這樣的「詩佛」，依然崇俠，任俠使氣；為何賈島這樣的「詩僧」筆

下竟也有「千年磨一劍，霜刃未曾試」的劍客形象；不難理解任俠風氣為何在唐代涵蓋範圍如此之廣，以致唐人在服飾、飲食、娛樂、交友、處世、生活用品等社會生活各個方面也染上了俠風；不難理解唐人小說中黃衫客、謝小娥、崑崙奴、紅拂妓、聶隱娘形象會不絕於讀者眼前；不難理解唐代詩歌中，為何充溢著對個體生命價值的讚美肯定，對主觀精神世界的極度張揚及對平凡生活的詩意超越。

　　要之，有唐一代，遊俠熱潮、任俠風氣在社會各階層蓬勃興起、熾盛繁烈這一異常鮮活而重要的社會文化現象，不僅為那個時代注入了新鮮而寶貴的精神動力，而且作為一種時代風氣影響了一代詩人及其創作，豐富了唐詩的美學內涵，拓寬了唐詩的美學意境，極大地推動了唐代文學的繁榮。它崇尚宏大的氣魄和剛健的筆力，它抒寫英雄的氣概，它對主體意識的極度張揚，它對獨立人格的孜孜以求，給文學創作打上了深深的烙印。使詠俠詩從風格到內容均表現出極富個性的時代特徵和價值取向，是鑄就盛唐氣象——這一後世難以企及的藝術高峰的重要因素。

## 第五節　新見唐代詩人李問政佚詩及生平考

　　自《全唐詩》編定以來，因所涉文獻至廣，因而各種續、補之篇從未不斷。至陳尚君《補編》為一集大成之著，然巨璧微瑕、在所難免。筆者檢《唐代墓誌彙編》（周紹良主編，上海古籍出版社，1992 年），幸拾唐人佚詩一則。《全唐詩》及其《補編》亦不載其詩。作者李問政、新、舊《唐書》無傳，生平不詳。新見佚詩一則，僅存兩句，本文鉤沉其詩，順考其生平，為唐代詩壇增列一位詩人。

### 一、佚詩

　　李問政佚詩見於《唐代墓誌彙編》「天寶○一二」《大唐故右金吾衛胄曹參軍隴西李府君墓誌銘並序》，（以下簡稱《墓誌》）：「公諱符采，字粲……父問政，和州刺史，咸有令德，代高文儒。公即和州府君第二子也。弱冠，南郊輦腳，解褐洺州龍興縣尉。時太守齊公崔日用許其明敏，因遺和州府君書曰：公嘗為詩云：『五文何采采，十影忽昂昂。』今於符采見之矣。」可知李問政有令德，高文儒，能為詩。惜其詩散逸殆盡，今僅存「五文何采采，十

影忽昂昂」一聯。

## 二、籍貫

　　《墓誌》：「公諱符采，字粲，隴西成紀人也。……以開元二十有九年冬十有二日丙午終於西京永寧里之私第，春秋五十有八。……以天寶元年秋七月辛酉歸葬於洛陽縣平陰鄉邙山之北原，從先塋，禮也。」按人卒後從先塋歸葬故里，是爲禮也。李氏從先輩起即世居洛陽且以此爲故里，其籍洛陽應可信從，隴西成紀蓋其郡望。況唐人向有越認郡望之風，「一姓常不止一望，舉其著望，則目爲故家；舉其不著，則視同寒俊。李敬玄，譙人，而與趙郡李氏合譜；張說，洛陽人，而越認范陽；王縉祖太原，而越認琅琊。此三人皆宰相也，猶必冒認文宗。正所謂勢利之迫，賢愚不免」（岑仲勉《隋唐史》下《唐史》第六節，高等教育出版社，1957）。問政亦然。是可判定李氏乃洛陽人氏。

## 三、生平

　　問政生平無可考。《墓誌》云符采「弱冠，南郊輦腳，解褐洺州龍興縣尉。時太守齊公崔日用許其明敏，……一考丁和州府□憂，服闋，選授益州郫縣主簿。」按《元和郡縣圖志》（唐・李吉甫撰，中華書局，1983）、《新唐書》（宋・歐陽修、宋祁撰，中華書局，1975）卷三八《地理志二》載，洺州廣平郡，領縣永年、平恩、臨洺、雞澤、肥鄉、曲周，不領龍興。復檢《隋唐五代墓誌彙編》（陳長安主編，天津古籍出版社，1991，此本爲墓誌拓本影印本）洛陽卷第十一冊（P12）及《千唐誌齋藏石》（文物出版社，1983），我發現周氏《墓誌》之「洺」，原墓誌石刻本作「洛」字，蓋周氏誤辨爲「洺」（該字石刻較模糊，藏千唐誌齋，今據影印拓本辨）。洛州爲唐之東都、東京，與龍興俱屬河南道。唐間有以望郡，望邑指稱其地者，故曰洛州龍興。又崔日用無洛州任職事（見《舊唐書》傳四九《崔日用傳》，後晉劉煦撰，中華書局，1975），《新唐書》傳四六載與《舊唐書》同。崔日知爲日用從兄，顯達不及日用，「景雲中，爲洛州司馬」（《舊唐書》卷四九《崔日知傳》）。《墓誌》疑誤記，或爲溢美。綜上考，可知景雲中（710～711），日知任洛州司馬，時符采年二十七，故《墓誌》云其弱冠，解褐任龍興尉。崔氏亦才有機會許其明敏並遺問政書，一考符采丁父憂。據此，問政當卒於符采任龍興尉之一考後，

即景雲二年（711 年），或先天元年（712 年）。

　　《唐刺史考》卷三（P1502）「和州府」條云：「李問政，約開元六、七年（約 718、719）。《千唐誌・大唐故右金吾衛冑曹參軍隴西李府君（符采）墓誌銘並序》：『父問政，和州刺史……公即和州府君第□子也。……解褐□（汝）州龍興縣尉，……（以下文字同《墓誌》，不復引），』開元二十九年卒，年五十八。按崔日用約開元六、七年在汝州刺史任。」《唐刺史考》所本爲《千唐誌齋藏石》，與《唐代墓誌彙編》文字略有出入。蓋碑文漫滅之故。唐制，龍興隸屬汝州府，故郁著考爲汝州龍興。今據影印本，汝州爲誤考。又以崔日用開元六、七年在汝州刺史任，推李問政開元六、七年任和州刺史。若如此，開元六、七年符采亦任龍興尉。此條《墓誌》云符采於龍興尉上、崔公許其明敏，因遺書於和州府君可證。今以開元六年（718 年）計，符采已三十有五。《墓誌》豈能曰弱冠？問政任和州刺史，必在先天以前。開元六、七年之說，不可信。至於問政卒於開元二十九年，顯係張冠李戴，將李符采卒年和其父混爲一談。《墓誌》：「……父問政，和州刺史。」《唐尙書省郎官石柱題名考》卷三「吏部郎中」，卷八「司勳員外郎」條均列李問政。張說有《送李問政湘河北簡兵》詩（《全唐詩》卷八七，清・彭定求編，中華書局，1996）。知問政歷官和州刺史，司勳員外郎，吏部郎中，曾往河北簡兵，任職年份待考。又此條可補吳汝煜、胡可先《全唐詩人名考》之缺。《郎官石柱題名新考訂》「司勳員外郎」條：「李問政，在開元中。」按問政乃高宗、武后朝人，至遲先天中已卒。岑氏言開元中，非是。

## 四、世系

　　《墓誌》：「公諱符采，……五代祖穆，以盛德元勳，奄有神國，……暴隋□□……，曾祖琮，井硜令；祖敬上，衛州司馬；父問政，和州刺史，……及公既歿，二生明而蒙以秀才上第。……初，公有室二，周室將亡三歲，有子一焉，……夫人博陵崔氏，抱始孩之子，臨所天之喪，哀號□□，傷感行路，……嗣子比，襁褓呱呱，未克主事。」權德輿《唐故尙書工部員外郎贈禮部尙書王公改葬墓誌銘》：王公諱端，「乾元二年也，娶隴西李氏隋太師申國公穆五代孫吏部郎中問政之孫城門郎韶之女」（《全唐文》卷五○六，中華書局，1986）。按權載之文去隋已遠，參之周氏《墓誌》，「五代孫」當爲誤記。《唐尙書省郎官石柱題名考》卷三「吏部郎中李問政」條引《權載之文集》

二十四：「娶隴西李氏隋太師申國公穆五代孫吏部郎中問政之孫。」較《全唐文》卷五〇六闕六字，係引誤，應爲：「問政之孫城門郎韶之女」。據上述可以列其世系如下：

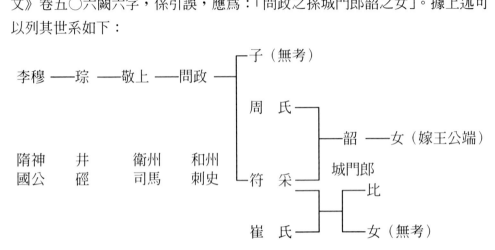

總括上考，可知，李問政爲高宗、武后時詩人。歷官和州刺史、司勳員外郎、吏部郎中，曾往河北簡兵，有令德、高文儒、能爲詩，惜其作品多有散逸，今僅見：「五文何采采，十影忽昂昂」一聯。長期以來，李氏與時消沒，不聞於世，今揭示眞相，亦爲唐代詩壇增列一位詩人。

# 第五章　多民族文化的融合互滲：
## 宋西夏金元隴右文學

　　西元 960 年，趙匡胤於陳橋驛發動兵變而黃袍加身，建立宋王朝，結束了唐季五代以來的分裂局面。1279 年，元世祖率蒙古鐵騎狂掃中原，建立了中國歷史上第一個由少數民族統治全國的元朝。本章論述宋西夏金元時期的隴右文學。

## 第一節　宋金元時期的隴右文學

### 一、宋代隴右文學的衰退

　　自南北朝以來，中國南方經濟得到迅速發展，北宋時，南方已超過北方，成為全國經濟重心，隨之文化重心亦向南方傾斜。宋代隴右文學基本上處於衰落期，北宋著名作家蘇舜欽、蘇軾、黃庭堅、游師雄等均有詠隴作品。

　　宋仁宗慶曆年間（1041 年～1048 年）西夏多次進犯宋朝，延州、慶州（今甘肅慶陽地區）渭州均被西夏佔領。消息傳來，朝野為之震動，作為詩人的蘇舜欽作《慶州敗》記此事：

　　　　首無耳準若怪獸，不自愧恥猶生歸。守者沮氣陷者苦，盡為主將之
　　　　所為。地機不見欲僥勝，羞辱中國堪傷悲。〔註1〕

　　全詩反映了當時的戰爭情況，對宋王朝積弱、積貧的腐敗現實給予抨擊。

---

〔註 1〕傅璇琮等主編：《全宋詩》，北京大學出版社 1999 年版，第 782 頁。（以下版本號略）

宋神宗時和吐蕃屢經征戰，於熙寧六年（1073 年）收復河州、岷州。哲宗時又將吐蕃首領鬼章等九人俘獲，押往京師，史稱「熙河之役」。作爲關注時務的詩人，蘇軾、黃庭堅等均作詩論此事，如蘇軾《獲鬼章二十韻》云：

> 青唐有遺寇，白首已窮妖。竊據臨洮郡，潛通講渚橋。
> 廟謀周召虎，邊師漢班超。堅壘千兵破，連航一炬燒。
> 擒奸從窟穴，奏捷上煙霄。詭異人圖像，驪娛路載謠。
> 幹誅非一事，伐叛自先朝。取道經陵寢，前期告廟祧。
> 西來聞幾日，面縛見今朝。〔註2〕

作爲一位務實的關注時務的詩人，蘇軾一方面對此役感到由衷的高興，同時，又對今後的邊防事務提出重要建議，此詩亦反映了宋詩「以議論爲詩」的風格。

另外，宋代詩人游師雄於元祐年間曾知秦州，作有《崆峒山》詩：

> 崆峒一何高，崛起乾坤闢。峻極倚杳冥，崢嶸互今昔。〔註3〕

李師中（1013～1078 年），字誠之，楚丘（今山東曹縣東南）人，舉進士，調并州推官。西夏事起，李師中任秦風路經略安撫史，知秦州／坐與王韶戰守意異，王安石在韶，遂降知舒州等地。元豐元年卒，年六十六，有文集《珠溪集》等三十卷。

在宋夏戰爭中，師中知秦州，親臨抗夏戰爭之前線，他與范仲淹、韓琦等均爲抗夏名將。在秦州期間，師中遍覽隴右風光，有《麥積山》詩一首：

> 路入青松翠靄間，斜陽倒影入溪灣。此中猿鶴休相笑，謝傳東歸自有山。〔註4〕

可知有宋一代，諸多文士都曾遊歷隴上，頗多篇什問世，宋代隴右文壇並不乏作家。此外，北宋詩人強至還有《送劉嗣復都官赴辟秦州幕府》四首：

> 安西幕府藹聲華，禮瞥迎門促去家。長日壯圖看劍氣，隔宵喜信報燈花。
> 輕裝度隴由來慣，逸轡追塵不待撾。賓主禦戎俱有策，只陪談笑卻邊沙。
>
> 十萬強弓略未彎，妖氛漸滅賀蘭山。元侯把詔開新府，上客隨書出故關。
> 詩酒不妨行樂外，功名只在立談間。主人待勒燕然石，誰道能銘獨姓班。

---

〔註2〕傅璇琮等主編：《全宋詩》，第 793 頁。
〔註3〕傅璇琮等主編：《全宋詩》，第 24567 頁。
〔註4〕傅璇琮等主編：《全宋詩》，第 35691 頁。

幾載關西任醉醒，一朝意緒屬責冥。舌端江海傾談韻，掌內風雲指陣形。

烏府中丞知國器，鴻極學士納旁庭。鸚鵡隴西迎賦筆，芙蓉幕裏近花期。

〔註5〕

此組詩風格蒼勁豪放，充滿建功立業的進取精神，直追唐音。與宋詩理性化、學術化。光風霽月般之風格頗有不同。

南宋時期，隴右地處抗金前線，一些愛國志士張炎、曲端陸游等橫戈馬上，親臨前線抗敵，寫下了慷慨激昂的戰鬥詩篇，代表了宋代隴右文學的最高成就。

張炎（1248年～約1320年）字叔夏，號玉田，又號樂笑翁，成紀（今天水市）人。客寓臨安（今杭州市）。南宋名將張俊的六世職，宋亡後，落拓浪遊以終。是宋末婉約派的著名詞人。張炎遭家國興亡之痛，故其詞「蒼涼激楚，即景抒情，備寫其身世盛衰之感」，多淒怨蕭瑟之音。如《高陽臺·西湖春感》云：

接葉巢鶯，平波卷絮，斷橋斜日歸船。能幾番遊？看花又是明年！東風且伴薔薇住，到薔薇、春已堪憐。更淒然、萬綠西泠，一抹荒煙。當年燕子知何處？但苔深韋曲，草暗斜川，見說新愁，如今也到鷗邊。無心再續笙歌夢，掩重門、淺醉閒眠。莫開簾，怕見飛花，怕聽啼鵑。〔註6〕

從內容看，這首詞可能寫於南宋滅亡之後。它以語言清麗、情景兼到見長，寓傷今懷惜之感，被許多人譽為頗具藝術魅力的代表之作。

曲端（1091年～1131年），字正甫，一作師尹，南宋鎮戎軍（今鎮原縣）人。南宋高宗建炎時，曾駐守陝西、甘肅東部一帶，多次抗擊西夏軍隊和金兵的進犯，頗建戰功。他的詩常以抗金鬥爭為題，以抒發自己的愛國激情。曾有詩云：

破碎山河不足論，何時重到滑南村。一聲長嘯東風裏，多少人歸未斷魂。〔註7〕

這首詩反映了他敢於抵禦侵略，誓死收復失地的志向。

---

〔註5〕傅璇琮等主編：《全宋詩》，第25691頁。

〔註6〕唐圭璋編：《全宋詞》卷五九四，中華書局1965年版。（以下版本號略）

〔註7〕傅璇琮等主編：《全宋詩》。

陸游（1125 年～1210 年），字務觀，號放翁，南宋山陰（今浙江省紹興）人。宋代偉大的愛國詩人。南宋孝宗隆興間賜進士出身。中年曾至今陝西及隴右一帶，投身軍旅生活，前後達九年。曾到過今甘肅武都、天水部分地方。《夢從大駕親征》詩云：

> 天寶胡兵陷兩京，北庭安西無漢營。五百年間置不問，聖主下詔初親征。……駕前六軍借錦繡，秋風鼓角聲滿天。首葍峰前盡停障，平安火在交河上。涼州女兒滿高樓，梳頭已學京都樣。〔註8〕

又如：《隴頭水》

> 隴頭十月天雨霜，壯士夜挽綠沉槍。臥聞隴水思故鄉，三更起坐淚成行。我語壯士勉自強：「男兒墮地志四方。裹屍馬革固其常，豈若婦女不下堂。」生逢和親最可傷，歲輦金絮輸胡羌，夜視太白收光芒，報國欲死無戰場。〔註9〕

兩詩以飽含激情的筆觸，描寫了隴右壯麗的河山，表達了詩人抗金主戰，收復失地的雄心壯志。充滿了豪情和熾烈的愛國主義情感，千百年後讀之，一顆報國丹心躍然紙上。

## 二、金元時期的隴右文學

金元時期，隴右文人著名者無多，主要有邾經（亦作朱經），字仲誼（亦作仲義），號觀夢道士，又號西清居士。煙霞無為大師梁志通、金代隴右詩人鄧千江及外省寓隴文人劉汲等有詩傳世。

劉汲生卒年不詳，字伯琛，自號而岩老人。金代渾源（今山西省渾源縣）人。曾任慶州（今甘肅慶陽）舉事判官，有《西巖集》傳世。其《慶州回過盤嶺宿義園》詩云：

> 隨馬雨不急，催人日欲晡。山從林杪出，路到水邊無。
>
> 拘縛嗟微宦，崎嶇走畏途。村家應最樂，雞酒砧且呼。〔註10〕

全詩典型地再現了隴右風光，全詩風格沖淡悠遠，意境深長。用親切明快之筆，描繪山村田野之生活畫面，漫然成篇而臻化境。

梁志通是山西介休人，丘處機的再傳弟子，十二歲即辭親悟道，在得馮

---

〔註8〕宋·陸游：《劍南詩稿》。
〔註9〕傅璇琮等主編：《全宋詩》。
〔註10〕清·顧嗣立編：《元詩選》，中華書局 2002 年版。

志清眞傳之後，即云遊四方。元世祖至元初年，離太原東山聖泉觀南遊汴京（今河南開封），最終涉關陝而抵秦州。城北天靖山麓林壑幽美、山泉淙淙，於是棲跡修行，祈禱者有求必應，由此名聲大振。元世祖至元十三年（1276年）募化建太上殿，至元二十六年（1289年）再建玉皇殿，依次復興宋末被毀的玉泉觀，並任玉泉觀第一任知觀，收 18 人作弟子，開闢了全眞道派。因爲他對玉泉觀和道教的特殊貢獻，濟寧郡王帖木兒賜號「煙霞無爲大師」。大約在元成宗大德年間，梁志通仙逝觀內。今玉泉觀有梁志通遺跡多處，其中「三仙洞」之中洞專祀梁志通。現存刊於元世祖珤元三十年（1293 年）的梁志通詩碑一方，詩云：

> 大道蓬廬樂自遊，風光彷彿象瀛州。庵前草木長春景，物外雲山不夜秋。
> 鬼關旭罡三尺劍，神藏天地一虛舟。從來抛劫紅塵事，勘破浮生只點頭。
> 〔註11〕

玉泉風光無限，修道隱居自然是心靜如水，任紅塵滾滾，其奈我何！

鄧千江，生卒年不詳，金代臨洮府（今甘肅臨洮縣）人，是金代隴右地區博學工文之士，其代表作有《望海潮》詞：

> 雲雷天塹，金湯地險，名藩自古皋蘭。營屯繡錯，山形米聚，
> 襟喉百二秦關。鏖戰血猶殷見陣雲冷落，時有雕盤。靜塞樓頭曉月，
> 依舊玉弓彎。
>
> 看看定遠西還，有元戎閫命，上將齋壇。甌脱晝空，兜鍪夕解，
> 甘泉又報平安。吹笛虎牙間，且宴陪朱履，歌按雲鬟。招取英靈毅
> 魄，長繞賀蘭山。〔註12〕

楊愼對此詞頗推崇，謂「金人樂府，稱鄧千江《望海潮》爲第一。」從中可見鄧千江是金代文壇之地位。看來，金代隴右文學亦有其輝煌之處，在全國文壇當能占一席之地。

郝天挺〔註13〕（1247 年～1313 年），字繼先，爲蒙古族朵魯別部，安肅

---

〔註11〕該碑現存天水市玉泉觀。

〔註12〕唐圭璋編：《全金元詞》，中華書局 1979 年版。

〔註13〕王士禎《池北偶談》曰：「金、元間有兩郝天挺，一爲元遺山之師，一爲遺山弟子。考元史《郝經傳》云，其先潞州人，徙澤州之陵川，祖天挺，字晉卿，元裕之嘗從之學。裕之謂經曰：『汝貌類祖，才器非常者是也。』其一字繼先，出於多羅別族，父哈賞巴圖爾元太宗世多著武功。天挺英爽剛直，有志略，受業於遺山元好問，累官河南行省平章事，追封冀國公，謚文定；爲皇慶名臣，嘗修《雲南實錄》五卷，又注《唐詩鼓吹集》十卷。近常熟刻《鼓吹集》，

州（今甘肅省敦煌市）人，元代著名文學家。郝天挺的事蹟見於《元史》、《（乾隆）大清一統志》、《河南通志》、《新元史》、《池北偶談》等官私史乘。《元史》卷一百七十四郝天挺本傳云：「郝天挺，字繼先，出於朵魯別族，自曾祖而上，居安肅州，父和上拔都魯，太宗、憲宗之世多著武功，爲河東行省五路軍民萬戶。」〔註14〕據《元史》記載，至元中，郝天挺以勳臣子弟入朝，先備宿衛於春宮，身負啓沃皇子眞金之責。尋除參議雲南行尚書省事，升參知政事，又擢陝西漢中道廉訪使。未已，入爲吏部尚書，尋除陝西行御史臺中丞，又遷四川行省參政及江浙行省左丞，俱不赴。拜中書左丞，與宰相論事，有不合，輒面斥之，武宗入正大統，郝天挺頗效輔佐定策之勞。仁宗臨御，參與大政，革尚書省之弊，皇慶之治，其功居多。又出爲江西、河南二省右丞，召拜御史中丞。皇慶二年（1313 年）卒，年六十七。他歷事世祖、成宗、武宗、仁宗四朝，頗著政聲，躋身於名宦之列。

《新元史》本傳稱：「天挺，字繼先，受業於元好問，以勳臣子召見，世祖嘉其容止，詔以文學之事侍皇太子。」〔註15〕又云：「好問撰《唐詩鼓吹》十卷，天挺爲之注。趙孟頫序其書，以爲唐人之於詩非好問不能盡去取之工，非天挺亦不能發比興之蘊云。」綜合《元史》、《新元史》記載可知，郝天挺的生父在蒙古帝國時期就一直征戰、生活在中原地區。郝天挺作爲勳臣子弟在學習深造方面，較之其他蒙古族士子具備了更爲優越的經濟條件和人文環境，爲他後來的文學成就奠定了基礎。

《唐詩鼓吹》爲唐代七言律詩選集，金代元好問編選，書共十卷，選七言律詩 596 首，詩人 96 家。作者大都爲中唐晚唐詩人，對許渾、陸龜蒙、杜牧、李商隱、譚用之等作品選錄尤多。入選詩歌多爲傷時感懷之作，間有娛情悅志之篇，但風格頗清朗開豁，此書有元代郝天挺注本。王士禎《池北偶談》云：「是集所錄皆唐人七言律詩，凡九十六家，共五百九十六首，作者各題其名，惟柳宗元、杜牧題其字，未喻何故。第四卷中宋邕詩十一首，天挺注以爲實出曹唐集中，題作宋邕，當必有據。然第八卷中胡宿詩二十三首，

---

〔註14〕明·宋濂等《元史》卷一百七十四《郝天挺傳》。
〔註15〕《新元史》卷一百四十八《郝和尚拔都本傳》，北京開明書店 1935 年版，第308 頁。

今並見文恭集中，實爲宋詩誤入，則亦不免小有疏舛，顧其書與方回《瀛奎律髓》同出元初，而去取謹嚴，軌轍歸一，大抵遒健宏敞，無宋末『江湖』、『四靈』寒儉之習，實出方書之上。天挺之注，雖頗簡略，而但釋出典，尙不涉於穿鑿，亦不似明廖文炳等所解橫生枝節，庸而至於妄也。據都昂《三餘贅筆》，此書至大戊申江浙儒司刊本。舊有姚燧、武一昌二《序》，此本佚之。又載燧《序》，謂宋高宗嘗纂唐、宋軼事爲《幽閒鼓吹》，故好問本之。按三都二京，五經鼓吹，其語見於《世說》，好問立名，當由於此。燧所解，不免附會其文也。」〔註16〕《唐詩鼓吹》是現存最早的一部唐七言律詩選本，在明及清初，流傳甚廣，影響較大，出現了不少評注本，並引起許多著名學者的注意，如錢謙益、何焯、紀曉嵐等都曾爲之批點作序。郝天挺爲之作注，對該書的流傳推廣起了很好的作用，從此也可見隴右作家對中國文學的貢獻。

郝天挺工詩能文，其漢文化水準堪稱絕倫，其《麻姑山》詩即洋溢著濃鬱的浪漫氣息：

> 路入雲關寂不嘩，瓊田瑤草帶煙霞。貯經洞古無遺檢，養藥爐存失舊砂。青鳥空傳金母信，彩鸞應到玉皇家。岩扉砂掩春常在，開遍碧桃千樹花。〔註17〕

這首七言律詩可謂典型的遊仙之作，作者登麻姑山而遐想麻姑、金母與玉皇的相互關係，作者展開對傳說中的天帝玉皇與神話中的仙女麻姑、金母的聯想，句句渲染仙境。瓊田瑤草、煙霞均給詩蒙上了一層神秘而虛幻的色彩。

余闕（1303 年～1358 年），字廷心，元末官吏，先世爲唐兀人，世居河西武威（今甘肅武威）。元統元年（1333 年）進士，始任泗州（今安徽泗縣）同知，監察御史，官至浙東廉訪司僉事。順帝至正十八年（1358 年），農民起義軍陳友諒攻破安慶，他自刎而死，《元史》有傳，著有《青陽集》四卷傳於世。

余闕雖是西域胡人，但生活在元代大一統的疆域之內，受漢文化影響，文學、史學造詣頗深，曾先後參加《宋史》、《遼史》、《金史》的編撰。《元史》本傳稱余闕「留意經術，《五經》皆傳注。」可見，他精通儒學，又稱「其爲文又有氣魄，能達其所欲言。言詩體尙江左，高視鮑、謝、徐、庾以下不論

---

〔註16〕清・王士禎：《池北偶談》。
〔註17〕金・元好問：《中州集》。

也。篆隸亦古雅可傳。」文如其人，余闕的文章很能反映他剛直的性格和峭拔的思想。余闕的不少詩作爲剛烈峭拔的詠俠詩，如其《白馬誰家子》詩：

> 白馬誰家子，綠巒縵胡纓。腰間雙寶劍，崔璨雪花明。
>
> 甫出金華省，還過五鳳城。君王賜顏色，七寶奉威聲。
>
> 夜入瓊樓飲，金樽滿繡栖。燕姬陳屢舞，楚女奏鳴箏。
>
> 慷慨顧賓從，英風四座生。一朝富貴盡，不如秋草榮。
>
> 黔類固貧賤，千載有餘名。〔註18〕

《白馬篇》本是樂府古題，曹植《白馬篇》云「白馬飾金羈，連翩西北馳。借問誰家子，幽并遊俠兒。少小去鄉邑，揚聲沙漠垂。」〔註19〕唐代李白《獨不見》亦云「白馬誰家子，黃龍邊塞兒。天山三丈雪，豈是遠行時。」〔註20〕這首詠俠詩，顯然繼承曹植、李白等的詠俠詩而來，又表現出元代鮮明的生活氣息。正如元代李祁《青陽先生文集》序云：「廷心詩尚古雅，其文溫厚有典則，出入經傳疏義，援引百家，旨趣精深，而論議閎達，固可使家傳而人誦之，鑿鑿乎其不可易也。惜其稿煨燼無遺，獨賴門人郭奎掇拾於學者記錄之餘，得數十篇以傳，而或者猶以不見全稿爲恨。夫以一草一木之微，已足以觀造化發育之妙，則凡世之欲知廷心者，又奚以多爲尚哉？昔太史司馬公，述屈原《離騷》之旨，謂推其志可與日月爭光。嗚呼，屈原不可尚矣，千載而下，知廷心者其無司馬乎？廷心嘗讀書青陽山中，及仕而得祿，多聚書以惠來學，學者稱爲青陽先生，故是集亦以青陽爲名云。」〔註21〕

郟經（一作朱經），字仲誼，號觀夢道士，又號西清居士，祖籍隴右，是元末明初著名文學家。郟經少時學明經，善持論，主華亭邵氏義塾。元代至正初，以《毛詩》舉鄉貢進士，任蘇州儒學正。張士誠據吳，辟其爲承德郎行元帥府經歷，辭不就。明洪武四年（1371）爲浙江考試官。僑居吳山下，往來蘇、松間，自號「鶴巢」、「借巢」。博聞強記，工詩文，擅八分書，與當時著名詩人楊維楨、徐一夔、林雲翰、貝瓊等人交厚，又與曲家鍾嗣成、夏庭芝、賈仲明等有深交。詩文有《觀夢集》、《玩齋集》行於世。作雜劇四種，其中《玉嬌春》僅存殘曲一支；《死葬鴛鴦冢》存殘曲二套；餘《西湖三塔記》、《胭脂女子鬼推門》二種皆佚，散曲僅存小令一首。郟經的詩，鮮明地表現

---

〔註18〕元・余闕：《青陽集》，《四部叢刊續編》影印本。

〔註19〕梁・昭明太子編、唐・李善注：《文選》，第873頁。

〔註20〕清・王琦注：《李太白全集》，中華書局1977年版，第262頁。

〔註21〕元・李祁：《雲陽集》卷四，文淵閣四庫全書影印本。

出這種風格，如其《奉陪志學彥魯仲原三君同登虎丘漫賦長句就呈居中長老》
詩云：

> 虎丘山前新築城，虎丘寺裏斷人行。胡僧自識灰千劫，蜀魄時飄淚一聲
> 漸少松杉圍窣堵，無多桃李過清明。向來遊事誇全盛，曾對春風詠太平。
>
> 〔註22〕

詩風清新流麗，甚有唐人風韻。何景明《與空同先生》云：「宋詩深，卻
去唐遠；元詩淺，卻去唐近。」〔註23〕元人在主觀上努力學習唐人的渾融流
麗、體式端雅，而力矯宋詩的瘦硬生澀之弊。這種努力使得元人創作上更具
有唐詩含蓄蘊藉之特點，郝經的詩歌創作明顯具有這種特色。

# 第二節　宋西夏金元隴右石刻

宋西夏金元時期，隴右地區石刻文獻遺存異常豐富，是古代隴右文化的
重要組成部分。對隴右金石墨蹟的整理與研究，是整個隴右歷史文化研究的
一個重要組成部分。做好這方面的工作，對挖掘隴右歷史寶藏，繁榮隴右文
化，加強隴右自然與人文資源的開發，促進隴右旅遊開發，推動隴右經濟社
會發展，使其形成獨特的地域文化特色和人文景觀有著重大意義。

## 一、宋代隴右石刻的文化價值

關於隴右金石，宋代王象之《輿地碑記目》收錄較多，此外，歷代金石
著錄，除成縣《西狹頌》摩崖外，很少收錄及隴右金石，就連隴右金石也是
「多則十餘，少則一二」（王鍔《隴右石刻》）〔註24〕。孫星衍和階州（今甘
肅省武都區）人邢澍合著的《寰宇訪碑錄》也只是收錄了《西狹頌》、《耿勳
碑》和少數武都宋刻。民國年間，隴上著名學者張維在《甘肅通志稿‧金石
志》的基礎上，搜羅舊志，輯錄遺文，親自考察、加上四方朋友寄贈拓片，
編成《隴右金石錄》一書，共十二卷。此書按時間編目，其形式常於碑文後
錄前人跋語，後加按語，考證歷史，辯證謬誤。該書是第一部系統著錄、考
證隴右金石的專著，也是唯一的隴右石刻文獻，其內容涉及本地區政治、軍
事、經濟、文化交流、民族融合、宗教信仰等多方面的內容，反映了隴右大

---

〔註22〕清‧顧嗣立：《元詩選》，中華書局 2002 年版。
〔註23〕明‧何景明：《大復集》，文淵閣四庫全書影印本。
〔註24〕胡大浚：《隴右文化叢談》，甘肅教育出版社 1998 年版，第 193 頁。

地上各民族的活動情況和中西交流的歷史，具有很高的史料價值和文獻價值。

　　隴右宋代石刻，具有代表性的是北宋李昉的《周故少師王公神道碑》、《周故少師王公墓誌銘》，兩碑出土於甘肅省禮縣城西南 15 公里的石橋鄉。王仁裕爲晚唐五代時期著名文學家，但其一生事蹟缺乏系統整理，王仁裕《神道碑》、《墓誌銘》的出土，爲系統整理、研究王仁裕著作、生平等奠定了堅實基礎，隴南學人蒲嚮明在兩碑的基礎上系統考證了王仁裕的生平、著作。〔註25〕在學術界有一定影響。

　　隴右宋代石刻中，另一代表性碑刻是南宋抗金名將吳挺神道碑《世功保蜀忠德之碑》，現存成縣博物館。吳挺，字仲烈，爲南宋抗金名將吳璘第五子，德順軍隴幹（今甘肅靜寧縣）人。當時正處於「靖康之變」後宋金交戰的嚴峻時期，吳挺出身將門，二十三歲從其父參加保衛大宋疆土的戰鬥，屢建奇功。孝宗朝，領父職，坐鎮陝甘翊衛巴蜀，後任利州（今四川廣元市）西路安撫使，兼知利州，以抗敵備邊，爲朝廷所倚重。光宗紹熙四年（1193 年）積勞成疾，卒於興州（今陝西略陽），葬於成州（即今成縣），終年五十五歲。《世功保蜀忠德之碑》立於南宋嘉泰三年（1203 年），高大偉岸，碑體鑲嵌於高出地面 1.8 米、寬廣 5.6 米的四螭托碑碑趺上。碑的正面，頂部爲鎏金篆額「皇帝宸翰」四字，四周環刻二龍戲珠圖案。碑陰中部刻楷書「世功保蜀忠德之碑」，爲宋寧宗所書。下部刻銘文 652 字和壽字佛手圖案。碑陰額篆「世功保蜀忠德之碑」，飾二龍鬥寶圖。中部刻碑文 8416 字，是當時國子祭酒高文虎奉寧宗敕命所撰，起居舍人，實錄院檢討官陳宗召奉敕書丹。碑文詳盡記述了吳挺家世和他參與的宋金在甘肅境內的德順之戰、瓦亭之戰、鞏城之戰等戰役，以及保境籌邊的功績，比《宋史·吳挺傳》1300 字多出 7000 餘字。詳略懸殊，而且早於《宋史》記載，此碑足可補《宋史》正史記載之不足。

　　隴原大地是全國發現宋磚雕墓葬較爲密集的地區，在定西、隴西、漳縣、渭源、臨挑、寧、榆中、清水等地都有出土。隴右清水縣境內已發現古墓葬 200 多處，尤以宋金時磚雕彩繪墓葬最多，有 30 多處，其中保存完好的有 10 餘處，高浮雕畫像磚 1000 多件。中國戲劇史研究中，元雜劇從宋金戲曲發展而來是無疑的，然由於現存資料太少，宋金戲劇的發展情況研究相當薄弱，僅限於金代董解元西廂記諸宮調等。清水縣境內出土的大量宋金時期的畫像磚中，有一類以展現宴樂舞蹈場景的畫像磚，如清水縣紅堡鄉賈灣墓中單人

────────────

〔註25〕蒲嚮明：《玉堂閒話評注》，中國社會出版社 2007 年版。

擊鼓、雙人腰鼓舞、撫琴錘聲、單人吹笛、雙人吹雨、伴舞圖等；金代畫墓中畫像磚又以佛、道樂伎為主。其製作既有浮雕形式，又有線刻形式，形象生動，刻畫細緻，藝術表現力極強。為宋金時期音樂和戲曲史的研究提供了難得的圖像資料，使我們認識到金代隴右地區早期戲劇的演出形態，演出場景等。同時，宋代以後，全國經濟重心南移，隴右地區經濟下滑，逐漸變成貧窮落後的邊遠地區。在相對偏僻的隴右地區出土大量戲劇表演的畫像磚，意義更非同尋常，它使我們聯想到宋金時期戲曲在民間的普及程度，既然隴右地區戲曲演出盛況空前，戲曲深入到下層民眾的日常生活當中，那麼，在經濟富庶的江南一帶，可以想像戲曲演出又將是如何的繁榮局面了。一種藝術形式只有深受老百姓的喜聞樂見，才能傳之久遠，這正是戲劇這種藝術形式長盛不衰的內在根據。

## 二、多民族文化影響下的西夏金元隴右石刻

西夏王朝曾經一度佔領河西走廊，在河西地區有著標本般的文化遺存。《涼州重修護國寺感應塔碑》鑴刻於西夏崇宗天祐民安五年（1095 年），原矗立在涼州（今甘肅武威市）大雲寺內，現藏於甘肅武威市博物館的石刻陳列室。這是一座西夏文和漢文對照的碑刻，碑高 2.5 米，寬 0.9 米。正面刻西夏文，碑額為篆書 2 行 8 字，意為「敕感應塔之碑文」，正文用西夏文楷書鑴刻，凡 1820 字。碑的背面用漢文鑴刻，碑額亦為篆書，原有 3 行 12 字，上部已漫漶，殘存「重修、寺感、碑銘」3 行 6 字，正文為楷書。該碑於清嘉慶九年被隴右著名學者張澍所發現。《護國寺感應塔碑》由於發現時間最早、保存的西夏文字數量最多、記錄的內容最完整，是迄今所見最大、最完整、內容最豐富、最有價值的西夏碑刻之一。碑文為研究河西走廊歷史、西夏歷史提供了一些寶貴的史料，如記載裝修寶塔時有「百工」，有助於研究西夏時期涼州工商業經濟的繁榮和所處地位的重要，反映官制的材料，碑文有「大恒歷院正」、「內宿神策承旨」、「中書正」、「皇城司正」、「南院監軍」等職官，多為史籍所失載，可與史籍參校補充。同時，《護國寺感應塔碑》可謂「漢夏合璧」，說明漢族與党項等族人民和睦相處，從一個側面上反映出隴右地區民族交流融合的情況。

1985 年，有關部門維修鐵路護坡時，在甘肅省天水市伯陽鄉南集村宋墓樂伎畫像磚。該墓出土畫像磚共三十三塊，其中有關戲曲、曲藝的有七塊（其

他均爲花鳥變形圖案等）。該墓根據墓葬形制及出土文物，鑒定爲宋墓。其中一塊碑文磚記述墓主是「秦州隴城人」。秦州隴城，在宋時所指即現在北道區一帶，並非是秦安縣隴城鎮。看來墓主是遷居到今天水市北道區馬跑泉鄉、伯陽鄉附近，故墓碑文中記述了墓主家屬爲下葬不得不賣地以及留下一塊墳地四址的情況，知見人李定度。由於碑文磚刻字跡較粗糙，加之年代久遠，碑中很多文字已辨認不清。根據可辨文字，可以看出墓主決非達官貴人，可能是以賣藝爲生的「路岐少」、「或半農半藝的」的「路岐人」。碑文如下：

□□□水□放秦州□隴城□第二□□婦人□□□十百□□韭
山□□□墓□□□□墓銀錢九萬九千二百□□抬八分付與天府地神
四至姑後者惠在書龍西□□□至□□北至玄武至蒼天下至祀泉□□
□□□知見人李定度書大人名山南□地人非上天賣地□□□靈一居
□□□□□之□辰望□□墓立□□□□□居之。〔註26〕

該碑是我國已發現的戲曲文物中的珍寶，此碑的出土，對研究隴右地區、尤其是甘肅的音樂、戲曲曲藝史有十分重要的意義。

元代隴右石刻，現存代表性的有趙世延家廟碑和天水玉泉觀元代碑刻等。趙世延家廟碑位於禮縣城南 1 里處，元仁宗延祐 3 年（1316 年）秋建。由龍首、碑身、龜趺三部分組成，爲翰林學士承旨程鉅夫奉敕撰文，元代著名書法家趙孟頫奉敕書丹並篆額面額書「敕賜雍古氏家廟碑」八字，正面四周陰刻串枝蓮文，中間刻文皆爲楷書，共 1230 多字。碑文記載了翰林學士承旨、中書平章政事趙世延祖孫三代六英，爲建立和鞏固元朝政權所創的豐功偉績，對研究元蒙歷史和書法藝術有極高的價值。

位於天水市北山的玉泉觀是隴右地區的一座名觀，保存有規模宏大的古代建築群落，宮觀生態優良，古木參天，同周遭地區的植被和人文景觀形成巨大的反差。特別值得稱道的是，宮觀中保存了 40 多通古代碑刻，其中 4 通元代碑刻尤爲珍貴：分別是大德六年（1302 年）《敕封東華帝君五祖七眞碑》、大德六年（1302 年）《創建玉泉觀碑》、至大三年（1310 年）《加封東華帝君五祖七眞碑》、延枯三年（1316 年）《石文聖化之碑》。這四通元碑中，《石文聖化之碑》泐蝕嚴重，僅可辨識 30 餘字，知其碑所記爲奉祀文昌帝君。而碑額題《大元封全眞祖宗詔書碑》，似與所見碑文內容不符，需做進一步考證。《敕封東華帝君五祖七眞碑》被《道家金石略》全文收錄。《道家金石略》還

---

〔註26〕 畫像磚現存天水市麥積區博物館。

收錄了至正十六年（1356 年）刻立的《重建玉泉觀記》碑和《至大詔書碑》。《至大詔書碑》係元武宗對全眞道五祖七眞和丘處機弟子尹志平的褒封制詞，對於研究全眞道的歷史和玉泉觀創建沿革具有十分重要的史料價值。

# 第六章 明清隴右文學：有別於內地文壇的文化板塊

　　地理環境是人類基本的生存空間，人總是生活在一定德爾地理環境、地域文化氛圍中。中華遠古先民憑藉自己的經驗和智慧，已認識到人類居住的地表、水文、植被、動植物種類、山川等條件對該地域的物產、生物有一定影響，並進而影響到人類的精神現象及精神文化產品。因此，中國古人就已開始用地理學與文化學相結合的方法探討不同地域文化的文化特徵，古人所謂文人創作中「得山川之助」實質上已經認識到地域文化氛圍、地理空間分布與文學創作的關係。

　　秦雍山川，向稱極盛，此處有「華嶽、終南、西傾、崆峒、鳥鼠之山；有江、河、漢、渭、涇、灃、澄、灞之水；是故有羲、黃、文、武、周、呂之盛。有召伯、子鄉、子起、令公、子厚……，是故有《周易》、《書》、《詩》、《禮》之經；有兩《漢書》、《晉書》、《南北史》之史；有《素問》、《論衡》、《潛夫論》、《白虎通》、《左傳解》、《通典》、《西銘》、《正蒙》之傳；有漢、晉、唐及陳、隋、宋、元之詩。……《傳》云：天傾西北，故山川皆起於秦隴。」〔註1〕秦隴文人講究躬行，崇尚氣節、敢作敢為、敢於擔當。這種自然地理因素和隴右文化自身的長期積澱，使得明清隴右文學成為不同於內地文壇的文化板塊，別具自身的特色。

---

〔註 1〕明・胡纘宗：《雍音序》，見《隴右著作錄》，《中國西北文獻叢書》第 76 卷，影印民國三十七年（1948）本，第 475 頁。

# 第一節　明代隴上文士的文學創作

汪辟疆先生《近代詩派與地域》云：「夫民函五常之性，繫水土之情，風俗因是而成，聲音本之而異。則隨地以繫人，因人而繫派。溯淵源於既往，昭軌轍於方來，庶無詆焉。」〔註2〕每一個文學家都不可能擺脫地理環境對其的影響，任何一個作家一旦運用現實的體驗作為寫作的材料，就無法擺脫本土文化對自己靈魂的滲透。有明一代，隴籍作家在詩、詞、文、散曲、文學批評等各個領域均有驕人的創作實績，正是他們奠定了隴右文學在全國文壇的地位。

## 一、秦人而為「秦聲」：段堅、彭澤、門克新等筆下的隴右風光

段堅（1419 年～1484 年），字可久，號柏軒。皋蘭（今蘭州市）人，明景泰年間進士，為明代著名理學家薛瑄之弟子。著有《容思錄》、《柏軒語錄》等，今佚。據王烜《皋蘭明儒遺文集》統計，現存遺詩只十餘首，文十八篇，《明史》有傳。

段堅的創作主要在詩歌領域，他的詩具有較為深廣的社會內容，如《野老道旁行》借一個老農之口，揭示了貧苦農民的生活。其中云：

> 終年耕種無飽食，終歲紡織無暖衣。田舍賣卻及骨肉，豈徒糶穀與賣絲。不分殘疾與疲癃，那問飢寒及困窮。甕牖荊樞塵滿甑，徵徭彼此一般同。堪歎十羊有九牧，群梟爭啖一鼠肉。域中日日管絃聲，綺筵不論逃亡屋。……村村巷巷犬吠聲，十家九家貧到骨。〔註3〕

以淺近的口語入詩，披露在封建官府敲骨吸髓的征斂和繁重的徭役之下，勞動人民賣田鬻子、傾家蕩產的悲慘處境。表現出作者深切的憂國憂民情懷。

其詠景詩則充滿了對家鄉山川風物的喜愛。如《讀書五泉小圃》其二云：

> 風清雲淨雨初晴，南畝東阡策杖行。幽鳥似知行樂意，綠楊柳外兩三聲。〔註4〕

此詩描繪雨後郊行的恬靜美景，顯得清新自然、生機盎然，充溢著鮮活的生命活力，頗具畫意。

---

〔註2〕汪辟疆：《汪辟疆文集》，上海古籍出版社 1988 年版，第 291 頁。
〔註3〕王烜：《皋蘭明儒遺文集》，民國 32 年（1943）石印本。
〔註4〕王烜：《皋蘭明儒遺文集》，民國 32 年（1943）石印本。

　　彭澤（約 1470 年～1543 年），字濟物，蘭州人，幼學於外祖段堅。弘治三年進士，授工部主事，歷刑部郎中、徽州知府，明世宗時曾任兵部尚書，加太子太保銜。《明史》卷一九八謂「澤體幹修偉，腰帶十二圍，大音聲，與人語若叱吒。……所至以威猛稱。」《明史・藝文志》載彭澤有《幸庵行稿》十二卷，另有《詩文全稿》、《讀史目錄》、《懷古集》等多種，現均已散佚。今存佚詩文共約 86 篇。鼓澤現存的作品除《上陳言邊條疏》、《議處牧放馬匹疏》、《歧陽書院記》等表示思想政見外，大都為酬應之作。其成就主要是散曲，他的散曲文學性較強，抒發了崇尚大自然，熱愛家鄉的真摯感情。如《山坡羊・詠四時西津小圃》云：

　　　　到春來西津河水下，看千山萬山雪花。及時甘雨膏澤真無價。

　　過山家，賞名花。芳菲紅紫，巧丹青，難描畫。燕語鶯啼嬌更滑。

　　韶華小車兒，到處踏煙霞，對東風，沉醉煞。〔註5〕

　　細膩地描繪了蘭州華林山下西津橋（在今小西湖）一帶四季的風光。謳歌了家鄉蘭州美麗的風光景物，筆調細膩清新。彭澤的有些散曲也表述了憤世嫉俗思想。如《上小樓・樂閒》云：

　　　　我也曾名題虎榜，我也曾序列剡行。見了他競利爭名，惹是招

　　非，較短話長，你幾箱，我幾箱，家門興旺。下場頭破家兒一場飄

　　蕩！〔註6〕

　　這裡，可看出他對官場世情、榮衰的看法。深刻地揭露嚴酷現實。他的清新自然的散曲，可與元代名家的散曲相比。

　　門克新（1327 年～1396 年），明秦州門家河人，明朝初年，以儒士的身份選任秦州州學訓導，悉心教授，生徒人才輩出。明太祖洪武二十六年（1393 年），入朝述職，朱元璋「召問經史及政治得失。克新直言無隱，授贊善。」〔註7〕贊善在明代是一個職小而權大的諫官，可見朱元璋對門克新是重用的。

　　門克新學識淵博，才華豐贍，惜其文只留《長江萬里圖記》一篇。據明李東陽《秦州鄉賢祠記》載，門克新任左贊善期間，應制創作了《長江萬里圖記》。該文堪稱有明一代的一篇奇文：

--------

〔註5〕王烜：《皋蘭明儒遺文集》，民國 32 年（1943）石印本。

〔註6〕王烜：《皋蘭明儒遺文集》，民國 32 年（1943）石印本。

〔註7〕清・張廷玉：《明史》卷一三九，中華書局 1975 年版，第 3985 頁。

夫江之東流，上自錦城之西，下出三峽之口，過荊楚、越建業，而朝宗于海也。外則三江五湖，湘漢章貢諸水皆會之。其夾岸群山萃綠，煙雲萬狀；濫觴始自岷嶓，提封盡於吳楚。南條之大，直匹榮河；物產之饒，富於幽薊。其流縈洄曲折，或自西而東驚，則城邑在乎兩岸之南北；或自北而南趨，則城邑在乎兩岸之東西。可以通中國之漕舟，可以來番夷之獻貢。浩蕩汪洋，誠衛國之保障；湍瀚流急，實壯勢於神京。所謂天塹之險，自古為然也。故在唐虞，以冀州為王畿，而天下之來貢者皆由河而後達冀，是河為眾水之會要也。今我聖朝，海宇一家，而江為諸川之會要，亦猶唐虞以河為眾水之會要之意。是圖之所作也，豈徒遊目玩好之為哉？惟我皇上慎固疆域、保民致治，無時不在心胸之間，俱見於此也。其勵精圖治之誠，抑亦至矣！是宜皇天眷祐，奄有四海，中土奠安，四夷臣服，而鞏固皇圖於億萬世，誠可為後世聖子賢孫之高抬貴手也。〔註8〕

《長江萬里圖記》文章只有 320 餘字，然內涵頗為豐富，「文章以寫景起筆，以頌揚皇恩浩蕩落幕，既展示了作者忠於皇帝的仁智者的情懷，又很好的貫徹了太祖期冀讚美天下一統、萬姓順宣的政治意圖。」〔註9〕話語很符合朱元璋太平盛世的理想，因而受到朱元璋的賞識，門克新不久便官封禮部尚書。

門克新上任不久，即身染重病，朱元璋命宮廷太醫極力救治，養病期間薪俸照發。去世之後，朱元璋又命相關部門護送歸里安葬，並自製祭文特遣使節臨家諭祭。如此隆恩，為明代隴右所罕見。胡纘宗評價門克新時云：「公，寬厚和易人也，膺高皇帝寵信，亦奇矣。」門克新以其中正人品贏得了當時朝野的廣泛尊重。明憲宗成化五年（1469 年）秦州知州秦紘在文廟學宮前立門尚書祠，數年之後繼任者秦州知州傅鼐主持，約請著名文學家李東陽作《秦州鄉賢祠記》，詳記門克新生平。其中有評語說：「公起儒學，登台輔，得千載一時之遇，非其材器足任於用，惡可以幸致哉！」〔註10〕門克新還是淵博

〔註8〕清・餘澤春主纂，王權、任其昌纂修：《秦州直隸州新志》，光緒十四年版，現存天水市檔案局。

〔註9〕漆子揚：《明代禮部尚書門克新生平事蹟稽考》，《天水師範學院學報》2012 年第 1 期。

〔註10〕明成化十五年（1479 年），秦州知州鯑溪傅鼐重修文廟學宮和門克新祠堂，並和刑部主事秦州人張銳、國子生馬瑞等，邀請當時著名的文學大家、華蓋殿

的通儒，受朱元璋欽點，與劉三吾、胡季安、王俊華等二十七人，共同撰寫《書傳會選》，這部書在清代收在乾隆時期的《四庫全書》中。

張潛（1472 年～1526 年），字用昭，號東谷，今秦安縣隴城鎮部閣堂村人，張錦之子。張潛生而穎秀，八歲能詩，明孝宗弘治九年（1496 年）登弘治丙辰進士第，授戶部主事擢員外郎，丁艱服除改禮部郎中。後提任直隸廣平府知在職五年，郡中稱治。後又遷任山東布政使司右參政。因事遭誣，以計典罷，中外惜之。晚年家於華州。與武功康海、渼陂王九思相友善，常在一起飲酒作詩揮翰，縱談今古。其《遊玉泉觀》詩云：

> 鬱鬱澗底松，隱隱溪上竹。鳥韻和空山，峰巒翠可掬。
> 塵氛日糾纏，意會乃幽獨。洞古日月長，空窗斗牛宿。
> 吾生其磋跎，擬訪成都卜。但恐真仙人，空飛跡難復。
> 滄海成桑田，世途嗟反覆。何以抒我懷，山中酒初熟。〔註11〕

全詩從晉左思《詠史》化出，但表達的卻是嘯傲林泉、俯仰萬物、遊目騁懷時產生的哲理思辨。他認為「滄海成桑田，世途嗟反覆」，從而進一步深入地探求生命的價值和意義。綜觀全篇，作者打破成規，自闢徑蹊，不落窠臼，雋妙雅逸，不論繪景抒情，還是評史述志，都令人耳目一新。詩人感情的變化由平靜而激盪，再由激盪而平靜，極盡波瀾起伏、抑揚頓挫之美，該詩不愧是隴右盛傳的名篇佳作。

## 二、「海內文宗」李夢陽

李夢陽（1473 年～1530 年）字獻吉，號空同子，慶陽（今屬甘肅）人。家世寒微，弘治六年（1493）中進士後，歷官戶部主事，郎中，江西提學副使。他為人剛勁正直，敢於同權宦、皇戚作對，以至屢次入獄。最令世人震驚的一次，是他上書孝宗皇帝，歷數皇后之父張鶴齡的罪狀，差點為些送命。出獄後在街上遇到張氏，他仍痛加斥罵，用馬鞭擊落張氏的兩顆牙齒，從中可以看出他的為人性格。有《空同集》（亦作《崆峒集》）六十六卷。

---

大學士、吏部尚書、翰林院侍講兼修國史開筵官李東陽撰寫《門尚書祠堂記》，即《秦州鄉賢祠記》一文。陝西等處提刑按察司副使埠城□□鈺篆額、陝西等處提刑按祭司簽事杞縣邊□書丹、秦州同知汶川張琰、儒學學正錦城陳睿、訓導劍南王憲、宇江胡灝刻石立碑於門尚書祠堂內，即《秦州鄉賢祠記》碑。該碑現保存於天水文廟內，因多年的風雨浸蝕，字跡斑駁，模糊難識。
〔註11〕張潛詩作今存天水市玉泉觀碑廊。

　　李夢陽不但是明代隴右文壇之泰斗，亦是明中期復古思潮的領袖人物。對有明一代文學的發展有著深刻影響。《明史》卷二八六《李夢陽傳》云：「夢陽才思雄鷙，卓然以復古自命，弘治時，宰相李東陽主文柄，天下翕然宗之，夢陽獨譏其柔弱。倡言文必秦漢，詩必盛唐，非是者弗道。與何景明、徐禎卿、邊貢、朱應登、顧璘、陳沂、鄭善夫、康海、王九思等號十才子，又與景明、禎卿、貢、海、九思、王廷相號七才子，皆卑視一世，而夢陽尤甚。」〔註12〕弘治年間，李夢陽、何景明、王九思、王廷相、康海、邊貢、徐禎卿先後中進士，在京任職不時聚會，開始詩酒酬和，研討藝文，宣導復古，逐漸形成以李、何為核心的文學集團，史稱明代「前七子」。

　　在「前七子」之前，以李東陽為首的「茶陵詩派」崛起，對當時盛行的臺閣體有一定衝擊。以李夢陽為代表的「前七子」，高舉復古大旗，「反古俗而變流靡」（康海《對山集》卷十），重新尋找當時文學的發展出路，借助復古手段達到變革之目的，表現出他對文學現狀之不滿和對文學本質新的理解。李夢陽曾說：「古之文，文其人如其人便了，如畫焉，似而已矣。是故賢者不諱過，愚者不竊美，而今之文，文其人，無美惡皆欲合道」〔註13〕認為「今之文」受宋儒理學風氣影響，用同一種道德模式去塑造不同人物，其結果造成「完美是皆欲合道」的文學精神喪失。因此，李夢陽對宋人抨擊甚烈。他認為宋「無詩」而且「古之文廢」，其根源是理學：「宋人主理，作理語，於是薄風雲月露，一切鏟去不為。又作詩話教人，人不復知詩矣。」〔註14〕而與此相對的，李夢陽在文學方面最為推崇的對象，是民間真情流露、天然活潑的歌謠。李夢陽提出重視真情的主情論調，如他認為「詩者，吟之彰而情之自鳴者也」《空同集》卷五十一《鳴喜集序》）。「若似得傳唱《鎖南枝》，則詩文無以加矣」（李開先《詞謔·論詞調》）。他不僅倡言「真詩在民間」，而且有人向他學詩時，他竟教人傚仿《瑣南枝》——當時流行的市井小調。對自己的詩，他也批評說：「予之詩非真也，王子（叔武）所謂文人學子韻言耳，出之情寡而工之詞多者也。」〔註15〕這裡已經對整個文人詩歌的傳統提

〔註12〕清·張廷玉：《明史》卷二八六《李夢陽傳》，中華書局1974年版，第7348頁。
〔註13〕明·李夢陽：《空同集》卷六十六《外篇·論學上篇第五》，吉林出版社2005年版。
〔註14〕《缶音序》，見《空同集》，吉林出版社2005年版。
〔註15〕明·李夢陽：《空同集·序》，吉林出版社2005年版。

出了懷疑，表現出探求新的詩歌方向的意欲。

但是，把李夢陽上述觀點與他的「復古」理論對立地看待，甚至認爲這是他「承認錯誤」的表示，則完全不合事實。因爲「復古」的理論本身亦包含對眞情實感的重視，而且，李夢陽的詩也確有些民歌影響的地方。譬如他集子中，就收有經他改寫的《童謠二首》；他的《長歌行》等詩篇，也是以民謠的格調加上古樸的語言寫成的。只是，民歌的情感表現和語言，同文人文學的傳統實在不易融合成一體，而「復古」主要是就文人文學的傳統而言，它終究不能夠達到民歌那樣的率直天眞。

以李夢陽爲主導的文學復古運動，其意義一是要隔斷同宋代文化主流特別是理學的聯繫，二是爲了追求所謂「高格」。李夢陽說：「夫追古者，未有不先其體者也。」（《徐迪功集序》）在他們看來，各種詩、文體格，凡最早出現的，總是最完美的。這裡包含著某種崇古的偏見，但也有其合理的成分；當一種文學體式被創造了來的時候，也許並不精緻，卻總是生氣勃勃的，具有彌滿的精神力量——「格」首先是指此而言。所以，李夢陽在詩歌方面，主張古體以漢魏爲楷模，近體以盛唐爲榜樣；在散文方面，則最推崇秦漢。

李夢陽重視「調」——主要指詩歌音調的和諧完美。此外，他還提出一些寫作方法上的講究，如《再與何氏書》中所說「前疏者後必密，半闊者半必細；一實者必一虛，疊景者意必二」等等。這些歸納起來，又統稱爲「法」。在當時，這樣強調文學的審美特徵和藝術技巧，對於促進文學的獨立，使其與「道統」脫鉤，發揮了重要作用（如宋濂等強調「文道合一」者爲維護道的獨尊地位，無不貶斥對文學形式與技巧的探究）。

李夢陽等發起的復古運動對扭轉當時的文學風氣是強有力的，如《四庫全書提要》所稱：「學者翕然從之，文體一變。」自此宋、王的「文道合一」論，以及「臺閣體」可謂一蹶不振。即使到了晚期，李夢陽以及何景明等人對文學發展的貢獻和地位依然得到許多作家的肯定。如袁宏道《答李子髯》詩中有「草昧推何李，《爾雅》良足師」之句，稱讚之意溢於言表，足可見李夢陽在當時文壇的影響之大。

李夢陽的詩有不少以感懷時事、暴露現實爲題材，如《士兵行》、《石將軍戰場歌》、《玄明宮行》等，寫得情感激切，蒼勁沉鬱，顯然受到老杜詩風的影響。如《秋望》詩：

> 黃河水繞漢宮牆，河上秋風雁幾行。客子過壕追野馬，將軍韜箭射天狼。

黃塵古渡迷飛輓，白月橫空冷戰場。聞道朔方多勇略，只今誰是郭汾陽？
〔註16〕

　　詩作追懷名將郭子儀，眞摯地抒發了憂國憂民的情懷，風格老成悲壯。李夢陽還有一些感時經事之作，抒寫自己不幸的遭遇與不平的情緒，如《自從行》：

　　　　自從天傾西北頭，天下之水皆東流。若言世事無顚倒，竊鉤者
　　　　誅竊國侯。君不見，奸雄惡少椎肥中，董生著書翻上收。鴻鵠不如
　　　　黃雀啅，撼樹往往遭蚍蜉，我今何言君且休。〔註17〕

　　針對現實政治之弊病有感而發，語辭激烈慷慨，內心飽含憤懣之情。

　　李夢陽另外有些詩，表現情感深切而眞摯，寫出了以前詩歌中很少見的內容。如祭悼亡妻的《結腸篇》有云：「言乖意違時反唇，妾匪無忤君多嗔。中腸詰曲難爲辭，生既難明死詎知？」與一般「悼亡」詩多美化夫妻生活不同，這首詩借妻子的口吻，寫出了夫妻生活中的隔閡，眞實地描寫了婦女在情感上的要求與遺憾，這已經閃爍著晚明文學的點點光輝。

　　李夢陽除了繼承老杜風格之外，亦善於從漢魏樂府乃至民歌中汲取藝術創作之靈感。這使其部分詩作富有「饒歌童謠之風。」如《長歌行》云：

　　　　籠中鴨望水中鴨，一鳴一答：「汝雖有羽翼，不如我泛綠波，
　　　　食魚蝦，奔萍拍藻入煙浦。」籠中之鴨心徒苦。〔註18〕

　　用寓言式的民歌風味，表達了對無拘無束的自由生活的嚮往和讚美。李夢陽還有諸多歌詠家鄉山川景物和隴上風情的佳篇，如《鸚鵡》詩云：

　　　　鸚鵡吾鄉物，何時來此方？綠衣經雪短，紅嘴兩年長。

　　　　學語疑矜媚，垂頭知自傷。他年吾倘遂，歸爾隴山陽。〔註19〕

　　亦屬清麗之作，同時飽含對家鄉的深切依戀。李夢陽詩風以雄渾豪放爲主，兼有清麗俊逸之風格。王世貞曾云：「（夢陽）七言歌行，縱橫如意，開合有法，……五言律及五七言，絕時詣妙境；七言律雄渾豪麗，深於少陵。」〔註20〕胡應麟《詩藪》亦云：「獻吉歌行，如龍躍天門」，都深刻地提出了李夢陽詩獨步當時的境界。

---

〔註16〕明・李夢陽：《空同集》，吉林出版社2005年版。
〔註17〕明・李夢陽：《空同集》，吉林出版社2005年版。
〔註18〕明・李夢陽：《空同集》，吉林出版社2005年版。
〔註19〕明・李夢陽：《空同集》，吉林出版社2005年版。
〔註20〕明・王世貞：《藝苑厄言》，影印文淵閣四庫全書本。

　　李夢陽的散文，在當時也樹立了一種新的範式。如《梅山先生暮誌銘》一文：

　　　　正德十六年秋，梅山子來。李子見其體腴厚，喜握其手，曰：「梅山肥邪？」梅山笑曰：「吾能醫。」曰：「更奚能？」曰：「能形家者流。」曰：「更奚能？」曰：「能詩。」李子乃大詫喜，拳其背曰：「汝吳下阿蒙邪？別數年而能詩能醫能形家者流！」李子有貴客，邀梅山。客故豪酒，梅山亦豪酒。深觴細杯，窮日落月。梅山醉，每據床放歌，厥聲悠揚而激烈。已，大笑，觴客；客亦大笑，和歌，醉歡。李子則又拳其背曰：「久別汝，汝能酒又善歌邪！」客初輕梅山，於是則大器重之。……〔註21〕

　　李夢陽主盟文壇，於創作之外延攬後進，提拔人才。「天下翕然師榮之。」且不說此文內容上寫一個可愛的商人以及浪漫的生活情調，與充斥當時文壇的「皆欲合道」的「志傳」相比，已散發出一股清新的氣息。若純從藝術表現的角度觀察，與「臺閣體」那種刻板的描寫程式及平衍、拖沓的語言風格亦大異其趣。李夢陽對這位以前的好友，不像通常的墓誌銘作空洞的諛辭，或對其履歷作平板的敘述，而是圍繞梅山先後的離別、歸來、宴飲等事件展開細緻、生動的描繪。像「握其手」、「拳其背」等動作的描寫，對話的大量運用，使梅山先生的音容笑貌宛在目前。另外，語言勁練、句法緊湊也是此文的顯著特點。在墓誌銘中出現如此重視文學性的作品，表明一種新的文學觀正在形成。李夢陽的文學理論及其創作實績，對明代文學發展有著長久、深刻的影響，堪稱隴右乃至整個中國文學中一顆耀眼的明星。

## 三、胡纘宗、趙時春、金鑾等的「雍音」

　　有明一代，文學的地域特徵在創作中愈加凸顯。對於明代以來關隴地區作家創作的秦風秦韻，張兵先生有準確的論述：「秦風本指《詩經》十五國風中的十篇秦地民歌，其內容以描寫從軍戰鬥生活為主，詩風剛勁質樸，慷慨激昂，在《詩經》中較為獨特。因為當時秦國地近邊陲，常受西戎騷擾，大敵當前，使秦人養成『好義急公』、『修習戰備』、『尚武勇』、『尚氣概』之風尚。當然，秦隴地域詩風正式形成並產生廣泛影響，要到明代中期以後。明代文學復古派鉅子李夢陽、康海、王九思均為秦隴人士，他們提倡『文必秦

漢，詩必盛唐』，正是對地域文化的高度重視和自覺繼承。李夢陽是當時詩壇領袖，『才力富健，實足以籠罩一時』。陳子龍《皇明詩選》云：『獻吉志意高邁，才氣沉雄，有籠罩群俊之懷。其詩自漢魏以至開元，各體見長，然崢嶸清壯，不掩本色，其源蓋出於秦風。』後來學者論秦隴詩人之創作，多以『秦風』、『秦聲』標的。如《四庫全書總目提要》謂胡纘宗詩『激昂悲壯，頗近秦聲』，評孫枝蔚『詩本秦聲，多激壯之詞』。」〔註22〕

胡纘宗（1480 年～1560 年），字孝思，一字世甫，號可泉，一號鳥鼠山人，明秦安縣人，官宦出身。父親胡士濟是一位學識淵博的儒者，長期在四川雙流縣任教諭、知縣。受家風影響，胡纘宗酷愛讀書。傳說他幼年時，繼母虐待，限制點燈時間，他的姐姐常背繼母用口銜油洪他讀書，時常苦讀三更之後方才就寢。明武宗正德三年（1508 年）進士，授翰林院檢討，修《孝宗實錄》。記事時得罪擅權的大太監劉瑾，謫流四川嘉定州判官。明武宗正德八年（1513 年），胡纘宗起任潼川州知州，《四川總志·潼川州·名宦》稱：「禮士受民始終不倦，文章政事著於一時。」正德十年，召入爲南京度支員外，歷吏部員外郎。正德十四年轉任安慶知府，時安慶正值寧王朱宸濠叛亂之後，經濟凋敝，胡纘宗即安撫流民，興修水利，提倡文教，成績顯著。離任之日，安慶百姓戀戀不捨，攀轅垂泣，並於文廟立去思碑。明世宗嘉靖二年（1523 年），調任蘇州知府，興學宮，整吏治，減輕農民負擔，時人評議：廉潔辨治，聲名和明代著名清官況鍾並駕齊驅。離任後，蘇州士人立《吳郡守天水胡公去思碑》，今尚存蘇州文廟。明世宗嘉靖七年（1528 年）升山東布政使左參政，而後任浙江、山西布政使左參政。嘉靖十五年升任河南左布政司，鎮壓鄢陵農民起義。同年，升任山東巡撫右副都御史，上書彈劾魯王：開修萊河，便民灌溉。嘉靖十七年，奉詔負責治理黃河，從考城（今河南蘭考縣）開支流，扼制歸德（今河南省商丘縣）、睢州（今河南省睢陽縣）水患。嘉靖十八年，任河南巡撫右副都御史，因官署失火，引咎辭職。

胡纘宗歸里後專心著書。不意嘉靖二十八年因怠忽職守被遭他鞭笞過的陽武縣知縣王聯和其父王良誣告，指出纘宗《迎駕詩》中「穆王八駿空飛電，湘竹英皇淚不磨」是誹謗皇王語。於是嘉靖帝派使者逮捕胡纘宗對質，後雖真相大白，王聯父子受刑，而他還是被棍擊四十，削籍爲民，這時他已是 70

---

〔註22〕張兵：《秦風遺響工部精神——清初關中詩人李念慈及其詩歌創作》，《西北師範大學學報》（社會科學版）2013 年第 6 期。

歲的高齡。窮且益堅，不為意外挫折所累，他繼續致力於著述，直到嘉靖三十九年去世。

胡纘宗精研文史，才華橫溢，於詩辭歌賦、經學、方志等方面都有卓越的成就，尤其在方志方面貢獻更為突出。著有《鳥鼠山人集》18 卷、《擬漢樂府》2 卷、《擬古樂府》2 卷、《胡氏詩積》2 卷、《願學編》2 卷、《近取編》2卷、《河洛集》2 卷、《歸田集》2 卷、《春秋本義》12 卷、《儀禮集注》25 卷、《安慶府志》30 卷、《秦州志》30 卷、《漢中府志》10 卷、《鞏郡記》30 卷、《秦安志》12 卷、《羲臺志》1 卷，又編有《胡氏家譜》，著作非常豐富，其中《明史・藝文志》收錄 9 種，《四庫全書》也收錄部分作品。

胡纘宗《鳥鼠山人集》為明嘉靖三十三年鳥鼠山房刻本，共二十冊，其中詩文集十冊包括《擬古樂府》、《擬漢樂府》、《願學編》二冊，《家譜》一冊，《胡氏榮哀錄》一冊，《唐雅》四冊，《雍音》二冊。《胡氏榮哀錄》為其後裔所編，《唐雅》為唐詩選集，《雍音》為地域性詩選集。

胡纘宗還擅長書法，今江蘇鎮江金山寺摩崖有巨書「海不揚波」，蘇州虎丘有篆書「千人坐」，山東曲阜孔廟第一牌坊有「金聲玉振」巨匾，天水伏羲廟有「與天地準」巨匾，秦安縣般若殿有「般若」巨匾。行草書《早朝詩》有後代刻版留存，歷來為愛好者傳拓，至今民間廣為流傳。

胡纘宗文學思想深受「海內文宗」李夢陽的影響。胡纘宗《願學篇》中說：「……自李獻吉出，而人人擬杜子美矣。時海內學者雖翕然相從，而崆峒、對山（康海）因得罪於世之君子矣。然漢文、唐詩、豈宋、元比耶？夫學，必學孔也；學詩與文，不當自太史公、工部入耶？」由上述來看，他的文論觀點受「前七子」影響甚巨。亦不乏獨到的見解。

胡纘宗頗多詠隴之作，如《與麥積山上人》詩即膾炙人口：

南有香積寺，北有麥積山。山人拾瑤草，白雲相與還。〔註23〕

詩風空靈閒淡，才情奔放，任意揮灑而又有天然之趣，語淺意雋，輕便自由。又如他詠家鄉秦安之詩：

九龍山半出吾泉，瀉玉鳴金到隴川。茅屋數椽蔭梧竹，沙溪一曲抱桑田。

秋芹鬱鬱擎朝露，春韭離離駐夕陽。引鹿時尋發源處，三臺七斗自淵玄。

〔註24〕

---

〔註23〕明・胡纘宗：《鳥鼠山人集》，影印明嘉靖三十三年鳥鼠山房刻本。
〔註24〕明・胡纘宗：《鳥鼠山人集》，影印明嘉靖三十三年鳥鼠山房刻本。

　　這首詩描寫了家鄉秦安的九龍山的影響。展示了一幅生機勃勃、清幽宜人的鄉村圖景。表達了作者熱愛鄉土的深厚感情。王世貞云:「胡孝思如驕兒郎愛吳音,興到即謳,不必合板。」《四庫全書總目提要》卷一七六云:「其詩激昂悲壯,頗近秦聲。無嫵媚之態,是其所長。多粗厲之音,是其所短。」〔註25〕紀昀評價胡纘宗詩「無嫵媚之態」,為貼切之語,至於謂其詩「多粗厲之音」,未免顯得偏狹。

　　天水地區是傳說中伏羲、女媧的誕生地,素有「羲皇故里」、「羲裏媧鄉」之稱。胡纘宗有許多篇表達對「伏羲、女媧」「人文始祖」「一畫開天」、「開天明道」歷史功績的崇敬和讚美。如著名的《伏羲臺》二首:

> 西北乾元羲聖生,蝸臺蚪壁四隅明。龍圖卦列先天大,龜甲爻分太極清。
> 謂湧絮垣春湜湜,月浮春海秋盈盈。煙乘行殿半禾黍,雲日陰陰何處晴?
>
> 秦山秦水拱羲臺,一曲圓環九域開。西北天傾座臨斗,冬春陽止熒沖臺。
> 寰中八卦乾坤闢,畫下六爻奇偶裁。便有文周辭復繫,雍州易在崑崙隈。
> 〔註26〕

　　全詩描敘伏羲臺(今天水市麥積區渭南卦台山)的今昔滄桑,揭示伏羲始創八卦的文化功績。或述其自然景觀,或揭其文化意蘊。「易理與山水交輝,天象與人事相應,頗見構思之巧,鎔裁之工」(李天舒語)古今相較,情景交融,文筆流暢,意境渾融。天水境內的不少名勝均有胡纘宗的墨蹟。如天水市北郊玉泉觀今存有胡纘宗詩作。其《與孟憲金白民部遊玉泉觀》詩云:

> 驂鸞猶記少年遊,谷轉溪回水竹稠。飛隼張綱初殲節,騎龍李白復經邱。
> 橋連瑤漢雲邊起,殿湧玉泉天上流。即席月華圓更潔,掃霞滴露醉中秋。

《遊玉泉觀次韻》云:

> 玄鶴聯翩到古邱,半天樓觀碧山頭。星垂鵲定崆峒白,露下梧高鳥鼠秋。
> 橋引溪雲銀漢出,泉浮山月玉虹流。追隨此日同元白,詩罷脩然獨倚樓。
> 〔註27〕

　　如果說胡纘宗詠伏羲、女媧詩作呈現出深沉的歷史感慨,那麼,其詠玉泉觀之詩則更多表現出古代文人與山水親近,清新淡遠、恬淡高遠、委運任

---

〔註25〕清‧紀昀:《四庫全書總目提要》,海南出版社1999年版,第943頁。
〔註26〕明‧胡纘宗:《鳥鼠山人集》,影印明嘉靖三十三年鳥鼠山房刻本。
〔註27〕詩作見天水市玉泉觀碑廊。

化的人生情趣。

趙時春（1509 年～1567 年），字景仁，號濬谷，平涼（今平涼市）人。嘉靖五年（1526）進士，曾官刑部主事。他一生三起三落，第三次被罷職回籍，直至故世。《明史》有傳，有《趙濬谷集》傳世，今人杜志強《趙時春文集校箋》〔註 28〕是目前較好的一個校注本。在文壇上，趙與王慎中等人，被譽為「嘉靖八才子」。他的文學活動是在李夢陽所宣導的文學復古運動之後，但與文學復古運動有一定的關係。當弘治、正德之際，由於「前七子」文學復古運動的發展，扭轉了明初以來的卑弱文風，但摹仿擬古之風隨之風靡起來。而趙時春、王慎中的文學活動就是在此基礎上開始的。在嘉靖十年以後，以王慎中、唐順之、李開先、趙時春為代表的散文法度，被人們稱為「唐宋派」。「唐宋派」反對模擬古人格調的文風，主張文從字順，學習近人的體態人情，在文壇上產生了一定的影響。《四庫全書總目提要》卷一七七稱云：「時春以強略自命，不屑屑以詩文名。……與唐順之、王慎中齊名。〔註 29〕說明趙時春不僅參加了「唐宋派」的活動，而且為「唐宋派」的主將。

趙時春肯定文學的藝術作用，認為詩文必須要有真情實感、反對摹擬蹈襲的文風。「情始於無形，觸之而後寓，感之而後形」、人們「窮愁離厄之極，則往往發為歌謠」，他的散文正反映了其文學理論和文學觀念。

由於他的散文師承秦漢散文，受唐宋八大家的影響較深。因而，在明代文壇別具一格，其特點是行文小中見大，議論妙趣橫生。如《放雀文》云：

> 昔者桀紂以其威力役天下，而不知返也，故湯武役之；秦皇以
> 其富強役天下，而不知返也，故夢漢役之；齊愍、夢懷以國受役；
> 智伯、范中行以其家受役，是皆役之大者。其餘有勢者役勢，有財
> 者役財，乏則以其身役，舉天下莫能免者。〔註 30〕

文章採用層遞的手法，最後以「勿復相役以相斃」而托出本意。後人評論這篇文章時曾說，猶如「胸有萬斛泉源，隨地湧出也」。正是指出了以小題目引出博大議論的特點。他的散文以具有氣勢「雄渾」、文行「豪肆」、質樸自然的特色為人們所讚賞。他的詩氣魄雄壯，反映了個人升沉榮辱、軍旅生活及人際酬應等等。其中大量的詠景之作，描寫了隴東的風土人情，洋溢著

〔註 28〕 杜志強：《趙時春文集校箋》，天津古籍出版社 2012 年版。
〔註 29〕 清‧紀昀：《四庫全書總目提要》，海南出版社 1999 年版，第 950 頁。
〔註 30〕 杜志強：《趙時春文集校箋》，天津古籍出版社 2012 年版。

豪壯與飄逸的風格，讀之頗有樸實的美感。清初學者黃宗羲將趙時春譽之爲明代文壇上的「別子」，將其代表性的散文分別收入《明文海》和《明文授讀》，足見其散文之影響。

另外，明代散曲在承襲元曲的基礎上，超越前期，有所創新。散曲家甚多，隴右金鑾就是一生客寓江南的著名散曲家。

金鑾（1494 年～1587 年），字在衡，號白嶼，明代隴西（今甘肅省隴西縣）人。早年曾師從秦安胡纘宗，後來隨父宦遊，客寓南京。他一生未獲功名，布衣終身，遊吳楚淮揚之間，與金陵盛時泰、吳懷梅諸人相交頗篤。錢謙益《列朝詩集小傳》說他「詩不操秦聲，風流宛轉，得江左清華之致。」所作散曲，名重一時。著作有《蕭爽齋樂府》二卷，詩《金白嶼集》一卷，現有明萬曆刊本、武進董氏刻本，飲虹簃刻本等多種刻本。金鑾生活於明王朝由盛而衰的時代，他親眼目睹了自嘉靖以來，政治的腐敗，姦佞的橫行，更由於家道的衰落，使他進一步淡泊名利，同情下層勞動人民的痛苦生活。因此，他的作品不僅抒發了個人的淒苦處境，而且在一定程度上反映了社會現實，譏時疾世，諷刺辛辣。如《沉醉東風》如《北沉醉東風·風情嘲戲》之三云：

> 人面前瞞神下鬼，我根前口是心非。只將那冷語兒，常把個良
> 心來昧，悶的人寸步難移。便要撐船頭待怎的？誰和你一篙子到底。
> 〔註31〕

該小令以隴上俗語入曲，嘲諷了那些道貌岸然、人面獸心、撥弄是非的勢利小人，構思新穎、比喻精巧，幽默中含有辛辣之意。有的散曲頗有詩意，如《新水令·送吳懷梅歸歙》云：

> 暖風芳草偏天涯，帶滄江遠山一抹。六朝堤畔柳，三月寺邊花。
> 離緒交雜，說不盡去時話。〔註32〕

這首小令由景語引入情語，情景交融，字裏行間滲透了摯友之間深厚感情。具有纖麗、通俗的藝術特點。金鑾的詩也寫得自然流暢。如《田家》云：

> 村墟隔市塵，處處種湖田。鷗鷺洲邊宿，牛羊道上眠。
> 遙看青障合，近與白雲連。除卻催科吏，無人更索錢。〔註33〕

---

〔註31〕明·金鑾：《蕭爽齋樂府》，明萬曆刊本，現存甘肅省圖書館。（以下版本號略）
〔註32〕明·金鑾：：《蕭爽齋樂府》。
〔註33〕明·金鑾《金白嶼集》，明萬曆刊本，現存甘肅省圖書館。

這首詩在詠景中抒發了對農民的同情。不乏工對別致的詩句。明人何良俊說：「南都自徐髯仙後，惟金在衡鸞最爲知音，善塡詞。其嘲調小曲極妙，每誦一篇，令人絕倒。」（《曲論》）王世貞稱他：「頗是當家，爲北里所貴。」（《曲藻》）呂天成又說他的散曲「響振江南」（《曲品》）。朱彝尊《靜志居詩話》也云：「白門詩家，……諸金之中，吾必以在衡爲巨擘焉。其五七言近體，風情朗潤，譬諸斛角靈犀，近之，遊塵盡闢矣。」〔註34〕以蕭爽清麗而著稱的金鑾的散曲鑄就了隴右文學在散曲藝術方面的輝煌篇章。

## 第二節　清代隴籍作家的文學創作

### 一、清代「三秦詩派」之甘肅作家

有清一代，地域性文學流派層出不窮，西北地方的詩文創作在清代亦較爲知名。三秦詩派最早由清代著名學者王鳴盛提出。其《劉戒亭詩序》云：「三秦詩派，本朝稱盛，如李天生、王幼華、王山史、孫豹人，蓋未易更僕數矣。予宦遊南北，於挑陽得吳子信辰詩，歎其絕倫歸田後復得劉子源深詩，益知三秦詩派之盛也。」〔註35〕在清代「三秦詩派」中，隴籍作家如張晉、胡釴、吳鎮等佔有重要地位。

張晉（1629 年～1659 年），字康侯，號戒庵，清代狄道（今甘肅省臨洮縣）人。1652 年中進士，官刑部觀政，江蘇丹徒縣令。1657 年因江南鄉試舞弊案受牽連，被殺。乾隆時，其鄉人吳鎮刻成《戒庵詩草》六卷。今人趙逵夫有《張康侯詩草》點校本。張晉工詩能詞。其詩反映社會現實的深度、廣度在清代隴右詩人中首屈一指，如其《紀震詩》云：

> 平原出峻嶺，絕山獻入深溪。齒髮五萬人，同時如肉泥。
>
> 父或抱其子，夫或攜其妻。泉下魂魄聚，不約而已齊。
>
> 青天鴝鵒叫，白日豺虎啼。……云有四男兒，骸骨委荒溪。
>
> 縣官閱丁冊，猶然吏催提。〔註36〕

不但寫出了地震發生時的慘象，更寫出了天災過後的人禍，人已死亡、官府卻仍按名摧丁役，這正是當時嚴酷的社會現實。

---

〔註34〕清·朱彝尊：《靜志居詩話》，影印文淵閣四庫全書本。

〔註35〕清·王鳴盛《劉戒亭詩序》，吳鎮《松花庵全集·詩草》，宣統二年重印本。

〔註36〕趙逵夫校點：《張康侯詩草》，蘭州大學出版社 1989 年版。（以下版本號略）

　　張晉之詞亦頗爲精工，《全清詞・順康卷》錄其詞 17 首。這些詞，如泣如訴，情景交融，顯示了康侯多方面的藝術才能，其詞作《訴衷情・琵琶》云：

　　　　抱來明月坐秋簷，素手玉纖纖。檀槽初變，盡敎司馬濕青衫。

　　愁脈脈，病厭厭。半垂簾，風沙古塞，花草深宮，一一難堪。〔註37〕

　　詞作渾然天成，意境清新。描寫細膩別致，爲清代隴右詩壇的上乘之作。清代江南劉湘爲張晉的詩集寫的跋語說：「洪河太華之氣，磅礡鬱積，則其詩之包孕陶鑄，固宜生而有之。」〔註38〕可謂的評。

　　鞏建豐（1673 年～1748 年），字文在，號渭水，別號介亭，清代甘肅伏羌（今甘肅省甘谷縣）人，康熙五十二年（1713 年）進士，歷任翰林院檢討、國史館纂修、雲南學政、翰林侍讀學士。雍正十年（西元 1732 年）告老還鄉，以講學著書爲樂，學生數百人，人稱「關西師表」。鞏建豐在職期間清正廉潔、勤勉厚道、奉公守法，其子鞏敬緒云：「邑中字人慕先大夫品端而卒於學業，聚少長數十餘人，相率詣門……啓講堂於柳湖之側，一時賢俊雲集」（《介亭府君行狀》），〔註39〕鞏建豐一生勤奮、敦厚持重、淡泊寧靜「惟明而修，行完而潔，不言而飮人以積與人並立而使人如春風化雨。」〔註40〕

　　《朱圉山人集》是鞏建豐的詩、文、詞全集，集分十二冊，今藏甘肅省甘谷縣文化館。據筆者資料，目前《朱圉山人集》僅存北京師範大學圖書館、甘谷縣文化館兩種版本，彌足珍貴。《四庫全書總目提要》卷一八四謂「《朱圉山人集》，國朝鞏建豐撰……是集詩文各六卷，又以補遺之文附於詩末，大抵平實簡易，無擅勝之處，亦無躊駁處。」〔註41〕鞏建豐的文學思想以「文道並重」爲主，反對文章空談性命、富豔精工而不涉義理之文。認爲作文必以「屬遵傳注爲主，以見理明道爲尙。」鞏建豐長期任翰林侍講學士，這種學官的經歷形成了他注重雅正、重道亦重文的文學思想。

　　其次，鞏建豐提倡醇雅平正、樸實自然、反對險怪欹斜之文風。其《燕居便抄》云：「介石子一日觀於柳湖之上，坐移時，薰風徐別，湖心漾波觸於目，形諸歎曰：『妙哉！天地之化乎！風乎？水乎？風行水上，自然成紋，其

---

〔註37〕趙逵夫校點：《張康侯詩草》。
〔註38〕趙逵夫校點：《張康侯詩草》。
〔註39〕清・鞏建豐：《朱圉山人集》，清乾隆十九年刻本，現存甘谷縣文化館。
〔註40〕清・鞏建豐：《朱圉山人集》。
〔註41〕清・紀昀：《四庫全書總目提要》卷一八四，海南出版社 1999 年版，第 1004頁。

化工之文章乎？行乎其所，不得不行；止乎其所，不得不止，其文章之妙境乎？」〔註42〕中國古代文論家常以水來形象地比喻文學，如蘇洵論文時曾說：「風行水上渙，此亦天下之至文也。然而此二物者豈有求乎文哉？無意乎相求，不期而相遭，而文生焉。是其為文也，非水之文也，非風之文也，二物者非能為文，而不能不為文也。物之相使而文出於其間也，故曰：此天下之至文也。今夫玉非不溫然美矣，而不得以為文；刻鏤組繡，非不文矣，而不可以論乎自然。故夫天下之無營而文生之者，唯水與風而已。」（《仲兄字文甫說》）〔註43〕蘇軾也曾說：「所示書教及詩賦雜文，觀之熟矣。大略如行雲流水，初無定質，但常行於所當行，常止於不可不止，文理自然，姿態橫生。」（《與謝民師推官書》）〔註44〕這種「以水喻文」現象，與傳統文論觀是相統一的，也抓住了文學創作的本質問題。

再次，鞏建豐特別強調作永之修養，他上承韓愈「養氣說」，在當時環境下又有新的發展，提出「貴驕人者，其病猶小，學問驕人者，其病實大。故有才美而矜己傲物，睥睨一世者，勢必狂妄恣肆，淺露躁率，終不得養成德器。」（《就正篇》）〔註45〕同時文人亦需有很高的學養，通過廣泛學習積累學識，他說「夫風，水貞物，尚假厚力，況本吾所學，發而為文，欲以薄直淺造之基，希其實大聲宏、而信今傳後也，能乎？」〔註46〕的確，「水之積也不厚，則其負大舟也無力。」可見鞏建豐非常注重作家的個人才性氣質對其創作的深度制約作用。

鞏建豐今存散文137篇，詩304首，表現出較高的藝術成就，其詩如其文學思想所闡釋的一樣，不事鉛華、自然平易。鞏建豐詞今存《臨江仙·省耕》二首：

### 臨江仙·省耕

昨日蕭蕭雨雪，今朝煜煜春暉。太陽昨現照雙扉，風光搖草樹，暖氣入簾帷。玉液津來土潤，瓊漿沃處根肥。鶯啼柳岸帶雲飛，乘春忙播種，踏陌正芳菲。

---

〔註42〕清·鞏建豐：《朱圉山人集》。

〔註43〕郭紹虞主編：《中國歷代文論選》第二冊，上海古籍出版社2001年版，第268頁。

〔註44〕宋·蘇軾著，孔凡禮點校：《蘇軾文集》，中華書局2008年版。

〔註45〕清·鞏建豐：《朱圉山人集》。

〔註46〕清·鞏建豐：《朱圉山人集》。

臨江仙‧省耕

丙夜研經映亮，寅辰觀史借光。烹茶煎水更芬芳，引人新臭味，滌
我舊枯腸。方喜光天開朗，恰逢麗日舒長。明窗淨几檢縹緗，青春
休浪擲，黃卷費思量。〔註47〕

鞏建豐一生雖然「長溺訓詁」，但在《朱圉山文集‧自敘》中提出讀書不
能「拘牽章句」，「當萃其精英，略其糟粕」，「自成一家言」，反對當時「剿襲
惡濫，庸俗卑靡」的文風。《四庫全書總目提要》卷一八四云：「詩文簡易，
無擅勝之處，亦無躇駁之處。」〔註48〕

胡釴（1709 年～1771 年），字鼎臣，號靜庵，清代秦安縣人，爲明代隴
右著名文學家胡纘宗的後裔。乾隆六年（1741 年）主講秦安書院，以獎掖後
進爲己任，對功名利祿澹然視之，致力詩賦，研讀經史，每篇既出，學林爭
相傳誦，名震隴右。乾隆二十七年（1762 年）主講秦州書院，當時陝甘軍政
長官陳宏謀等人對他很器重，巡道王太岳尤爲傾倒，爭辟爲書記官。乾隆三
十一年（1766 年）出任高臺縣教諭，乾隆三十五年（1770 年）兼任肅州（今
甘肅省張掖市）學正，同年以病辭歸，卒於家中，享年 62 歲。

胡釴博學工文，長於聲律，駕御古詩律絕自如，風格刻意博深，賦物言
志，不苟藻飾。詩篇流播秦隴大地，與臨洮吳鎮，潼關楊鸞並稱「關隴三詩
傑」。他的詩能深刻反映封建社會窮苦知識分子的命運。如《新春偶感》詩云：

佳人抱空影，日暮掩羅幬。豈不懷良匹，終然遲騫修。

君如天上月，妾作水中鷗。自古飛沉隔，無爲怨滯留。〔註49〕

詩篇以「佳人」無「騫修」作媒之惆悵，寓懷才不遇之感。寫得委婉含
蓄，顯然是由楚騷題意點化而來。胡釴的另外一些詩作描繪了隴原的山川風
物，抒發了對家鄉的熱愛。如《古浪峽》云：

峽日微侵晚，溪風迴似秋。古浪城外路，歸客旅中愁。

回互山南擁，灣環水北流。時饒圖畫意，綠樹映青疇。〔註50〕

此詩情從景出，在狀旅途愁苦之同時，以「綠樹」、「青疇」、「流水」襯
托出欣慰之感。頗有詩情畫意。胡釴詞亦頗有名，如其《右調鵲橋仙‧爲鞏
烈婦作》詞云：

---

〔註47〕清‧鞏建豐：《朱圉山人集》。

〔註48〕清‧紀昀：《四庫全書總目提要》，海南出版社 1999 年版，第 1004 頁。

〔註49〕徐世昌編：《晚清簃詩匯》，中國書店影印本。

〔註50〕徐世昌編：《晚清簃詩匯》，中國書店影印本。

天上蘭香，謝庭玉樹，自是嘉偶曰妃。功名念切別離，多思伯腸甘心痛。只道昆池相隔，牛女豈料波翻星□。玉樹折兮蘭亦摧，不向人間作對。〔註51〕

這首悼亡詞寫得沉痛悲切，分外感人，將詞人淒涼、悲哀之情渲染得酣暢淋漓。

吳鎮（1721年～1797年），字信辰，又字士安，號松崖，別號松花道人，清代狄道（今甘肅省臨洮縣）人，康乾時人，乾隆三十四年（1750年）中進士，歷任山東陵縣知縣，陝西耀州學正，韓城教諭，湖南沅州知府等，著有《松花庵全集》十二卷，《清史・文苑傳》有傳。吳鎮晚年主講蘭山書院，重組「洮陽詩社」，同時與袁枚、王鳴盛、姚頤、楊芳燦等人相互贈詩，酬唱往來，特別是與袁枚南北相隔萬里，終生未能晤面，卻經常書簡往來，彼此景仰，交誼甚密。吳鎮不但精於詩詞，對繪畫、書法亦頗有造詣，被稱為「關中四傑」之一。吳鎮是清代隴右名震全國文壇的著名詩人，清代性靈派祖師、著名詩人袁枚評其詩曰：「深奧奇博，妙萬物而為言，於唐宋諸家，不名一體，可謂集大成矣。」〔註52〕袁枚《隨園詩話》、況周頤《蕙風詩話》都採入吳鎮的詩作。

吳鎮平生博學，長於文章，尤精於詩詞。吳鎮之詩，以描寫隴右山川之作最有特色，吳是一位極富創新精神的詩人，他飽含對家鄉之熱愛，得隴右山川之助，從當地民歌中汲取營養，且變古通今，故其詩彌漫著濃鬱的鄉土氣息，充滿詩情畫意，生機盎然，給人以無限的遐思聯想：

我憶臨洮好，春光滿十分。牡丹開徑尺，鸚鵡過成群。
渙渙西川水，悠悠北嶺雲。劇憐三月後，賽社月紛紛。

我憶臨洮好，流連古蹟賒。蓮開三五瓣，珠濺水三叉。
蹀躞胭脂馬，闌干苜蓿花。永寧橋下過，鞭影蘸明霞。

我憶臨洮好，靈蹤足勝遊。石船藏水面，玉井瀉峰頭。
多雨山皆潤，長豐歲不愁。花兒饒比興，番女亦風流。

——《我憶臨洮好》之一、八、九〔註53〕

〔註51〕徐世昌編：《晚清簃詩匯》，中國書店影印本。
〔註52〕清・袁枚：《松崖詩錄序》。
〔註53〕清・吳鎮：《松花庵全集》，宣統二年重刻本。（以下版本號略）

　　吳鎮詩中的意象有著濃鬱的地方特色：鸚鵡、苜蓿、花兒等。這些意象，不但隴上風情濃鬱，而且使全詩充盈著一種靈動、飄逸、活潑的美。在深刻獨到、生動、逼真的表現中，散發著濃鬱的鄉土氣息，洋溢著對家鄉的摯愛深情。這在其《李匯川邀飲五泉》詩中，表現得更爲鮮明：

　　　　翠微深處起樓臺，天外黃河入酒杯。看盡東川三百里，柳煙花霧繞
　　　　蓬萊。〔註54〕

　　詩人雨中登臨，把酒臨風、萬千氣象、盡收眼底。彷彿置身瓊樓玉宇。「天外黃河入酒杯」氣象闊大。頗有李太白豪放飄逸之氣。

　　吳鎮另外一些詩，則勁健悲涼，雄渾豪放，顯示其性格的另一維度，如其《鞀歌行》一詩就頗有俠士風采：

　　　　倚劍望八荒，不知何故忽悲傷。黃雲萬里無斷續，中有古時爭
　　　　戰場。英雄一去不復返，摧頹白骨歸山岡。……君不見流光迅速如
　　　　驚電，壯士一夕毛髮變。〔註55〕

　　此詩又氣勢豪壯，抒發了作者自強不息，積極進取，渴望建功立業的豪性壯志。吳鎮詩論觀點與「性靈派」極爲一致。他在《松崖文稿》中說：「詩者，乾坤之清氣，肺腑之靈機也，得其趣者，雖學有淺深，工與拙半，然即可以免俗也。」〔3〕故袁枚雖終生未與吳謀面，然一見吳鎮之詩「急採入《詩話》，備秦風一格」（《松崖詩錄》）。從中我們可看到，清代主張爲詩獨抒性靈之詩學思想，承晚明「公安派」餘韻，有其深廣的社會背景和現實基礎。

## 二、「隴上二澍」

　　邢澍（1759年～1830年？），字雨民，一字自軒，號佺山，階州（今武都縣）人，乾隆進士。曾官浙江南安知府。著有《關右經籍考》、《金石文學辯異》、《金石禮記》等，可謂清代隴右學術文化的奠基人和開創者。張之洞《書目答問》附錄《國朝著述諸家姓名略》將邢澍列入清代金石學家，可見其在金石考證方面貢獻之大。漆子揚《邢澍詩文箋疏及研究》一書，對邢澍詩文作了全面的收集，是目前邢澍研究的代表性成果。〔註56〕

　　邢澍雖是金石學家，卻了無「肌理派」翁方綱等人的弊病，其詩多爲紀

---

〔註54〕清·吳鎮：《松花庵全集》。
〔註55〕清·吳鎮：《松花庵全集》。
〔註56〕漆子揚：《邢澍詩文箋疏及研究》，甘肅人民出版社2008年版。（以下版本號略）

行詠景之作。如《舟行紀事》云：

> 客舟夜過丹陽東，伊軋雙櫓嗟無風。榜人語我風將起，試看擾擾風
> 中蟲。若狂若喜飛無數，云此不與蚊蠅同……胸中鬱悶爲一吐，屈
> 伸否泰理則爾。始信榜人説非虛，知識未可輕小夫。耳止磨煉生智
> 慧，格物何必皆讀書？老兵知戰農知歲，吾曹博覽恐弗知。〔註57〕

他由船夫「榜人」所講道理，聯想到書本之外尚有尋求之理。這讓我們
想起陸游的「紙上得來終益淺，絕知此事要躬行」。同爲至理名言。

張澍（1776年～1847年），字百瀹，又字壽谷、時霖等，號介侯、鳩民、
介白，清代涼州府武威縣（今甘肅省武威市）人，清代著名學者，與邢澍並
成爲「隴上二澍」，《清史稿・文苑列傳》有傳。

張澍研究的領域非常廣泛，其學術成就在當時即得到充分肯定，張之洞
《書目答問》將其列入清代經學家、史學家和金石學家類。大凡一國學者之
學術旨趣，或者新學問的誕生，都由一定的大勢所決定的。從十七世紀末開
始，俄國勢力就已經直接和中國發生了接觸，清朝開始面臨北部邊界的防衛
問題了。怎麼有效地防衛北部邊界的安寧？特別是道、咸以來，內憂外患，
邊疆問題已迫在眉睫，所謂「自乾隆後邊徼多事，嘉道間學者漸留意西北邊
新疆、青海、西藏、蒙古諸地理」，〔註58〕清代西北邊疆史地學也就應運而生。
嘉慶、道光之際的隴右張澍就是當時西北史地學研究中具有代表性的學者。
張澍精通經史，在承接傳統的同時，又超越了傳統，由偏重考古，一變而爲
偏重經世致用。他於汗牛充棟、浩如煙海的文獻中，網羅散失，考證尋研，
從事輯佚考據工作，與當時著名學者如孫星衍、任大春、俞曲園等並駕齊驅，
爲清代學術界作出了重要貢獻。

張澍一生著述甚豐，已刊印的有《姓氏尋源》、《姓氏辯誤》、《西夏姓氏
錄》、《續黔書》、《蜀典》、《大足縣志》、《養素堂文集》、《養素堂詩集》、《二
酉堂叢書》、《諸葛忠武侯文集》、《涼州府志備考》等；未刊印的著作主要有
《詩小序翼》、《元史姓氏錄》、《帝王世紀》輯本、《續敦煌實錄）、《鵲野詩微》、
《文字指歸》、《韻學一得》、《小學識別》、《疊字譜》、《天文管窺》、《消夏錄》
等。張澍的輯佚工作，所輯一般是後世佚失的古代關隴地區學者的有影響的

---

〔註57〕漆子揚：《邢澍詩文箋疏及研究》。
〔註58〕梁啓超：《清代學術概論》，見朱維錚校注：《梁啓超論清學史兩種》，復旦大
　　　學出版社1985年版，第46頁。

著作。其《二酉堂叢書》大半收錄的是甘肅籍的作者，現在國內各大圖書館都有收藏。

## 三、王羌特、秦子忱之小說創作

王羌特（1615 年～1680 年），字冠卿，號夢醒主人、驚夢方人、渭濱笠夫，伏羌（今甘谷縣）人。著有《孤山再夢》。《孤山再夢》四卷六回，署名渭濱笠夫編，屬於章回體的一部小說，寫成於康熙十五年。小說內容是敘述姑蘇書生錢雨林和同鄉富豪之女萬宵娘的愛情故事。該部小說文筆頗佳、敘事婉轉、人物形象塑造較爲生動、豐滿。特別應指出的是：隴右在清代屬比較偏僻落後之地區。能出現如此高品質的作品，其意義就更加重大。《孤山再夢》和《平山泛燕》等言情小說一道，爲後來《紅樓夢》的產生提供了藝術經驗，從而，成爲中國小說發展史上不可或缺的一環。

筆者在田野調查時發現，甘谷縣蔡家寺今存王羌特《蔡家寺大鐘銘序》一篇。蔡家寺位於渭河北岸的新興鎮蔡家寺村東，距縣城十公里。寺建於元惠宗至正年間，明神宗萬曆十五年（1587 年）重修大雄寶殿，清康熙三十七年（1698 年）再次修繕。蔡家寺依冊而建，隨山面高，坐北朝南。自山腳至半山腰，營造有序，疏朗自然。山門爲木構牌坊，建築形式爲二級單簷九脊頂，上覆筒板瓦和脊獸，斗拱甚繁。財神殿爲閣樓式建築。修繕時，當地人將王羌特《蔡家寺大鐘銘序》刻在廟裏石磚上，此文因此得以保存至今。茲將《蔡家寺大鐘銘序》抄錄如下：

> 寺之有鐘，猶天之有雷也，雷霆一震，無人不生恐懼警惕心，寺之鐘亦然。鐘鳴之前，萬念俱息；一鳴之後，悚然易聽。縱有雜念妄想，聞聲頃忘。故鳴輕則令人喜，鳴重則令人趨，鳴徐則令人思。不徒寺僧爲然。即遠近眾生朝夕聞之，莫不生警惕皈依心。不待入寺見相而迴心向善矣，則鐘之所繫豈小哉。茲寺舊有洪鐘，明李壞於兵燹，山僧嗔環延族，弘願苦行，募化約集數會，曆期年於大清庚戌歲小春十一日告成，甚盛舉也。不勒於銘又安知重新自今日始也，乃爲之銘曰：
>
> 出水火，成土金，鏞相形，木發聲。是聲聞也，非聲聞。朱山不改，渭水長清。斯鐘也，當與朱山渭水而並永。
>
> 嘉慶庚戌歲夷則月敬刊，

戴笠夫居士王羌特謹銘。〔註59〕

　　蔡家寺爲隴右名剎，寺內蒼松古柏，鬱鬱蔥蔥，晨鐘莫鼓，清新幽雅；寺外楊柳青青，陽光明媚。登高遠眺，渭川盡收眼底，爲四方遊人所傾慕。地因人傑、人因地顯，王羌特的銘文更爲這座古寺增添了厚重的文化積澱。蔡家寺還存有李資泗、何鴻基、王瞭望等名士墨蹟，亟待整理保護。

　　秦子忱，名都闓，號雪塢，隴西縣人。約1795年前後在世。是清代隴右又一小說大家。他於嘉慶二年（1797年）開始撰《續紅樓夢》。嘉慶四年梓行於世《續紅樓夢》，有三十卷，作者自稱從一百二十回本續起，其實並非如此，其情節，內容是由林黛玉死後開始，寫她入太虛幻境，同警幻仙姑及早已死去的晴雯、金釧兒、秦可卿等會面，被安置在絳珠宮，又見到了歿世的鴛鴦、尤二姐、尤三姐、王熙鳳；而參加鄉試後，被茫茫大士、渺渺真人帶走做了和尚的賈寶玉，在大荒山青埂峰下的空空洞與柳湘蓮相會，二人同至太虛幻境，賈與黛玉、柳與尤三姐「成緣」相見，薛寶釵也與黛玉在夢中會面，王熙鳳等人亦至地獄豐都鬼城見到了亡故的賈府。除了在人間的寶釵、妙玉外，黛玉、秦可卿、王熙鳳、元春、尤氏姐妹等許多人全都起死回生。死者「返魂」與生者見面，生者「尋夢」與死者相聚。寶玉和湘蓮回到了人間，與親人團圓。寶玉奉旨補了翰林院侍講，同黛玉完婚，又收晴雯、金釧兒等人作陪房。寶玉與諸姐妹重建海棠詩社。賈氏榮、寧二府之人同「魂返大觀園」的神、鬼，「慶團圓神遊太虛境」，警幻仙姑宣布，寶玉與黛玉的因果情緣結案，惜春、妙玉修道成仙。最後，以寶玉上進、家業再振而結束。該部小說無論從文學史，還是文化史意義上來講都是值得重視的。

## 第三節　近代隴籍文人的創作成就

　　1940年鴉片戰爭以後，中國社會逐步淪爲半殖民地半封建社會。西方資本主義開闢世界市場，進入中國本土，結束了中國獨自發展的道路。在腐朽的清王朝統治下，中國完全處於被動挨打的地位。中國人民進行了太平天國革命、義和團運動、辛亥革命等偉大的反帝反封建革命運動。空前嚴重的政治、經濟危機、激烈複雜的階級矛盾，這一歷史變局給中國社會帶來的變化是前所未有的。

---

〔註59〕該碑銘文據筆者田野調查所得，今存甘肅省甘谷縣郊蔡家寺內。

在這一歷史階段，「一方面，中國社會的性質和結構開始發生變化，逐漸形成了新的經濟成分和階級成分，並在後期出現了資產階級的政治鬥爭；另一方面，西方資產階級的文化以日詣強勁的石頭湧入中國，形成對固有的傳統觀念的強有力的衝擊。」〔註60〕這兩方面的變化，廣泛地牽動著社會各個階層，尤其是知識階層的神經，思想領域掀起了狂瀾巨浪。地處西陲的甘肅，在近代中國劇烈變革的形勢影響下，也發生了一系列引人注目的變化。面對國內的民族危機、省內的反清鬥爭，甘肅籍的有識之士，以自己的詩文抒發了憂國憂民的思想情懷。展現了中國人民反帝反封建鬥爭的時代畫卷，閃爍著愛國主義的思想光輝。

## 一、吳可讀、王權、任其昌的文學創作

吳可讀（1812 年～1879 年），字柳堂，清代金城皋蘭（今甘肅省蘭州市）人。1850 年中進士後，曾官刑部主事、員外郎，因母親逝世去職。1863 年，復官爲吏部郎中，七年後，因上疏劾烏魯木齊提督成祿枉殺民眾而獲罪，被罷官。光緒繼位後，又起用爲吏部主事。1879 年，借參加同治帝安葬大禮，以屍諫爲同治帝立嗣，自縊於河北省薊縣馬伸橋三義廟。《清史稿》有傳。

他作詩非常認眞，頗有賈島苦吟之精神，尤爲人稱道的是他的楹聯創作。吳可讀一生撰有楹聯多副，大多保存在《攜雪堂詩文集》中，顯示出很高的藝術才力。如他屍諫前自輓聯：「九重懿德雙慈聖；千古忠魂一惠陵。」千古忠臣形象躍然紙上。題甘肅甘穀石作子墓：「共仰孔門高，問顏曾七十之徒，何處最多佳士；休言秦俗悍，自鄒魯三千而外，此間大有傳人。」濃縮概括了這位 3000 年前的孔門賢人，高度評價隴右地方文化的文化價值。挽門生童耕叔聯：「百里正強年，不信君歸竟先我；兩行垂老淚，非夫人痛而爲誰。」又表現出師徒情深。他爲甘肅舉院落成而撰寫的長聯，以構思奇妙、對仗工整，氣勢宏偉、情景交融而見稱。其聯云：

> 二百年草昧破天荒，繼滇黔而踵湘鄂，迢迢絕域，問誰把秋色平分？看雄關四扇，雉堞千尋，燕廈兩行，龍門數仞，外勿棄九邊楨幹，內勿遺八郡梗楠，畫棟與雕梁，齊焜耀於鐵馬金戈以後；撫今追昔，飲水思源，莫辜負我名相憐才，如許經營，幾番結撰；

> 一萬里文明培地脈，歷井鬼而指斗牛，翼翼神州，知自古夏聲

〔註60〕袁行霈主編：《中國文學史》第四卷，高等教育出版社 1999 年版，第 351 頁。

必大。想積石南橫，崆峒東矗，流沙北走，瀚海西來，淘不盡耳畔黃河，削不成眼前蘭嶺，群山兼眾壑，都奔走於風簷寸晷之中，疊嶂層巒，驚濤駭浪，無非為爾諸生下筆，展開氣象，推助波瀾。

閱之，隴右之山川風物，盡收眼底，大氣並包，氣象壯觀，有尺幅萬里之勢。

王權（1822～1905 年），字心如，號笠雲，優羌（今甘肅省甘谷縣）人。道光舉人，曾任甘肅文縣教諭，陝西延長、興平和富平知縣。吳紹烈、路志霄、海呈瑞校點的《笠雲山房詩文集》〔註61〕是目前較好的一個本子。

王權 50 歲之後，歷任延長、興平、富平等縣知縣，他自奉儉約、責己甚嚴，勵精圖治，為富一方，深得鄉民熱愛。曾有鄉民自製錦屏以頌其德，王權聽到後極不自然，寫道：

> 凡人處施、受之際，厚則嚮往、薄則相耀。父母之於子女，謀其飽暖，計其長久，成其德藝，禁其僻邪，苟心力所可及者，靡不殫致焉。然為子女者，若知若不知，若受若未受，未有感激稱道而為文辭以頌揚之者，此所謂厚也。不使其子知感者，父之厚於其子；受父之恩而忘感者，子之厚於其父。相孚於天，故人為無自參之。自此而宗族、而姻黨、而鄉邦交遊、而疏逖異域，分愈疏，施愈淺，楊諭推美之文愈盛，無他，誼薄故惠彰，情薄故譽溢耳。今之牧令能子民者罕矣，然官以「父母」為稱，民以「父母」見呼，則官、民之相與，當以厚歟？當以薄歟？〔註62〕

古人稱地方官為「父母官」，作者就從父母與子女之關係切入，層層轉折，愈轉愈深，以無可辯駁的理由，謝絕了當時鄉民的頌揚。這段文字，不僅表明了王權為官清廉、兩袖清風，還體現出其卓然的文學成就。正因王權為官清廉，深得當地百姓愛戴，其《延長留別三首》就記錄了他離開延長時的感人場面：「來時荊莽塞郊圻，去日禾麻綠掩扉。漸喜疲羸俱荷耒，回思艱險卻沾衣。將離始覺輿情厚，多難深慚治具非。莫問窮黎拋得否，小園花樹也依依。」〔註63〕

---

〔註61〕清·王權著、吳紹烈、路志霄、海呈瑞校點：《笠雲山房詩文集》，蘭州大學出版社 1990 年版。(以下版本號略)

〔註62〕清·王權著、吳紹烈、路志霄、海呈瑞校點：《笠雲山房詩文集》。

〔註63〕清·王權著、吳紹烈、路志霄、海呈瑞校點：《笠雲山房詩文集》。

　　王權長於詩。他的詩講究詞章、富有氣勢。其中反映作者愛國思想的詩章，受到人們一致的稱道。如《憤詩四首》（1860年作）曾被阿英選入《鴉片戰爭文學集》，其一云：

　　　　渤澥大波震，潰洞天日昏。中有萬蛟鱷，噴毒凌北辰。

　　　　群仙正宴飲，散作流星奔。玉皇爲變色，乘龍下蒼旻。

　　　　參罰氣澀縮，狼弧光鬱湮。天狗不搏噬，搖尾何其馴。

　　　　巍巍玉京闕，竟使鱗介蹲。仙人心膽異，效媚忘酸辛。

　　　　議傾天庫寶，擲向洋海涯。嗚呼雲路迥，懷憤誰能詢！

　　　　棄官訪壯士，今日何乾坤。〔註64〕

　　抨擊清朝統治者先是逃離北京，後是簽訂喪權辱國條約，「搖尾」、「效媚」的妥協行爲，作者的憤慨之情溢於言表。此詩運用了比興手法，多處用典，頗具浪漫主義色彩。還有，他的詠景之作也頗有特色。如《早發後河堤》詩云：

　　　　禹跡知何處，空留鳥鼠名。亂山迎馬首，殘月墮雞聲。

　　　　客路盤雲上，人煙隔澗生。誰家小兒女，酣睡失天明。〔註65〕

　　描繪了鄉土風物，別有情趣，可謂清新之作。《秦州直隸州新志續編》曾云：「古文胎息韓、柳，詩亦琅琅唐音」，錢仲聯《道咸詩壇點將錄》也云：《憤詩四首》、《挽林文忠公》「尤稱詩史」。

　　王權的文論也頗有特色，吳承學曾認爲「古代兵法的術語和思想對於古代文學批評、文學創作的影響的確是一種值得研究的客觀存在。」〔註66〕但吳先生未看到王權在此方面的精彩論述。王權《帝餘齋詩集序》云：「詩猶兵也，恃才則儓，恃學則膠。奉古名將爲師，綜其法制，識其方略，遽曰『我能兵』，於應敵也殆矣！抱前人遺編，摹聲揣色，詫曰『我能詩』，與風雅也遠矣。」在《譚西屏詩集序》中說「夫詩之與兵，果有二道者乎哉？兵貴諳習古法而不泥古法；詩貴陶鑄古人而不襲古人，一也。兵以士馬甲仗壁壘部曲爲實，而其勝也常以虛，一也。兵貴因敵設變，而運作之妙存乎心；詩貴因物賦形，而哀樂之感存乎內，一也。……方其行兵，伸縮縱控，無一非詩意也；方其爲詩，奇正變化，無一非兵機也。」〔註67〕王權以兵法論詩法，可謂深中肯綮、匠心獨具。

---

〔註64〕清・王權著、吳紹烈、路志霄、海呈瑞校點：《笠雲山房詩文集》。

〔註65〕清・王權著、吳紹烈、路志霄、海呈瑞校點：《笠雲山房詩文集》。

〔註66〕吳承學：《古代兵法與文學批評》，《文學遺產》1998年第6期。

〔註67〕清・王權著、吳紹烈、路志霄、海呈瑞校點：《笠雲山房詩文集》。

　　任其昌（1831 年～1900 年），字士言，甘肅秦州（今甘肅天水）人。咸豐八年（1858 年）舉人，同治四年（1865 年）成進士，授戶部主事之職，十一年（1872 年）以母老乞歸養，從此不復再仕。次年（1873 年）主講天水書院。光緒三年（1887 年），隴南書院落成，遂移講焉。前後主兩書院二十又八年，極富聲譽。卒於光緒二十六年（1900 年）十一月，得年七十有一。先生少聰穎，傳言自總角至老，未嘗一日廢學。其所教授，先經史，旁逮古文辭，尤以躬行爲本。隴南本自閉塞落後，自他開講之後，士習一變，弟子著錄者數百之人，掇甲、乙科者八、九十人。《清史列傳・文苑傳》稱其「所爲古文，風力雅近宋人。晚年尤肆力於詩，宗法少陵。」甘谷學者王權亦謂「君之學，尤長於考訂史事，晚年復以治經爲歸宿。所爲詩、古文，皆能到近代作家所未到。」著有《秦州志》、《蒲城縣志》、《八代文鈔》、《史臆》並《敦素堂文集》、《敦素堂詩集》等。時人譽爲「隴南文宗」，《清史列傳》卷七十三《文苑傳（四）》有傳。

　　1895 年，年逾花甲、執教桑梓的任其昌，當聽到清政府跟日本簽訂喪權辱國的《馬關條約》，臺灣軍民抵抗入侵的日本侵略者的消息時，寫出了《市上有鬻臺灣戰勝圖者，感而有作》。

　　　　閶闔相傳作圖畫，旌旗櫛比戈相摩。倭奴喪魂盡東走，有似驚麑逢猘狗。
　　　　槍煙炮火光動天，長劍揮霍蛟龍吼。中權麾旌劉武威，指縱熊羆大合圍。
　　　　頭顱礧地屍橫草，齒髮沾塵血濺衣。歸來洗甲傾海水，凱奏喧闐聲破耳。
　　　　吁嗟世事堪淚垂，但願方來能如此。……〔註68〕

　　這裡，詩人讚美寶島臺灣物產富饒，對臺灣淪爲異域表示了切膚之痛。縱覽全篇，長歌當哭，悲壯感人。

　　任其昌一生以天下爲己任，表現出中國士大夫的憂國憂民的情懷，這在其《流民歎》一詩中表現分外濃鬱：

　　　　客從長安來，走馬武康道。赤日正行天，禾苗已枯槁。道旁流
　　　民推車走，蒼皇有似喪家狗。手穿足瘃骨如柴，頭髮不櫛面蒙詬。、
　　　男呻女吟趑趄行，前者無力後掣肘。驚沙撲人道途遙，石腳勾倒斑
　　　白叟。我行見此心惻惻，指困欲贈苦無力。爲問老翁何所往，對客
　　　未應先鳴邑。云自三年來，久旱苦無雨。蟓蝻蔽天飛，家家空杼柚。

---

〔註68〕清・任其昌：《敦素堂詩集》，見《中國西北文獻叢書》卷 171，蘭州古舊書店1990 年版。（以下版本號略）

－203－

今春幸有雪，喜救須臾死。典衣買耕牛，辛勤種禾黍。那識旱魃復
爲虐，千樹萬落成焦土。北自鄴城隈，南至黃河頭。十室九無煙，
兒女聲啾啾。鴻雁鳴中野，稻粱向誰謀？尚聞滑衛年有秋，絷兒負
女泣道周。白日敢辭汗流血，只恐前路長悠悠。我今年衰腰腳軟，
十里五里且勾留。自分餓死填溝壑，可憐白骨無人收。客爲老人言：
「翁且從此去。跋涉良云難，就食亦得計。我行歷燕復及趙，千里
桑田皆赤地。餓殍在野獸食人，尚若縣官徵租稅。貧氓敲撲無完膚，
里正淒涼空垂淚。又不見南國連年豺虎亂，農民日夜從軍戰。田園
荒盡無人耕，新鬼煩冤舊鬼怨。此地雖苦旱，猶幸無干戈。天心本
仁愛，靜待雨滂沱。」吁嗟乎！天災流行何時無，豐年苦少凶年多。
集栩集桑無早歸，打門怕有吏催科。〔註69〕

此詩作於咸豐十年（1860年），詩的寫作備述天災人禍背景下流民道途流
亡之不堪情狀。中設客與老翁的對話，巧妙敘陳流民流亡因由，狀一時代旱
災、苛稅、戰爭惘惘威脅下民不聊生之景況，揭政治之腐敗，人民之哀苦，
絮絮叮語，別顯詩人於百姓惻隱同情之人道心腸。《清史列傳》謂士言之詩「宗
法少陵」，將此詩與杜甫《兵車行》參照閱讀，自是可見其中道理。

任其昌的另外一些詩作，如《秦安道中》、《至麥積山》、《山行》等，描
繪了家鄉秀麗的景色，融情於景，值得一讀。此外，《麥積山記》、《遊石門記》
等散文，可爲隴上近代文士散文之中不多見的佳篇。《清史・文苑傳》評曰：
「所爲古文，風力雅近宋人。晚年尤肆力於詩，宗法少陵。」〔註70〕《晚清
簃詩匯》卷一六三亦云：「士言詩，有格律，思力沉厚。」總之，其詩善於用
典、融抒情、敘事和議論爲一體。有的借古事而賦予新意；有的即景抒情，
有的比擬奇妙。其友人王權稱其「所爲詩、古文，皆能到近代作家所未到。」

## 二、「隴上鐵漢」安維峻

安維峻（1854～1925年），字小陸，號曉峰，又號渭襟，秦安人。光緒進
士，由翰林院庶起士授編修。1893年，轉都察院福建道監察御史。此後，連
續上疏六十餘件，彈劾清政府對日本在朝鮮的擴張所採取的妥協政策。其中
《請誅李鴻章疏》，觸犯專權的慈禧太后，因遭貶謫，遣戍張家口軍臺效力贖

〔註69〕清・任其昌：《敦素堂詩集》，見《中國西北文獻叢書》卷171。
〔註70〕《清史稿》卷七三《文苑傳四》。

罪。1899 年冬，釋還，於次年返里。曾纂修《甘肅新通志》。1910 年授內閣
侍讀、京師大學堂總教習。1911 年 9 月辭歸，直至故世。有《望雲山房詩文
集》、《諫垣存稿》八卷、《四書講義》四卷行世。《清史稿》有傳。

安維峻在朝以直言敢諫，彈劾權奸而聞名。1894 年年底，被革職謫戍，
聲震中外。離京前，知交友朋齊集於明代著名諫官楊繼盛的故宅松筠庵，爲
他設宴餞行，文悌、王鵬運等名流贈詩、作序，志銳刻以「隴上鐵漢」印章
相贈。離京後，京師大俠王子斌（即大刀王五）親自護送，並饋贈車馬行資，
甘肅赴京會試舉人李於鍇等人也護送至戍所。由此可見，安維峻在當時的聲
名。他的散文以奏疏爲代表，以《請誅李鴻章疏》最著名，此疏開頭提出請
誅李鴻章，「以尊主權而平眾怒」。歷數李鴻章禍國殃民之罪行：首先是「自
恐寄頓倭國之私財付之東流」，避戰求和；其次是資助敵人、坑害自己，「接
濟倭賊煤火軍火，……而於我軍前敵糧餉火器，則故意勒掯之。」；第三，壓
制、阻止抗抵侵略，「有言戰者，動遭呵斥」，「聞敗則喜，聞勝則怒」；第四，
李鴻章的嫡系「淮軍將領，望風希旨，未見賊先退避，偶遇賊即驚潰。」沒
有戰鬥力；第五，包庇革職拿問的葉志超、衛汝貴，讓他們藏匿天津。最後
指出李鴻章「俯首聽命於倭賊」而議和，「不但誤國，而且賣國」。然後筆鋒
一轉「皇太后既歸政皇上矣！若猶遇事牽制，將何以上對祖宗，下對天下臣
民？」，懇求光緒帝明正其罪，「布告天下，如是而將士不奮興，倭賊有不破
滅者，即請斬臣，以正妄言之罪」。總之，此疏表達了他關心國事的大無畏精
神，語言犀利。

安維峻詩作的一個重要內容是抒寫自己的遭貶處窮生活。其《秋日塞上
有懷鉅子馥同年仍用原韻》、《次韻答鍾愚公》等詩均作於被革職，發配張家
口期間。《秋日塞上有懷鉅子馥同年仍用原韻》云：

> 隴山只在白雲中，瞻望胡能慰我衷？身世況兼精衛感，石塡滄海恨
>
> 難終！〔註71〕

鉅子馥是安維峻同鄉，也是安維峻的同年，令人均於光緒元年（1875）
中舉，故交誼彌深。此詩作於光緒二十三年秋，當時作者仍在塞上充邊。詩
歌化用「精衛塡海」典故，渾然天成、恰到好處地表現了作者石塡滄海的理
想主義精神。

對隴右山川、自然風光的歌詠是安維峻詩作的另一重要方面，特別是晚

〔註71〕清‧安維峻：《望雲山房詩文集》。

年返歸故里以來，安維峻作有大量描繪家鄉民風民俗、自然山水之詩。如其
《陪志伯愚都護遊賜兒山》云：

> 爲覽雲泉勝，山中我亦峨。石湫傳怪久，洞佛賜兒多
> 老樹森陰壑，屏峰東大河。得閒三載戍，長劍倚天磨。〔註72〕

再如其五言排律《崆峒記遊》，長達五十韻，描寫崆峒美景，其中寄寓著
中國士大夫憂時感世、心繫天下之崇高節操，讀來分外感人：

> 昔我戍沙塞，題詩靈泉寺。長劍倚天磨，隱寓崆峒志。不意十年中，
> 公然履福地。我友鄭廣文，清遊同攬轡。行行過石橋，處處益神智。
> 如尋桃花源，絕境少人至。又似蓬萊宮，神仙可立致。……白日即
> 昇天，於世何所利？感此意激昂，中宵耿無寐。軒武世不作，浮雲
> 蒼狗肆。安得朝陽鳳，復鳴歸昌瑞？倚劍說平生，斯遊願已遂。涇
> 清鑒我形，山靜知我意。龍泉韜匣中，終當驚魑魅。〔註73〕

此詩寫於安維峻釋還歸里之後，由憶昔遣戍邊塞，「長劍倚天磨，隱寓
崆峒遊」而起筆，描繪崆峒峰巒之鍾秀，觸景生情，感歎大自然之美，思黃
帝、漢武之功績，而哀歎「浮雲蒼狗肆」之世，最後以「涇清鑒我影，山靜
知我意。龍泉韜匣中，終當驚魑魅」，表明自己憂心國事、心繫天下之忠愛
節操。

以上我們對隴右文學歷史進程作了梳理，從中可以看到隴右文學的獨一
性及其在中國文學史上的影響。

隴右地處西北，自然條件惡劣，「其土高、其水寒、其生物寡」（《紺珠集》）。
千百年來，隴右的先民在這片荒陌的土地上頑強地生存與開拓，隴右文學就
誕生在這塊最需綠色滋潤的黃土地上。縱觀隴右文學的發生發展，可從以下
幾點探究其基本特質。

一是民族雜居，友好往來，決定了隴右文學鮮明的民族性。首先是表現
民族生活。「失我焉支山，令我婦女無顏色；失我祁連山，使我六畜不蕃息」
（《胭脂歌》）。率意而作的口頭歌謠，匈奴人之生活畢現。其次是獨具民族形
式之語言。敦煌文學中不乏少數民族語言之文本。武威出土的西夏《重修護
國寺感應塔碑》，碑文除漢文外還有西夏文。據此推測，隴右先民用民族語言
從事文學活動是必然的，而且數量肯定不少。再次是少數民族作家之湧現。

〔註72〕清‧安維峻：《望雲山房詩文集》。
〔註73〕清‧安維峻：《望雲山房詩文集》。

南涼的禿髮縟檀、禿髮明德；北涼的闞駰、沮渠蒙遜；前秦的苻堅、苻融、苻朗；後秦鳩摩羅什等，先後倔起於向來被認爲文學無甚可觀的隴右，雄辯地說明正是各兄弟民族共同撐起了隴右文學的一片藍天。

二是歷史上幾個關鍵階段的開放吸納，決定了隴右文學多元薈萃之特徵。中古以後的封閉落後，又使隴右文學如化石一般保存著極爲豐富的文化基因。隴右是中外文化雙向交流、薈萃傳播之橋樑，一旦具備條件，各種文學形式都有可能在這裡生根發芽。五涼文學對北朝乃至唐代文學產生深刻影響。敦煌文學中講經文、變文、詩話、曲子詞、話本、俗賦及傳奇、小說等俗文學體裁之興盛，更是東西方文明相互撞擊之結晶。杜甫的《秦州雜詩》、《同谷七歌》至今仍是中國文學的名篇。從發生學視角來看，隴右文學既多元薈萃，又爲漢文學源源不斷地注入新鮮血液，如講唱文學與古代小說文體之成熟即是一例。中古以後，隴右發展淤滯延緩，地域封閉落後，保存著豐富的文化基因和文學化石，在中國文學中的標本作用日益凸顯。

三是地理環境之制約、風俗習尚之浸染，決定了隴右文學獨特的地域性。隴右「民俗修習戰備，高尙武力，鞍馬騎射」（《漢書‧趙充國傳》），故「崆峒之人勇、涼隴之人武」（《太白陰經》）。尙武精神成爲隴右文學固有之特質而積澱於地域文化的深層，流風餘韻連綿不絕。「隴上壯士有陳安，……七尺大刀奮如湍，丈八蛇矛左右盤「（《隴上陳安歌》）。成功塑造了強健剽悍的陳安形象，尙武之氣躍然紙上。隴右文學還表現爲西部風情美。「黃河遠上白雲間，一片孤城萬仞山」。「大漠孤煙直，長河落日圓」。「輪臺九月風夜吼，一川碎石大如斗，隨風滿地石亂走」。均顯出隴右文學獨一的地域特色。

四是雄渾勁健的美學品格。雄渾者，雄壯也，闊大也，意境之壯、取象之大是其要旨；勁健者，蒼勁也，矯健也，語言之質樸、抒情之眞率是其要旨。隴右民族粗獷豪邁之氣質和其身處的惡劣的生存環境，使他們更容易對身處其間的粗豪之景產生審美的興奮。這樣，出現在隴右文學中的意象，就非江南的杏花春雨。大漠、孤煙、長河、落日、羌笛、陽關、雄關、古道、流沙、隴阪，成爲隴右文學經久不衰的「佔據中心」的意象，它最終形成了隴右文學的意象營構集中於遼闊雄壯物象之特點。

粗豪之氣導致感情本身的直露性和剽悍而導致的剛健有力，使隴右文學在抒情上顯示出眞率直露的風格。即使是反映愛情婚姻之作，絕無南朝民歌之溫柔纏綿，亦快人快語：「驅羊入谷，白羊在前。老女不嫁，蹋地呼天」（《地

驅歌樂辭・驅羊入谷》)。在隨口而出的樸野風味中，令人感受到一個民族之豪邁氣慨。

　　總之，苦甲天下的隴上並非文學的一片荒漠，隴右文學以其豐富的內涵、多樣的形態、鮮明的特徵豐富了中國文學的百花園。今天，隴右依然是保留中國文學原生態最為厚重和豐富的地區之一。

# 參考文獻

## 一、基本文獻及古籍整理成果

1. 陳子展：《詩經直解》，復旦大學出版社 1983 年。
2. 姜亮夫：《楚辭直解》，浙江文藝出版社 1997 年。
3. （漢）司馬遷：《史記》，中華書局 1959 年。
4. （漢）班固：《漢書》，中華書局 1962 年。
5. （漢）王符著，（清）汪繼培箋，彭鐸校正：《潛夫論箋》，中華書局 1979 年。
6. （晉）陳壽：《三國志》，中華書局 1971 年。
7. （北齊）魏收：《魏書》，中華書局 1974 年。
8. （梁）鍾嶸撰、周振甫譯注：《詩品譯注》，中華書局 1998 年。
9. （梁）劉勰撰、祖保泉解說：《文心雕龍解說》，安徽教育出版社 1993 年。
10. （梁）蕭統編、（唐）李善注：《文選》，嶽麓書社 2002 年。
11. （唐）魏徵、令狐德棻：《隋書》，中華書局 1973 年。
12. （唐）李吉甫：《元和郡縣圖志》，中華書局 1983 年。
13. （後晉）劉昫等：《舊唐書》，中華書局 1975 年。
14. （宋）歐陽修、宋祁等：《新唐書》，中華書局 1975 年。
15. （宋）司馬光：《資治通鑒》中華書局 2007 年。
16. （宋）李昉：《太平御覽》中華書局 1960 年。
17. （明）李夢陽：《空同集》，吉林出版集團 2005 年。
18. （明）胡震亨：《唐音癸籤》，上海古籍出版社 1958 年。
19. （明）胡應麟：《詩藪》，上海古籍出版社 1958 年。
20. （明）吳訥：《文章辨體序說》，人民文學出版社 1998 年。

21. 杜志強：《趙時春詩詞校注》，巴蜀書社 2012 年。

22. （清）鞏建豐：《朱圉山人集》，乾隆十九年刻本，今藏甘谷縣文化館。

23. （清）仇兆鰲注：《杜詩詳注》，中華書局 1979 年。

24. （清）嚴可均：《全上古三代秦漢三國六朝文》，商務印書館 1999 年。

25. （清）彭定求等：《全唐詩》，中華書局 1960 年。

26. （清）徐松等編、孫映逵點校：《全唐文》卷九七，山西教育出版社 2002 年。

27. （清）王琦：《李太白全集》，中華書局 1977 年。

28. （清）張廷玉等撰：《明史》，中華書局 1974 年。

29. （清）紀昀：《四庫全書總目提要》，海南出版社 1999 年。

30. （清）邢澍：《關右經籍考》，國家圖書館藏，清嘉慶本。

31. （清）張澍：《三古人苑》，湖北省圖書館藏，清嘉慶本。

32. 甘肅省文物考古研究所編：《天水放馬灘秦簡》，中華書局 2009 年。

33. 甘肅省文物考古研究所編：《居延漢簡甲編》，科學出版社 1959 年。

34. 中國西北文獻叢書編輯委員會編：《中國西北文獻叢書》，蘭州市古籍書店 1990 年。

35. 蒲嚮明：《玉堂閒話評注》，中國社會出版社 2007 年。

## 二、近人及今人著述

1. 魯迅：《魯迅全集》，人民文學出版社 1980 年。

2. 魯迅：《中國小說史略》，東方出版社 1996 年。

3. 呂思勉：《兩晉南北朝史》，上海古籍出版社 1983 年。

4. 王國維：《宋元戲曲史》，百花文藝出版社 2002 年。

5. 鄭振鐸：《中國俗文學史》，東方出版社 1996 年。

6. 張友鶴選：《唐宋傳奇選》，人民文學出版社 1964 年版。

7. 汪辟疆校：《唐人小說》，上海古籍出版社 1978 年。

8. 逯欽立：《先秦漢魏晉南北朝詩》，中華書局 1983 年。

9. 郭紹虞主編：《中國歷代文論選》，上海古籍出版社 2001 年。

10. 徐復觀：《中國人文精神之闡揚》，中國廣播電視出版社 1996 年。

11. 徐復觀：《中國藝術精神》，華東師大出版社 2001 年。

12. 唐圭璋編：《全金元詞》，中華書局 1979 年。

13. 曹道衡：《中古文學史論文集》，中華書局 1986 年。

14. 霍松林：《唐宋詩文鑒賞舉隅》，人民文學出版社 1981 年。

15. 霍松林：《音閣論文集》，北教育出版社 2002 年。

16. 傅璇琮主編：《唐才子傳校箋》，中華書局 1987 年。

17. 楊義：《中國古典文學圖志——宋、遼、西夏、金、回鶻、吐蕃、大理國、元代卷》，生活‧讀書‧新知三聯書店 2006 年。

18. 楊義：《重繪中國文學地圖通釋》，當代中國出版社 2007 年。

19. 袁行霈主編：《中國文學史》，高等教育出版社 2005 年。

20. 張鴻勳：《敦煌俗文學研究》，甘肅教育出版社 2002 年。

21. 余英時：《士與中國文化》，上海人民出版社 1987 年。

22. 李澤厚：《美的歷程》，中國社會科學出版社 1984 年。

23. 石昌渝：《中國小說源流論》，生活‧讀書‧新知三聯書店 1994 年。

24. 孫映逵主編：《全唐詩流派品匯》，北嶽文藝出版社 1998 年。

25. 胡大濬主編：《隴右文化叢談》，甘肅教育出版社 1998 年。

26. 賈晉華：《唐代集會總集與詩人群研究》，北京大學出版社 2001 年。

27. 王昆吾：《隋唐五代燕樂雜言歌辭研究》，中華書局 1996 年。

28. 李時人編校、何滿子審定：《全唐五代小說》，陝西人民出版社 1998 年。

29. 傅紹良：《唐代諫議制度與文人》，中國社會科學出版社 2003 年。

30. 胡阿祥：《魏晉本土文學地理研究》，南京大學出版社 2001 年。

31. 胡可先：《唐詩發展的地域因緣和空間形態》，中國社會科學出版社 2010 年。

32. 甘肅省社會科學院文學研究所編：《甘肅歷代文學概覽》，敦煌文藝出版社 1994 年。

33. 侯勇堅：《區域歷史地理的空間發展過程》，陝西人民教育出版社 1995 年。

34. 杜曉勤：《盛唐詩歌的文化闡釋》，東方出版社 1997 年。

35. 周建江：《北朝文學史》，中國社會科學出版社 1997 年。

36. 高人雄：《北朝民族文學敘論》，中華書局 2011 年。

37. 史金波：《西夏佛教史略》，寧夏人民出版社 1988 年。

## 三、西人著作

1. 〔德〕馬克思、恩格斯：《馬克思恩格斯全集》，人民出版社 1972 年。

2. 〔法〕熱奈特：《熱奈特論文集》，史忠義譯，百花文藝出版社 2001 年。

3. 〔法〕丹納著，傅雷譯：《藝術哲學》，廣西師大出版社 2000 年。

4. 〔法〕莫里斯‧梅洛龐蒂：《世界的散文》，楊大春譯，商務印書館 2005 年。

5. 〔德〕伽達默爾：《真理與方法》，王才勇譯，遼寧人民出版社 1987 年。

6. 〔德〕約瑟夫・皮帕:《閑暇:文化的基礎》,劉森堯譯,北京:新星出版社 1999 年版,第 500 頁。

7. 〔俄〕巴赫金:《拉伯雷研究》,李兆林、夏忠憲等譯,石家莊:河北教育出版社 1998 年,第 12 頁。

8. 〔俄〕巴赫金:《陀思妥耶夫斯基詩學問題》,劉虎譯,北京:讀書・生活・新知三聯書店 1988 年。

# 後　記

　　「隴右」作爲地域概念，是由唐代設立隴右道演變而來，其地域以今隴山以西、黃河之東的甘肅中南部爲主，包括寧夏南部和青海東部地區。隴右地區位於黃土高原西部地區，界於青藏、內蒙、黃土三大高原結合，自然條件獨特；歷史上無論是政區劃分、民族分布、人口構成還是經濟形態、民風民俗，均有較多聯繫和相似之處，是一個相對完整的自然、人文地域單元。這一區域既是歷史上中西文化與商貿交流的通道──絲綢之路的必經之地，又是歷史中原王朝經營西域、統御西北邊防的前沿地帶。在這塊神奇的土地上孕育並由當地各族人民創造、傳承的隴右文化，就其淵源之久遠、成份之複雜、內涵之豐富、特色之鮮明和作用之獨特、地位之重要而言，它完全是同國內其他地域文化齊名的又一典型地域文化。

　　隴右文化既是中華文化的重要組成部分，又具有鮮明的不同於其他地域文化的獨特風格和個性。在此文化背景下形成的隴右地方文學，亦有著自己特殊的審美特質。近幾十年來，地域文學研究方興未艾、成果迭出，特別是二十一世紀初，楊義先生提出「重繪中國文學地圖」的前沿命題，在中國學術界產生了很大的影響，並受到世界學術界的關注。然在「重繪中國文學地圖」的宏偉工程中，對隴右文學卻缺乏應有的關注。事實上，我作爲天水師範學院隴右文化研究中心的研究人員，長期以來一直關注隴右地方文學，對迴然有別的不同地域文化特質，南北文學之差異有著深切感受。我想，以隴右地域文學爲研究對象，揭示其起源、發展、演變的基本規律，探索這一文學現象變遷的內在動因，不但可以爲「重繪中國文學地圖」增磚添瓦，也可以爲隴右地區社會經濟與文化建設，提供理論支持和決策參考。正是基於這一考慮，我近年來與天水師院諸同仁、西安體育學院于俊利教授等，一直從

事多元文化交匯下的隴右文學及相關問題研究，這也是本書撰寫之緣起。本書中「權德與的仕途人生」為西安體育學院人文學院于俊利教授撰稿，特此註明，不敢掠人之美。

臺灣花木蘭文化事業有限公司長期以來致力於中華文化的傳播，陸續出版了《古典文獻研究輯刊》、《古典詩歌研究彙刊》、《中國學術思想研究輯刊》、《古代歷史文化研究輯刊》等有影響的學術著作，在大陸已經有良好的聲譽。花木蘭文化事業有限公司的諸同仁為本書出版付出了辛勤勞動，在此以虔誠之心謹致感恩、感謝之情！

霍志軍己亥年仲夏於古秦州心遠齋